John Fischer
Und Gott schuf Ben

John Fischer

Und Gott schuf Ben

Roman

ONCKEN VERLAG WUPPERTAL UND KASSEL

Die amerikanische Ausgabe des Buches erschien
unter dem Titel SAINT BEN
bei Bethany House Publishers, Bloomington, Minnesota
© 1993 by John Fischer

Deutsch von Silvia Lutz

© Oncken Verlag Wuppertal und Kassel
Umschlag: Ralf Krauß, Remseck
Satz: QuadroPrintService, Bensberg
Druck: AIT, Falun
ISBN 3-7893-1804-3
Bestell-Nr. 111 804

INHALT

1

Der erste Sonntag

Auf den ersten Blick sah er wie ein ganz normaler Junge aus, der sich gegen seinen Willen für den Sonntagsgottesdienst hatte ordentlich anziehen müssen: die Haare glatt gekämmt, die Ohren sauber gewaschen und den schmächtigen Körper in einen Anzug gesteckt, den schon seine zwei älteren Brüder vor ihm getragen hatten und der für seine dünnen, knöchrigen Schultern viel zu groß war. Aber irgendetwas hatte Ben an sich. Irgendwie ragte er aus seiner Familie und aus dieser ganzen Gemeinde heraus, so wie die Haartolle an seinem neun Jahre alten Kopf abstand.

Sie gaben ein fast perfektes Bild ab, wie sie so zu fünft dort oben auf der Tribüne standen und beinahe die gleiche Haltung einnahmen wie auf dem Bild, das an diesem Sonntagmorgen dem Gemeindebrief beigelegt war. Der stolze Vater und zwei seiner drei Söhne trugen jeder eine kleine rote Rosenblüte am Revers, während die Mutter sich als Schmuck eine Orchidee angesteckt hatte. Es war ihr erster Sonntag als neue Pastorenfamilie in der Colorado Avenue Christian Standard Church.

Nur *fast perfekt* war dieses Bild wegen – Ben. Er trug keine Rosenblüte am Revers seines hellblauen Seersucker-Jacketts. Ich vermute, dass er sie bei der ersten sich bietenden Gelegenheit herausgezogen hatte, um sie mit der dazugehörigen langen Perlmuttkopf-Nadel unten an der Kirchenbank aufzuspießen. Aber nicht nur sein blumenloses Revers verriet, dass an Ben etwas anders war. Zu diesem Eindruck trugen auch seine kantige Haltung, seine zu einem Schielen verdrehten Augen und sein Kopf bei, den er auf eine Seite gelegt hatte, als lausche er einer Stimme aus einer anderen Welt. Seine Ohren waren viel zu groß für sein Gesicht und würden es wahrscheinlich auch immer bleiben. Sehr wenig an Ben passte in das perfekte Bild, das seine Familie – und mit ihr die ganze Gemeinde – an diesem Morgen zu vermitteln versuchte. Ben passte nicht ins Bild. Er war der Einzige in der ganzen Kirche, der nicht lächelte. Auf dem Bild im Gemeindebrief, in dem seine Familie der Gemeinde vorgestellt und sein Vater als neuer Pastor begrüßt wurde, lächelte er auch nicht.

Das Bild im Gemeindebrief kannten wir schon, bevor wir den echten Ben zu Gesicht bekamen. Wenn man den echten Ben sah, verstand man auch das Bild: Das Bild war nicht misslungen, es war wahrscheinlich das beste Bild, das ein Kameraauge von Ben Beamering einfangen konnte – oder auch jedes andere Auge.

Ich hatte selbst auch schon auf dieser Tribüne gestanden und hatte genauso gelächelt, wie Bens ältere Brüder jetzt lächelten. Mit diesem »Ich-will-genauso-sein-wie-mein-Vater«-Blick. Joshua und Peter Beamering wiesen fast keine körperlichen Ähnlichkeiten mit ihrem Vater auf, wünschten sich aber trotzdem nichts sehnlicher, als so zu sein wie er. Man konnte ihnen an diesem Morgen richtig ansehen, wie stolz sie waren, dass sie hier oben stehen durften. Genauso konnte man sehen, wie gern Ben woanders gewesen wäre. Irgendwo, nur nicht auf dieser Tribüne, wo er aus diesen ganzen lächelnden Menschen wie ein Fremdkörper herausragte. Bens Brüder waren an diesem Sonntagmorgen im März 1958 eindeutig in ihrem Element. Ben, auf dessen Kopf jede einzelne widerspenstige Haarsträhne mit allen Mitteln zu einer ordentlichen Frisur glatt gebügelt worden war, hatte dagegen eindeutig andere Ambitionen.

Die Predigt an diesem Morgen war lang und sollte die Gemeinde mit Stolz und der Gewissheit erfüllen, dass sie mit ihrem neuen Pastor die richtige Wahl getroffen hatte.

Bens Vater, Jeffery T. Beamering Junior, trat ein gewichtiges Erbe an. In nur zwölf kurzen Jahren hatte sein Vorgänger, T. J. Barham, Leben in diese kleine, ums Überleben kämpfende Gemeinde gebracht. Eine ansehnliche Zahl von Leuten war wieder in das traditionelle weiße Schindelgebäude zurückgekehrt, denn vor seinem Amtsantritt hatte die Gemeinde unter einer schmerzlichen Spaltung gelitten. Jeffery T. Beamering Junior trat in die Fußstapfen eines Mannes, der ihm eine Kanzel mit einer großen Aufgabe hinterließ. Diese Kanzel stand für all das, was diese treuen Kirchgänger stolz darauf machte, zu dieser Gemeinde zu gehören, und sie darin bestärkte, dass sie vollkommen im Willen Gottes lebten.

Jeffery T. Beamering Junior war noch jung, erst Mitte dreißig. Er besaß den gleichen Eifer, den Pastor Barham besessen hatte, als er sein Amt hier antrat. Wenigstens habe ich das gehört. Viele der älteren Gemeindemitglieder hatten ihren geliebten Pastor nur ungern gehen lassen, aber wenn man aus dem Elan in Jeffery T. Beamerings Schritten und dem Feuer in seiner Stimme irgendwelche Schlussfolgerungen ziehen konnte, dann erwartete sie in der Zukunft noch Größeres als das, was sie in den zwölf Jahren unter T. J. Barham erlebt hatten.

Und so kam es, dass an diesem herrlichen Sonntagmorgen die strahlende Frühlingssonne auf die frisch gestrichenen weißen Säulen schien, der Chor aufrecht auf seiner Empore und die Leute ebenso aufrecht in ihren Kirchenbänken saßen und alle lächelten. Alle außer Ben Beamering.

Der neue Pastor predigte an diesem Morgen gut. Einige sagten, es sei die beste Predigt gewesen, die sie auf dieser Kanzel je gehört hatten. Es war eindeutig Jeffery T. Beamerings beste Predigt und auch seine Lieblingspredigt, die zu den verlässlichsten in seinem Repertoire gehörte. Sie drehte sich um ein

9

berühmtes Zitat des Mathematikers und Naturwissenschaftlers Blaise Pascal aus dem siebzehnten Jahrhundert, der später Religionsphilosoph geworden war. In diesem bekannten Ausspruch verglich Pascal den geistlichen Zustand des Menschen mit einem von Gott geformten Vakuum im menschlichen Herzen, mit einer Leere und einer Sehnsucht, die nur Gott füllen und stillen kann. Es war auch eine Predigt, die für Jeffery T. Beamering und seine Familie von großer Tragweite war.

Ich sollte diese Predigt zwar später in vielen Variationen noch oft hören, aber an diesem ersten Sonntag hörte ich nur, wie andere darüber sprachen, denn wie üblich blieb ich nicht bis zur Predigt. Ich ging in den Kindergottesdienst und konnte beobachten, wie Leonora Kingsley einen ersten Vorgeschmack darauf bekam, was es bedeutete, Ben Beamering in ihrer Gruppe zu haben.

Als Erstes fiel uns auf, dass Ben keine der Handbewegungen zu den Sonntagsschulliedern mitmachte. Er sang auch kein einziges Lied mit. Er saß einfach mit verschränkten Armen in der ersten Reihe und schwieg.

In der Sonntagsschulklasse gab es einige Unruhestifter, allen voran Bobby Brown, der immer versuchte aufzufallen. Seine bevorzugte Taktik bestand darin, die Handbewegungen zu vertauschen (die Arme weit auseinander zu nehmen, wenn wir »tief« sangen, und sie tief zu halten, wenn wir »breit« sangen), und an den Stellen, an denen wir nur die Arme bewegen, aber nicht singen sollten, aus voller Kehle zu singen. Meistens drehten sich dann alle um, deuteten auf ihn und kicherten. Genau das, was Bobby bezweckte.

Bobby und seine kleine Bande achtjähriger aufmüpfiger Rebellen saßen immer in der hintersten Reihe. Wenn sie noch weiter hinten Stühle hingestellt hätten, dann hätten sie dort gesessen. Deshalb irritierte uns Bens Verhalten auch so. Äußerlich benahm er sich rebellisch, aber trotzdem setzte er sich ganz vorne in die erste Reihe, direkt vor Miss Kingsley.

Niemand setzte sich freiwillig in die erste Reihe.

Ich saß genau hinter ihm in der zweiten Reihe. Unwillkürlich fiel mir auf, dass seine Ohren von hinten noch größer aussahen als von vorne. Von hinten ließ sich leicht feststellen, dass das Problem bei Bens Ohren nicht nur ihre Größe war. Es hatte auch mit ihrer Form zu tun. Sie waren wie Radarschirme geformt, die nach vorne ausgerichtet waren. Als hätte Gott die Ohren absichtlich so entworfen, damit Ben einen besseren Empfang hatte.

Wir alle dachten es, aber so jemand wie Bobby Brown musste es natürlich aussprechen.

»Hallo, Dumbo!«, brüllte er laut von hinten. Alles erstarrte.

Ben verzog keine Miene. Miss Kingsley warf Bobby einen strafenden Blick zu und begann, kräftig in die Tasten des Klaviers zu hauen. Wie immer dirigierte sie mit dem Kopf und dem Oberkörper unseren Gesang. Ihre Hände wanderten gleichzeitig eifrig über die Klaviertasten. Sie wirkte nervöser und entschlossener als sonst. Wahrscheinlich weil sich der Sohn des neuen Pastors genau vor ihr platziert hatte.

> »Tief und breit, tief und breit,
> Gottes Brünnlein fließen tief und breit.
> Tief und breit, tief und breit,
> Gottes Brünnlein fließen tief und breit.«

Miss Kingsleys Kopf bewegte sich tief und breit, und wir alle senkten entsprechend die Hände beziehungsweise breiteten sie aus. Bobby sang an den Stellen, an denen er nicht singen sollte, und Ben sang überhaupt nicht.

»Hey, was ist mit Dumbo?«, schrie einer von Bobbys Gefolgsleuten aus der hinteren Bank. Dass sein Anführer mit seinem beleidigenden Vergleich so ungescholten davongekommen war, schien ihm Mut zu machen. Miss Kingsley ignorierte diesen Zwischenruf geflissentlich und stimmte voll Eifer das nächste Lied an.

>Wir steigen auf Jakobs Leiter,
wir steigen auf Jakobs Leiter,
wir steigen auf Jakobs Leiter,
Soldaten unter dem Kreuz.«

Ben blieb auch bei diesem Lied mit stoischer Miene und verschränkten Armen regungslos auf seinem Platz sitzen.

Leonora Kingsley machte es zusehends nervös, dass er nicht mitsang. Mitten im Lied brach sie ab und entschloss sich, den Stier bei den Hörnern zu packen.

»Kinder, die meisten von euch wissen wahrscheinlich, dass wir heute ein neues Kind bei uns haben. Den Sohn unseres neuen Pastors, Ben Beamering. Ben, herzlich willkommen im Kindergottesdienst.«

Niemand rührte sich oder gab einen Ton von sich. Nur von der hintersten Bank waren einige hämische Laute zu vernehmen.

»Ben, sind diese Lieder neu für dich?«, fragte Miss Kingsley, obwohl sie genau wusste, dass diese Lieder für den Sohn eines Pastors unmöglich unbekannt sein konnten. Aber sie wollte unbedingt dieses betretene Schweigen brechen.

»Nein, Madam.«

»Gibt es denn einen anderen Grund, warum du nicht mit uns singen kannst?«

»Ja, Madam. Ich mag diese Lieder nicht.«

»Welches Lied würdest du denn gern singen?«

»Eigentlich gar keines.«

»Wärst du vielleicht so freundlich und würdest uns verraten, warum du diese Lieder nicht magst?«

Nicht nur Leonora Kingsley war gespannt auf seine Antwort.

»Sie sind nicht wahr«, erklärte Ben. »Und sie sind schwachsinnig. Haben Sie denn schon einmal auf Jakobs Leiter gestanden? Kennen Sie jemanden, der schon einmal auf ihr hinaufgestiegen ist? Wetten, dass niemand, der hier sitzt, Jakobs Leiter schon einmal gesehen hat! Diese Himmelsleiter ist doch nur ein Traum, den irgendeiner in der Bibel hatte. Wenn wir sie nie sehen und auch nie auf ihr stehen werden, warum singen wir dann Lieder, in denen es heißt, dass wir auf dieser Leiter hinaufsteigen?«

Eine Weile saßen alle ganz verdattert da. Selbst in der hintersten Bank war es still. Einschließlich Bobby Brown. Noch nie hatten wir erlebt, dass jemand in unserem Alter so ungeniert und frei heraus mit einem Erwachsenen sprach.

»Nun gut … Wie wäre es mit ›Jesus liebt mich‹?«, schlug Miss Kingsley nervös vor. »An diesem Lied ist doch gewiss nichts auszusetzen …« Sie begann sofort, die ersten Töne zu spielen, und bedeutete uns an der entsprechenden Stelle mit einem kräftigen Kopfnicken, in das Lied einzustimmen.

Dieses Mal begannen wir alle zu singen. Auch Ben fing an zu singen. Es war verblüffend: Ben sang mit so klarer Stimme, dass ich unwillkürlich abbrechen musste. Ich weiß nicht warum, aber plötzlich wurde mir bewusst, dass meine Stimme wie ein Reibeisen klang und ich etwas viel Schöneres hörte. Etwas, das ich noch nie zuvor gehört hatte.

Ich war nicht der Einzige, der so reagierte. Nacheinander verstummten alle. Auch die anderen hatten es gehört. Es war, als wären wir plötzlich auf etwas Vollkommenes gestoßen. Als lauschten wir der Stimme eines Engels. Einer nach dem anderen brach mitten im Wort ab und blickte sich fragend im Raum um, um herauszufinden, woher dieser geheimnisvolle, vollkommene, harmonische Klang kam.

Selbst Miss Kingsley verstummte, was am meisten auffiel, denn ihr lautes, trällerndes Vibrato übertönte immer unseren Gesang. Sie war die Letzte im Raum, die verstummte. Einen Augenblick kollidierte ihre kehlige Stimme mit diesen reinen Tönen, die von dem Jungen mit den großen Ohren vor mir kamen. Sie prallten aufeinander, aber Leonora konnte Bens Stimme nicht übertrumpfen. Sie tastete sich an seine Stimme heran, bewegte sich um sie herum, konnte sie aber nie berühren.

Als wir beim Refrain ankamen, sang Ben ganz allein:

»Ja, Jesus liebt mich.
Ja, Jesus liebt mich.
Ja, Jesus liebt mich.
Denn die Bibel sagt es mir.«

Irgendwie gelang es Miss Kingsley, das Lied auf dem Klavier zu Ende zu begleiten. Als sie schließlich fertig war, schwiegen alle. Niemand wagte sich zu rühren. Wir starrten alle nur schweigend Ben an, starrten auf seinen Hinterkopf und die Radarschirme, die nach innen gebogen waren. Ben dagegen schien überhaupt nicht aufgefallen zu sein, dass alle aufgehört hatten zu singen. Es war, als hätte ihn seine Stimme an einen anderen Ort getragen, so weit weg, dass sein Körper zwar immer noch hier in der ersten Reihe saß, aber sein Geist noch nicht zurückgefunden hatte.

»Das war sehr schön, Ben«, sagte Leonora Kingsley schließlich. Langsam kamen wir alle wieder zu uns und kehrten zum Rest des Kindergottesdienstprogramms zurück, als wäre nichts geschehen.

Was hätte man auch dazu sagen sollen? Wohin Bens Stimme uns auch geführt hatte: Es war kein Ort, an dem wir lange bleiben, und auch kein Ort, über den wir sprechen konnten, sobald wir einmal in unserer Welt zurück waren. Niemand verlor je ein Wort über das, was wir an diesem Morgen im Kindergottesdienst erlebt hatten. Aber ab jenem Tag gab es immer eine einstimmige, laute Ablehnung, wenn jemand, der an diesem Morgen gefehlt hatte, vorschlug, wir könnten »Jesus liebt mich« singen. »Jesus liebt mich« wurde nicht gesungen, außer wenn Ben Beamering nicht dabei war. Dafür sorgten wir alle.

2

Eistee

Auf der Heimfahrt vom Gottesdienst teilte uns meine Mutter im Auto mit, dass die Beamerings zum Mittagessen zu uns kämen. Es sei doch nicht richtig, erklärte sie, dass die Pastorenfamilie an ihrem ersten offiziellen Sonntag nirgends zum Essen eingeladen würde. Außerdem seien sie erst dieses Wochenende hier eingezogen, und Mrs. Beamering habe bestimmt keine Zeit und Möglichkeit gehabt, ein gutes Sonntagsessen vorzubereiten.

»Wir haben immer so viel Fleisch, dass wir es nicht allein aufessen können, und Mrs. Beamering bringt einen Salat mit«, erklärte Mutter. »Wir werden schon alle satt bekommen.«

Meine gute Stimmung war wie weggeblasen, als ich das hörte. Mir gefiel es nicht, wenn sonntags Gäste zu Besuch kamen. Der Sonntag war immer unsere kostbare Zeit als Familie. Die Sonntage liefen für mich fast wie ein Ritual ab: Es gab das beste Essen der ganzen Woche. Mutter begann in aller Frühe mit den Vorbereitungen: Das Fleisch wurde angebraten und das Gemüse geschnitten. Meine Schwester Becky und ich deckten in der Zwischenzeit den Tisch. Der Braten wurde in den Ofen geschoben, bevor wir zur Kirche aufbrachen, und ungefähr zur selben Minute, in der unser Pastor zum Predigen auf die Kanzel stieg, schaltete sich der Backofen automatisch ein und unser Sonntagsbraten konnte garen. Später, wenn alle zum Altar vorgingen, brodelte unten in der Bratpfanne schon der Bratensaft und der wunderbare Duft zog durch das ganze Haus. Untrennbar mit dem Sonntag verbunden war für mich der Augenblick, wenn ich nach dem Gottesdienst durch die Haustür trat und mir dieser herrliche Geruch in die Nase stieg. Dieser Augenblick bedeutete: zu Hause sein, bequeme Kleidung anziehen, Comics lesen, schönes Geschirr und Spitzentischdecken auf dem Tisch, Eistee mit Zucker am Boden des Glases und lange Eisteelöffel, die klirrend umgerührt wurden und die Zuckerkörnchen im Glas aufwirbelten. Ich wollte das alles ganz für mich haben. Ich wollte es mit niemandem teilen. Und ich wollte mich nicht wegen anderer Leute anständig benehmen und zurückhalten müssen.

Das war das Nächste, was mich an Gästen störte. Wenn wir Besuch hatten, saßen wir anders da und sprachen auch anders. Ich musste meine Krawatte bis nach dem Essen umgebunden lassen, niemand redete mit mir, und ich musste darauf achten, dass ich nicht zu viel aß. »Familie, haltet euch zurück« (FHZ) lautete das Motto, wenn wir sonntagmittags Gäste eingeladen hatten. Das gefiel mir überhaupt nicht. Ich genoss es, pappsatt zu sein und trotzdem noch eine Scheibe Fleisch zu essen, nur weil sie noch da war und weil sie so gut schmeckte. FHZ galt nicht nur für das Essen. Wir hielten uns in allem zurück. Wir verzichteten auf das, was wir eigentlich sagen wollten. Wir verzichteten auf das Recht, diese Zeit für uns selbst zu haben. Meine Eltern waren während der ganzen übrigen Woche in der Gemeinde stark eingespannt. So war es nur natürlich, dass wir sie am Sonntag ganz für uns haben wollten.

Mein Vater war der Kantor der Colorado Avenue Christian Standard Church. Lange vor meiner Geburt war er Musiklehrer an einer Mittelschule gewesen und hatte sogar eine Tanzkapelle geleitet. Geschichten, die hier und da erzählt wurden, weckten in mir den Wunsch, ich wäre damals schon auf der Welt gewesen, denn dieser Mann, von dem da berichtet wurde, schien viel lustiger und interessanter gewesen zu sein als der Mann, den ich kannte. Mein Vater war bei den Schülern ziemlich beliebt gewesen und hatte für die Trompetensolos in der von ihm gegründeten und dirigierten Schülertanzkapelle sogar den Spitznamen »Lips Liebermann« bekommen.

Irgendetwas muss verloren gegangen sein, als »Lips« seine Trompete gegen die Kirchenmusik eintauschte, denn der Mann, den ich kannte, schien immer mit großen Sorgen durch das Leben zu laufen. Das war etwas, was ich nie richtig verstehen konnte, denn im Grunde war er ein netter und guter Mensch.

Es gab Zeiten, zu denen mein Vater wirklich Gefühle zeigte: Wenn er den Chor dirigierte. Dann trat er auf das kleine Podium auf der Empore und alle Augen blickten gespannt und erwartungsvoll zu ihm auf. Wenn sich dann seine Hände nach oben bewegten und zum ersten Ton des Orgelvorspiels senkten, war er aus seiner kleinen Welt voller Sorgen entflohen und wuchs über sich und sein normales Leben hinaus.

»Wir müssen ein Brett in den Tisch einlegen«, sagte mein Vater, während wir auf dem Huntington Drive an der Ampel warteten.

»Wir müssen alle drei Bretter einlegen«, verbesserte ihn meine Mutter. »Sie sind zu fünft.«

»Kommt Ben auch mit?«, fragte ich.

»Natürlich. Warum sollte er denn nicht mitkommen?«

»Ich weiß nicht«, murmelte ich. »Irgendwie ist er komisch.«

»Inwiefern ist er denn komisch, Schatz?«, fragte meine Mutter.

»Ich weiß nicht. Er ist einfach anders als die anderen Kinder. Er schaut immer so ernst.«

»Es ist nicht leicht, in eine neue Stadt zu ziehen. Ben ist hier in einer vollkommen fremden Umgebung und hat noch keinen einzigen Freund. Wahrscheinlich ist er nur schüchtern.«

Meine Schwester mischte sich ein. »Er ist nicht schüchtern.«

»So? Wie kommst du darauf?«, fragte meine Mutter.

»Hast du ihn denn heute Morgen nicht auf der Tribüne stehen

sehen?«, entgegnete Becky. »Er sah ziemlich eingebildet aus, wenn ihr mich fragt.«

»Aber Rebekka«, tadelte meine Mutter sie. »Zieh doch keine voreiligen Schlüsse. Du kennst den Jungen doch noch gar nicht.«

Ich wusste, wie es da oben auf dieser Tribüne war. Jedes Mal, wenn neue Mitglieder in der Gemeinde begrüßt wurden, mussten alle Familien der hauptamtlichen Mitarbeiter dort hinaufsteigen und sie begrüßen. Ich hasste das jedes Mal.

»Vergiss nicht zu lächeln, Jonathan«, erinnerte mich meine Mutter dann immer. »Und halte die Hände ruhig an deiner Seite. Zapple nicht herum.« Dann machte sie sich an meinem Kragen, an meiner Krawatte und an meinen Haaren zu schaffen. Sie leckte ihren Daumen ab und wischte mir den Zucker weg, den ich von den Donuts, die jeden Sonntag im Gemeindesaal angeboten wurden, noch im Gesicht hatte. Am liebsten aß ich die großen mit der weichen Glasur, die einem immer ins Gesicht schnellten, wenn man den ersten Bissen nahm.

Ich lächelte auf der Tribüne immer, aber nur, weil meine Mutter das so wollte. Trotzdem war es ein dummes Lächeln. Ein unechtes Lächeln. Wenn ich mir die Bilder aus meiner Kindheit ansehe, wenigstens die gestellten Bilder, und sie mit Bens Bildern vergleiche ... na ja, sie waren grundverschieden. Ich lächle zwar brav auf den Bildern, aber ich schaue nicht wirklich irgendjemanden oder irgendetwas an. Das bin nicht ich. Es ist einfach ein Blick, der irgendwie ganz und gar nichts mit mir zu tun hat. Beim Durchblättern des Albums mit den Familienfotos, das unsere Gemeinde seit jenem Jahr herausgibt, begegnet man ständig diesem Blick. Das war der Blick, der von einem Christen erwartet wurde. Die Christenheit in der Colorado Avenue Christian Standard Church hatte immer diesen Blick.

Aber Bens Blick war vollkommen anders.

Auf dem Rücksitz des Autos zog ich den Gemeindebrief aus meiner Bibel und betrachtete das Foto der neuen Pastorenfamilie. Ben schaute geradewegs in die Kamera, aber sein Blick war auf etwas hinter der Linse gerichtet, so als frage er sich, ob der Fotograf überhaupt das Recht habe, ihn zu fotografieren.

»Schau, Mama«, sagte ich und reichte ihr das Foto. »Schau dir doch einmal sein Gesicht an.«

Becky betrachtete kurz das Foto, das meine Mutter jetzt in der Hand hielt. Mein Vater bog in die Auffahrt vor unserem Haus ein. »Diesen Blick habe ich schon öfter gesehen«, erklärte sie. »Erinnert ihr euch, wie es ist, wenn wir sonntagabends Missionare hier haben und sie uns immer diese langweiligen Dias von ihrem Missionsfeld zeigen? Ben sieht genauso aus wie einer von diesen Eingeborenen, die nicht fotografiert werden wollen. Findet ihr nicht? Sie glauben, die Kamera raube ihnen ihre Seele oder irgend so etwas.«

Sie hatte Recht. Ben hatte den gleichen Blick. So, als weigerte er sich, irgendetwas von sich aus der Hand zu geben.

Wir gaben jedenfalls einen großen Teil unseres Sonntags aus der Hand. Sehr zu meinem Bedauern. Aber dieses Bedauern behielt ich, genauso wie alles andere, was ich in wirklich empfand, für mich. Wenigstens so weit ein Neunjähriger seine Gefühle beherrschen konnte. Ich trat ins Haus und roch den duftenden Sonntagsbraten. Sofort ging ich an die Arbeit. Ich lockerte nicht einmal meine Krawatte.

»Wenn jeder mit anpackt, schaffen wir es«, verkündete meine Mutter.

Becky und ich mussten den Tisch wieder abräumen, die zusätzlichen Bretter einlegen und für neun Leute neu decken. Mein Vater schnitt wie jeden Sonntag den Braten, und meine Mutter bereitete das Gemüse und den Eistee vor. In der Küche hörte man lautes Schieben und Klappern, als selten benutzte Schüsseln und Platten aus den hintersten Schrankfächern hervorgeholt wurden. Ich hätte schwören können, dass ich nicht der Einzige war, der über diese Störung unseres üblichen Sonntagsrituals nicht gerade begeistert war. Einige Geräusche aus der Küche waren eindeutig lauter, als sie hätten sein müssen.

»Wo wollen wir das Wasser für den Eistee heiß machen?«, fragte mein Vater mit seiner hohen, sorgenvolle Stimme. »Auf dem Herd sind keine Kochstellen mehr frei!«

Mein Vater überzog nie sein Konto, sein Auto und sein Garten waren immer sauber und gepflegt, und sein dienendes Wesen war beispielhaft, aber seine wahren Gefühle rumorten oft in seinem Inneren und kamen nie ans Licht.

»Das macht nichts, Schatz. Wir nehmen einfach die Bohnen vom Herd und stellen sie wieder aufs Feuer, wenn alles andere fast fertig ist. Schau doch bitte, ob du noch eine Teekanne finden kannst. Ich glaube, auf dem Kühlschrank ziemlich weit hinten steht eine.«

»Ich muss mir einen Stuhl holen«, hörte ich ihn sagen. »Die Kanne ist zu weit hinten.«

»Sie sind da!«, rief meine Schwester aus dem Wohnzimmer.

»Ist gut«, sagte meine Mutter ruhig. »Wir füllen einfach später die Kanne wieder auf.«

»Sie sind da!«, wiederholte Becky und lief zur Tür. Sie und ich waren die Ersten, die dort standen. Im Flur gab es ein Gedränge, als die Beamerings anscheinend versuchten, alle gleichzeitig ins Haus zu treten.

»Hallo, Walter… Ann«, begrüßte Pastor Beamering unsere Eltern über unsere Köpfe hinweg. Meine Mutter und mein Vater waren hinter uns aus der Küche gekommen. »Und das muss… Jonathan sein, nicht wahr?« Ich nickte, lächelte und reichte ihm höflich die Hand. Er hatte eine große, warme Hand, und so aus unmittelbarer Nähe schien sein Lächeln meinen ganzen Körper mit einem süßlich klebrigen Glanz zu überziehen. »Und das ist natürlich Becky.« Er strich meiner Schwester über den Kopf. »Jetzt möchte ich euch meine Kinder vorstellen.« Er legte ihnen die Hand auf die Schultern und stellte sie der Reihe nach vor, als gehe er die Tonleiter auf einem Xylophon nach unten. »Das ist Joshua, Peter und … und …« Seine Hand tastete nach der letzten Note, fand sie aber nicht. »Liebes, wo ist Ben?«

Mrs. Beamering antwortete nicht. Sie hatte alle anderen an der Tür einfach stehen gelassen und war mit einer schweren Salatschüssel in der Hand in die Küche gerauscht.

Ben hatte sich durch den Stau im Korridor gedrängt und war geradewegs auf die Schokoladenpralinen auf dem Wohnzimmertisch zugesteuert. Drei glitzernde Stanniolpapierchen lagen bereits neben dem Pralinenteller.

»Ben, komm her. Ich möchte dir unsere Gastgeber vorstellen. Und keine Süßigkeiten mehr vor dem Essen!« Ben trottete mürrisch zum Korridor zurück. Sein Vater legte die Hände auf die beiden Schultern seines Sohnes und baute ihn vor uns auf. »Ben, das ist Mr. Liebermann, und das sind Jonathan und Becky«, erklärte er und drehte dabei Bens Körper leicht, damit er jeden von uns anschauen konnte, als richte er eine Kamera auf einem Dreifuß aus.

»Hallo«, sagte Ben irgendwie distanziert und machte so etwas wie eine leichte Verbeugung. Den Kopf legte er dabei zur Seite.

»Ja, dann kommt doch bitte herein und setzt euch«, lud mein Vater sie ein.

»Walter, der Chor war wun-der-voll«, verkündete Pastor Beamering, während wir uns alle steif an den Tisch setzten. Er redete genauso wie vor einer Stunde auf der Kanzel, so als höre ihm ein großes Publikum zu und mache sich eifrig Notizen. Ich verspürte den Drang, mich im Haus umzuschauen und sicherzustellen, dass nicht irgendwie die ganze Gemeinde unbemerkt in unser Haus eingedrungen war. »Die Lieder haben mich richtig zu den Toren des Himmels geführt. Eigentlich hätten wir nach dem Chorgesang alle nach Hause schicken sollen.«

Keine schlechte Idee, dachte ich. Ich schaute Ben an. Irgendetwas an ihm verriet mir, dass er genau das Gleiche dachte wie ich.

»Und, wie kommt ihr mit dem Umzug voran?«, erkundigte sich mein Vater.

»So gut, wie man erwarten kann. Ohne eure freundliche Einladung säßen wir jetzt auf Pappkartons und äßen Bohnen und Frühstücksfleisch aus der Dose.«

»Wir konnten doch nicht zulassen, dass Ihr an eurem ersten Sonntag nirgends zum Essen eingeladen werdet«, sagte mein Vater und borgte sich die Worte und die Herzlichkeit meiner Mutter. »Apropos erster Sonntag: Die Predigt heute Morgen war wirklich beeindruckend. Hat mich sehr angesprochen. Ich habe vorher noch nie etwas gehört von … wie hieß er doch gleich? Pas–«

»Pascal«, ergänzte Ben, bevor sein Vater auch nur den Mund aufmachen konnte. »Blaise Pascal. Ein französischer Physiker aus dem siebzehnten Jahrhundert.«

Becky und ich warfen einander erstaunte Blicke zu. Ich konnte nicht einmal »Physiker« sagen, ohne mich zu verhaspeln, geschweige denn dieses Wort schreiben.

Pastor Beamering setzte das Gespräch fort, als wären Unterbrechungen dieser Art in seiner Familie an der Tagesordnung. »Ja, Blaise Pascal war wirklich ein beeindruckender Mann. Trotz seiner vielen wissenschaftlichen Experimente ist sein Bild von dem Vakuum, das Gott in jedes menschliche Herz hineingelegt hat, bis heute unvergessen. Eine perfekte Beschreibung für den Zustand des Menschen. Findest du nicht auch, Walter?«

»O ja. Diese Beschreibung trifft den Nagel wirklich auf den Kopf.«

Sie unterhielten sich weiter und ereiferten sich darüber, dass die Brooklyn Dodgers nach Los Angeles umgezogen waren. Uns Kindern fiel es immer schwerer, ruhig sitzen zu bleiben und ihnen zuzuhören.

»Johnny«, sagte mein Vater schließlich. »Zeig doch den Jungen dein Zimmer und den Garten. Es dauert bestimmt noch ein paar Minuten, bis das Essen fertig ist. Und Becky, Mutter würde sich bestimmt freuen, wenn du ihr in der Küche hilfst.«

Becky, die sich der Anwesenheit der älteren Beamering-Jungen sehr wohl bewusst war, begab sich widerwillig und mit rotem Gesicht in die Küche, während wir Jungen uns einen Weg durch das Esszimmer bahnten.

Unser Haus war klein und hatte nur zwei Schlafzimmer, aber mein Vater hatte die verglaste hintere Veranda zu einem Zimmer für mich umfunktioniert. Sie öffnete sich mit zwei Doppeltüren zum Esszimmer. Außerdem führte der Hauptdurchgang aus dem vorderen Teil des Hauses hinten in den Garten hier hindurch. Trotzdem war es mein Zimmer. Ich konnte die Türen schließen und die Vorhänge zuziehen, wenn ich allein sein und nicht gestört werden wollte. Aber nicht heute. In den Esstisch waren drei Bretter eingelegt worden, so dass er in mein Zimmer hineinragte, und der Stuhl meines Vaters stand mitten im Zimmer.

Ich führte die drei Beamering-Jungen am Tisch mit den neun Teeuntersetzern, die auf die gefüllten Gläser warteten, vorbei und fand es allmählich nicht mehr ganz so schlimm, dass wir Gäste hatten. Der Anblick des fertig gedeckten Tisches und die vielen Stimmen im Haus, die sich angeregt unterhielten, verliehen plötzlich allem eine festliche Atmosphäre.

Joshua und Peter fanden sofort meinen Fußball und liefen in den Garten hinaus. Ben stand einfach da und begutachtete mein Zimmer: das Kojenbett an der Wand, das eingebaute Bücherregal, das mehr Spielsachen als Bücher enthielt, und der Schreibtisch auf der anderen Seite des Raumes, der im Augenblick durch den Tisch abgetrennt war.

»Das da drüben ist mein Bett«, sagte ich. Ich war zu schüchtern, um irgendetwas Geistreicheres zu sagen. »Sammelst du Baseballkarten?«, fragte ich und fischte meinen Stoß mit Karten aus einer Schublade unter dem Bett hervor.

»Nein, ich mache mir nicht viel aus Sport. Ich lese lieber. Hast du Bücher?«

»Ich habe die Hardy Boys.«

»Die habe ich alle gelesen, als ich sieben war. Zur Zeit lese ich am liebsten Sherlock Holmes.«

»Wer ist das?«

»Du kennst Sherlock Holmes nicht?«

»Nein«, musste ich zugeben.

»Er ist ein Detektiv, wie die Hardy Boys. Nur besser. Ich kann dir meine Bücher leihen, wenn du willst. Was ist denn das?« Mit dieser Frage deutete er auf das Bücherregal.

Ich holte das eingestaubte Modellflugzeug herab.

»Nein, nicht das Flugzeug. Das Auto. So eines habe ich noch nie gesehen. Ist das ein Modellauto? Hast du es selbst zusammengebaut?«

»Nein«, antwortete ich und holte stolz mein Lieblingsspielzeug aus dem Regal, einen blauweißen Ford Fairlane Baujahr 57. Das gleiche Auto, das meine Familie fuhr. »Man kann es so kaufen. Es ist besser als ein Modellauto. Denn sonst könnte man nicht damit spielen. Diese Modellautos gehen viel zu schnell kaputt. Schau.«

Ben behandelte das Auto, als wäre es ein kostbares Stück aus einem Museum. Vorsichtig drehte er es um. Er betrachtete es von allen Seiten, spähte in den Innenraum und ließ die Räder rollen. Das erste Mal, seit ich ihn kannte, zog ein Strahlen über sein Gesicht. »Wow, es hat sogar ein Armaturenbrett und ein Lenkrad, und hier ist eine Instrumentenanzeige!« Dann stellte er es auf den Boden und rollte es vor und zurück. Er legte das Gesicht auf den Boden und bewegte das Auto nahe vor seinen Augen, bis es an seine Nase stieß. »Von vorne gefällt es mir am besten. Ein Chromgrill und durchsichtige Kunststoffscheinwerfer! Wo hast du dieses Auto her?«

»Aus dem kleinen Laden gegenüber von der Schule. Ich gehe fast jeden Nachmittag hin, um zu sehen, ob sie etwas Neues bekommen haben. Zur Zeit steht dort ein Edsel Baujahr 58.«

»Ein Edsel? Wirklich?«

»Ja. Er steht schon eine ganze Weile da. Anscheinend will

ihn niemand kaufen. Sie haben ja auch Probleme, die echten Edsels zu verkaufen.«

»Wenn ich könnte, würde ich auf der Stelle einen echten Edsel fahren. Der Edsel ist Fords bestes Auto.«

Irgendwie überraschte es mich nicht, dass Ben Beamerings Lieblingsauto der Edsel war. Ich hielt dieses Auto für ziemlich hässlich. Ausgefallen, aber hässlich.

»Er hat sogar Stoßdämpfer«, stellte Ben fest, während er den Fairlane über dem Teppichläufer in meinem Zimmer vor- und zurückrollte und beobachtete, wie die Räder die Stöße abfingen. Ich konnte kaum glauben, dass ihm die Stoßdämpfer so schnell aufgefallen waren.

»Ich weiß. Er fährt wie ein richtiges Auto. Willst du ihn draußen ausprobieren? Ich habe Straßen und alles, was dazugehört.«

»Straßen? Wirklich? Worauf warten wir dann noch? Komm!«

Ab diesem Augenblick hatte ich ein ganz anderes Bild von Ben.

Ben war der erste Junge, der wie ich gern mit Autos spielte. Meine anderen Freunde waren über dieses Stadium hinaus. Sie bauten Modellautos und schauten sie an. Aber diese detailgetreuen Nachbauten waren viel unempfindlicher als Modellautos. Sie waren für die Straße gebaut. Und in meiner Fantasie lagen noch viele Meilen vor mir. Ein unerschöpflicher Reichtum an Abenteuern: Ich wollte noch viele Straßen anlegen und lange Fahrten unternehmen und Zapfsäulen und Autowaschanlagen errichten. Von Anfang an wusste ich, dass Ben die gleiche Vorstellungskraft besaß wie ich. Er war von meinen Ideen und meinen Beschreibungen genauso fasziniert wie ich.

Ehrlich gesagt, hatte ich nicht viele Freunde. Eric Johnson wohnte gleich nebenan, und wir spielten manchmal miteinander. Aber Eric war katholisch und besuchte die Konfessionsschule, und meine Eltern wollten nicht, dass ich zu viel Zeit mit ihm verbrachte. Ich wuchs in dem Glauben auf, dass bei

25

Katholiken irgendetwas nicht stimmte, auch wenn mir nie jemand erklärte, was bei ihnen anders sein sollte. Ich hatte einfach dieses vage Gefühl, ich könnte mir etwas Schlechtes einfangen, wenn ich mich zu lange in ihrer Nähe aufhielt. Das Gleiche galt auch für meine Freunde in der Schule. Keine dieser Freundschaften reichte über den Schulhof hinaus. Dabei lag die Schule nur einen Häuserblock von unserem Haus entfernt.

Meine Eltern achteten sehr darauf, dass ich nur in der Gemeinde die Chance zu einer engeren Freundschaft bekam. Da die Kirche fünfzehn Minuten und zwei Schulsprengel von uns entfernt lag, war das gar nicht so leicht. Vielleicht hatte ich deshalb gelernt, mich selbst zu beschäftigen, und in einer Welt, die ich mir selbst geschaffen hatte, stundenlang zu spielen.

Als ich entdeckte, dass Bens Fantasie auf der gleichen Wellenlänge lag wie meine, war das, als öffne sich vor mir eine Welt, die bislang nur in meinen Träumen existiert hatte. Ich ging mit ihm nach draußen und zeigte ihm die Straßen, die ich mit Kreide auf den Beton gemalt hatte. Er konnte das Gleiche sehen wie ich. Er bemerkte die durchgezogene Linie in den Kurven, die Abbiegespuren und das Stop-Zeichen vor den Kreuzungen. Ich hatte ein ganzes Straßensystem auf den Gehwegen hinter unserem Haus und die Auffahrt hinab bis zum Rinnstein am Straßenrand vor dem Haus angelegt. Diesen untersten Bereich mochte ich am liebsten. In meiner Fantasie war es eine abenteuerliche Bergstraße, die in einen wilden Fluss mündete, der in Wirklichkeit ein Rinnsal von den Rasensprengern vor den Häusern weiter oben in der Straße war.

Ben war genauso begeistert wie ich. Am meisten gefiel ihm die Gebirgsstraße am Rinnstein. Beim Essen erzählte er ausführlich von meinen Straßen und meinem Ford Fairlane und davon, dass im Laden bei der Schule zur Zeit ein Ford Edsel stand, der noch zu kaufen sei. Damit löste er eine Diskussion bei den Erwachsenen über das Schicksal dieses ungewöhnlichen Autos aus.

»Ich glaube nicht, dass der Edsel eine Chance hat«, bemerkte Bens Vater und rührte mit seinem Eisteelöffel laut klirrend in seinem Teeglas. »Dieses Modell schlägt einfach zu sehr eine ganz neue Richtung ein. Es wundert mich, dass er überhaupt über das Zeichenbrett hinausgekommen ist.«

»Die Rückseite stört mich nicht«, erwiderte mein Vater. »Aber an den Grill kann ich mich nicht gewöhnen. Er ist einfach furchtbar. Er sieht aus wie ein Barrakuda mit aufgerissenem Maul.«

»Oder ein Oldsmobile, das eine Zitrone aussaugt«, lachte Pastor Beamering.

»Mir *gefällt* der Grill«, mischte sich Ben ein und übertönte das Klappern der Messer und Gabeln auf den Tellern und das Klirren der Löffel in den Teegläsern. Bens Vater rührte immer noch in seinem Glas. Seine Bewegungen waren so energisch, dass er sicher jeden Augenblick den Boden des Glases wegsprengen würde. »Der Grill ist das Schönste an diesem Auto.«

»Was haben die sich nur dabei gedacht, ein solches Fahrzeug zu entwickeln?«, sagte sein Vater. Bevor irgendjemand auch nur über diese Frage nachdenken konnte, beantwortete er sie schon selbst. Bald lernte ich, dass dies bei Dialogen mit unserem neuen Pastor häufig geschah. »Ich glaube, sie haben sich einfach hinreißen lassen. Man muss nur beobachten, wie die Modelle sich entwickeln. Immer größere Kühlrippen, immer mehr Chrom. Jedes neue Modell wird noch auffälliger als das letzte. Es war nur eine Frage der Zeit, bis jemand über das Ziel hinausschießt. Steigen Sie in den Edsel ein. Vielleicht sollte ich lieber sagen: Steigen Sie aus dem Edsel aus. Ha! Wie klingt das? Das könnte ja fast prophetisch sein. Steigen Sie aus dem Edsel aus. Das klingt doch richtig gut, findet ihr nicht?«

»Außer wenn es eine falsche Prophetie ist.«

»Ben!«, tadelte Mrs. Beamering ihren Sohn. Ich stieß leicht an mein Teeglas, konnte es zwar noch auffangen, aber ein Teil des Inhalts ergoss sich trotzdem über den Tisch. Vorsichtig stellte ich es wieder auf seinen Platz zurück, als ich ein leichtes Zwinkern in Mrs. Beamerings Blick bemerkte. Ich wagte es nicht, auch nur einen verstohlenen Blick auf Bens Vater zu werfen. Aber ich weiß genau, welche Miene über sein Gesicht zog, denn ich sollte diese Miene später noch sehr oft zu sehen bekommen. Sie hat sich fest in mein Gedächtnis eingegraben. Es war der Blick, den er immer aufsetzte, wenn Ben irgendwie widersprach. Ein Blick, der zu gleichen Teilen aus Verärgerung, Verzweiflung, Verlegenheit und Ungeduld bestand, aber gleichzeitig einen Anflug von Bewunderung enthielt.

»Ben«, sagte Pastor Beamering mit bemüht beherrschter Stimme. »Vielleicht möchtest du uns alle über falsche Prophetie aufklären, da du anscheinend so viel darüber weißt.«

Am Tisch wurde es sehr still. Der Pastor hörte auf, seinen Tee umzurühren. Stattdessen begannen Peter und Joshua, in ihren Gläsern zu rühren, als wollten sie dort weitermachen, wo ihr Vater aufgehört hatte. Ich konnte den Blick nicht von Ben abwenden. Gespannt wartete ich, womit dieser junge Kritiker der Sonntagsschullieder wohl als Nächstes aufwarten würde.

»Genau genommen, Dad, war es ein Marketingproblem. Letzte Woche stand in der Saturday Evening Post ein Artikel, in dem es hieß, dass das Problem beim Edsel nicht so sehr sein Aussehen sei. Sie haben ihn nach der Auswertung einer detaillierten Studie entworfen, das Auto aber erst fünf Jahre später herausgebracht. Als es dann auf den Markt kam, hatte sich der Markt in der Zwischenzeit total verändert.«

Ein Schweigen breitete sich über dem Tisch aus und lag im Raum wie der nicht aufgelöste Zucker, der am Boden von Pastor Beamerings Glas schwamm. Bens Brüder konzentrierten sich auf ihr Essen. Meine Schwester war wie immer mit ihren Gedanken irgendwo anders und wirkte relativ desinteressiert. Die zwei Mütter warfen sich viel sagende Blicke zu. Mein Vater starrte in sein Glas mit Eistee und versuchte, sich aus dieser unangenehmen Situation herauszuhalten.

Mr. Beamering zog die Augenbrauen in die Höhe, räusperte sich und bedachte seinen Sohn mit diesem berühmten Blick. Und Ben schnitt ungerührt sein Fleisch klein.

Schließlich brach meine Mutter das Schweigen. »Das klingt ja ganz so, als hätten wir einen künftigen Geschäftsmann in unserer Mitte.«

Oder den künftigen Präsidenten der Fordwerke, dachte ich.

3

Das perfekte Geschenk

»Mama«, fragte ich am nächsten Freitag. »Kann Ben heute Nacht bei uns schlafen?«

Becky und ich saßen in der Frühstücksecke und aßen unsere Cornflakes, während meine Mutter in der Küche die Wäsche bügelte. Mein Vater war unter der Woche nur selten zum Frühstück zu Hause. Er hatte immer sehr frühe Termine in der Gemeinde. T. J. Barham hatte diese Tradition eingeführt, und es sah ganz danach aus, als wollte Jeffery T. Beamering sie fortsetzen. Die meisten Pastoren in christlichen Gemeinden waren stark motiviert und verlangten von ihren Mitarbeitern den gleichen Einsatz, den sie selbst brachten. Heutzutage würde man diese Männer wahrscheinlich Workaholics nennen, aber damals, 1958, in der Colorado Avenue Christian Standard Church, hatten sie einfach »eine Hingabe für den Herrn«. Als Kind habe ich meine Mutter zwar nie ein Wort darüber verlieren hören, aber ich weiß, dass sie starke Zweifel an einer Hingabe für den Herrn hegte, die einen Mann siebzig bis achtzig Stunden in der Woche von seiner Familie fernhielt.

»Ich fände es schön, wenn Ben einmal hier schläft«, antwortete sie. »Aber nicht heute Nacht.«

»Warum nicht heute?« Ich konnte es nicht erwarten, mit Ben Auto zu spielen. Da die Beamerings in einem anderen Schulsprengel wohnten, konnten wir uns in der Schule nicht treffen, und in der Kirche konnten wir natürlich auch nicht miteinander spielen.

»Weil euer Vater heute Abend zur Abwechslung zu einer vernünftigen Zeit nach Hause kommt und ich ein gutes Abendessen und einen Familienabend plane. Am Samstag ist das Gemeindefest, und wie die Sonntage aussehen, das wisst ihr ja selbst. Heute Abend ist unsere einzige Gelegenheit an diesem Wochenende, als Familie etwas gemeinsam zu unternehmen. Vielleicht kann Ben nächsten Freitag zu uns kommen.«

»Und was ist mit mir?«, wollte Becky wissen. »Kann bei mir auch jemand schlafen?«

»Ich wusste, dass das jetzt kommen würde«, knurrte ich.

»Ihr wisst beide, dass ihr nicht gleichzeitig jemanden über Nacht hier haben könnt. Dafür ist unser Haus nicht groß genug. Du kannst ein anderes Mal eine Freundin einladen, Becky.«

»Mama, ich muss die ganze Zeit an diesen Edsel denken, der im Laden bei der Schule im Schaufenster steht. Du weißt schon, das Auto, von dem ich dir erzählt habe.«

»Ja«, nickte sie lächelnd, während sie ein Hemd hochhielt und dann auf dem Bügelbrett den Ärmel glatt streifte. »Seit dem letzten Sonntag ist dieses Auto ziemlich berühmt.«

Der Dampf aus dem Bügeleisen bildete auf ihrer Stirn kleine Perlen, die sie mit dem Ärmel ihrer Bluse wegwischte. Meine Mutter war die schönste Frau, die ich je gesehen hatte. Ihre Haut schimmerte hell, sie hatte lange, glänzende, braune Haare, die sie normalerweise zu einem Knoten zusammensteckte. Einige weiche Locken lösten sich im Laufe des Tages aus dem Knoten und fielen ihr über die glatten, weißen Schläfen ins Gesicht. Ein Gesicht, wie es im Mittleren Westen der USA typisch war, ein Gesicht, das harte Arbeit kannte, aber trotzdem sanft und weich blieb. Sie war auf einer Farm im Bundesstaat Minnesota aufgewachsen und hatte meinen Vater kennen gelernt, als er dort studierte.

»Es wäre so schön, wenn Ben diesen Edsel bekommen könnte«, sprach ich weiter. »Dann könnten wir miteinander Auto spielen.«

»Ja, ich bin sicher, dass er sich darüber sehr freuen würde.«

»Vielleicht kauft ihm jemand dieses Auto? Mutter, könntest du nicht mit Mrs. Beamering reden? Der Edsel kostet nur fünf Dollar.«

»Nein«, lehnte meine Mutter meinen Vorschlag kategorisch ab und stellte das Bügeleisen auf den Tisch. »Ich werde nichts dergleichen tun. Wenn dir dieses Auto so wichtig ist, dann musst du dir schon selbst etwas einfallen lassen. Du hast doch von deinem Taschengeld etwas gespart, nicht wahr?«

»Ja, aber nur zwei Dollar fünfzig. Und das Geld wollte ich für den Chevy sparen, der übernächste Woche in den Laden kommt. Abe glaubt, es ist ein roter Chevy Baujahr 58. Auf dieses Auto warte ich schon seit Monaten, Mama.«

Ich schaute sie hoffnungsvoll an, aber sie zeigte keine Spur von Mitgefühl. »Das klingt ganz so, als müsstest du eine Entscheidung treffen.«

»Aber selbst wenn ich ihm tatsächlich den Edsel kaufen wollte, könnte ich ihn mir bis zum nächsten Wochenende nicht leisten. Ich müsste mindestens noch zwei Wochen länger warten, bis ich das Geld zusammenhabe.«

»Bist du jetzt nicht ein wenig voreilig? Wir wissen noch nicht einmal, ob Ben nächste Woche kommen kann. Aber falls er kommen darf, bleibt dir eine ganze Woche Zeit, um dir das fehlende Geld zu verdienen. Vielleicht solltest du mit deinem Vater reden und anbieten, ihm eine Arbeit im Haus oder Garten abzunehmen.«

»Gute Idee, Mama.« Ich gab ihr einen Kuss. Sie umarmte Becky und mich, und wir begaben uns wie jeden Tag auf den Schulweg. An der Stelle, mit der wir ihre Wange berührt hatten, lag noch der leichte Duft ihres Parfüms.

Die Schule lag nur einen Häuserblock entfernt. An Tagen, an denen ich krank war und zu Hause bleiben musste, konnte ich die Pausenglocke und die Stimmen auf dem Schulhof hören. Ich hatte einen Lieblingsstein, den ich immer mit dem Fuß zur

Schule und wieder nach Hause kickte. Ich ließ ihn jeden Tag an derselben Stelle liegen, damit ich ihn später wieder finden konnte. Der Trick dabei war, ihn mit so wenigen Stößen wie möglich und ohne ihn im Gebüsch oder auf der Straße zu verlieren, zu bewegen. Diesen speziellen Stein hatte ich schon seit dem Ende der Weihnachtsferien. Ein Rekord. Becky hielt das für dumm. Aber das störte mich nicht.

»Du willst Ben also diesen Edsel kaufen?«, fragte sie. »Der Chevy scheint ja ein wunderschönes Auto zu sein. Stell ihn dir nur einmal vor: Vielleicht steht er schon im Laden. Ganz rot und glänzend und …«

»Ach, hör schon auf damit!«

»Sei doch nicht so eklig«, fuhr sie mich schnippisch an und schoss meinen Stein mitten auf die Straße. Dann lachte sie und lief in ihr Klassenzimmer. Manchmal war es sehr lästig, eine große Schwester zu haben.

Den ganzen Tag ging mir der Edsel nicht mehr aus dem Kopf. Während des Unterrichts musste ich ständig an den roten Chevy Baujahr 58 mit dem glänzenden Grill, den abgerundeten Kühlrippen und den sechs heraustretenden Rücklichtern denken. Nach Schulschluss führte mich mein Weg schnurstracks in Abes Laden.

»Hallo, Johnny. Du willst dir bestimmt den Edsel anschauen«, begrüßte mich Abe Dewendorfer.

Abe hatte einen lustigen Akzent. Voll Stolz hielt er sich für den einzigen »Oststaatler« hier in Kalifornien. Abe war nach dem Tod seiner Frau aus dem Bundesstaat Maine an der Ostküste in den Westen gezogen, um in der Nähe seiner Tochter zu sein. Er war hier geblieben und hatte schließlich diesen kleinen Laden aufgemacht.

Abe verkaufte in seinem kleinen Laden an der Ecke alles Mögliche. Er profitierte dabei von seiner Nähe zum Gymnasium auf der gegenüberliegenden Straßenseite. Das gut gefüllte Süßigkeitenregal neben der Kasse machte den Laden zu einem beliebten Treffpunkt nach der Schule. Aber wenn ich den Laden betrat, fiel mein erster Blick immer auf das Regal hinter der Verkaufstheke, in dem Abe die Modellautos ausstellte. Offenbar flogen Abe diese Autos aus heiterem Himmel zu. In keinem anderen Laden in der Stadt fand ich diese Autos. In letzter Zeit gab es hier nur ein einziges Auto. An diesem Nachmittag hatte Abe den Edsel schon ausgepackt. Er hatte anscheinend auf mich gewartet.

Die Autos kamen in Schachteln mit einem Zellophanfenster an. Jedes Mal fragte ich, ob ich den Edsel aus der Schachtel holen dürfe, damit ich ihn mir genauer anschauen konnte. Die Lasche an der Schachtel war vom vielen Auf- und Zumachen schon fast abgerissen, aber Abe ließ mich ihn trotzdem immer herausnehmen und anschauen.

Der Edsel war ganz weiß und hatte eine lange, goldene Schaufel unten an den hinteren Stoßstangen. Das Innere war auch golden, und im Gegensatz zu allen anderen Modellen, die ich bis dahin gesehen hatte, war dieses Auto zweifarbig gepolstert: rot und weiß. Wirklich überrascht war ich jedoch, als ich herausfand, dass man das Dach abnehmen konnte. Mit einer einzigen Handbewegung wurde das Auto zum Kabrio.

»Wann, sagten Sie, bekommen Sie einen 58er Chevy herein?«

»Schwer zu sagen. Wahrscheinlich in ein oder zwei Wochen. Mit der Lieferung bekomme ich ein halbes Dutzend, aber man kann vorher nie sagen, wie sie aussehen. Ich nehme einfach, was man mir schickt. Wie ich dir schon sagte: Ich glaube, mindestens eines der Autos wird ein Chevy sein. Die meisten sind Fords Baujahr 58. Sieht gut aus, dieser Chevy, was?«

»Ja.« Der Ford Baujahr 58 gefiel mir jedenfalls nicht. 1957 war das letzte gute Jahr für den Ford gewesen. Einem 58er Ford würde ich sogar einen Edsel vorziehen. Während ich so dastand und ihn auf der Theke vor- und zurückrollte, wusste ich, dass ich dieses Auto für Ben kaufen musste.

»Nächste Woche komme ich wieder, Abe.«

»Wie du meinst. Der Edsel ist nächste Woche bestimmt immer noch hier. Ich bleibe auf diesem Auto genauso sitzen und bringe es nicht los, wie der Autohändler drüben auf seinen echten Edselmodellen sitzen bleibt.«

An diesem Nachmittag beförderte ich den Stein in nur drei Schüssen nach Hause. Das war nur zu schaffen, wenn der letzte Schuss über die Straße schlitterte, den Bordstein hinaufsprang und perfekt unter dem Busch auf dem Gehweg auf der anderen Straßenseite landete, wo ich den Stein immer deponierte. Das hatte ich bis dahin erst ein einziges Mal geschafft.

»Hallo Mama.«

»Hallo, Jonathan! Komm und gib mir einen Kuss. Wie war es in der Schule?«

»War okay.«

»Nur okay?«

»Ja … Mama? Ich möchte dieses Auto für Ben kaufen.«

»Das ist lieb von dir, Jonathan. Besonders, wenn du gehört hast, was ich dir zu sagen habe. Ich erzähle es dir draußen. Komm mit, hilf mir bei diesem Korb. Ich möchte die Wäsche ins Haus holen.«

Die Fliegengittertür schlug hinter uns zu, als ich ihr hinaus zur Wäscheleine folgte. Der Garten hinter unserem Haus war klein, aber er gehörte uns allein. Auf allen drei Seiten war er von einer Ziegelmauer umgeben und mit Efeu bewachsen. Wir hatten hinten im Garten eine überdachte Veranda, außerdem standen dort ein großer Ahornbaum, ideal zum Klettern, und zwei kleinere Obstbäume. Hinter der Garage war eine Wäscheleine gespannt, die nie abgenommen wurde. Mein Vater hatte eine Konstruktion entwickelt, mit der meine Mutter an den Tagen, an denen sie Bettwäsche und Laken wusch und trocknen musste, noch drei zusätzliche Leinen zwischen den Obstbäumen und der Garage spannen konnte. Wäschetrockner waren gerade erst auf den Markt gekommen und hielten in immer mehr Haushalten Einzug, aber meine Mutter liebte den frischen

Duft, den die Wäsche nach einem Tag an der Sonne hatte, besonders die Bettwäsche und Handtücher. Heute war ein solcher Großwaschtag, an dem sie die Bettwäsche gewaschen hatte. Die Laken flatterten im Wind wie der Schwanz eines riesigen Drachen, der versuchte, vom Boden hochzukommen.

»Ich habe heute mit Mrs. Beamering gesprochen«, erzählte sie, während ich ihr half, das angenehm duftende, sich im Wind aufblähende weiße Laken zusammenzulegen.

»Darf Ben kommen?«

»Ja, und nicht nur das. Am nächsten Samstag hat er auch noch Geburtstag«, erklärte sie. »Sie werden seinen Geburtstag erst am Samstagabend in der Familie feiern. Sie sagte, es sei also nichts dagegen einzuwenden, wenn er von Freitag auf Samstag bei uns schläft, solange er Samstagmittag wieder zu Hause ist.«

Ein Zipfel rutschte mir aus der Hand, und das Laken breitete sich auf meinem Gesicht aus. Ich hörte, wie die Fliegengittertür zuschlug.

»Mrs. Beamering hat sich sogar sehr gefreut, denn Ben kennt hier noch nicht so viele Leute, dass er eine große Geburtstagsfeier halten könnte. Bei uns zu schlafen ist etwas Besonderes. Fast so ähnlich wie eine Geburtstagsfeier. Ich habe mir überlegt, dass ich einen Kuchen für ihn backen könnte. Was für einen Kuchen mag er wohl? Was meinst du?«

»Schokoladenkuchen. Mit weißem Zuckerguss und Kokosnüssen«, antwortete ich begeistert.

»Ich dachte mir schon, dass du das sagen würdest.«

»Was redet ihr hier von einer Geburtstagsfeier?«, fragte Becky neugierig und kam zu uns in den Garten.

»Hallo, Schatz. Gib mir einen Kuss. Hol doch bitte den anderen Korb aus der Garage und hilf uns.«

»Wir haben übernächstes Wochenende gesprochen«, berichtete meine Mutter, als Becky sich mit einem anderen leeren Wäschekorb zu uns gesellte.

36

»Ben schläft bei uns, und am Samstag hat er Geburtstag.«

»Und was ist mit mir?«, fragte Becky schmollend.

»Bei dir hat doch erst vor kurzem Julie geschlafen. Jetzt ist Jonathan an der Reihe.«

Ich hielt die Nase in die Luft, und sie zog eine Grimasse. Becky war zweieinhalb Jahre älter als ich und sorgte dafür, dass ich diesen Umstand nie vergaß. Sie war viel größer als ich, obwohl nicht viel fehlte und ich wäre stärker gewesen als sie. Dass meine Schwester mir geistig ständig überlegen war, gehörte wohl einfach zu den Dingen, die man akzeptieren musste, wenn man eine ältere Schwester hatte.

»Und wenn ich irgendwo eingeladen werde? Julie hat gemeint, dass sie mich vielleicht zu sich einlädt. Aber sie muss erst noch ihre Mutter fragen.«

»Ich habe nichts dagegen. Sag ihr, dass Mrs. Flory mich anrufen soll.«

»Das nenne ich einen guten Handel«, nickte ich. Ben und ich hätten viel mehr Platz im Haus, wenn meine große Schwester aus dem Weg wäre. »Mama, dieses Auto ist jetzt aber wirklich wichtig.«

»Ja, das Auto wäre ein perfektes Geburtstagsgeschenk. Rede heute Abend mit deinem Vater darüber, wie du dir das zusätzliche Geld verdienen kannst. So. Tragt ihr beiden jetzt bitte die Körbe ins Haus, während ich die Wäscheleine abnehme?«

»Hast du deinen kleinen Stein heute gut nach Hause gebracht?«, hänselte mich meine Schwester, während wir uns mit den vollen Körben durch die Tür kämpften.

»Ja«, antwortete ich stolz. »Nur drei Schüsse.«

Mein Vater kam an diesem Abend erst spät nach Hause. Als wir uns zu unserem »Familienabend« setzten, war es schon fast acht Uhr. Das Hühnchen, das mein Vater draußen auf dem Grill braten sollte, hatte meine Mutter in der Küche bereits vorbereitet.

»Jonathan, wolltest du deinen Vater nicht etwas fragen?«,

erinnerte mich meine Mutter, während ich die Teller abräumte und sie und Becky den Nachtisch holten.

»Ach ja. Papa, ich wollte dich fragen, ob ich nicht irgendetwas im Haus oder im Garten tun könnte. Also, ich meine … ich muss zwei Dollar verdienen, damit ich Ben zum Geburtstag ein Auto kaufen kann.«

»Ben hat Geburtstag?«

»Ja, Schatz«, mischte sich meine Mutter ein. »Darüber haben wir doch vor ein paar Minuten gesprochen. Ben schläft nächsten Freitag bei uns, und Jonathan hat sich das perfekte Geschenk für ihn ausgedacht.«

»So? Was denn?«

»Ein Modellauto, ein Edsel Baujahr 58«, sagte ich.

»Oh … verstehe … ja, das wäre wirklich ein ideales Geschenk! Lass mich einmal überlegen … hmmm … Sieht das lecker aus!«, rief er, von dem Erdbeerkuchen, den Mutter und Becky aus der Küche brachten, kurzzeitig abgelenkt.

»Wie wäre es mit den Fenstern?«, schlug meine Mutter vor. »Ich bitte dich schon seit Wochen, sie zu streichen.«

»Ich weiß nicht recht, ob das so eine gute Idee ist«, überlegte mein Vater zweifelnd.

Ich sagte, dass ich derselben Meinung sei wie er, aber er ging nicht auf mein unterstützendes Votum ein. »Ich glaube, Jonathan ist noch zu klein. Er kommt noch nicht an alle Fenster heran.«

Auch darin war ich ganz seiner Meinung.

»Wir haben eine Haushaltsleiter«, argumentierte meine Mutter. Die Aussicht, endlich saubere Fenster zu bekommen, gefiel ihr immer besser. »Er könnte morgen in der Frühe anfangen, während du den Garten machst. Du kannst ihn ja im Auge behalten und nachsehen, wie er zurechtkommt.«

»Du weißt genau, was dabei herauskommt«, brummte mein Vater. Diese Prozedur hatte er schon oft genug durchgemacht. Arbeiten, die wir begonnen hatten – und er dann fertig machen musste … oder noch schlimmer: die er noch einmal von vorne machen musste. Mein Vater war ein Verfechter der Theorie: Wenn man will, dass etwas richtig gemacht wird, dann macht man es am besten selbst. Meine Mutter dagegen wollte immer anderen auch die Chance geben, etwas zu lernen. Becky und ich bewegten uns immer irgendwo zwischen diesen zwei Philosophien.

»Ja, ich weiß genau, was dabei herauskommt«, antwortete meine Mutter fröhlich und mit unüberhörbarer Begeisterung. »Unsere Fenster werden endlich gestrichen!«

»Kann Becky mir helfen?«, fragte ich auf der Suche nach irgendeiner Unterstützung.

»Wenn du mich dafür bezahlst«, zischte sie mit zusammengekniffenen Augen.

»Dann habe ich nicht genug Geld für das Auto. Ich brauche die ganzen zwei Dollar.«

»Vergiss dein Taschengeld nicht«, erinnerte mich meine Mutter. »Am Sonntag bekommst du fünfzig Cents.«

»Ich weiß. Die habe ich schon dazugerechnet.«

»Also gut«, willigte mein Vater schließlich mit wenig Begeisterung ein. »Die Fenster für zwei Dollar.«

Wenn er geahnt hätte, wie viel ihn diese kleine Abmachung am Ende kosten würde, hätte er mir bestimmt auf der Stelle mit Vergnügen die zwei Dollar in die Hand gedrückt und die Sache für erledigt erklärt.

Es kam jedoch anders: Am nächsten Morgen fing ich im Schlafzimmer meiner Eltern mit den Fenstern an. Papa schlug vor, dass ich zuerst um die Fenster und das Fensterbrett herum staubsauge, damit ich den ganzen losen Schmutz erwische. Also holte ich mir den Electrolux-Sauger und ging an die Arbeit. Uns stand nur der Vormittag für unsere Arbeit zur Verfügung, denn das Gemeindefest zur Begrüßung der Beamerings war für dreizehn Uhr angesetzt. Alles lief ziemlich reibungslos, bis ich in einer Ecke über einem der Fenster ein hässliches

Spinnennetz entdeckte. Ich kam fast bis zu dem Spinnennetz heran, aber die Saugkraft des Staubsaugers war zu schwach, um diesen Abstand zu überbrücken. Vermutlich hätte ich die Haushaltsleiter, die meine Mutter erwähnt hatte, holen können, aber das machte nicht halb so viel Spaß wie die andere Idee, die ich hatte.

Ich hatte zugesehen, wie mein Vater den Staubsauger so umfunktioniert hatte, dass er nicht saugte, sondern Luft ausblies. Das tat mein Vater manchmal, wenn er versuchte, die Kohlen im Grill schneller zum Glühen zu bringen. Auf diese Weise könnte ich dieses Spinnennetz bestimmt von dort oben herunterpusten. Ich glaubte zu wissen, wie ich dabei vorgehen musste. Aber leider lief irgendetwas schief. Als ich wieder einschaltete und die Düse nach oben zum Fensterrahmen hielt, bildete sich blitzschnell eine schwarze Wolke. Ich brauchte ein paar Sekunden, bis ich begriff, woher diese Wolke kam: Ich blies gerade den Inhalt des Staubsaugerbeutels in die Luft.

Ich ließ den Schlauch fallen und rannte hustend und um Luft ringend aus dem Zimmer, während der Rest, der noch im Beutel war, weiter ins Zimmer geblasen wurde.

»Mama, ich glaube, irgendetwas stimmt mit dem Staubsauger nicht.«

»So? Wie kommst du denn darauf?« Sobald sie mich sah, trat das blanke Entsetzen in ihr Gesicht. »Was hast du denn da überall im Gesicht?«

»Ich weiß nicht, aber aus dem Staubsauger kommt so schwarzes Zeug heraus.«

»O nein!«, rief sie entsetzt, als sie die Schlafzimmertür aufriss, schnell den Stecker aus der Steckdose zog und sich das Chaos besah, das ich angerichtet hatte. Sie stand unter Schock. »Hol deinen Vater!« Meiner Mutter gelang es normalerweise viel besser als meinem Vater, in Notfällen einen ruhigen Kopf zu bewahren. Aber dieses Mal schaffte sie es nicht so gut. Das sah ich ihr an.

»Papa, ich glaube, du solltest ins Haus kommen. Es hat einen Unfall gegeben.«

»Einen Unfall? Ist jemand verletzt?«, fragte er besorgt, ließ sofort seinen Besen fallen und lief vor mir her ins Haus.

»Nein, es handelt sich um euer Schlafzimmer.«

»Unser Schlafzimmer?«, fragte er verständnislos und lief durch den Korridor. Ich blieb so weit wie möglich zurück.

»Was in aller Welt …? Was ist denn hier passiert?«

»Ja, was ist passiert?«, wiederholte meine Mutter mit drohender Stimme und schaute sich nach mir um. Ich schlich langsam zur Tür.

»Ich … ich habe versucht, ein Spinnennetz aus der Ecke im Fenster zu blasen…«

»Zu blasen?«, schrie mein Vater. »Was soll das heißen … zu blasen?«

»Na ja, ich kam nicht ganz hin, und ich dachte, ich könnte …«

»Warum hast du mich nicht geholt? Wir haben eine Leiter, das weißt du doch … blasen?« Seine Stimme überschlug sich.

»Reg dich nicht auf, Schatz. Das ändert jetzt auch nichts mehr«, versuchte meine Mutter, die jetzt selbst ein wenig ruhiger geworden war, ihn zu beschwichtigen.

»Das ist doch nicht nur Staub, was da überall auf den Möbeln liegt. Warum ist alles so schwarz und klebrig?« Die Stimme meines Vaters war immer noch kurz vor dem Überschnappen.

»Ich habe gestern den Grill ausgesaugt«, erklärte meine Mutter.

»Den Grill? Warum in aller Welt musstest du denn den Grill aussaugen?«

»Ich wollte für gestern Abend alles schön haben.« Jetzt legte die Stimme meiner Mutter einen Zahn zu.

Ich trat langsam den Rückzug in mein Zimmer an. Meine Schwester war absolut kein Trost. Sie fand das alles ziemlich lustig. Bis sie auch zum Saubermachen eingeteilt wurde.

»Ist dir eigentlich bewusst, was das heißt?« Die Stimme meines Vaters war in meinem Zimmer mühelos zu vernehmen. »Das heißt, dass hier alles schmierig ist! Der Teppich ist wahrscheinlich ruiniert. Ganz zu schweigen von den Vorhängen, den Wänden und der Zimmerdecke und den Bettbezügen.« Zu diesem Zeitpunkt hatten sie noch nicht entdeckt, welcher Schaden unter dem Bett angerichtet worden war, wo sie Schachteln mit Wäsche aufbewahrten.

Wir (hauptsächlich *sie*) verbrachten die nächsten drei Stunden damit, das Zimmer zu putzen. Die Vorhänge mussten abgenommen und zur Reinigung gebracht, die Bettbezüge gewaschen und das Bett vollständig zerlegt werden. Der Dreck war sogar in die Federn und Ritzen eingedrungen. Alles unter dem Bett musste durchgesehen und einzeln gereinigt werden. Einige Schachteln waren offen gewesen. Die Laken, die wir am Tag zuvor von der Leine genommen hatten, konnten wir natürlich auch nochmals waschen. Das alles musste innerhalb von drei Stunden erledigt sein, denn »wir dürfen zum Gemeindefest nicht zu spät kommen« (sagte mein Vater), und »wir werden gewiss nicht in dieses Chaos nach Hause kommen« (sagte meine Mutter). Bei all der Aufregung hatten alle meinen Fensterjob vollkommen vergessen. Alle außer mir.

Natürlich war es zu diesem Zeitpunkt alles andere als lustig, aber als der Sonntagmorgen anbrach, hatte Pastor Beamering irgendwie Wind von der Geschichte bekommen und eine Möglichkeit gefunden, sie in seinen Sonntagsgottesdienst einfließen zu lassen.

»Ihr erinnert euch bestimmt alle an meine Predigt vom letzten Sonntag über das Vakuum, das Gott jedem Menschen ins Herz gelegt hat«, begann er den Begrüßungsteil des Gottesdienstes. »Nun, es sieht so aus, als hätten die Liebermanns eine neue Version des von Gott geschaffenen Vakuums entdeckt.« Ich erstarrte in der Kirchenbank und hörte mit blankem Entsetzen zu. »Offenbar hat Jonathan Liebermann versucht, seinen

Eltern gestern ein wenig beim Frühjahrsputz zu helfen. Dabei hat er aber den Schlauch am falschen Ende des Staubsaugers angeschlossen und den Inhalt des Staubsaugerbeutels überall im Schlafzimmer seiner Eltern verteilt.«

In der ganzen Kirche war ein Raunen und Lachen zu hören. Die Chormitglieder bewegten sich auf und nieder, vor und zurück und versuchten, um die Leute, die vor ihnen standen, herumzuschauen, damit sie mich ausmachen konnten. Die Augen der gesamten versammelten Gemeinde ruhten auf mir. Ich wusste nicht, ob ich lachen oder weinen sollte.

»Ob ihr es glaubt oder nicht: Diese Geschichte kann uns allen eine Lektion erteilen. Ihr alle wisst, dass Gott jedem Einzelnen von uns ein Vakuum ins Herz gelegt hat, aber einige von uns lassen Gott nicht in dieses Vakuum hinein. Irgendwie haben wir den Schlauch an das falsche Ende angeschlossen und blasen ihn aus unserem Leben hinaus. Wenn Gott nicht in unserem Herzen ist, dann ist das Zeug, das dort herauskommt, ziemlich hässlich und eklig. Das konnte Jonathan Liebermann gestern auch feststellen.«

Pastor Beamering konnte sein Glück bestimmt kaum fassen, dass ihm an seinem zweiten Sonntag in der Colorado Avenue Christian Standard Church diese Anekdote in den Schoß gefallen war. Wahrscheinlich war er Gott sogar dankbar dafür, dass er ihm diese Geschichte geschenkt hatte. Aber ich glaube, Gott hatte damit nichts zu tun.

Jetzt drehte sich Pastor Beamering um und wandte sich direkt an meinen Vater. »Habt ihr alles wieder richtig sauber bekommen, Walter?« Mein Vater schüttelte den Kopf und grinste irgendwie mit dem Oberkörper. Es war so ein Grinsen, das man auch von weitem sehen konnte. Er musste Bescheid gewusst haben. Irgendwie schaffte es mein Vater, über das, was ihn am Tag zuvor so aus der Fassung gebracht hatte, zu lachen. Nicht nur, weil er sich damit abfinden konnte, sondern auch, weil er etwas von sich selbst preisgegeben hatte und dafür die

Ehre bekam, von unserem Pastor als Beispiel benutzt zu werden. Selbst wenn es auf Kosten seiner Familie ging. Besonders auf meine Kosten.

Pastor Beamering drehte sich schließlich wieder um und stützte sich auf die Kanzel, um seinem offenbar wichtigsten Punkt Nachdruck zu verleihen. »›Das Herz ist trügerisch und von Grund auf böse‹, sagt die Bibel. Jonathan erinnert uns mit diesem Beispiel alle daran, dass wir darauf achten müssen, den Schlauch in unserem Leben richtig anzustecken, damit wir Gott in unser Herz einlassen und ihn nicht wegblasen. Na, Jonathan? Ich bin sicher, dass du ihn das nächste Mal richtig herum aufsteckst.«

Ich schaute auf, als er meinen Namen sagte. Dann vergrub ich mein Gesicht schnell wieder in meinem Gemeindebrief, wo mich der zweite Schock an diesem Morgen erwartete.

Colorado Avenue Standard Christian Church
Pasadena, Kalifornien
Evangelikale Christliche Gemeinde
auf dem Fundament des Wortes Gottes
Pastor: Jeffery T. Beamering, Junior
Hilfspastor: Virgil Ivory
Kantor: Walter K. Liebermann
Organist: Milton Owlsley

Diese Worte standen immer am Anfang des Gemeindebriefes. Ich las diesen Briefkopf immer sehr gern und freute mich, dass der Name meines Vaters darin vorkam. Das machte mich stolz. Nur nicht an diesem Morgen. Meine Augen wanderten über die Seite, bis ich zu dem Wort »Opfergabe« kam. Plötzlich fiel mir ein, dass ich einen ganzen Monat meinen Zehnten nicht gegeben hatte. Ich hatte letzte Woche, bevor die Sache mit dem Edsel ins Rollen kam, beschlossen, dass ich bis diesen Sonntag warten und dann 25 Cent einlegen würde. Damit wäre der heutige Tag und der ganze Monat, den ich in Rückstand war, abgedeckt. Aber wenn ich heute einen Viertel Dollar als Zehnten gab, blieb mir nicht mehr genug Geld für Bens Auto übrig.

Mein Vater gab Becky und mir jeden Sonntagmorgen vor dem Gottesdienst fünfzig Cent Taschengeld. Normalerweise gab er uns das Geld, bevor wir uns für den Gottesdienst anzogen. Deshalb kam es manchmal vor, dass ich das Geld vergaß und auf dem Schreibtisch liegen ließ. Ich hoffte, heute wäre ein solcher Tag, bis mir einfiel, dass er mir auf der Fahrt zur Kirche zwei glänzende Vierteldollar-Münzen gegeben hatte. Es störte mich ungemein, dass diese Vierteldollar-Münzen in meiner Hosentasche steckten.

Bis zu dem Augenblick, als mir der Opferteller unter die Nase gehalten wurde, rang ich mit mir. Wusste Gott denn nicht, wie sehr ich das Geld für Ben brauchte? Fand er es nicht richtig, dass ich Ben das Auto kaufen wollte? Würde er dieses Geschenk nicht vielleicht als eine Art Zehnten ansehen? Ich war schon früher in Zahlungsrückstand geraten und hatte es wieder gutgemacht. Vielleicht könnte ich einen Handel mit ihm abschließen … Genau das tat ich dann auch. Ich versprach Gott, ihm in der kommenden Woche mein ganzes Taschengeld zu geben (»mehr als zehn Prozent, Herr«) und reichte den Opferteller weiter, während die zwei Vierteldollar-Münzen fast ein Loch in meine Hosentasche brannten.

Ich fragte mich, als der Teller das Ende der Reihe erreicht hatte, ob ich wohl nun den Schlauch an den Staubsauger falsch angeschlossen und Gott aus meinem Leben hinausgeblasen hatte.

Auf dem ganzen Weg zum Kindergottesdienst wurde ich mit Bemerkungen und Kommentaren bombardiert. »Du bist vielleicht ein Witzbold, Jonathan!« »Saubere Arbeit, Jonathan!« »Hey, Johnny, komm doch nächste Woche zu uns und hilf uns beim Staubsaugen. In meinem Zimmer herrscht sowieso schon ein Chaos.« Sehr zu meiner Überraschung war ich bei Bobby und der gesamten hinteren Bank plötzlich zum Helden avanciert. »Du musst uns verraten, wie man das macht, Johnny. Wir wollen es auch probieren.«

Nur Ben schien zu verstehen, wie ich mich fühlte. »Jonathan, jetzt hast du einen kleinen Vorgeschmack davon bekommen, wie es ist, Pastorensohn zu sein. Mit uns treibt er ständig solche Sachen. Manchmal frage ich mich ehrlich, ob ich mein Leben wirklich selbst lebe, oder ob es jemand für mich erfindet.«

Der übrige Sonntag kam und ging, ohne dass das Fenster-streichen, das diese unglückselige Sache mit dem Staubsauger überhaupt erst ausgelöst hatte, auch nur ein einziges Mal erwähnt wurde. Ich brachte nicht den Mut auf, meinen Vater darauf anzusprechen. Am Montagmorgen redete ich schließlich meine Mutter auf dieses Thema an.

»Mama, erinnerst du dich? Ich sollte dafür bezahlt werden, dass ich die Fenster streiche. Was mache ich denn jetzt?«

»Du hast mit deinem Vater eine Vereinbarung getroffen. Ich habe nicht gehört, dass diese Vereinbarung nicht mehr gelten sollte. Du brauchst dich nur nach der Schule an die Arbeit machen.«

»Aber muss ich denn alle Fenster streichen?«

»So habe ich es verstanden.«

»Aber, Mama, ich weiß nicht, ob ich genug Zeit habe. Und ich glaube, das Training der Juniorenmannschaft beginnt diese Woche.«

»Dann musst du ab heute Nachmittag loslegen. Solche Arbeiten gehen einem schnell von der Hand, wenn man erst einmal damit angefangen und ein System entwickelt hat. Versprich mir nur eines: Dieses Mal holst du die Leiter.«

»Versprochen.«

In dieser Woche entwickelte sich eine vorhersehbare Routine: Jeden Tag erledigte ich nach der Schule ein paar Fenster, und wenn mein Vater abends nach Hause kam, kontrollierte er sie nach und vergewisserte sich, dass sie ordentlich gestrichen waren. Ohne Streifen. Das lief immer darauf hinaus, dass er sie alle selbst noch einmal überarbeitete. Zwar sagte er zu uns, er streiche nur ein paar Stellen nach, die ich übersehen hätte, aber wir wussten alle Bescheid. Meine Mutter interessierte das nicht im Geringsten. Am Ende der Woche hatte sie die saubersten Fenster der Stadt. Mich interessierte es auch nicht, denn am Ende der Woche hatte ich fünf Dollar in der Tasche.

Den ganzen Freitag brannten diese vier Dollarnoten und vier Vierteldollar-Münzen in meinen Hosentaschen. Manchmal war ich sicher, dass eine dieser Vierteldollar-Münzen, die fünfundzwanzig Cent, die ich eigentlich als Zehnten geben hätte sollen, mir immer noch ein Loch in die Hose brennen würde. Dann verdrängte ich alle Schuldgefühle und tastete nach den vier Dollarnoten und stellte mir das Auto und Bens Gesicht vor, wenn er den Edsel zu sehen bekäme. Meine Hand war fast den ganzen Tag in meiner Tasche. Ich nahm sie nur heraus, wenn ich die Dollarscheine herauszog, sie auseinander faltete, glatt strich, zählte und sie dann wieder sauber zusammen faltete und wieder in die kleine Tasche meiner Jeans steckte. Die übrige Zeit rollte ich die Vierteldollar-Münzen zwischen den Fingern hin und her und vergewisserte mich, dass sie immer noch alle da waren.

Bestimmt wusste jeder, dass ich fünf Dollar in der Hosentasche hatte, und bestimmt würde mich jeden Augenblick irgendein gemeiner Kerl zwingen, das Geld herauszurücken. Oder das Geld würde mir irgendwie aus der Tasche fallen oder durch ein Loch in meiner Hosentasche verschwinden. Ich glaube, ich fürchtete, Gott würde mich bestrafen und irgendetwas mit dem Geld passieren lassen. In der Pause spielte ich nicht einmal Fußball. Ich stand einfach da und steckte die Hände in die Hosentaschen.

Sobald die Glocke klingelte und den Schulschluss verkündete, von dem ich schon gedacht hatte, er würde nie kommen, verschwand ich blitzschnell aus dem Klassenzimmer. Bei meinen ganzen Sorgen um das Geld war mir nie in den Sinn gekommen, dass der Edsel nicht mehr da sein könnte. Als er ihn für mich einpackte, erzählte mir Abe nebenbei: »Gut, dass du heute gekommen bist. Ob du es glaubst oder nicht: Ein anderer Junge hat sehr viel Interesse an diesem Auto gezeigt. Gestern war er da und hat ihn mit seiner Mama angeschaut.«

»Wie sah er denn aus?«

»Er war ungefähr in deinem Alter. Vielleicht ein bisschen kleiner als du.«

»Hatte er große Ohren?«

»Jetzt, da du es erwähnst, fällt es mir wieder ein: Ja, sie waren ziemlich groß. Wenigstens hatte er abstehende Ohren. Warum? Kennst du ihn wohl?«

»Ich glaube schon. Wenn ich mich nicht irre, ist er genau der Junge, für den ich dieses Auto kaufe.«

»Gut, hier hast du es«, sagte er und reichte mir den Edsel. Er war in Geschenkpapier eingepackt und in einer Tüte verstaut. Jetzt konnte ihn mir niemand mehr wegnehmen. »Du wirst einen Jungen sehr glücklich machen.«

»Ich weiß«, grinste ich. »Ich kann es kaum erwarten.«

Ben sollte gegen fünf Uhr zu uns kommen. Ich konnte meine Mutter überreden, dass ich ihm das Auto gleich geben dürfte. Nicht erst nach dem Abendessen zusammen mit dem Geburtstagskuchen. »Bis dahin ist es zu dunkel, um noch draußen zu spielen«, hatte ich argumentiert. Und so führte ich Ben, sobald er da war, in mein Zimmer, wo sein Geschenk auf dem untersten Regal auf ihn wartete.

»Alles Gute zum Geburtstag!«, grinste ich.

»Für mich? Woher weißt du, dass ich Geburtstag habe?«

»Meine Mama hat es in Erfahrung gebracht.«

Ben riss das Geschenkpapier auf. Als er den ersten Blick durch das Zellophanfenster erhaschte, erstarrte er in seinen

Bewegungen. Er jubelte nicht, er sagte nichts, er riss die Schachtel nicht auf, um so schnell wie möglich an das Auto heranzukommen, er lief nicht los, um es seiner Mutter zu zeigen, bevor sie wieder fuhr. Er tat nichts von den Dingen, die ich mir ausgemalt hatte, als ich diese Szene während der letzten Woche immer wieder im Geiste durchgespielt hatte. Stattdessen stellte er die Schachtel ehrfurchtsvoll vor sich ab und starrte sie eine halbe Ewigkeit an. Voll Verwunderung, mit etwas feuchten Augen und mit einer gewissen Ehrfurcht. Anders kann ich es nicht beschreiben.

»Das ist ein Wunder«, sagte er schließlich. Ich wusste nicht, was ich darauf antworten sollte. »Wann hast du dieses Auto gekauft?«

»Heute Nachmittag«, antwortete ich verwirrt.

»Wusste meine Mutter davon?«

»Nein.« Ich schüttelte den Kopf. »Ich hatte es schon die ganze Woche geplant.«

»Dieses Auto war das Einzige, was ich mir zum Geburtstag gewünscht habe. Mein Vater sagte, ich könne es nicht bekommen. Meine Mutter erklärte, sie habe im Laden angerufen und erfahren, dass es nicht mehr da sei. Ich sollte es also vergessen. Ich wusste, dass sie das nicht einfach so sagte. Sie würde mich nie anlügen. Nicht einmal, um mich zu überraschen. Und weißt du, was ich getan habe? Ich habe gebetet. Noch nie habe ich so sehr für etwas gebetet. Für etwas, das ich für unmöglich hielt. Ehrlich gesagt, bete ich sowieso nie sehr viel.«

Ben öffnete langsam die abgegriffene Lasche und rollte den glänzenden neuen Edsel heraus, als fahre er ihn zum ersten Mal aus der Garage. So als hätte das Auto noch keinen einzigen Kilometer gefahren, und als wollte er es hundert Meter von allem fern halten, das ihm irgendwie einen Kratzer zufügen könnte. Ein breites Lächeln zog schließlich über sein Gesicht. Es sah aus, als würden dadurch seine Ohren ein Stück weit hochgezogen.

Wir spielten an diesem Abend stundenlang mit unseren Autos. Wenigstens kam es uns so vor. Wir erledigten Besorgungen, waren Gepäckwagen für lange Fahrten, bespritzten unsere Autos mit Schmutz und wuschen sie. Uns ging das Benzin aus, und wir tankten hundert Mal nach. Mein Vater musste in den Garten kommen und uns zum Abendessen praktisch ins Haus schleppen. Nach dem Essen erfanden wir eine Möglichkeit, wie wir die Scheinwerfer der Autos zum Leuchten bringen konnten: Wir steckten kleine Taschenlampen unter die vordere Stoßstange, so dass das Licht durch die durchsichtigen Plastikscheinwerfer fiel. Ben wurde es nie langweilig, er wurde dieses Spieles nie müde wie Eric Johnson oder andere Kinder, die schon bei mir gewesen waren. Seine Fantasie und sein Blick fürs Detail waren genauso stark ausgeprägt wie bei mir. Wir waren wie eine einzige Person.

Außer wenn es um Kokosnusszuckerguss ging. Er kratzte ihn von seinem Kuchenstück vollständig ab.

»Weißt du«, sagte er, als wir in dieser Nacht im Bett lagen. Unsere Autos waren ordentlich auf dem Bettgestell geparkt, damit wir sie im Mondlicht betrachten konnten. »Das war der beste Geburtstag, den ich je hatte.«

»Ja, für mich auch«, sagte ich.

»Aber du hast doch gar nicht Geburtstag.«

»Dann war es eben der beste Geburtstag, bei dem ich je dabei war.«

Als meine Mutter hereinkam, um uns eine gute Nacht zu wünschen, betete sie dafür, dass wir »etwas Schönes träumen« würden, und dankte Gott für »Jonathans neuen Freund«. Und sie bat Gott, »Bens Familie in ihrem neuen Zuhause zu segnen«. Dann küsste sie uns beide. Als sie gegangen war, blieb es eine Weile ruhig im Zimmer. Dann fragte Ben in die Dunkelheit hinein:

»Hast du den Grill an meinem Auto gesehen? Weißt du, wie er aussieht?« Ich beugte mich über die Kante des oberen Bettes

50

und schaute nach unten. Ben lag auf der Seite und betrachtete aufmerksam das vordere Ende seines Edsel. »Wie ein Kuss«, sagte er. »Er sieht aus wie jemand, der die Lippen zu einem Kuss gespitzt hat.« Ich rollte mich kichernd auf mein Bett zurück.

»Tun es deine Eltern?«, fragte er, nachdem es wieder lange still gewesen war.

»Was tun meine Eltern?«

»Du weißt schon. Haben deine Eltern Sex?«

»Deine Eltern?«, versuchte ich, dieser direkten Frage zu einem Thema, das für mich bis dahin ein sehr indirektes Thema gewesen war, zu parieren. Außerdem wollte ich nicht verraten, dass ich etwas, das er vielleicht wusste, nicht wusste.

»Natürlich«, sagte er leichthin. »Manchmal kann ich sie von meinem Zimmer aus hören. Sie machen viel Lärm, vor allem mein Vater.«

»Wie meinst du das?«, fragte ich. Ich beugte mich wieder über die Bettkante und schaute zu Ben hinunter.

»Du meinst, du weißt es nicht?«

An diesem Abend bekam ich meine erste Lektion in Sexualerziehung. Nicht von meinem Vater oder von meiner Mutter, sondern durch die bildgewaltigen Worte und die aussagekräftigen Handbewegungen von Ben Beamering, aus der Perspektive des oberen Bettes in meinem Kinderzimmer im Mondlicht.

»Woher weißt du denn das alles?«, fragte ich.

»Aus Büchern«, erklärte Ben. »Ich bin auch einmal zu meinen Eltern ins Schlafzimmer marschiert. Es ist wirklich so wie in den Büchern. Einfach cool.«

Ich rollte mich auf den Rücken und starrte zur Zimmerdecke hinauf, die nicht weit von meinem Gesicht entfernt war. Langsam schlief ich ein. Dabei beschäftigte mich ein einziger Gedanke: *So etwas tun sie?*

4

Magnetfeld

Es passierte wieder. Es passierte so schnell, dass keiner von uns etwas dagegen unternehmen konnte. Es wäre nicht passiert, wenn Miss Kingsley nicht aus irgendeinem Grund kurzfristig aufgehört hätte, den Kindergottesdienst zu leiten. Sie wurde vorübergehend von einem jungen Studenten mit einem Akkordeon vertreten. An diesem Morgen ließ er uns eine ganze Reihe Lieder singen. Er forderte uns auf, kräftig mitzusingen, besonders bei ein paar Spirituals. Wir waren so sehr daran gewöhnt, dass Miss Kingsley an ihrem Klavier saß und klimperte, dass wir uns ständig auf unseren Sitzen herumdrehten, wenn der neue Lehrer mit dem Akkordeon vor dem Bauch durch den Raum schritt. Einmal durften wir sogar nach vorne kommen. Wir sollten einen Kreis um ihn bilden und durften die Knöpfe auf der Seite seines Akkordeons drücken. Eine Weile schlugen wir die Akkorde an, während er auf den Tasten Melodien improvisierte. Wir waren alle so fasziniert von diesem Instrument, dass er uns völlig überrumpelte, als er ohne jede Vorwarnung »Jesus liebt mich« anstimmte.

Erneut übertönte Bens klare, engelhafte Stimme alle anderen. Erneut sang Ben das ganze Lied allein. Sobald wir die ersten Takte des bekannten Liedes vernahmen, verwandelten wir uns auf unseren Sitzen zu Statuen, und der junge Mann mit dem Akkordeon spielte eine leise Begleitung zu der sensiblen Sopranstimme des Jungen, die aus einer anderen Welt zu kommen schien.

Allerdings fiel mir dieses Mal etwas anderes auf. Dieses Mal überrollte mich dieses Lied nicht so sehr. Mir fiel auf, dass Ben seine eigene Version von »Jesus liebt mich« hatte. Die Verse waren die gleichen, aber als der Refrain kam, sang er:

»Ja, Jesus liebt mich.
Ja, Jesus liebt mich.
Ja, Jesus liebt mich.
Aber ich selbst sag' es mir.«

Es klang fast genauso wie »Denn die Bibel sagt es mir«. Deshalb konnte einem diese Abwandlung des Textes auch so leicht entgehen.

Ich spielte die Worte unzählige Male in meinem Kopf durch. Sie ergaben für mich einfach keinen Sinn. »Aber ich selbst sag' es mir.« Vielleicht hatte ich nicht richtig gehört. Vielleicht hatte Bens Stimme mich irgendwie durcheinander gebracht.

Bens Gesang hatte eine unglaubliche Wirkung: Irgendwie wurde die geistliche Atmosphäre im Raum so verstärkt, als hätte ein Sturm ein sehr starkes Magnetfeld aufgebaut. Dieser neueste Ausflug in außerirdische Sphären veranlasste unseren neuen, Akkordeon spielenden Lehrer zu einer leidenschaftlichen Predigt über die Liebe Gottes. Er redete, als predige er bei einer evangelistischen Großveranstaltung vor Tausenden von Leuten und nicht vor nur fünfzehn unruhigen Schulkindern im Untergeschoss einer Kirche. Er sprach sogar eine Einladung aus, unser Leben Jesus zu übergeben und nach vorne zu kommen. Dabei spielte er »So wie ich bin, komme ich zu dir« auf seinem Akkordeon. Normalerweise wäre er mit so etwas bei uns nie durchgekommen, aber Bens ungewöhnliche Ausstrahlungskraft lag wie ein starkes Magnetfeld immer noch im Raum. Wenigstens konnte ich mir nur so erklären, warum Bobby Brown nach vorne kam … und mit ihm natürlich die ganze letzte Bank. Aber als sie vorne standen und der Lehrer sie fragte, warum sie gekommen seien – waren sie gekommen, um

Jesus in ihr Leben aufzunehmen oder um ihm ihr Leben neu zu übergeben? –, waren sie nicht ganz sicher. Sie wussten nur, dass sie noch einmal die Knöpfe auf seinem Akkordeon drücken wollten.

War Ben sich eigentlich bewusst, welche Wirkung seine Stimme hatte? Hatte er wirklich diese seltsamen Worte gesungen? Diese Fragen ließen mir für den Rest des Kindergottesdienstes keine Ruhe. Sie beschäftigten mich auf dem ganzen Nachhauseweg und während des Sonntagsessens. Ich beschloss, ihn darauf anzusprechen, wenn wir das nächste Mal allein wären.

Aber es dauerte bis zum nächsten Samstag, bis sich mir endlich eine Gelegenheit dazu bot.

»Kannst du wirklich glauben, dass diese Kerle letzten Sonntag nach vorne gegangen sind?«, fragte ich. Bobby Browns plötzliche Bekehrung hielt ich für eine ideale Hintertür zu dem Thema, das ich eigentlich ansprechen wollte.

»Wahrscheinlich hat er nur kurzzeitig sein Gedächtnis verloren«, erwiderte Ben.

»An was hätte er sich denn erinnern sollen?«

»An seinen Ruf als Rowdy von der letzten Bank.«

»Und woran lag es deiner Meinung nach, dass sie alle ihr Gedächtnis verloren haben?«, fragte ich und hoffte, damit das eigentliche Thema anzuschneiden. Ben gab keine Antwort.

Wir lagen in unserem Garten hinter dem Haus auf dem Rücken und machten gerade eine Pause vom Autospielen. Es war ein ungewöhnlich warmer Maitag, ein Vorbote auf den Sommer und die langen Tage, an denen wir zusammen spielen konnten. Ben und ich verbrachten genauso viel Zeit mit Planungen wie damit, tatsächlich mit unseren Autos zu spielen.

Auf der Erde rund um den Stamm des Birnbaums und des Pflaumenbaums, die Seite an Seite hinter unserer Veranda standen, wollten wir unser eigenes kleines Vorstadthaus bauen. Jeder von uns hatte ein eigenes Grundstück: Meines befand sich unter dem Birnbaum, Bens unter dem Pflaumenbaum. Alles sollte wie echt aussehen, bis ins kleinste Detail. Wir wollten sogar unsere Spielzeugmaschinen nehmen, um damit die Erde auszuheben und wegzuschaffen. Es war perfekt: Ich hatte den Laster und Ben den Bulldozer. An diesem Tag hatten wir an den Grenzlinien für unsere Grundstücke gearbeitet und mit Streichhölzern und Bindfaden Gebiete abgesteckt. Im Augenblick diskutierten wir über die Lage und den Bau der Swimmingpools. Ben wollte echten Beton haben, aber ich fand, Beton sei zu rau für einen so kleinen Modellpool. Wir sollten es mit etwas Glatterem versuchen. Zum Beispiel mit Gips. Bens reger Verstand arbeitete bereits an einem Miniaturfiltersystem.

Dass er auf meine letzte Frage keine Antwort gab, verriet mir, dass er nicht darüber sprechen wollte, was letzten Sonntag vorgefallen war. Aber ich wollte dieses Thema nicht so schnell fallen lassen.

»Meinst du, das Lied hatte etwas damit zu tun?«, wagte ich nach einer langen Pause einen neuen Vorstoß.

»Welches Lied?«

Ich schaute angestrengt durch die langen, fingerförmigen Blätter des Birnbaums hinauf, an dem die kleinen, grünen Birnchen hart und unreif an den Ästen hingen. Ich versuchte, mir eine vorsichtige, diplomatische Art zu überlegen, wie ich das Thema ansprechen könnte. Es gab keine vorsichtige, diplomatische Art.

»›Jesus liebt mich‹, Ben … du weißt schon, das Lied, bei dem alle anderen den Atem anhalten, sobald du anfängst, es zu singen! Wie kommt es, dass du nur dieses eine Lied singst? Und warum hat deine Stimme eine solche Wirkung auf alle?«

So, jetzt war es draußen. Ich hatte fast alles gefragt, was ich unbedingt von ihm wissen wollte. Nur noch nicht, warum er den Text der letzten Zeile geändert hatte. Da er nicht sofort antwortete, beschloss ich, zu Ende zu bringen, was ich angefangen hatte.

»Und warum hast du die Worte in der letzten Zeile geändert?«

Ben schwieg lange. Alles war still. Wir schauten immer noch durch die Zweige zu den winzigen Flecken des blauen Himmels hinauf, die man von hier aus sehen konnte. Hatte ich zu viel gesagt?

»Ich glaube es nicht«, erklärte Ben schließlich.

»Was glaubst du nicht?«

»Ich glaube nicht, dass Jesus mich liebt. Zeig mir, wo in der Bibel steht: ›Jesus liebt dich … Ben.‹ Ich kann es nirgends finden. Das Lied sollte eigentlich heißen: ›Jesus liebt uns.‹ Das würde einen Sinn ergeben. Zu viele Leute singen ›Jesus liebt mich‹, aber sie meinen es nicht wirklich ernst. Oder sie wissen nicht einmal, was sie da singen. Ich will nichts sagen, das ich nicht auch so meine, besonders wenn ich weiß, dass Gott daneben steht und mir zuhört. Deshalb habe ich die letzte Zeile geändert. Die Bibel sagt mir nicht: ›Jesus liebt Ben‹, und solange ich mir das nicht sagen kann, werde ich nicht etwas singen, das ich nicht für wahr halten kann.«

»Aber ist er denn nicht am Kreuz gestorben, weil er alle Menschen liebt? Ist das nicht die Antwort? Ich meine … gehören du und ich nicht irgendwo hier dazu?«

»Ja, aber da geht es um alle. Jesus starb für alle. Aber ich bin nicht alle. Ich bin Ben Beamering. Ich gehe ja verloren, wenn ich nur ein winzig kleiner Teil von allen bin.«

Plötzlich musste ich an Bens Gesicht auf dem Bild von seiner Familie denken und an Bens Gesicht, mit dem er an jenem ersten Tag in der Gemeinde auf der Tribüne gestanden hatte. Plötzlich begriff ich etwas Neues an diesem seltsamen Gesichtsausdruck. Es war der Blick eines Menschen, der verloren war. Verloren inmitten von Menschen, die so aussahen, als wären sie alle so glücklich darüber, dass sie dazugehörten.

Ich fühlte mich auch irgendwie verloren, wenn Ben so redete. Eine Weile schwieg ich. Wie kam es, dass Ben so klug war? Es war nicht das letzte Mal, dass ich mir diese Frage stellte. Ständig schien er über Dinge nachzudenken, die mich noch jahrelang nicht beschäftigten. Das hatte immer eine ähnliche Wirkung auf mich: Entweder ich kam mir ganz dumm vor, oder ich gewann den Eindruck, Ben komme irgendwie aus einer anderen Welt. Häufig war es eine Mischung von beidem.

Um mein Unbehagen abzuschütteln, sprang ich auf und versuchte, eine kleine grüne Birne vom Baum zu rupfen. In ihrem unreifen Stadium war der Stiel so stark, dass er weiter oben am Zweig abbrach. Ich hatte eine Hand voll Blätter und eine ganze Traube unreifer Früchte in der Hand.

»Warum lässt du es dann nicht ganz bleiben? Warum singst du das Lied dann überhaupt?«, fragte ich und zupfte die harten, golfballgroßen Birnen ab und schleuderte sie, so weit ich konnte, über die Mauer. »Und warum nur dieses eine Lied?«

»Es ist das einzige Lied, das ich glaube … mit der Änderung.«

»Glaubst du, du kannst je glauben, dass Jesus dich liebt?«

»Wenn ich es glaube, bist du der Erste, der es erfährt.«

»Aber ich verstehe trotzdem nicht, warum dieses Lied eine solche Wirkung auf andere hat, wenn du es singst«, sagte ich kopfschüttelnd.

»Das verstehe ich auch nicht«, antwortete er. »Ich wünschte, ich könnte es verstehen. Denn ich weiß, dass es allen Angst macht. Mir macht es auch manchmal Angst.«

5

Der Generalschlüssel

Wenn wir nicht gerade mit unseren Autos spielten und an unseren Häusern bauten, war unsere Lieblingsbeschäftigung geheimdienstliches Auskundschaften, wie Ben und ich es bezeichneten. Da unsere Familien immer die Letzten waren, die sonntags die Kirche verließen, blieb uns normalerweise sowohl nach dem Gottesdienst am Sonntagmorgen als auch nach dem Abendgottesdienst eine Dreiviertelstunde bis eine ganze Stunde Zeit, die sich erstklassig zum Ausspionieren eignete.

Bei diesem heimlichen Unterfangen war die gesamte Kirche für uns feindliches Territorium. Von jemandem gesehen zu werden, kam einem Todesurteil gleich. In unserem verzweifelten Bemühen, am Leben zu bleiben, blieb kein Schrank, kein Zimmer, keine Nische und kein Durchgang unerforscht. Als die Sommerferien begannen, kannten wir jeden einzelnen Balken dieser Kirche. Wir zeichneten detaillierte Karten vom Inneren des Gebäudes und führten Buch über die regelmäßigen Bewegungen der angestellten Mitarbeiter. Dabei hatten wir besonders den Hausmeister im Auge, Harvey Griswold oder »Grizzly«, wie wir ihn nannten – wegen seiner Reaktion, wenn er uns irgendwo entdeckte, wo er uns nicht vermutet hatte. (Das war bald überall.) Er knurrte und hob in einer verzweifelten Geste beide Arme. Wenn man sich an einem dunklen Platz versteckt, hat fast jeder, der einen findet, das Licht im Rücken. Mr. Griswolds dünne Haare, seine ausgestreckten Arme und seine kehlige Stimme verliehen ihm dazu noch eine Silhouette, die einem Bären gleichkam. Von daher dieser Spitzname.

Obwohl wir uns anfangs vor ihm fürchteten, fanden wir bald heraus, dass wir vor ihm keine Angst haben mussten. Harvey Griswold war taubstumm und leicht an der Nase herumzuführen. Das kehlige Knurren war das einzige Geräusch, das er von sich geben konnte. Außerdem hatte er eine große Angst vor Höhen. Wir konnten ihn also immer leicht abhängen. Dazu brauchten wir nur nach oben zu gehen. Grizzly hatte eine so große Angst vor Höhen, dass er nicht einmal zur Empore hinaufging – eine Phobie, die es für die Gemeinde nötig machte, einen Freiwilligen zu suchen, der diesen Teil der Kirche putzte. Viele Gemeindeälteste wollten dieses Problem durch die Einstellung eines neuen Hausmeisters lösen. Aber zu viele Gemeindemitglieder liebten Harvey und wollten nicht, dass er seine Stelle verliert, weil er dann bestimmt keine neue mehr finden würde.

Unsere Kirche war Anfang der 20er Jahre erbaut worden, und obwohl sie einige Renovierungen hinter sich hatte und an einer der am stärksten befahrenen Ecken in ganz Pasadena stand, strahlte sie immer noch den Charme einer alten Schindelkirche auf dem Lande aus. Wenn uns der Nordosten der USA ein wenig bekannt gewesen wäre, hätten wir sie schnell als typische neuenglische Schindelkirche eingestuft, für Südkalifornien ziemlich ungewöhnlich. Für uns hatte sie jedoch keine besondere architektonische Identität. Für uns war sie eine Festung, die unendlich viel Platz für unsere Kindheitsfantasien bot.

Je näher der Sommer rückte, umso ausgeklügelter wurde unser Überwachungssystem. Bald entwickelte es sich zu einer großen Spionageoperation.

Im früheren Glockenturm fanden wir das perfekte Hauptquartier. Vor mehreren Jahren waren die Glocken von Lautsprechern abgelöst worden. Seitdem stieg niemand mehr in den Glockenturm hinauf. Ungefähr auf halber Höhe befand sich ein

Vorsprung, eine Art Plattform, von der aus ein Lüftungsgitter eine gute Aussicht auf den Platz vor der Kirche bot. Auf der gegenüberliegenden Seite entdeckten wir ein winziges, zehn mal fünfzehn Zentimeter großes Fenster. Durch dieses Fenster konnten wir von ganz oben an der Wand hinter der Empore in den Kirchenraum hinabschauen. Das Fenster ermöglichte es dem Glöckner zu sehen, wann der Pastor mit dem Segen fertig war und er zu läuten beginnen konnte. Diese Tradition hatte überlebt: das Läuten der Kirchenglocken unmittelbar nach dem Segen, nur dass diese Töne jetzt elektronisch über die Orgel gesteuert wurden.

Somit hatten wir den Glockenturm ganz für uns allein. Ben fand sogar ein geheimes Fach in der Größe eines Arzneischrankes, in dem wir unsere Überwachungskarten, unsere Logbücher, unsere Taschenlampen und einen privaten Vorrat an Süßigkeiten und Kaugummis aufbewahrten. Die Lage unseres Hauptquartiers war ideal und hundertprozentig in Sicherheit vor Grizzly. Es befand sich zwei Stockwerke hoch und war nur über eine etwas wackelige, steile Holzleiter zu erreichen. Ich muss zugeben: Am Anfang war mir auch einige Male ziemlich flau im Magen, wenn ich die Leiter hinaufstieg. Aber ich gewöhnte mich mit der Zeit daran. Allerdings achteten wir streng darauf, dass wir den knurrenden Hausmeister immer abhängen konnten, bevor wir auch nur in die Nähe der Nische kamen, die zum Eingang unseres Hauptquartiers führte. Wir hofften, dass er dadurch keinen Verdacht schöpfte und nicht auf die Idee käme, dass wir den Turm als Versteck benutzten.

Als wir eines Tages nach einer stürmischen Jagd zu dieser Nische sprinteten, mussten wir jedoch feststellen, dass die Tür verschlossen war.

»Was sollen wir jetzt tun?«, fragte ich Ben.

»Mach dir keine Sorgen. Ich überlege mir etwas.«

»Wer hat hier wohl zugesperrt?«

»Wahrscheinlich Grizzly. Vielleicht hat er doch Verdacht

geschöpft. Er selbst wird bestimmt nie auf den Turm hinaufklettern, aber wahrscheinlich meint er, dass er uns damit auch vom Turm fern halten kann. Mach dir nichts daraus. Mir kommt schon eine Idee. Vielleicht können wir das sogar zu unserem Vorteil nutzen.«

Ben konnte Schwierigkeiten immer in Gelegenheiten zu etwas Positivem umwandeln. Sein Verstand arbeitete ständig auf Hochtouren und fand aus scheinbaren Sackgassen neue Wege. Nie habe ich erlebt, dass Ben kein Ausweg eingefallen wäre.

Unser Verdacht, dass es Grizzly gewesen sein könnte, der die Tür zugeschlossen hatte, bestätigte sich: An diesem Tag waren noch eine ganze Reihe anderer Türen verschlossen. Offenbar ging Mr. Griswold zum Gegenangriff über.

»Weißt du, was ich glaube?«, sagte Ben. »Wahrscheinlich ist er gar nicht so beschränkt, wie alle annehmen. Er weiß zwar nicht, wo wir sind, aber er will unsere Versteckmöglichkeiten einschränken und uns damit in die Enge treiben. Nicht schlecht vom alten Grizzly.«

Am folgenden Sonntag rückte Ben, der während des ersten Teils des Gottesdienstes neben mir sitzen durfte, mit seiner Idee heraus. Während die Opfergabe eingesammelt wurde und wir alle in unseren Hosentaschen nach Geld kramten, griff Ben ebenfalls in seine Tasche und gab mir mit seinem Blick zu verstehen, dass ich nach unten schauen sollte. Aus seiner Hosentasche ragte, von seinen Händen beschirmt und nur für meine Augen zu sehen, ein nagelneuer, glänzender Schlüssel heraus.

»Für die Tür zum Turm?«, flüsterte ich mit großen Augen.

»Noch viel besser«, erwiderte Ben mit einem verschmitzten Grinsen. »Der Generalschlüssel für die ganze Kirche!«

»Wie bist du denn an diesen Schlüssel herangekommen?«

»Ich habe ihn vom Schlüsselring meines Vaters abgemacht.«

»Das kannst du doch nicht!«, entrüstete ich mich ein wenig

zu laut. Die Frau vor uns drehte sich um und warf uns einen tadelnden Blick zu.

»Du musst ihn zurückbringen!«, flüsterte ich etwas leiser, dafür aber mit umso mehr Nachdruck.

»Das habe ich schon längst«, erklärte Ben mit diesem siegessicheren Blick, den er aufsetzte, wenn er wusste, dass er gewonnen hatte. »Ich habe ihn nachmachen lassen.«

Jetzt hatten wir freien Zugang zur ganzen Kirche. Wir konnten nicht nur nach Belieben in alle Räume gehen, wir konnten sie auch hinter uns absperren. Ein Umstand, der sich später, als Bobby Brown und seine Kumpane zu uns ins Spionagegeschäft einsteigen wollten, als überaus hilfreich erwies. Ben und ich behielten unsere Spionageaktivitäten lieber für uns. Mit dem Generalschlüssel in der Hand konnten unsere Nachforschungen ganz neue Formen annehmen. Dank dieses Schlüssels wusste Grizzly oft überhaupt nicht, dass wir in der Nähe waren.

Einige Wochen später, Anfang Juni, lagen wir wieder unter den Obstbäumen. Die Birnen hatten inzwischen die Größe irgendwo zwischen einem Golf- und einem Tennisball angenommen. Die Pflaumen waren gerade erst zu sehen. Unsere Miniaturstadt entwickelte sich jetzt, da der Unterricht für dieses Schuljahr vorbei war, schneller. In nur einer Woche hatten wir bereits unsere Straßen ausgemessen, den Boden für unsere Fundamente ausgegraben und »sie ausgegossen«, was in Wirklichkeit bedeutete, dass wir die Betonstückchen ausgelegt hatten, die Bens Vater uns überließ, als er seine Veranda neu pflasterte. Die eckigen Betonstückchen hatten genau die richtige Größe für das Fundament unserer künftigen Häuser.

»Ich weiß, was wir für die Straßen nehmen können«, sagte ich, als wir die Baustelle begutachteten. »Sand. Sand sieht genauso aus wie Kies.«

»Perfekt«, nickte Ben. »Sand haben wir auch zu Hause. Morgen bringe ich welchen mit.«

Jetzt, da keine Schule war, spielten wir fast jeden Tag miteinander. Bens Eltern erlaubten ihm inzwischen, mit dem Rad zu uns zu fahren. Der Weg von ihm zu mir führte fast auf der ganzen Strecke bergab. Er brauchte also nur eine Viertelstunde. Einmal versuchten wir, miteinander zu ihm zurückzuradeln, aber das ging bergauf, und wir brauchten dazu fast eine Dreiviertelstunde. So sehr wir unsere Unabhängigkeit auch schätzten, wollten wir uns trotzdem nicht so anstrengen. Deshalb führten wir es ein, dass meine Mutter Ben und sein Fahrrad am Spätnachmittag immer nach Hause fuhr. Mindestens einmal in der Woche durfte Ben bei mir schlafen. Mrs. Beamering sprach meine Mutter immer wieder darauf an, dass es ihr unangenehm sei, wenn Ben ständig bei uns sei, ich aber so gut wie nie bei ihm. Aber meine Mutter erklärte ihr jedes Mal, dass es ihr überhaupt nichts ausmache, da wir so schön miteinander spielten. Außerdem überzeugten wir Bens Mutter, dass wir auf unserer Baustelle weiterarbeiten mussten. Und so verbrachten Ben und ich in diesem Sommer fast jeden Tag und dazu noch viele Nächte miteinander.

Inzwischen nahm unsere kleine Stadt im Garten ganz ähnlich wie in der wirklichen Welt allmählich Formen an. Langsam und Schritt für Schritt. Nachdem wir das Gelände ausgemessen und für unsere Häuserreihe aus Doppelhäusern die Fundamente gelegt hatten, begannen wir mit dem Bau. Ben und mir bereitete es mehr Spaß, etwas zu planen und zu bauen, als es fertig zu haben. Wir ließen uns also Zeit und sparten nicht mit Details. Unsere Häuser sollten nicht nur äußerlich echt aussehen. Sie sollten auch im Inneren perfekt ausgebaut werden. Wenn man durch die Fenster schaute, sah man Zimmer, Türrahmen, Korridore und Zimmerdecken.

Wir bauten die Häuser ganz aus Balsaholz und Leim, und wir entwarfen sie »von Grund auf«, wie wir sagten. Wir malten die Grundrisse von Häusern ab, die wir in der Zeitschrift *Haus und Garten* meiner Eltern fanden. Die Grundrisse mussten wir natürlich entsprechend verkleinern, damit sie in der Größe zu unseren Autos passten. Die Mauern bauten wir mit kleinen Nägeln und richtigen Streben für die Fenster und Türen. In diesem ersten Sommer kamen wir nicht weiter als bis zu den Rahmen. Ein so langfristiges Projekt zu haben, bedeutete, dass wir immer die Möglichkeit hatten, an den Häusern weiterzuarbeiten – was wir in unserer Garage taten – oder sie mit hinauszunehmen und auf ihre Fundamente zu stellen und dann mit unseren Autos vorzufahren, so als besuchten wir die Baustelle, kontrollierten, wie die Arbeit vorankam, und könnten es nicht erwarten, endlich einzuziehen.

Ben liebte den Edsel immer noch. Wenn wir die Zeitschriften durchblätterten und nach Grundrissen für unsere Häuser suchten, fiel ihm jede Edsel-Anzeige auf. Eines Tages fand er in der Juni-Ausgabe der Zeitschrift *Life* eine neue Anzeige und fragte, ob er sie ausschneiden könne.

»Natürlich«, nickte ich. »Du kannst auch die anderen alle haben, wenn du willst. Meine Eltern haben bestimmt nichts dagegen.«

»Die anderen brauche ich nicht. Die habe ich alle schon.«

»Wirklich? Soll das heißen, du hast diese Anzeigen alle aufgehoben?«

»Ich habe alles aufgehoben, was ich über dieses Auto finden konnte.«

»Wieso denn das?«

»Ich möchte verfolgen, wie es mit dem Edsel weitergeht. Ich möchte sehen, wie lang er sich hält. Weißt du, dass sie 250 Millionen Dollar in die Entwicklung und Werbung für dieses Auto gesteckt haben? Ford arbeitete seit 1948 an der Entwicklung einer neuen Modellreihe. Nach zehn Jahren und dem ganzen Geld, das sie investiert hatten, kamen sie mit diesem Auto heraus. Kannst du das verstehen?«

Nein. Ich verstand das überhaupt nicht. Aber das behielt ich lieber für mich.

Er nahm seinen Edsel und hielt ihn mir vors Gesicht. »Du musst doch zugeben: Das *ist* ein hässliches Auto. Schau es dir genau an. Können 250 Millionen Dollar helfen, dieses Auto dem amerikanischen Volk zu verkaufen? Entweder ist der Edsel ein einziger großer Fehler, oder irgendjemand versucht, uns für dumm zu verkaufen.«

»Aber … das verstehe ich nicht. Ich dachte, du magst dieses Auto«, stammelte ich und versuchte, nicht zu zeigen, wie sehr es mich verletzte, dass Ben mein mühsam erstandenes Geschenk mit solcher Verachtung behandelte. Ganz zu schweigen von meinem Schock über diese plötzliche Kehrtwende in seinem Geschmack.

»Freilich mag ich es. Ich mag dieses Auto sogar sehr. Das ist ja genau das Problem. Ich versuche herauszufinden, warum ich es mag. Was veranlasst mich, etwas zu mögen, das so hässlich ist? Schau dir das an«, sprach er weiter und deutete auf die neueste Anzeige.

Auf dem Foto waren zwei Edsel abgebildet. Einer davon war sogar ein Kabrio. Die Autos waren vor einem Jachthafen geparkt. Ein paar fröhliche, reiche Leute standen um die Autos herum und wollten nur ungern ihre Autos verlassen und auf ihre Jacht gehen. Ben las die Bildunterschrift laut vor: »›In weniger als einem Jahr wurde das herausragende Design des Edsel genauso berühmt, wie es elegant ist. Dank seiner klassischen Formen erkennen Sie den Edsel viel schneller, aus viel größerer Entfernung als jedes andere Auto in Amerika!‹ Na klar! Diesen Grill, der aussieht, als sauge er eine Zitrone aus, kann man aus einem Kilometer Entfernung erkennen! Dieses Auto hat das Gesicht verzogen und sieht aus, als würde es sich jeden Augenblick übergeben! Das kann doch jeder sehen. Ein Wunder, dass überhaupt jemand ein solches Auto kauft«, erklärte er. »Habe ich dir eigentlich erzählt, dass ich letzten September zugesehen habe, wie sie dieses Auto zum ersten Mal der Öffentlichkeit vorstellten?«

»Nein.« Ich schüttelte den Kopf und hatte mich immer noch nicht ganz von meinem Schock erholt.

»Ich glaube, ich war noch nie zuvor so aufgeregt. Ich stand ganz weit vorne. Als sie die Hüllen von dem ersten Auto zogen, saß ich bei meinem Vater auf den Schultern. Es war ein ganz komisches Gefühl, diesen hässlichen Grill und diese Scheinwerfer, die aussehen wie Knopfaugen, zu sehen … Ich liebte und hasste das Auto gleichzeitig. Das gleiche Gefühl habe ich, wenn ich mich im Spiegel ansehe.«

Das war das erste von vielen Gesprächen, die Ben und ich über den Edsel führten. Damals begriff ich keines dieser Gespräche wirklich. So sehr ich unsere Modellautos liebte und bestimmte klassische Designs bewunderte, konnte ich seine Faszination, seine wachsende Besessenheit vom Schicksal des Edsel einfach nicht nachvollziehen. Es war, als habe dieses Auto und seine Zukunft eine persönliche Bedeutung für ihn.

6

Operation »Kann Kuh liieren«

»Ich habe eine Idee«, verkündete Ben und richtete sich plötzlich auf. Es war einige Tage nach unserem Gespräch über den Edsel. Wir lagen wieder einmal ausgestreckt unter den Obstbäumen und machten eine Verschnaufpause vom Bauen.

»Was denn für eine?«, fragte ich und erwartete einen neuen Plan für unsere Stadt unter den Bäumen.

»Ich weiß, wie wir in der Kirche alle aufwecken können.«

»Wie meinst du das?«, fragte ich verständnislos. »Ich wusste gar nicht, dass die Leute in der Kirche schlafen.«

»Natürlich schlafen sie. Sie sitzen jeden Sonntag auf demselben Platz in ihrer Kirchenbank und alles läuft genauso ab, wie es im Gemeindebrief angekündigt ist. Mr. Mason schläft normalerweise schon, bevor wir zum Kindergottesdienst gehen. Neulich habe ich gehört, wie sich sogar mein Vater beklagte, dass bei seinen Predigten alle einschliefen. Ich finde, wir müssen sie einfach aufwecken.«

»Wie willst du das denn anstellen?«

»Wodurch werden die Leute am Morgen aufgeweckt?«

»Durch einen Wecker?«

»Du sagst es. Genau das machen wir auch. Wir lassen einen Wecker klingeln.«

»In der Kirche?« Jetzt richtete ich mich auch auf.

»Ja. In der Kirche. Weißt du noch, was wir gefunden haben, als wir gestern Abend in den Gemeindebüros spionierten?«

Er wartete nicht auf mein Nicken. »Ich habe den Gottesdienstplan für nächste Woche auf dem Schreibtisch meines Vaters gesehen und mir die Bibelstelle gemerkt, die nächsten Sonntag in der Lesung drankommt. Irgendwas aus dem fünften Kapitel im Epheserbrief. Ich habe dieses Kapitel gestern Abend gelesen. Hol doch einmal deine Bibel.«

Ich konnte mir nicht vorstellen, was Ben schon wieder im Schilde führte, lief aber ins Haus und kam mit der Bibel zurück, die ich als Erstklässler in der Sonntagsschule als Preis für das Auswendiglernen von Bibelstellen gewonnen hatte. Ben fand den Epheserbrief und bewegte den Zeigefinger über die Zeilen.

»Hier steht es«, rief er. »Hör zu: ›Und habt nicht Gemeinschaft mit den unfruchtbaren Werken der Finsternis; deckt sie vielmehr auf. Denn was von ihnen heimlich getan wird, davon auch nur zu reden ist schändlich. Das alles aber wird offenbar, wenn's vom Licht aufgedeckt wird; denn alles, was offenbar wird, das ist Licht. Darum heißt es: Wach auf, der du schläfst, und steh auf von den Toten, so wird dich Christus erleuchten.‹«

Ben blickte von der Bibel auf und schaute mich erwartungsvoll an, als sollte ich kapieren, worauf er hinauswollte. Ich kapierte es nicht.

»Und?«, fragte ich.

»›Wach auf, der du schläfst‹«, zitierte er. »Genau an dieser Stelle tun wir es.«

»Wir tun was? Wovon sprichst du eigentlich?«

Bens Gesicht nahm plötzlich die Miene eines Menschen an, der gerade einen unbeschreiblich köstlich schmeckenden Happen probiert hatte. Nur dass es in Bens Fall ein geistiger Happen war, eine unbeschreiblich köstliche Idee.

»Ich möchte wetten, wir können vor der ganzen Gemeinde einen Wecker läuten lassen, wenn mein Vater gerade diesen Satz liest. Stell dir das mal vor: ›Wach auf, der du schläfst‹ – und plötzlich kommt von irgendwoher ›Brrrrrrrrrrrring!‹ Und niemand kann etwas dagegen unternehmen!«

»Du bist ja verrückt!«

»Hör mir doch erst einmal zu. Wir können das schaffen. Es ist ein Klacks. Erinnerst du dich an das Gerüst, das wir hinter den Orgelpfeifen entdeckt haben? Das Gerüst, das sie dort stehen lassen, damit man leichter Reparaturen vornehmen kann? Von dort aus könnten wir den Wecker läuten lassen. Dort findet ihn niemand so schnell. Bis sie dort sind, hat der Wecker schon längst aufgehört zu klingeln.«

Ich blickte in Bens aufgeregtes Gesicht und dachte an all die negativen Aspekte dieses Vorschlags. »Aber von dort hinten hörst du doch nichts«, brachte ich meinen ersten Einwand vor. »Die Orgel ist viel zu laut. Mr. Owlsley spielt immer während der Lesung. Woher willst du denn wissen, wann du den Wecker klingeln lassen musst?«

»Hmmm.« Bens Verstand arbeitete auf Hochtouren. »Vielleicht könntest du mir irgendwie ein Zeichen geben.«

»Wie soll ich das denn tun, ohne dass mich jemand bemerkt?« Ich versuchte, so viele Hindernisse, wie mir nur einfielen, in den Raum zu werfen. »Ben, du hast viele großartige Ideen. Die Idee, die du gestern für die Fenster unserer Modellhäuser hattest, war genial, aber dieses Mal …« Ich schüttelte den Kopf.

»Gib doch nicht so schnell auf!«, flüsterte er aufgeregt. »Ich hab's! Du könntest mir durch das kleine Fenster im Turm ein Zeichen geben!«

»Großartig. Wie stellst du dir das vor? Soll ich etwa eine weiße Flagge hissen?«

»Du könntest von dort oben mit einer Taschenlampe leuchten. So wie wir uns im Spiel Morsezeichen schicken, wenn niemand in der Nähe ist. Ich muss nur einen Platz hinter den Orgelpfeifen finden, von dem aus ich einen freien Blick auf das Fenster habe.«

»Aber irgendjemand wird uns sehen. Irgendjemand im Chor oder auf der Tribüne sieht uns. Dann haben sie uns.«

»Nein, das werden sie nicht. Jeder wird überrascht sein. Niemand wird wissen, was los ist. Alle werden nur versuchen herauszufinden, wo der Wecker ist. Uns finden sie dabei niemals. Ich könnte mich aus dem Staub machen, sobald ich den Wecker eingeschaltet habe. Und du bist im Turm in Sicherheit.«

»Klar, solange niemand den Schein einer Taschenlampe dort oben sieht. Nein, Ben.« Ich schüttelte den Kopf. »Das ist einfach keine gute Idee … und was ist mit dem Kindergottesdienst? Wird man uns dort nicht vermissen?«

»Darüber habe ich auch schon nachgedacht. Die neue Sonntagsschullehrerin mag mich sowieso nicht. Sie wird so froh sein, ihre Ruhe vor uns zu haben, dass sie kein Wort sagt.«

Bens Argument war nicht von der Hand zu weisen. Er hatte wirklich an alles gedacht.

»Ach, komm schon, Jonathan. Es ist doch nur ein Spaß. Mein Vater macht von seiner Kanzel aus genau das Gleiche. Und das die ganze Zeit. Hast du das Theater vergessen, das er um dich und den Staubsauger veranstaltet hat? Wir zwingen ihn nur ein bisschen, seine eigene Medizin zu schlucken. Das ist alles. Außerdem helfen wir ihm, alle in der Kirche aufzuwecken!«

»Aber ich habe mich bis jetzt nie in Schwierigkeiten gebracht. Wenigstens nicht absichtlich. Ich glaube nicht, dass ich jetzt damit anfangen will.«

»Verstehe. Du willst also deine weiße Weste nicht beschmutzen, was? Und wie steht es um meine weiße Weste? Ich bin der Sohn des Pastors. Hast du das vergessen? Wenn sich jemand Sorgen um seine weiße Weste machen sollte, dann bin das ich. Du machst dir um so etwas viel zu viele Gedanken. Du solltest dir viel weniger Gedanken darüber machen, was andere von dir denken, und viel mehr Gedanken darüber, was du selbst denkst.«

»Na ja … mein Vater ist der Kantor. So viel Unterschied gibt es da nicht, weißt du. Sie stehen beide im Briefkopf auf dem Gemeindebrief.«

Ben schüttelte den Kopf und lachte mich an. »Wovor hast du denn eine solche Angst? Selbst wenn sie uns erwischen sollten, was wollen sie schon machen? Was könnten sie tun? Uns aus der Kirche hinauswerfen? Wahrscheinlich würde mein Vater uns zu sich ins Büro zitieren und uns ermahnen, so etwas nie wieder zu tun. Damit wäre die Sache erledigt.«

»Sie könnten uns verbieten, miteinander zu spielen.« Ich versuchte, mir das Schlimmste auszumalen.

»Meinst du? Selbst wenn sie das täten, würde es nicht lange anhalten. Unsere Eltern freuen sich viel zu sehr darüber, dass wir Freunde sind.«

»Damit hast du wahrscheinlich Recht«, nickte ich. Mein Widerstand wurde etwas schwächer. »Meinst du wirklich, wir könnten das über die Bühne ziehen, ohne erwischt zu werden?«

»Ich sage dir doch, dass wir das können«, sagte er eifrig. »Du machst also mit?«

»Das habe ich nicht gesagt.«

»Ich habe eine Idee«, schlug er vor. »Morgen Abend nach der Gebetsstunde machen wir einen Probelauf! Wir können herausfinden, ob hinter den Orgelpfeifen ein Platz ist, an dem ich die Taschenlampe sehen kann. Dann kann ich vom Chor und von der Empore aus überprüfen, ob ich von dort aus die Taschenlampe überhaupt sehe. Was hältst du davon?«

»Also gut. Aber ich sage nur ja zu einem Probelauf.«

An diesem Abend hörte ich, wie mein Vater und meine Mutter sich beim Geschirrspülen über Ben und mich unterhielten. Mein Vater ließ eine Bemerkung darüber fallen, dass neue Pastoren oft im ersten Jahr alle hauptamtlichen Mitarbeiter mit Argusaugen beobachteten und überlegten, wen sie behalten und welche Ämter sie neu besetzen wollten.

»Du glaubst doch nicht, dass Jeffery mit dem Gedanken spielt, dir zu kündigen, oder?«

»Ich weiß es nicht. Er ist schwer zu durchschauen. Wenn überhaupt etwas wirklich für uns spricht, dann ist das genauso sehr Bens und Jonathans Freundschaft wie meine Arbeit. Ich denke schon, dass ihm gefällt, was ich tue. Wenigstens sagt er es. Aber ich bin nie sicher, ob er das auch wirklich so meint. Was ich mit Sicherheit weiß: Er freut sich, dass Ben in Jonathan einen Freund gefunden hat. Offenbar hatte der Junge bisher nicht allzu viele Freunde.«

»Da du gerade von Ben und Jonathan sprichst: Rate mal, was ich heute gesehen habe«, wechselte meine Mutter das Thema. »Ich habe gesehen, wie die beiden heute Nachmittag miteinander im Garten in der Bibel lasen. Stell dir das nur einmal vor! Ist das nicht herrlich? Und das ganz von allein.«

»Ich mag Ben. Du nicht auch?«, fügte sie nach einer kurzen Pause hinzu.

»Na ja, er hat manchmal ein paar seltsame Ideen, aber ich glaube schon, dass ich ihn mag. Noch mehr gefällt mir, mit wem er verwandt ist.«

»Rede doch nicht so. Das klingt so kalkulierend.« (Ich kannte das Wort *kalkulierend* nicht. Für mich klang es wie »Kann Kuh liieren«.)

»Entschuldige, Liebes. Aber es geht um meinen Arbeitsplatz, und zwar um einen Arbeitsplatz, der allein von der Gunst des leitenden Pastors abhängt. Mir gefällt dieser Zustand ganz und gar nicht, aber ich habe immer das Gefühl, als könnte mich ein einziger Fehler meine Stelle kosten.«

»Walter, hör auf damit. Du machst deine Arbeit sehr gut. Rede nicht so. Außerdem hat dich Jeffery sehr gern. Ich glaube nicht, dass du dir irgendwelche Sorgen machen musst.«

»Meinst du?«

»Ich bin mir sogar ganz sicher. Weißt du, was Martha erst vor ein paar Tagen zu mir gesagt hat? Jonathan sei der beste, beste Freund, den Ben je hatte.«

»Der beste, beste Freund? Wolltest du das damit sagen?«

»Ja. Genau so hat sie es ausgedrückt: ›Der beste, beste Freund.‹«

»Wie ich schon sagte: Ich glaube, ich verdanke meine Stelle zu einem großen Teil diesen beiden Jungen.«

»Hast du schon einmal ›Kann Kuh liieren‹ gehört?«, fragte ich Ben am nächsten Abend, als wir zur Gebetsstunde kamen.

Gebetsstunden waren etwas, das mir immer schleierhaft blieb. Außer ein paar alte Leuten kam kaum jemand. Selbst Pastor Beamering war an den Mittwochabenden alles andere als enthusiastisch. Ehrlich gesagt, glaube ich, er wartete nur darauf, dass die alte Garde ausstarb und er den Mittwochabend aus dem Gemeindekalender streichen oder diese überholte Gemeindeveranstaltung wenigstens durch etwas Attraktiveres ersetzen konnte. Hin und wieder tauchte ein Neubekehrter auf, aber er fand sehr schnell heraus, dass dies kein besonders spannender oder erbaulicher Abend war. Man betete hier für die Tante, die im Sterben lag, für den Ehepartner, der bald sterben würde, oder für die eigene Person, deren Leben bald endete. Zum Glück mussten Ben und ich nie an der Gebetsstunde teilnehmen. Trotzdem begleiteten wir oft unsere Eltern zur Kirche. Wir spielten dann in den Sonntagsschulräumen oder im Keller. Am häufigsten waren wir natürlich oben im Turm und spionierten die gebeugten weißen, grauen und kahlen Köpfe aus.

»Nein. Ich habe keine Ahnung, was ›Kann Kuh liieren‹ heißt«, antwortete Ben, während er die Batterien unserer Taschenlampen überprüfte. »Wo hast du denn so etwas gehört?«

»Ich habe zufällig gehört, wie meine Eltern gestern Abend über uns sprachen. Papa sagte, er mag dich, weil du und ich einer der Hauptgründe seien, dass er seine Stelle hier noch habe. Dass deine Mama und dein Papa sich freuen, dass wir zusammen sind. Und dann sagte Mama: ›Kann Kuh liieren‹.«

»Ich habe wirklich keine Ahnung, was sie damit gemeint hat. Aber genau das Gleiche habe ich doch gestern Nachmittag gesagt. Deshalb brauchen wir uns keine Sorgen machen. Unsere Eltern freuen sich, dass wir zusammen sind.«

»Aber der Schuss könnte doch auch nach hinten losgehen«, beharrte ich. »Wenn irgendetwas vorfällt, könnte mein Papa seine Stelle los sein.«

»Dann müssen wir einfach dafür sorgen, dass wir weiterhin die besten Freunde bleiben«, erklärte Ben.

Seit diesem Tag bekam alles, was irgendwie damit zu tun hatte, dass wir Freunde bleiben wollten, den Decknamen »Kann Kuh liieren«. Wenn wir schon nicht wussten, was das heißen sollte, beschlossen wir wenigstens, unsere eigene Definition dafür zu erfinden.

Als die Gebetsstunde vorbei war, schaute ich vom Turm aus zu, wie der Letzte die Kirche verließ. Bald danach sah ich den Strahl von Bens Taschenlampe hinter den Orgelpfeifen tanzen und durch die vertikalen Röhren dieses riesigen, schweigenden Xylophons leuchten. Ich schaltete meine Taschenlampe ein und wartete, bis seine Taschenlampe genau auf mich gerichtet war. Das war das Zeichen dafür, dass er eine Stelle gefunden hatte, an der mein Licht deutlich zu sehen war.

Während Ben dort hinten auf dem Gerüst herumkletterte und sich auf seinen Plan konzentrierte, dachte ich über seine Idee mit dem Wecker nach. In meinen Augen war der Plan immer noch ziemlich absurd, aber Ben war er sehr wichtig. Ich war damit zufrieden, unsere Fantasiespiele für uns zu behalten und in unserem Garten hinter dem Haus zu verwirklichen. Aber Ben wollte sie auf großer Ebene ausführen. Es war fast so, als wollte er etwas Großes aus seinem Leben machen. Und zu dieser Stunde und an diesem Ort, am Mittwochabend dort oben auf dem Kirchturm, beschloss ich, dass ich das auch wollte. Als Bens Taschenlampe wieder aufleuchtete und ich ihm mit meiner Lampe signalisierte, dass ich sie gesehen hatte, war ich zu dem Schluss gekommen, dass das Ganze doch keine so verrückte Idee sei. Er hat Recht, sagte ich mir und musste an die traurigen Köpfe denken, die ich beobachtet hatte. Die Leute hier könnten es wirklich vertragen, dass jemand sie aufweckte.

Zufrieden, dass er genau die richtige Stelle gefunden hatte, die ihm eine freie Sicht zum Fenster bot, tauchte Ben bald vorne in der Kirche auf, um zu prüfen, ob der Schein meiner Taschenlampe von der Tribüne oder der Empore aus gesehen werden konnte. Er marschierte ein bisschen herum und kehrte dann in den Turm zurück.

»Perfekt«, verkündete er, als er die Leiter heraufgeklettert kam. Seine Stimme klang in diesem schmalen Turm ganz nah und war gut zu verstehen. »Wenn du deine Taschenlampe nicht zu weit aus dem Fensterrahmen hältst, sehe ich sie nur hinter den Orgelpfeifen. Sonst nirgends. Und selbst dort gibt es, so wie die Orgelpfeifen angeordnet sind, nur eine einzige Stelle, von der aus ich einen freien Blick auf das Fenster habe.« Er war ganz außer Atem und hatte rote Wangen vom Laufen und von dem Versuch, schneller zu reden, als nötig gewesen wäre. »Es hat lang gedauert, bis ich diese Stelle gefunden habe.«

»Ja«, nickte ich. »Während du dort auf dem Gerüst warst, habe ich etwas beschlossen: Ich mache mit. Ich denke, wir sollten es Operation ›Kann Kuh liieren‹ nennen.«

»Juhu!«, jubelte Ben. Ich versuchte, ihn dazuzubringen, leiser zu sein. Denn ich hatte Angst, jemand könnte hören, dass wir hier oben im Turm waren. Aber es war schwer, Bens Freude und Jubel zu bändigen. Wenn er wirklich glücklich war, was nicht oft vorkam, wurde sein Grinsen so breit, dass seine Ohren sich oben auf seinem Kopf fast berührten.

Am Sonntagmorgen wachte ich jedoch mit vielen Fragen und Bedenken auf. Die Bedenken wurden von Minute zu Minute größer. Je näher der große Augenblick rückte, umso stärker wurde mir bewusst, dass unsere Fantasie mit den Sonntagmorgen-Erwartungen vieler Leute kollidieren würde. Ich machte mir Sorgen um das Nachspiel, das unsere Operation für uns haben könnte.

»Geht es dir gut, Jonathan?«, fragte meine Mutter auf dem Weg zur Kirche. »Du hast heute Morgen fast nichts gegessen.«

»Doch, doch, mir geht es bestens«, log ich. »Ich hatte nur keinen Hunger.«

»Wahrscheinlich weil er und Ben gestern die letzten Cornflakes leer gemampft haben«, mischte sich Becky ein. »Wie heißt dieses neue Zeug eigentlich, das du gekauft hast, Mutter?«

»Meinst du die Crumbles? Schmecken sie dir?«

»Nee.«

»Mir schmecken sie schon«, log ich wieder, nur um meiner Schwester zu widersprechen. Crumbles waren ein schleifenförmiges Weizenmüsli von Kelloggs, das in den 50er und 60er Jahren ein kurzes Dasein in den Regalen fristete. Ich konnte mir auch erklären, woran das lag. Ich hatte immer Angst, eine dieser scharfrandigen Schleifen würde mir im Hals stecken bleiben. Aber an diesem Sonntagmorgen im Juni 1958 steckten nicht die Crumbles in meinem Hals, sondern das Wissen, dass ich das Signal zu einer brutalen Unterbrechung der heiligen Sonntagsordnung geben würde.

Ben und ich hatten es so geplant, dass wir uns vorher nicht sehen wollten. Wir wollten einfach unsere Stellungen einnehmen und die Tat ausführen. Es gab also keine Möglichkeit, jetzt noch einen Rückzieher zu machen. Selbst wenn ich meinen Teil nicht erfüllte, würde Ben seinen trotzdem durchziehen. So weit kannte ich ihn inzwischen. Und das wäre noch schlimmer, denn dann wäre das Timing falsch. Wenn er den Wecker an der richtigen Stelle rasseln ließ, ergab das Ganze wenigstens noch einen Sinn.

Etwas steckte mir immer noch im Hals, als ich meinen Platz im Turm einnahm. Meine Bibel war beim fünften Kapitel des Epheserbriefes aufgeschlagen. Mein Herz pochte. Alle paar Minuten überprüfte ich die Taschenlampe, um mich zu vergewissern, dass sie funktionierte, während ich der Gottesdienstordnung, die im Gemeindebrief abgedruckt war, so aufmerksam folgte wie noch nie. Pastor Beamerings Stimme war selbst durch die Glasscheibe hindurch gut zu hören, aber unser Hilfspastor, Mr. Ivory, war ein ganz anderes Kapitel. Er hatte eine so leise Stimme, dass ich bei weitem nicht jedes Wort verstehen konnte, das er vorlas. Ich betete, dass Bens Vater die Bibelstelle vorlesen würde, denn manchmal wechselten sich die beiden Pastoren bei der Lesung ab. Ich betete, dass Gott mir das, was ich vorhatte, vergeben würde, falls es trotzdem falsch sein sollte. Ich musste zugeben, dass mich meine Gebete nicht sonderlich trösteten.

Das erste Lied war »Krönt ihn mit tausend Kronen«. Als Milton Owlsley in die Tasten griff und die Pfeifen mit Luft füllte, fragte ich mich, wie laut es wohl bei Ben dort oben direkt hinter den Orgelpfeifen ist. Wahrscheinlich hielt er sich beide Ohren zu.

Mir fiel ein Stein vom Herzen: Als es Zeit für die Lesung war, stand Bens Vater auf. Wenigstens dieses Gebet war erhört worden. Ich nahm die Bibel und hielt die Taschenlampe über meiner Schulter einen halben Meter vom Fenster entfernt auf die Orgelpfeifen gerichtet.

»»Und habt nicht Gemeinschaft mit den unfruchtbaren Werken der Finsternis‹«, begann Pastor Beamering. Plötzlich überrollten mich starke Schuldgefühle. Tat ich hier ein unfruchtbares Werk der Finsternis? »»Denn was von ihnen heimlich getan wird, davon auch nur zu reden ist schändlich.‹« Und ich saß hier in einem heimlichen Versteck. Mit einem Mal drängte sich alles, was ich über die Ehrfurcht vor Gottes Wort gelernt hatte, in mein Gedächtnis. Pastor Beamerings Stimme ging in der Angst, die in diesem Augenblick von mir Besitz ergriff, unter. Sie wurde von den anderen Stimmen übertönt, die von den Wänden über meinem Kopf widerhallten. *Gottes Wort ist Gottes Wort, niemand darf es je ändern … Lege nie andere Bücher über die Bibel … Die Bibel ist heilig … Behandle sie mit Ehrfurcht und Achtung …*

Vor lauter Aufregung und Gewissensbissen hätte ich mein

Stichwort bestimmt überhört, wenn nicht Pastor Beamering an diesem Morgen ebenfalls gewisse Pläne verfolgt hätte. Er war ein Meister theatralischer Predigten und ein wenig verstimmt wegen seiner lethargischen Gemeinde, wie Ben sehr genau beobachtet hatte. Und so hatte er beschlossen, dieses Mal alle Register zu ziehen. Als er zu Vers 14 kam, beugte sich Jeffery T. Beamering Junior zum Mikrofon vor und las sehr leise: »›Darum heißt es:‹« – dann machte er eine Pause, holte tief Luft und rief dann so laut er konnte: »›WACH AUF, DER DU SCHLÄFST!‹«

Seine Stimme riss mich aus der Erstarrung, die meine Angst auf mich gelegt hatte. Meine Hand verkrampfte sich unwillkürlich um die Taschenlampe und drückte den Knopf. Einen Augenblick später rasselte bei den Orgelpfeifen auf der anderen Seite der Kirche ein lauter Wecker. Aber es war viel mehr als nur das harmlose Klingeln eines Weckers.

Was mir Ben nicht erzählt hatte: Hinten im Chorraum hatte er einen Lautsprecher entdeckt. Er hatte ein Kabel von dort zu einem Mikrofon gelegt, das er genau vor den Wecker hielt. Als der Wecker zu läuten begann, klang es eher nach einem Feueralarm als nach einem Wecker.

Und so konnte ich mit ansehen, wie alle in der Kirche einen Satz in die Höhe machten ... besser gesagt: zwei Sätze. Das erste Mal, als Pastor Beamering so laut schrie, und dann noch einmal, als der Wecker losging. An meinem Beobachtungspunkt oben über dem Gemeinderaum sah es aus, als hätte eine unsichtbare, riesige Hand jeden im Raum im Nacken gepackt, ihn zuerst in die eine und dann in die andere Richtung geworfen und schließlich wieder auf seinen Sitz fallen lassen.

Die Wirkung war erstaunlich. Pastor Beamering hielt danach eine eindringliche Predigt über geistliche Wachsamkeit. Mit Ausnahme von Mrs. Gullickson, die sich über Herzbeschwerden beklagte, wurde dieser Tag zu Jeffery T. Beamerings herausragendstem Sonntag bislang. Die Schlange derer, die nach dem Gottesdienst noch mit dem Pastor sprechen wollten, war so lang wie noch nie. Darunter waren auch viele Menschen, die noch kein einziges Mal mit ihm gesprochen hatten. Überzeugt, dass er die ganze Sache inszeniert hatte, spekulierte jeder, was er wohl am nächsten Sonntag auf Lager hätte, um diese Vorführung noch zu überbieten. Die allgemeine Begeisterung war so groß, dass ihm nichts anderes übrig blieb, als das Lob für das, was geschehen war, anzunehmen.

Das Geheimnisvolle an der ganzen Sache wurde noch dadurch erhöht, dass das Mikrofon einige von Bens Bewegungen hinter den Orgelpfeifen übertragen hatte. Als er während des Eröffnungsliedes an seinen Platz kletterte, rutschte er auf den Brettern aus. Mrs. Jacobson berichtete später, sie glaube, ein Schimpfwort gehört zu haben. Mr. Johnson glaubte, eine Rückkopplung und ein Klopfen in der Tonanlage bemerkt zu haben, und Cheryl Willaby war sicher, er habe eine Uhr ticken gehört. Aber alle sagten, sie hätten bei dem Lied unmittelbar vor der verhängnisvollen Schriftlesung eine engelhafte Stimme gehört, und alle waren sich einig, dass diese Stimme direkt vom Himmel gekommen sei. Angesichts der besonderen Heimsuchung, die nach Meinung der ganzen Gemeinde Pastor Beamering ereilt hatte, schienen engelhafte Stimmen irgendwie seltsam passend zu sein.

Jetzt befand sich Bens Vater in einer sehr heiklen Lage. Die ganze Woche hörte er Sprüche wie »Großartige Predigt, Herr Pastor«, »Das hat mich wirklich aufgeweckt«, »Sie haben eine unvergleichliche Art, schlafende Heilige zu wecken, Pastor Beamering«. Eine Frau berichtete sogar, dass sie in dieser Woche jeden Morgen, wenn ihr Wecker klingelte, sofort dachte: »Wach auf, der du schläfst, und steh auf von den Toten, so wird dich Christus erleuchten.« Angesichts dieser täglichen Erinnerung hatte sie die geistlich leuchtendste Woche ihres Lebens genossen. In dieser Woche erschienen sogar zur Gebetsstunde mehr Leute.

Ich wusste nicht, was ich davon halten sollte. Was als scherzhaftes Wachrütteln gedacht gewesen war, hatte sich in einen positiven Beitrag zu Pastor Beamerings Predigt verwandelt. Wir waren mit heiler Haut davongekommen. Ben war vom Gerüst herabgeklettert und hatte sich in der Küche versteckt, bevor ihn irgendjemand sehen konnte, und niemand hatte die leiseste Ahnung, dass ich im Turm war.

»Wir haben es getan!«, rief Ben ganz außer Atem, als er am darauf folgenden Dienstag in unsere Auffahrt radelte und in die Garage schlitterte, in der ich an der Werkbank stand und schon angefangen hatte, weitere Balsahölzer für die Wände unserer Häuser zu schneiden. »Wir haben es tatsächlich durchgezogen!«

Wir hatten uns seit dem großen Ereignis nicht mehr gesehen. Da niemand Verdacht schöpfen sollte, hatten wir beschlossen, uns am Sonntag nicht einmal miteinander blicken zu lassen.

»Ja«, grinste ich. »Das haben wir! Ich würde sagen, Operation ›Kann Kuh liieren‹ war ein riesiger Erfolg. Findest du nicht auch?«

»Na ja, nicht ganz. Der Sonntag war ein Erfolg, aber Operation ›Kann Kuh liieren‹ fängt gerade erst an. Für einen Versuchslauf war es nicht übel.«

7

Und dann waren es drei

Was hatte er soeben gesagt? Ein Versuchslauf? Ich hatte das Gefühl, Gott habe irgendwie gnädig mein ungehorsames Handeln in einen Segen verwandelt und mich noch einmal ungeschoren davonkommen lassen. Ich glaubte, ich könnte mich jetzt wieder darauf konzentrieren, die warmen, sorglosen Sommertage zu genießen. Und Ben sprach von einem Versuchslauf?

»Was hältst du davon, wenn wir es *Operation ›Kann Kuh liieren‹, erster Durchgang* nennen?«, schlug Ben mit seinem typischen gewinnenden Lächeln vor.

Ich versuchte, mich zu einem Lächeln zu zwingen, aber der Versuch schlug fehl. So war es nicht abgemacht gewesen. Mein Sicherheitsstreben versuchte erneut, sich von Bens Risikofreude und Abenteuerlust nicht anstecken zu lassen. Dieses Mal wollte ich nicht wieder klein beigeben.

»Aber, Ben. Warum hören wir nicht einfach damit auf, solange uns niemand ans Leder will? Schau doch nur, wie gut alles ausgegangen ist. Niemand kann sauer auf uns sein, selbst wenn sie es herausfinden sollten.«

»Ich weiß. Das ist ja genau der springende Punkt. Es ging zu gut aus.«

»Na ja, vielleicht war es genau das, was passieren sollte.«

»Was passieren soll, ist das, was wir passieren lassen«, erklärte er leidenschaftlich. »Und bis jetzt ist nicht das passiert, was ich passieren lassen wollte.«

Meine Reaktion war immer ziemlich gespalten, wenn Ben so redete. Auf der einen Seite litt ich Todesängste und fragte mich, ob er gegen etwas Heiliges sündigte. Auf der anderen Seite wollte ich glauben, dass er für etwas kämpfte, das von Grund auf richtig war. An diesem Dienstagmorgen nach unserer ersten (und wie ich gehofft hatte auch letzten) Operation ›Kann Kuh liieren‹ gewann die ängstliche Seite eindeutig die Oberhand.

»Ich habe gestern mit meinem Vater gesprochen«, erzählte Ben. »Ich glaube, er weiß Bescheid.«

»Warum? Hat er dich gefragt, ob wir es waren?«, entfuhr es mir erschrocken.

»Nicht genau. Ich glaube einfach, er weiß es.«

»Und was hat er gesagt?« Meine Angst und Verzweiflung wuchsen mit jeder Sekunde.

»Er sagte, falls ich irgendetwas damit zu tun habe, dass der Wecker losging, wolle er es nicht wissen. Und dann fügte er hinzu, falls ich irgendwie daran dächte, so etwas Ähnliches wieder zu machen, würde er mir auf die Schliche kommen, und ich dürfte dann nicht mehr mit dir spielen.«

»Siehst du? Ich sagte dir doch, dass das passieren würde!«

»Beruhige dich, Jonathan. Er meint es nicht so.«

»Was soll das heißen: Er meint es nicht so?« Ich schrie inzwischen fast.

»Das soll heißen …«, versuchte Ben mich zu beruhigen, indem er selbst seine Stimme beherrschte, »… dass ich glaube, er blufft nur.«

Ben lehnte immer noch auf seinem Fahrrad, hatte die Stange zwischen den Beinen und stützte sich auf den Lenker. Er rollte sein Rad vor und zurück und wippte dabei mit den Füßen auf und ab. Mir fiel auf, dass er von der Fahrt immer noch schwer atmete. Zwei- oder dreimal drehte ich ihm frustriert den Rücken zu und setzte meine Arbeit, kleine Balken mit einer Rasierklinge zurechtzuschneiden, fort. Sie mussten alle genau die gleiche Länge haben, damit die Höhe der Wände gerade war.

Die meisten Stücke, die ich während dieses Gesprächs zuschnitt, musste ich später wegwerfen.

»Woher willst du wissen, dass er nur blufft?«, fragte ich, ohne mich zu ihm umzudrehen.

»Hier, schau dir das an.«

Ich drehte mich um. Ben zog einen Gemeindebrief aus seiner Hosentasche und reichte ihn mir. Es war die Ausgabe vom vergangenen Sonntag. Allerdings war die inzwischen berüchtigte Bibelstelle aus dem fünften Kapitel des Epheserbriefes bei der Lesung durchgestrichen und darunter eine neue getippt worden. Sie stand im sechsten Kapitel des Epheserbriefes. Bei genauerem Hinsehen fiel mir auf, dass auch das Datum durchgestrichen war. Daneben war »6. Juli« getippt, der nächste Sonntag.

»Woher hast du diesen Zettel?«, fragte ich.

»Er klebte auf einer Sprosse der Leiter, die zum Turm hinaufführt. Dort fand ich ihn am Sonntagabend.«

»Jemand weiß Bescheid!«

»Ja, und dieser Jemand will, dass wir das, was wir angefangen haben, weitermachen.«

»Wer könnte das sein?«

»Das ist genau der Grund, warum ich glaube, dass mein Vater nur blufft. Dieser Jemand kann eigentlich nur er sein. Wer sonst sollte wissen, welcher Bibeltext am nächsten Sonntag in der Lesung drankommt?«

»Willst du damit sagen, dein Vater weiß, dass wir das getan haben, und er will, dass wir es wieder machen, und er gibt uns sogar eine Woche vorher die Bibelstelle?«

»Genau das ist die Erklärung, die mir dazu einfällt.«

»Aber warum sagt er dir dann, dass du so etwas nicht mehr machen sollst?«

»Er muss sich schützen. Er kann doch nicht verraten – nicht einmal mir gegenüber –, dass er Bescheid weiß. Wahrscheinlich damit er, falls wir auf die Nase fallen, sagen kann, er habe nichts davon gewusst.«

»Bist du sicher, dass du nicht zu viel Sherlock Holmes gelesen hast?«, fragte ich. Es klang zu bizarr. Andererseits konnte Ben tatsächlich Recht haben. Das war das Problem. Ben hatte normalerweise Recht. Ich wollte das alles am liebsten schnell hinter mich bringen. Aber wenn wir durch diesen Gemeindebrief indirekt gebeten wurden, einen Beitrag zu unserem Gemeindeleben zu leisten? Wollte uns jemand sagen, dass wir Bens Pläne weiterverfolgen sollten? War dieser Gemeindebrief eine Art, uns zu zeigen, dass unser Treiben heimlich abgesegnet wurde? Ich beschloss, dass ich wenigstens meine Bibel holen und die Stelle, die für nächsten Sonntag angegeben war, lesen wollte.

»Ich habe die Stelle bereits nachgeschlagen«, erklärte Ben, als ich zur Garage zurückkam. »Es geht um Krieg und Kämpfen. Ich denke schon seit zwei Tagen darüber nach.«

»Hast du irgendeine Idee?« Wie konnte ich Ben nur eine so dumme Frage stellen?

»Dutzende.«

Ich schlug die Bibel auf und las laut: »»Zuletzt: Seid stark in dem Herrn und in der Macht seiner Stärke. Zieht an die Waffenrüstung Gottes, damit ihr bestehen könnt gegen die listigen Anschläge des Teufels. Denn wir haben nicht mit Fleisch und Blut zu kämpfen, sondern mit Mächtigen und Gewaltigen, nämlich mit den Herren der Welt, die in dieser Finsternis herrschen, mit den bösen Geistern unter dem Himmel. Deshalb ergreift die Waffenrüstung Gottes, damit ihr an dem bösen Tag Widerstand leisten und alles überwinden und das Feld behalten könnt.‹«

»Und, was hast du dir dazu ausgedacht?«, fragte ich nach einer Weile.

»Na ja, hier ist von einer Schlacht die Rede. Also habe ich gedacht, wir könnten allen möglichen Kriegslärm veranstalten. Am Freitag ist der 4. Juli. Für den amerikanischen Unabhängigkeitstag besorgt mein Vater immer Feuerwerkskörper. Ich könnte ohne Probleme ein paar davon zur Seite schaffen. Ich dachte, vielleicht zwei Leuchtraketen, ein paar Knallkörper und danach eine Rauchbombe und einen Ventilator, der den Rauch durch die Orgelpfeifen in die Kirche bläst. Das sollte genügen.«

»Du willst mich doch bestimmt nur auf den Arm nehmen!«

»Sehe ich so aus, als wollte ich dich auf den Arm nehmen?«

Und so ging Operation ›Kann Kuh liieren‹ in die Hauptphase über. Für den Rest des Sommers bezog Ben hinter den Orgelpfeifen (Kontrollzentrum) und ich oben im Turm (Kommandozentrum) Stellung. Jeden Sonntagnachmittag war pünktlich wie ein Uhrwerk der Text der Lesung vom nächsten Sonntag auf den Gemeindebrief dieses Sonntags getippt und an dieselbe Sprosse der Leiter zum Turm geklebt.

Anscheinend hatte Ben doch Recht, dass sein Vater nur bluffte, denn Pastor Beamering verlor nie ein Wort darüber. Was wir anfangs nicht wussten: Wir waren dabei, ihn berühmt zu machen. Wir wussten nur, dass jeder dazu schwieg.

Pastor Beamering schwieg, weil es gut für ihn und die Gemeinde war. Während die meisten Kirchen im Sommer unter Besucherschwund litten, verzeichnete unsere Gemeinde einen Zuwachs. Neue Gemeindemitglieder traten ein, fast jede Woche fand eine Taufe statt, und es war insgesamt einfach mehr Leben in der Kirche.

Mein Vater schwieg, weil er seine Stelle nicht verlor.

Ben und ich schwiegen, weil jemand unser Tun sanktionierte, indem er uns jede Woche mit den nötigen Bibelversen versorgte.

Somit verbrachten wir den Rest des Sommers damit, Auto zu spielen, unsere Stadt unter den Obstbäumen zu bauen und das Wort Gottes den Leuten plastisch nahe zu bringen. Wir wurden richtige Meister unseres Fachs.

Einige unserer Aktionen waren lustig, wie das Schild mit der Fleischwerbung, das wir zu Johannes 4,32 an die Wand hängten: »Ich habe eine Speise zu essen, von der ihr nicht wisst.« Oder die Pfeile mit den Gummispitzen, die bei Psalm 91,5

(»Dass du nicht erschrecken musst vor dem Grauen der Nacht, vor den Pfeilen, die des Tages fliegen«) hinter den Orgelpfeifen hervorgeflogen kamen. Zu Psalm 150 ließen wir die Zimbeln laut ertönen, und zur Geschichte über Gideon blies Ben die Posaune seines Bruders hinter den Pfeifen, und ich blies die meines Vaters oben im Turm. Die Leute glaubten, sie wären von Midianitern umringt!

Dann war da der Sonntag, an dem in der Lesung von der Taufe Jesu berichtet wurde. Ben ließ eine weiße Taube in der Kirche fliegen. Sie drehte ein paar Runden in der Luft. Gerade als sie zur Landung oben auf den Orgelpfeifen ansetzte, landete ein grauer Fleck auf Mr. Bickfords kahlem Kopf in der hintersten Chorreihe. Die Taube blieb während der gesamten Predigt auf den Pfeifen sitzen. Erst das Orgelvorspiel zum letzten Lied schreckte sie auf und ließ sie wieder in die Lüfte steigen.

Gerade, als es so aussah, als sei Ben zu weit gegangen, entspannte sich die Situation von selbst, und zwar auf eine Weise, die er nie vorhersehen hatte können. Die Taube hatte zwar fast den ganzen Gottesdienst gestört, aber andererseits war es ein einmaliges Erlebnis, »Geist Gottes, komm auf mein Herz herab« zu singen, während das Sonnenlicht durch die Buntglasfenster fiel und eine weiße Taube an der Decke kreiste und nach einem Landeplatz Ausschau hielt. Die Leute redeten noch nach Wochen davon. Insgesamt schien man den ganzen Sommer fast über nichts anderes als über die Lesung im Sonntagsgottesdienst zu reden. Noch nie zuvor war die Gemeinde so begeistert von der Bibel gewesen. Sie lasen aufmerksam darin, sie redeten darüber und vor allem merkten sie sich den Text. Wenn am Sonntagmorgen der Gemeindebrief verteilt wurde, schlugen alle als Erstes die Bibelstelle auf, um zu raten, was heute wohl geschehen würde.

Ich war immer der Meinung, der wirkungsvollste Sonntag war der Tag, an dem wir überhaupt nichts taten. Sobald er herausfand, dass die Lesung in der nächsten Woche Matthäus 16,1-4 war, hatte Ben verkündet, dass wir diese Woche frei hätten: »Da traten die Pharisäer und Sadduzäer zu ihm; die versuchten ihn und forderten ihn auf, sie ein Zeichen vom Himmel sehen zu lassen. Aber er antwortete und sprach: Des Abends sprecht ihr: Es wird ein schöner Tag werden, denn der Himmel ist rot. Und des Morgens sprecht ihr: Es wird heute ein Unwetter kommen, denn der Himmel ist rot und trübe. Über das Aussehen des Himmels könnt ihr urteilen; könnt ihr dann nicht auch über die Zeichen der Zeit urteilen? Ein böses und abtrünniges Geschlecht fordert ein Zeichen; *doch soll ihm kein Zeichen gegeben werden*, es sei denn das Zeichen des Jona. Und er ließ sie stehen und ging davon.«

Und so taten wir an diesem Sonntag nichts. Als die Bibelstelle von der Kanzel gelesen wurde, blickte jeder zu den Orgelpfeifen hoch und wartete darauf, dass etwas geschehen würde. Aber es kam kein Zeichen. Keine Vorführung. Dann trat Pastor Beamering in Aktion. Er verließ die Tribüne. Die ganze Gemeinde saß nur da und spürte, dass die Zeichen und Wunder, an die sie sich gewöhnt hatte, nicht kamen, und spürte den schmerzlichen Tadel in Jesu Worten.

Nach ein paar ungemütlichen Augenblicken kehrte Pastor Beamering auf die Kanzel zurück, um eine äußerst ungemütliche Predigt über den Propheten Jona zu halten. Nicht über Jona und den Wal und Jonas Widerstreben, nach Ninive zu gehen, sondern darüber, wie sehr sich Jona darüber aufregte, dass Gott Ninive doch tatsächlich verschonen wollte. Jona wollte die Zerstörung der Stadt vorhersagen und sich dann zurücklehnen und zusehen, wie Gottes Gericht vom Himmel fällt.

»Heute Morgen«, mahnte Pastor Beamering, »saßen wir alle hier auf unseren Kirchenbänken, wie Jona unter dem verwelkten Strauch saß, und warteten darauf, dass etwas geschehen würde. Wie Jona können einige von uns es nicht erwarten, dass die Bösen bestraft werden. Wir wollen uns zurücklehnen und zuschauen, wie die Strafe über sie kommt. Aber Gott wird nicht das Gericht über Menschen, für die er starb, verhängen, nur um uns zu unterhalten. Gott will Menschen retten, nicht zerstören. Er sehnt sich danach, das Vakuum, das er in jede menschliche Seele hineingelegt hat, zu füllen, und er wartet darauf, dass ihr ihn einladet, in dieses Vakuum in eurem Leben zu kommen.«

Die Wochen vergingen. Und Operation ›Kann Kuh liieren‹ wurde fortgesetzt. Pastor Beamering verstand es von Woche zu Woche besser, unsere Vorführungen geschickt in seine Predigten einzubauen. Was die Meinung der Gemeinde, dass dies alles von vornherein geplant sei, bestärkte. Ben und ich schafften es, nicht entdeckt zu werden (nicht dass angesichts des Erfolgs, den die ganze Gemeinde dadurch hatte, irgendjemand zu viel Mühe darauf verwendete, uns zu finden).

Die Orgelkammer befand sich hinter einer verschlossenen Tür, zu der wir dank Bens Generalschlüssel ungehinderten Zugang hatten. Die meisten Leute in der Kirche wussten nicht einmal, wo sich diese Tür befand. Es war mehr eine Paneele als eine Tür; sie war also sehr leicht zu übersehen. Außerdem verließ Ben den Schauplatz des Verbrechens immer zu unterschiedlichen Zeiten, je nachdem, was am jeweiligen Sonntag auf dem Programm stand. Einmal wären wir beinahe Bobby Brown in die Hände gelaufen. Er hatte sich während des gesamten Gottesdienstes im Durchgang hinter der Orgel postiert. Er entdeckte die Paneele nicht, aber er rechnete damit, dass derjenige, der dort hinten war, wer auch immer es sein mochte, irgendwann hier durchkommen müsste. Zum Glück sah ich ihn und signalisierte Ben mit Morsezeichen, dass er nicht herauskommen sollte. Schließlich riefen Bobbys Eltern ihm zu, er solle endlich kommen, weil sie nach Hause fahren wollten. Er trollte sich davon und konnte sich nur nachdenklich am Kopf kratzen. Darauf hatte ich gewartet und gab Ben ein Zeichen, dass die »Luft rein« ist. Der Letzte zu sein, der die Kirche verlässt, hatte auch seine Vorteile.

Manchmal wunderten wir uns, dass wir so leicht und ungehindert unserer Operation ›Kann Kuh liieren‹ nachgehen konnten. Selbst Grizzly sahen wir so gut wie überhaupt nicht mehr.

»Ich glaube, ihm gefällt, was wir machen«, sagte Ben eines Tages. »Ist dir eigentlich aufgefallen, dass er uns fast nicht mehr in die Quere kommt, seit der Wecker im Gottesdienst geklingelt hat?«

»Ich frage mich, wie viele Leute es wissen«, überlegte ich. Wir aßen gemeinsam unser typisches Picknick aus Erdnussbutter- und Geleebroten, Kartoffelchips, Milch und Keksen und saßen in unserem Lieblingsversteck: einer langen Reihe Wacholderbüsche, die den Hof meiner Schule am anderen Ende der Straße säumten. Wir krochen immer ungefähr drei Meter weit hinein. Dort befand sich eine große, höhlenähnliche Öffnung, die von den dicht bewachsenen Zweigen verdeckt wurde.

»Ich glaube, viele Leute wissen es. Aber niemand sagt etwas.«

»Glaubst du immer noch, es ist dein Vater, der jede Woche den Gemeindebrief an die Leitersprosse klebt?«, fragte ich und versuchte, mit einem großen Schluck Milch meine Zähne von Erdnussbutter und Grapefruitgelee zu befreien.

»Lustig, dass du das jetzt erwähnst. Ich wollte es gerade selbst auch ansprechen. Ich frage mich in letzter Zeit, ob es nicht vielleicht dein Vater sein könnte.«

»*Mein* Vater? Warum denn mein Vater?«

»Unsere Väter sind die Einzigen, die so weit im Voraus wissen, welcher Bibeltext im nächsten Gottesdienst gelesen wird. Sie arbeiten den Gottesdienstplan zwei Wochen vorher aus. Es könnte ebenso gut dein Vater sein wie meiner. Vielleicht versucht dein Vater, die ganze Sache am Laufen zu halten, damit er seine Stelle nicht verliert«, überlegte Ben. Er begann, mit den Zähnen Linien in den Zuckerguss seines Kekses zu zeichnen. Er kratzte immer den Zuckerguss zuerst ab und aß danach den Schokoladenteil des Kekses.

»Vielleicht könnten wir uns am nächsten Sonntagnachmittag im Turm verstecken und beobachten, wer es ist?«, schlug ich vor.

»Daran habe ich auch schon gedacht, aber mir fällt keine Ausrede ein, wie wir den ganzen Nachmittag von Zuhause wegbleiben könnten, ohne dass unsere Eltern misstrauisch werden. Und dann auch noch ausgerechnet an einem Sonntag …«

»Wir könnten es doch so einrichten, dass deine Eltern glauben, du wärst bei mir, und meine Eltern denken, ich wäre bei dir.« Dieser Vorschlag aus meinem Mund überraschte mich selbst. Ich begann, immer mehr so zu denken wie Ben.

»Nein. Das ist zu riskant.«

»Ich weiß. Warum machen wir kein Foto?« Ich dachte damals viel ans Fotografieren, denn ich hatte gerade eine Woche vorher zu meinem zehnten Geburtstag meine erste eigene Brownie-Kamera bekommen. »Ich wette, wir könnten es so hinkriegen, dass der Auslöser gedrückt wird, sobald die Tür aufgeht. Und schon haben wir ihn! Wer immer es auch ist.«

»Das ist eine super Idee, Jonathan. Dieser Vorschlag könnte glatt von Sherlock Holmes stammen.«

Am nächsten Abend richteten wir während der Gebetsstunde unsere Überwachungskamera ein. Es stellte sich als relativ leicht heraus. Die Kamera hatte einen Auslöser, der an der Seite nach unten gezogen wurde. Wir banden einen Faden daran, fädelten den Faden dann durch eine Reihe Ösen, die wir an der Wand festschraubten, bis zu einer Stelle ganz oben an der Tür. Dadurch wurde der Auslöser jedes Mal, wenn die Tür aufging, betätigt. Ben hatte die brillante Idee, einen Teil des Fadens durch einen elastischen Gummi zu ersetzen, damit die Kamera nicht von der Wand fallen und die ganze Operation verraten würde. Das einzige Problem war die Frage, ob es hell genug wäre, um auf dem Bild auch etwas zu erkennen, denn ein Blitzlicht konnten wir natürlich nicht benutzen.

»Vielleicht sollten wir erst einmal einen Probelauf starten.

Wenn es nicht funktioniert, brauchen wir wenigstens nicht das Risiko eingehen, dass jemand meine Kamera entdeckt«, schlug ich vor.

»Ja, aber wir haben nicht genug Geld für zwei Filmrollen … und wir müssen auch noch Geld übrig haben, damit wir die Entwicklung der Bilder bezahlen können.«

»Du hast Recht. Was, glaubst du, wird aus meiner Kamera, wenn man sie findet?«

»Mach dir darüber keine Sorgen. Niemand wird die Kamera finden. Die Tür quietscht viel zu sehr, wenn man sie aufmacht. Da hört niemand das Klicken der Kamera. Und selbst wenn, würde der Kamera nichts geschehen. Sie nehmen höchstens den Film heraus. Wir können nur abwarten und Tee trinken. Wir haben nichts zu verlieren«, beruhigte mich Ben.

Also warteten wir. Aber das war leichter gesagt als getan. Die Woche wollte einfach nicht zu Ende gehen. Zum einen waren wir neugierig, endlich herauszufinden, wer unser Informant war, und zum anderen wollten wir unbedingt wissen, ob unser Plan funktionierte. Wir fuhren schon am Mittwoch mit dem Fahrrad zum Supermarkt, obwohl man uns gesagt hatte, dass die Bilder wahrscheinlich nicht vor Donnerstag entwickelt wären.

Am Freitag waren sie endlich fertig. Ich zerriss die Abzüge fast, weil ich es so eilig hatte, sie aus dem Umschlag zu ziehen. Die ersten Bilder, die wir voneinander geschossen hatten, als wir die Kamera einrichteten, waren enttäuschend. In der Dunkelheit und bei dem vielen Schatten konnte man Ben und mich nicht voneinander unterscheiden. Aber als wir beim letzten Bild ankamen, fiel uns beiden im wahrsten Sinne des Wortes die Kinnlade nach unten.

»Grizzly!«, riefen wir wie aus einem Munde. Er war es, unverkennbar. Die Kamera hatte das gleiche Bild einer von hinten beleuchteten Gestalt eingefangen, das wir von unseren dunklen Verstecken aus unzählige Male gesehen hatten. Seine ausgestreckten Arme, die die Tür festhielten, und seine drahtigen Haare verrieten ihn. Wir waren Experten, wenn es darum ging, diese Silhouette zu identifizieren.

»Verstehst du, was das zu bedeuten hat?«, fragte ich verwirrt.

»Das bedeutet, dass Grizzly viel klüger ist, als wir dachten«, antwortete Ben.

Wir fuhren wieder zu mir nach Hause. Seite an Seite traten wir in die Pedale und unterhielten uns.

»Warum will er uns helfen?«, fragte ich, während mein lockeres Schutzblech klapperte.

»Vielleicht spielt er auch gern Streiche«, vermutete Ben.

»Vielleicht denkt er, wir tun der Gemeinde etwas Gutes«, überlegte ich.

»Am besten fragen wir ihn selbst«, schlug Ben vor.

»Du meinst, wir sollen ihn wissen lassen, dass wir es wissen?«

»Warum nicht?« Ben trat jetzt voll in die Pedale und setzte zu einem Wettrennen auf dem Rest des Weges an. »Wir könnten seine Hilfe bestimmt gut brauchen.« Ben fuhr oft mit mir um die Wette, aber mir war aufgefallen, dass er es nur tat, wenn wir schon fast da waren, höchstens einen halben Häuserblock von unserem Haus entfernt. Danach sank er immer auf den Rasen vor unserem Haus und war von der kurzen Anstrengung völlig erschöpft – auch diesmal. Wir lagen beide keuchend im Schatten unserer Ulme auf dem Rasen. Ben keuchte stets schneller und schwerer als ich.

»Wie wollen wir mit ihm reden?«, fragte ich.

Ben holte Luft. »Wenn er so klug ist, uns jede Woche mit den Informationen zu versorgen, die wir brauchen, dann ist er auch klug genug, um eine Möglichkeit zu finden, wie er mit uns kommunizieren kann. Er kann zwar vielleicht nicht hören und nicht sprechen, aber das heißt nicht, dass er nicht denken kann!«

Am nächsten Sonntag kostete es einige Mühe, Grizzly ausfindig zu machen. Unser Versteckspiel mit ihm lief dieses Mal andersherum. Schließlich entdeckten wir ihn im Putzraum. Zuerst erschrak er sehr. Es kam uns seltsam vor, dass Grizzly sich von uns erschrecken ließ. Hatte er womöglich die ganze Zeit in Wirklichkeit mehr Angst vor uns gehabt als wir vor ihm? Wir konnten ihn erst beruhigen, als wir den neuesten Gemeindebrief herauszogen, auf die ausgebesserte Bibelstelle zeigten und dann auf ihn deuteten. Er begriff sofort und ließ den Kopf hängen, als wäre er bei etwas Schlimmem ertappt worden.

»Nein.« Wir schüttelten den Kopf und sprachen langsam und hofften, er könne von den Lippen ablesen. »Es ist gut. Wir mögen dich. Wir brauchen dich. Du kannst uns helfen.« Irgendwie schien das bei ihm angekommen zu sein. Er beruhigte sich ein wenig. Dann überraschte er uns beide, indem er einen Notizblock und einen Bleistift aus seiner Hemdtasche zog und zu Schreiben begann. Keiner von uns beiden hatte gewusst, dass er schreiben konnte. Der allgemeine Eindruck in der Gemeinde war, dass Grizzly zurückgeblieben sei und weder lesen noch schreiben könne. Ben behielt wieder einmal Recht. Grizzly konnte nicht nur denken, er konnte sich auch verständigen.

»Ich möchte wetten, er kann von unseren Lippen ablesen«, sagte ich später zu Ben.

»Ich bin mir ganz sicher, dass er das kann«, erwiderte Ben. »Er hat uns ganz genau verstanden.«

Er hatte auf seinen Block geschrieben: »IHR TUT ETWAS GUTES. DIE LEUTE MÜSSEN WACH WERDEN.«

Darauf hatten wir geantwortet: »Wir brauchen deine Hilfe.«

Das schien ihn zu freuen. Er wurde ganz aufgeregt und schrieb: »ICH HELFE.«

Jetzt waren wir drei im Bunde.

»Rate mal, was ich hier habe?«, fragte Ben Anfang der nächsten Woche, als er bei mir zu Hause ankam. Er hielt eine Papiertüte hoch, die oben zusammengerollt war.

»Ich habe keine Ahnung.«

»Asche … von unserem Grill.«

Ich schaute ihn verständnislos an. »Und?«

»Ich werde diese Asche über die ganze Chorempore blasen, so wie du es im Schlafzimmer deiner Eltern gemacht hast. Dann sind wir diejenigen, die als Letzte lachen. Ich habe auch schon den richtigen Vers dafür … Irgendwie heißt es da, dass wir feurige Kohlen auf ihrem Haupt sammeln sollen. Das steht im Römerbrief.«

»Willst du das wirklich machen? Wenn du es nur deinem Vater heimzahlen willst, weil er mich blamiert hat, dann spar dir die Mühe. Es ist mir wirklich nicht mehr wichtig.«

»Aber mir ist es wichtig. Sehr sogar. Und ich warte schon den ganzen Sommer auf diesen Augenblick. Vergiss nicht: Das war der Grund, warum wir überhaupt mit der ganzen Sache angefangen haben. Dieses Mal wird der Schuss nicht nach hinten losgehen und sich in etwas Gutes verwandeln. Ich habe lange darüber nachgedacht, und ich bin überzeugt, dass beim besten Willen nichts Gutes dabei herauskommen kann, wenn wir über den ganzen Chor Asche streuen.«

»Vergiss aber nicht: Dein Vater kann fast alles so hindrehen, dass es etwas Positives wird. Mein Vater dagegen wird mich umbringen. Das bedeutet das Ende von allem. Die Chorgewänder müssen dann in die Reinigung geschickt werden. Es wird eine riesengroße Schweinerei geben!«

»Mach dir darüber keine Sorgen. Mit dieser Sache wirst du überhaupt nichts zu tun haben. Das werde ich ganz allein durchziehen.«

»Auf keinen Fall, Ben. Wir stecken von Anfang an gemeinsam in dieser Sache drin.« Ich ging in mein Zimmer und holte meine Bibel.

»Ich glaube, es steht im letzten Teil des Römerbriefs«, sagte Ben, als ich wieder in den Garten kam. Ich fand das letzte Kapitel und begann, mich nach vorne durchzuarbeiten.

»Wann genau willst du diese Sache durchziehen?«, fragte ich, während ich die Seiten überflog. »Wollen wir nicht diese Woche etwas zum ›Wind des Geistes‹ darstellen?«

»Ja. Aber die Asche kommt bald danach. Der Sommer ist schon fast vorbei.«

»Na ja, Operation ›Kann Kuh liieren‹ ist auch vorbei, sobald du ›feurige Kohlen‹ auf den Chor schüttest. Darauf kannst du Gift nehmen!«

»Nichts dagegen«, sagte Ben. »Ich will sowieso nicht mehr. Wir hatten nur damit angefangen, um es meinem Vater heimzuzahlen, und jetzt machen wir ihn berühmt. Besonders nach dieser Woche.«

Am kommenden Sonntag sollte unser bislang ehrgeizigstes Projekt steigen. Wir wollten den Vers im dritten Kapitel des Johannes-Evangeliums illustrieren, in dem Jesus sagt, der Geist ist wie der Wind, und wir wissen nicht, woher er kommt und wohin er geht; wir sehen nur seine Wirkung. Dazu wollten wir überall an den Orgelpfeifen bunte Bänder festkleben, und zwar von hinten, damit man sie nicht sehen konnte. Dann wollten wir eine Wand mit Ventilatoren einschalten, die sie nach außen blasen und zwischen den Pfeifen flattern lassen würden (wenigstens hofften wir, dass das geschehen würde).

»Hier habe ich es«, sagte ich. »Es steht in Römer 12. Aber Ben, schau doch nur: Hier steht genau das Gegenteil von dem, was du vorhast. Hier heißt es, wir sollen uns *nicht* an jemandem rächen, der uns Unrecht getan hat, sondern Böses mit Gutem vergelten. ›Wenn du das tust, so wirst du feurige Kohlen auf sein Haupt sammeln.‹«

»Na und? Dann helfen wir Gott einfach ein bisschen nach … und werfen ein paar Kohlen auf ein paar Köpfe. Außerdem vergelten wir schon den ganzen Sommer Böses mit Gutem. Das macht mich allmählich krank. Wir tun in dieser Kirche in letzter Zeit viel zu viel Gutes. Dieser Sommer war bis jetzt so gut, dass nächste Woche vielleicht genau der richtige Zeitpunkt ist, um etwas wirklich Böses zu tun. So viel Gutes zu tun, liegt mir einfach nicht.«

In dieser Woche hatten wir unglaublich viel zu tun, um für den Sonntag alles vorzubereiten. Wir mussten uns alle möglichen Ausreden ausdenken, um in der Kirche so viel Zeit miteinander verbringen zu können. Aber bei der »heimlichen Zustimmung« unserer Eltern war das nicht zu schwer.

Darüber hinaus bekamen wir von Grizzly, der sich als idealer Komplize erwies, ziemlich viel Hilfe. Denn dieses Projekt war eine Nummer zu groß für uns beide allein. Wir brauchten Kraft und ein paar Zentimeter mehr Körpergröße. Beides besaß Grizzly im Überfluss. Er war über einen Meter achtzig groß und hatte die größten Hände, die ich jemals gesehen habe.

Bis zum Mittwoch hatte Grizzly alle Ventilatoren, die er finden konnte, zusammengetragen und uns geholfen, sie auf das Gerüst hinter den Orgelpfeifen zu befördern.

»Ich glaube, das sind immer noch nicht genug«, sagte Ben mit einem prüfenden Blick auf unsere Ausbeute. »Bist du sicher, dass das alle Ventilatoren sind, die wir hier haben?«

Grizzly nickte mit dem Kopf. »Ja.« Dann schrieb er: »HABE SOGAR DEN VENTILATOR DES PASTORS GEHOLT.«

Natürlich stellte sich heraus, dass es genau die Woche war, in der die übliche Hitzewelle, die den Schlussspurt des Sommers ankündigte, Südkalifornien erreichte. Spätestens am Donnerstag suchten alle Mitarbeiter in der Gemeinde verzweifelt die fehlenden Ventilatoren. Grizzly wurde gerufen. Er sollte das Problem lösen. Aber es gelang ihm, sich dumm zu stellen. Damit bestätigte er die Meinung, die ohnehin alle von ihm hatten. Pastor Beamering schickte schließlich den Hilfspastor los, um vier neue Ventilatoren für die Gemeindebüros zu kaufen.

»Perfekt«, rief Ben aus. »Wenn wir noch vier zusätzliche Ventilatoren haben, können wir die ganze Seite abdecken.«

Am Samstag schlossen wir unsere Vorbereitungen ab und bauten noch die vier neuen Ventilatoren hinter der untersten Pfeifenreihe ein. Leider fand an diesem Tag in der Kirche eine Hochzeit statt, sodass wir nicht testen konnten, ob alles so funktionierte, wie wir es uns vorstellten. Aber ein kleiner Probelauf in einer Ecke Anfang der Woche hatte uns überzeugt, dass die Bänder tatsächlich so flogen, wie wir planten.

Wie immer hatte Ben die Kontrolle über die ganze Operation. Er hatte sehr klare Vorstellungen, wo er jeden Ventilator haben wollte, aber erst am Sonntagmorgen begriff ich, dass es dafür einen bestimmten Grund gab. Genauso wie es einen Grund dafür gab, dass er so ungewöhnlich viel Zeit damit verbrachte, das ganze System elektrisch anzuschließen. Die Ventilatoren mussten in einer bestimmten Weise eingesteckt werden. Wenn ich nicht gewusst hätte, dass Ben bei solchen Dingen grundsätzlich sehr genau war, hätte ich vielleicht Verdacht geschöpft. Aber so betrachtete ich das Ganze nur als seinen üblichen Perfektionismus. Grizzly und ich befolgten einfach seine Anweisungen.

Der Sonntagmorgen kam mit der üblichen gespannten Erwartungshaltung. Ich war in der Kommandozentrale. Ben befand sich im Kontrollzentrum und wartete inmitten eines Wirrwarrs von Verlängerungskabeln und Steckern, dessen System nur ihm klar war, auf das Startzeichen. Grizzly stand am Fuß des Gerüsts – für den Fall, dass irgendwelche Probleme bei den Ventilatoren oder den Verlängerungskabeln auftreten würden. Pastor Beamering trat auf die Kanzel, um die Lesung dieses Sonntags vorzutragen, Johannes 3,1–8. Alle hatten diese Stelle schon ein paar Mal gelesen. Jetzt schauten sie genauso gespannt zu den Orgelpfeifen, wie sie ihrem Pastor beim Lesen zuhörten.

»»Es war aber ein Mensch unter den Pharisäern mit Namen Nikodemus, einer von den Oberen der Juden. Der kam zu Jesus bei Nacht und sprach zu ihm: Meister, wir wissen, du bist ein

Lehrer, von Gott gekommen; denn niemand kann die Zeichen tun, die du tust, es sei denn Gott mit ihm. Jesus antwortete und sprach zu ihm: Wahrlich, wahrlich, ich sage dir: Es sei denn, dass jemand von neuem geboren werde, so kann er das Reich Gottes nicht sehen. Nikodemus spricht zu ihm: Wie kann ein Mensch geboren werden, wenn er alt ist? Kann er denn wieder in seiner Mutter Leib gehen und geboren werden? Jesus antwortete: Wahrlich, wahrlich, ich sage dir: Es sei denn, dass jemand geboren werde aus Wasser und Geist, so kann er nicht in das Reich Gottes kommen. Was vom Fleisch geboren ist, das ist Fleisch; und was vom Geist geboren ist, das ist Geist. Wundere dich nicht, dass ich dir gesagt habe: Ihr müsst von neuem geboren werden. Der Wind bläst, wo er will, und du hörst sein Sausen wohl; aber du weißt nicht, woher er kommt und wohin er fährt. So ist es bei jedem, der aus dem Geist geboren ist.‹«

Sobald ich die Worte »Der Wind bläst« hörte, drückte ich den Knopf meiner Taschenlampe. Langsam erschien eine Welle bunter Bänder hinter den Orgelpfeifen. Sie hoben ihre langen Arme, tanzten und kräuselten sich in einem geheimnisvollen Wind, der von nirgendwoher zu kommen schien. Als Pastor Beamering die Stelle zu Ende gelesen hatte, war die gesamte sieben mal vierzehn Meter große Fläche der Orgelpfeifen über dem Chor in schimmernde Farben getaucht.

Die versammelte Gemeinde stieß ein begeistertes Raunen aus, wie die Zuschauer bei einem Feuerwerk. Milton Owlsley war von der Vorführung so bewegt, dass er spontan die bekannte Einleitung zu Beethovens »Ode an die Freude« spielte. Mein Vater gab Pastor Beamering schnell die Liednummer durch, der diese der Gemeinde verkündete. Alle standen auf und stimmten ein. Als sie zu der Stelle »Herzen wie Blumen vor dir« kamen, glaubte ich, mein zehn Jahre altes Herz würde vor Freude und Stolz zerspringen, weil ich irgendwie zu dieser Atmosphäre beigetragen hatte.

Das war wirklich unsere Sternstunde. Wenigstens bis zu dem Augenblick, als das Lied endete und die Gemeinde spontan Beifall klatschte (Christen in evangelikalen Gemeinden klatschten nie – wenigstens nicht im Jahr 1958).

Aber irgendwann während des Applauses hörten einige Bänder auf zu flattern, und die anderen, die weiterhin im Wind der sorgfältig angeordneten Ventilatoren tanzten, schrieben, wenn auch nur für wenige Sekunden, drei deutlich erkennbare Buchstaben an die Wand: BEN.

Ein Murmeln ging durch die Reihen, und der Applaus legte sich. Dann war alles still. Pastor Beamering lobte alle für ihren ausgezeichneten Gesang und setzte den Gottesdienst fort, als wäre nichts Ungewöhnliches geschehen. Es war die gleiche Reaktion wie damals, als Ben im Kindergottesdienst »Jesus liebt mich« gesungen hatte. Eine Art Trancezustand und dann ein Leugnen legte sich auf alle Anwesenden. Es herrschte die nicht ausgesprochene einstimmige Übereinkunft, dass niemand ein Wort darüber verlieren oder auch nur versuchen würde, der Sache auf den Grund zu gehen. Alle taten so, als wäre nichts geschehen.

8

Ivory im Elfenbeinturm

»Es geht um deine Schwester«, sagte Ben. »Wir müssen es für deine Schwester tun.«

Es war der Montag nach Ludwig van Owlsleys denkwürdiger »Ode an Ben«. Ben erklärte mir gerade, dass unser Plan, »feurige Kohlen« auf den Chor zu häufen, mindestens noch um eine Woche aufgeschoben werden müsse. Etwas war dazwischengekommen.

Seit einigen Wochen waren nicht nur Bibelstellen vor den Augen der ganzen Gemeinde dramatisch enthüllt worden. Noch eine andere Entwicklung hatte sich vor unseren aufmerksamen Augen enthüllt. Ben und ich verfolgten das Tun des Hilfspastors mit Adleraugen.

An einem Sonntag hatte alles begonnen. Wir saßen nach dem Gottesdienst im Turm und sahen, wie Pastor Ivory in der vierten Bankreihe der leeren Kirche neben Meg Aldermann saß, einer Klassenkameradin meiner Schwester. Zuerst kümmerten wir uns nicht weiter darum und konzentrierten uns auf das nächste Projekt, das wir in Angriff nehmen wollten. Wir planten, ein neues Abhörsystem einzurichten, mit dessen Hilfe wir vom Dachboden aus die Gemeindebüros überwachen könnten. Aber als ich wieder einmal aus dem Fenster schaute und sah, dass sie immer noch dort saßen, fiel mir an der Art, wie sie nebeneinander saßen, etwas Ungewöhnliches auf.

»Ben, schau doch mal«, sagte ich und machte ihm Platz,

damit er durch das Fenster schauen konnte. »Was machen die beiden denn da unten?«

»Sieht so aus, als würden sie sich unterhalten.«

»Ist das nicht irgendwie seltsam. Warum beugt er sich so weit über sie und hat die Hände auf ihrem Schoß?«, fragte ich.

»Ja, jetzt, wo du es ansprichst …«

Aus irgendeinem Grund erinnerte mich das an das letzte Mal in meinem Leben, als ich »Doktor« gespielt hatte. Wir waren damals zu viert gewesen: ich, meine Schwester, Eric Johnson und Gail Bradshaw, eine Nachbarin von uns, die ungefähr im Alter meiner Schwester war und später wegzog. Ich muss damals ungefähr sechs oder sieben gewesen sein. Während ich so getan hatte, als untersuche ich Gails »gebrochenes Bein«, hatte ich ihren nackten Schenkel berührt, und etwas, das gleichzeitig wunderbar und furchtbar und mächtig stark war, geschah in mir. Etwas, das ich nicht verstand und über das ich nie gesprochen hatte. Was es auch war, ich hatte an jenem Tag beschlossen, nie wieder Doktor zu spielen. Jetzt weckte etwas an der Art, wie Pastor Ivory neben Meg saß, das gleiche Gefühl wie damals in mir.

»Ben, meinst du, sie spielen Doktor?«

»Nein«, antwortete er, ohne die beiden aus den Augen zu lassen. »Erwachsene spielen nicht Doktor.«

»Aber warum liegen dann seine Hände auf ihrem Schoß?«

»Vielleicht zeigt er ihr etwas in ihrer Bibel. Wahrscheinlich ist es nichts … warte mal. Da kommt jemand.« Er hielt den Arm hoch, um mich vom Fenster fern zu halten, damit er nichts verpasste. »Junge, die beiden sind jetzt aber schnell aufgestanden! Sieht so aus, als hätte sie etwas in der Hand. Es ist ein Buch, aber ich kann nicht genau sagen, ob es die Bibel ist. Jetzt rückt sie ihren Rock zurecht. Ich weiß nicht«, sinnierte er, als er vom Fenster zurücktrat. »Aber ich glaube, wir sollten Virgil Ivory etwas genauer im Auge behalten. Nur für alle Fälle.«

Diese neue Beobachtung gab uns den nötigen Anstoß, unser

Abhörsystem fertig zu stellen: lange Drähte, die an den Abluftschächten verschiedener Gemeindebüros befestigt wurden, an deren jeweiligen Enden sich der Boden von leeren Blechdosen befand. Ein primitives Abhörsystem, aber überraschend effektiv, wenn man es straff spannte und sich die eine Dose ans Ohr hielt. Wir fanden einen Kommandoposten im Dachboden, von dem aus wir Zugang zu den Abluftschächten aller Büros hatten.

Von dort aus hörten wir Telefongespräche aus Pastor Ivorys Büro ab und erfuhren dabei, dass er möglicherweise auch noch an anderen Mädchen als nur an Meg Alderman Interesse zeigte. Zweimal hörten wir, wie er mit Mädchen aus der Unterstufe davon sprach, dass sie ein Geheimnis nicht verraten sollten.

»Sollten wir das nicht einem Erwachsenen erzählen?«, fragte ich, nachdem ich einen Teil von Pastor Ivorys Gesprächs mit Julie Flory über meine Blechdose belauscht hatte.

»Noch nicht«, antwortete Ben. »Wir haben noch nicht genug Beweise. Er hat nichts gesagt, das wir verwenden könnten, und wir haben vom Turm aus auch nicht wirklich etwas gesehen. Sherlock Holmes hätte noch nichts gegen ihn in der Hand.«

»Aber ich habe genau gehört, wie er zu Julie Flory sagte: ›Vergiss nicht, das bleibt unser kleines Geheimnis.‹ Und zu Meg hat er das Gleiche gesagt. Die Stimme, mit der er das sagte, jagt mir jetzt noch eine Gänsehaut über den Rücken.«

Je länger wir unsere Beobachtungen fortsetzten, umso mehr wuchs unsere Überzeugung, dass bei Pastor Ivory tatsächlich etwas nicht ganz mit rechten Dingen zuging. Ben beschrieb es folgendermaßen: »Virgil ist verrückt.«

Als Ben am Montag die Rede auf meine Schwester brachte, geschah dies vor dem Hintergrund dieser Ereignisse und Eindrücke. Offenbar hatte er am Tag zuvor ein Gespräch zwischen meinem Vater und Pastor Ivory aufgeschnappt, bei dem von einem Komitee die Rede gewesen war, das Virgil bilden wollte. Dieses Komitee sollte gesellschaftliche Ereignisse für

Jugendliche in der Unterstufe planen und vorbereiten. Meine Schwester war auch in diesem Komitee, und der einzige Termin, zu dem sich diese Arbeitsgruppe treffen könnte, sagte er, sei donnerstagabends nach der Probe des Jugendchors.

»Und dann sagte er zu deinem Vater, er solle sich keine Sorgen machen, wie deine Schwester nach Hause käme. Er würde sie gern nach Hause fahren! Ist dir klar, was das bedeutet?«, fragte Ben. »Das bedeutet, dass Becky die Nächste auf Virgils Liste ist.«

»Aber mein Vater ist doch der Kantor der Gemeinde.«

»Na und? Megs Eltern sind Sonntagsschullehrer. Das scheint für ihn kein Hindernis zu sein.«

»Sollen wir Becky vor ihm warnen?«, fragte ich auf der Suche nach einer Lösung. »Vielleicht könnten wir sie als Köder benutzen, um Virgil in eine Falle zu locken.«

»Wahrscheinlich würde sie uns nicht glauben. Außerdem willst du doch bestimmt nicht, dass deine Schwester auch nur eine Minute mit diesem Kerl allein in einem Auto sitzt, oder? Aus welchem Grund auch immer.«

»Na ja … nein … wenn du es so sagst, natürlich nicht«, gab ich zerknirscht zu und kam mir vor, als hätte ich meine Schwester gerade den Löwen zum Fraß vorwerfen wollen.

»Junge, diesmal hat sich Virgil das wirklich sehr schlau ausgedacht«, sprach Ben weiter. »Jeden Donnerstagabend, vor den Augen der ganzen Gemeinde!«

»Wir müssen etwas unternehmen«, rief ich entschlossen aus. Ich begriff immer deutlicher, was Virgil hier arrangiert hatte. »Vielleicht sollten wir mit meiner Mutter sprechen.«

»Nein, lieber nicht. Wir müssen das vor der ganzen Gemeinde ans Licht bringen, damit er keine Chance hat, sich herauszureden. Es gibt nur eine Möglichkeit, wie wir das tun können. Lauf doch bitte ins Haus und hole deine Bibel.«

Als ich ins Haus rannte, wurde mir allmählich bewusst, welche Konsequenzen das, was Ben gesagt hatte, haben würde:

Wir würden am nächsten Sonntag keine feurigen Kohlen auf den Chor schütten. Ben wollte die Sache mit Virgil vor der ganzen Gemeinde ans Licht bringen! Wäre nicht meine Schwester in die Sache verwickelt gewesen, dann hätte ich vielleicht einen Rückzieher gemacht. Aber zu diesem Zeitpunkt konnte ich an nichts anderes denken, als dass Becky auf keinen Fall allein mit diesem schmierigen Mann nachts in einem Auto sitzen durfte. Plötzlich war ich bereit, alles zu tun, um das zu verhindern. Wer hätte gedacht, dass unsere Detektivspiele so enden würden?

Unser Handeln würde vielen in der Gemeinde unverschämt vorkommen, aber in unseren Augen taten wir einfach nur, was wir tun mussten. Das galt besonders für Ben, denn ich hätte ohne ihn nie eine solche Kühnheit besessen. Und er besaß die Kühnheit, nach seinen Überzeugungen zu handeln, egal, ob sie begrüßt wurden oder angemessen oder auch nur erwünscht waren. Es interessierte ihn keinen Deut, wie weit er die Grenzen, die Erwachsene für das Verhalten von Kindern gezogen hatten, überschritt. In Bens Augen waren seine Meinung und seine Ideen genauso wichtig und gültig wie die von jedem anderen. Er ging davon aus, dass er auch entsprechend behandelt würde. Ihm kam nie in den Sinn, dass er mit seinen zehn Jahren weitaus weniger wichtig sein könnte als alle anderen.

Einmal verriet mir Ben, dass er den Ford-Werken sogar seine eigenen Entwürfe für ein neues Auto geschickt hatte, bevor der Edsel der Öffentlichkeit vorgestellt worden war. Er zeigte mir seine Rohentwürfe, und ich musste zugeben, dass es ein ziemlich schönes Auto war. Er nannte es Monarch. (Ein Name, der Jahre später zufällig von den Ford-Werken in der Mercury-Reihe verwendet wurde. Ich bin bis heute der Meinung, dass Bens Vorschlag in ihre Sammelmappe mit Ideen für mögliche neue Autonamen aufgenommen wurde.) Ben verstand es als persönlichen Affront, dass seine Ideen nicht nur niemals gewürdigt wurden, sondern er auch keine Eingangsbestätigung erhielt. Wenn er die Möglichkeit besessen hätte, nach Detroit zu gelangen, wäre er hundertprozentig direkt ins Büro des Managers marschiert und hätte verlangt, dass man ihm zuhöre.

Als ich an diesem Montag mit meiner Bibel in die Garage zurückkehrte und sie Ben gab, fing er sofort an, darin zu blättern, während ich die dünnen Balsaholzteile zuschnitt, aus denen die Wände für unsere Modellhäuser entstehen sollten. Wir arbeiteten an der Werkbank meines Vaters, die er uns benutzen ließ, »solange ihr alles wieder sauber macht und aufräumt, wenn ihr fertig seid«.

»Ich weiß, dass es irgendwo bei Lukas steht«, murmelte Ben. »Aber ich habe vergessen, wo genau.«

»Worum geht es in dem Text?«, fragte ich und konzentrierte mich darauf, ein zehn Zentimeter großes Stück für eine Balsaholzwand auszuschneiden.

»Hier, ich hab's. Lukas 8, Vers 16 und 17. Hör zu«, forderte mich Ben auf. Er las mir den Text vor, während ich den Rahmen für die Schlafzimmertür seines Hauses ausschnitt. »›Niemand aber zündet ein Licht an und bedeckt es mit einem Gefäß oder setzt es unter eine Bank; sondern er setzt es auf einen Leuchter, damit, wer hineingeht, das Licht sehe. Denn es ist nichts verborgen, was nicht offenbar werden soll, auch nichts geheim, was nicht bekannt werden und an den Tag kommen soll.‹«

»Das trifft ja den Nagel genau auf den Kopf«, sagte ich. »Wie hast du das gefunden?«

»Ich habe in der Konkordanz nachgesehen unter ›verborgen‹. Und rate mal, was ich noch gefunden habe! Wir sind wieder dort angekommen, wo wir angefangen haben, Jonathan. Erinnerst du dich an die ersten Verse, die wir aus dem Epheserbrief hatten?«

»›Wach auf, der du schläfst‹?«

»Ja. Aber unmittelbar vorher ist von den Werken der Finsternis die Rede. Erinnerst du dich? ›Denn was von ihnen heimlich getan wird, davon auch nur zu reden ist schändlich‹«, las Ben vor.

Wie hätte ich je die Schuldgefühle vergessen können, die mich an jenem ersten Sonntag im Glockenturm der Kirche ergriffen hatten, weil ich dachte, ich tue heimlich etwas Schändliches?

»Hier haben wir es eindeutig mit etwas Schändlichem zu tun«, erklärte Ben mit der Inbrunst der Überzeugung. »Deshalb können wir auch nicht darüber sprechen. Wir müssen es auf ein großes Schild schreiben, damit es jeder lesen kann. Was Pastor Ivory tut, wird ›an den Tag kommen‹.«

»Was wollen wir darauf schreiben?«

Ben griff wie selbstverständlich in seine Hosentasche, faltete ein Blatt Papier auseinander und strich es auf der Werkbank glatt. Auf dem Zettel war die Leinwand abgebildet, die wir öfter in der Kirche zeigten. Er hatte sogar den Rand der Orgelpfeifen gezeichnet, die auf beiden Seiten der Leinwand zu sehen waren. Darüber waren in großen Buchstaben folgende Worte zu lesen:

PASTOR IVORY HAT GEHEIMNISSE
MIT MÄDCHEN AUS DER UNTERSTUFE

In Liebe, Rebekka

Meine Schwester war damals zwölf, aber sie wirkte nicht so alt wie Meg Alderman oder Julie Flory, die ungefähr wie zwanzig aussahen. Es war so unfair: 1958, als ich zehn war, sahen die meisten zwölfjährigen Mädchen aus wie zwanzig, während die meisten zwölfjährigen Jungen aussahen wie … nun … eben wie zwölf. Wenn ich in den Himmel komme, werde ich mit dem Schöpfer ein paar Worte wechseln über die Ungerechtigkeiten das Teenageralters.

Becky war näher an dem, was meiner Meinung nach »zwölf« war, auch wenn es Hinweise gab, dass sie bald eine Frau sein würde. Niemand von uns wusste damals, dass ihr nur noch ein Jahr zu einer fast unaussprechlichen Schönheit fehlte. Sie hatte bereits die Minnesota-Haut meiner Mutter – sehr weiß und sehr dünn wie eine zarte Membran. Ihre knöchrige Gestalt und ihre schlacksige mädchenhafte Figur sollten sich bald einer Metamorphose unterziehen, die sie in eine anmutige junge Frau verwandeln würde. Hin und wieder, wenn man ihr Profil von der richtigen Seite sah, mit ein paar Locken ihrer feinen, blonden Haare umrahmt, die sich aus ihrem Pferdeschwanz gelöst hatten, konnte man es jetzt schon erahnen.

»Was schaut ihr beiden euch denn so interessiert an?«

Wir hatten den Kopf über Bens Zeichnung gebeugt und waren so vertieft, dass wir sie erst hörten, als sie schon in der Garage stand. Ihre Frage war unsere einzige Warnung.

Ben steckte blitzschnell die Zeichnung in seine Hosentasche, und wir drehten uns viel zu schnell und viel zu nervös um. Es war unübersehbar, dass wir ein großes Geheimnis vor ihr verbergen wollten.

»Sagt schon. Was habt ihr da?«

»Nichts«, erwiderte ich.

»Ich würde sagen, das sah nicht nach nichts aus«, sagte sie und trat langsam an die Seite, warf die Schultern zurück und verzog den Mund. Sie genoss sichtlich unsere Verlegenheit. Wir konterten jeden ihrer Schritte, indem wir uns in die entgegengesetzte Richtung bewegten, um sie so weit wie möglich von Bens Hosentasche fern zu halten.

»Ihr beiden habt da doch hoffentlich kein unanständiges Foto, oder?« Wir drehten uns im Halbkreis, bis wir die Plätze getauscht hatten. Jetzt stand sie an der Werkbank, und wir waren bei der Tür.

»Nein … wirklich nicht«, beteuerte ich.

»Warum lasst ihr es mich dann nicht sehen?«

Wir wollten uns gerade umdrehen und aus der Garage stürmen, als sie eine schwere Rohrzange von der Wand hinter sich nahm und sie wie beiläufig über den feinen Balsaholzrahmen auf der Werkbank schwang.

»Und?«, spottete sie. Dabei wippte sie mit ihrem schlacksigen Körper vor und zurück und spielte mit überzogenem Selbstvertrauen mit ihrer Unterlippe.

»Das würdest du nicht tun«, knurrte ich, obwohl ich genau wusste, dass sie es tun würde.

»Meinst du?«, fragte sie höhnisch und hob die Zange ein wenig höher. »Ein einziger guter Schlag dürfte genügen.«

»Warte«, seufzte Ben und hielt die Hände hoch, als wolle er sich ergeben. »Wir zeigen es dir.«

Ich schaute Ben fragend an und suchte nach einer Spur von Besorgnis in seinem Gesicht, aber davon war nichts zu sehen. Becky, die immer sehr gründlich war, wenn sie mich ärgerte, hielt mein Haus weiterhin als Geisel fest, während Ben in aller Ruhe das Papier aus seiner Hosentasche zog, es auseinander faltete und dann vor sie auf die Werkbank legte.

»Hier … sieh selbst.«

Sie warf einen kurzen Blick auf das Papier. Dann schaute sie verwirrt auf. »Das war alles? Warum macht ihr so ein großes Theater darum?«

»Warum wir so ein großes Theater darum machen?«, wiederholte ich ungläubig. »Du stehst als Nächste auf seiner Liste. Darum machen wir so ein großes Theater! Virgil ist verrückt!«

Da erst bemerkte ich, dass Ben mich finster anfunkelte. Sein Gesicht lief vor Ärger rot an. Plötzlich wurde mir klar, dass sein intelligenter Verstand einen Ausweg aus dieser misslichen Lage gefunden haben musste. Offenbar hatte er nicht nur diese Zeichnung in seiner Hosentasche gehabt. Als ich genauer hinschaute, sah ich, dass Becky einen Zeitungsausschnitt mit einer Edsel-Anzeige in der Hand hielt. *Tut mir Leid, Sherlock,* dachte ich.

»Würde mir einer von euch bitte erklären, was hier los ist? Wo stehe ich als Nächste auf einer Liste?«

»Meinetwegen. Du kannst es genauso gut wissen«, seufzte Ben und zog das andere Papier aus seiner Hosentasche und strich es auf dem Tisch glatt. »Das wird die Gemeinde am nächsten Sonntag zu sehen bekommen, wenn der Bibeltext gelesen wird.«

Becky starrte einen Augenblick auf die Zeichnung. Sie riss den Mund weit auf. Die Augen riss sie noch weiter auf. »Was ist denn das? Wieder einer von euren Späßen?«

»Das ist kein Spaß«, erklärte Ben. »Das ist die Wahrheit.«

»Was meint ihr damit? Welche Geheimnisse?«

»Du musst uns aber dein Ehrenwort geben, dass du bis nächsten Sonntag kein Sterbenswort darüber verrätst«, verlangte Ben. »Ab Sonntag weiß es sowieso jeder.«

»Ich verspreche überhaupt nichts. Wovon redet ihr überhaupt? Was hat Pastor Ivory denn getan? Und woher wisst ihr, was er getan hat?«

»Wir haben gesehen, wie er die Hand auf Meg Aldermans Schoß gelegt hat«, erklärte Ben. »Und wir haben gehört, wie er am Telefon mit Julie Flory Geheimnisse hatte.«

»Und wir meinen, du könntest die Nächste sein«, schloss ich. »Würdest du jetzt bitte dieses Ding von meinem Haus wegnehmen!«, flehte ich, da ich fürchtete, sie könnte einen Schock bekommen und die Zange auf mein fast fertiges Wohnzimmer fallen lassen.

Becky legte die Zange langsam auf den Tisch. Ihre Schultern sackten nach vorne. Ihre Wangen erröteten. Sie spielte an der Kante der Werkbank herum und malte Kreise mit ihren langen, schlanken Fingern. Ein Bein drehte sich nervös auf dem Fußballen, und lose Locken fielen ihr ins Gesicht. Plötzlich wirkte meine große Schwester, die immer das Sagen haben musste und mich herumkommandierte, klein und hilflos. Allein schon der Gedanke, dass Pastor Ivory irgendwie Interesse an ihr haben könnte, schien sie sichtlich erschüttert zu haben. Vielleicht verwirrte es sie auch, dass sie mit Meg Alderman und Julie Flory in einen Topf geworfen wurde. Was auch diese Veränderung bei ihr ausgelöst haben mochte, diese Wirkung war für mich etwas völlig Neues und öffnete mir die Augen. Zum ersten Mal spürte ich den starken Drang, sie zu beschützen. Gleichzeitig empfand ich einen großen Zorn auf jeden, der sie in irgendeiner Weise bedrohen könnte. Wenn ich in diesem Augenblick durch meinen Willen mein körperliches Wachstum hätte beschleunigen können, wäre ich jetzt um mehrere Zentimeter gewachsen.

»Wie könnt ihr beiden euch da so sicher sein?«, fragte Becky und biss sich auf die Lippe.

Wir erzählten ihr alles, was wir gesehen und gehört hatten, und verschwiegen auch nicht, dass Pastor Ivory es so arrangiert hatte, dass er sie jeden Donnerstagabend nach Hause bringen würde.

»Also gut, selbst wenn das alles passiert ist, wird euch trotzdem niemand glauben. Ihr seid nur zwei kleine Buben. Außerdem habt ihr ihn nicht wirklich dabei ertappt, wie er etwas Schlimmes getan hat.«

»So? Wir haben ihn mit Meg allein in der Kirche gesehen«, eiferte sich Ben. »Dieser Kerl ist ein Gauner, Becky!« Er regte sich jetzt richtig auf. Wir versuchten beide, ihn zu beruhigen.

»Hör zu, Becky«, sagte ich. »Wir wollen doch nur dafür sorgen, dass er dich donnerstagabends nicht nach Hause bringt.«

»Es ist wirklich lieb von euch beiden, dass ihr euch so um mich sorgt, aber ich glaube, ich kann ganz gut allein auf mich aufpassen. Ich finde, ihr solltet das wirklich nicht tun. Ihr mischt euch in das Leben von jemand anderem ein…«

»Ja … von jemand, der sich in das Leben von vielen anderen einmischt«, knurrte Ben erbost.

Meine Schwester zuckte die Achseln und lächelte. Sie wusste inzwischen, wie sinnlos es war, mit Ben zu streiten. »Einverstanden, ich gebe euch mein Wort. Ich werde keiner Menschenseele etwas verraten.«

»Danke, Schwesterherz«, sagte ich.

»Nein«, erwiderte sie. »Ich danke euch.« Dann legte sie mir die Hand auf die Schulter und küsste mich auf die Stirn. In mir drehte sich alles. Einen Augenblick lang dachte ich, mein Brustkorb würde zerspringen.

»Hast du es dir wegen Sonntag anders überlegt?«, fragte Ben, als sie fort war.

»Nein.«

»Gut. Dann sollten wir am besten mit dem Schild anfangen.«

Ben schlief an diesem Abend bei mir. Wir saßen deshalb beide am Esstisch, als mein Vater diese verhängnisvolle Abmachung ansprach. »Becky, Pastor Ivory sagt, du bist im Komitee, das gesellschaftliche Ereignisse für Jugendliche in der Unterstufe vorbereitet«, erzählte er in einem begeisterten Ton, als wolle er ihr gratulieren.

»Ja.« Meine Schwester errötete und blickte auf den Tisch.

»Er sagte, es mache ihm nichts aus, dich danach nach Hause zu fahren«, sprach mein Vater weiter. »Das finde ich wirklich sehr nett von ihm, denn deine Mutter und ich müssen zur Chorprobe bleiben.«

»Ja … sicher«, murmelte Becky.

»Aber wer bleibt dann bei Jonathan, bis sie zurückkommt?«, warf meine Mutter ein. Sie war etwas verärgert, dass mein Vater nicht daran gedacht hatte. Der Donnerstag stellte immer ein logistisches Problem dar, da der Jugend- und der Erwachsenen- chor direkt hintereinander angesetzt waren. Mein Vater leitete beide Chorproben, und meine Schwester gehörte dem Jugend- chor und meine Mutter dem Erwachsenenchor an. Becky musste immer mit einer Freundin nach Hause fahren, damit sie rechtzeitig da war, wenn meine Mutter zu ihrer Chorprobe auf- brach.

»Das habe ich vergessen«, sagte mein Vater. »Aber meinst du nicht, Jonathan ist alt genug, um eine halbe Stunde allein zu bleiben? Ich kann mir nicht vorstellen, dass Beckys Komitee länger als eine halbe Stunde dauert.«

Ja, aber wie lange dauert es, bis der gute alte Virgil sie tat- sächlich zu Hause abliefert?, dachte ich und vermutete, dass Ben und Becky genau die gleiche Frage durch den Kopf ging.

»Auf keinen Fall«, erklärte meine Mutter. »Wir brauchen jemanden, der bei Jonathan bleibt.«

»Vielleicht wäre das eine gute Gelegenheit, es mit der Frau aus unserer Straße zu probieren, von der wir neulich sprachen«, schlug mein Vater vor.

»Ich kann sie ja morgen anrufen«, nickte meine Mutter. Sie ließ Becky nicht aus den Augen. Seit von Pastor Ivory die Rede gewesen war, stocherte meine Schwester nervös in ihrem Essen herum. »Rebekka, geht es dir gut, Liebes?«

»Ja. Ich habe im Augenblick nur keinen großen Hunger. Kann ich bitte aufstehen?«

»Natürlich, Schatz. Heute ist sowieso Jonathan an der Reihe, den Tisch abzuräumen.«

»Was hat sie denn?«, fragte mein Vater, als Becky das Esszimmer verlassen hatte.

»Ich weiß es nicht. Aber seit du dieses Komitee angesprochen hast, wirkte sie unruhig. Vielleicht ist jemand in diesem Komitee, mit dem sie Schwierigkeiten hat. Ich werde mit ihr darüber reden.«

Ich sprang auf und begann, den Tisch abzuräumen. Ben half mir dabei.

»Virgil Ivory ist ein netter Kerl«, hörten wir meinen Vater sagen, während wir die Teller durch die Schwingtür trugen, die die Küche vom Esszimmer trennte. »Es war furchtbar freundlich von ihm, dass er Becky nach Hause fahren will.«

In der Küche verdrehten Ben und ich die Augen.

»Ich glaube, ich muss mich gleich übergeben!«, flüsterte Ben. »»Furchtbar freundlich von ihm««, spottete er. »Furchtbare Freundlichkeit käme der Sache schon näher!«

»Pscht!«, flüsterte ich und legte einen Finger auf den Mund. »Wir wollen uns doch nicht schon wieder verraten. Es reicht, dass ich das heute schon einmal getan habe.«

Als wir später im Bett lagen, sprach ich das Thema noch einmal an. »Tut mir Leid, dass ich deinen Plan heute Nachmittag durchkreuzt habe. Es war wirklich schlau von dir, meiner Schwester ein anderes Papier zu zeigen.«

»Vergiss es. Es ging ja am Ende gut aus. Wahrscheinlich ist es besser, dass deine Schwester Bescheid weiß. Ich glaube, sie ist uns sogar dankbar für das, was wir tun.«

»Ja, ich weiß, dass sie uns dankbar ist«, pflichtete ich ihm bei.

»Ben?«, begann ich erneut.

»Ja?«

»Findest du es richtig, wenn man Gefühle für seine eigene Schwester hat?«

»Keine Ahnung. Ich hatte nie eine Schwester.«

»Was ich meine: Als sie mich heute in der Garage geküsst hat, fühlte ich mich … na ja … richtig gut. Und ich bin nicht sicher, ob es richtig ist, so etwas bei seiner eigenen Schwester zu fühlen.«

»Sie hat dich ja nicht auf die Lippen geküsst oder so etwas.«

»Nein, natürlich nicht«, nickte ich hastig. »Ich weiß nicht … ich hatte nur noch nie solche Gefühle für sie. Du weißt schon, normalerweise ist sie ja eine furchtbare, lästige Nervensäge.«

Nach ein paar Augenblicken sagte Ben leise: »Ich glaube, du hast Glück.«

Meine Mutter kam, um uns zuzudecken und mit uns zu beten. Zum ersten Mal, seit ich mich erinnern konnte, betete ich ohne Widerwillen für Becky. Meine Mutter zog uns die Decke bis ans Kinn und gab uns einen Gute-Nacht-Kuss. Als sie sich zum Gehen wandte, sah ihr Profil aus wie der Schatten meiner Schwester. *Vielleicht ist dieses Gefühl das Gleiche wie die Liebe zu meiner Mutter,* dachte ich und kam zu dem Schluss, dass es nicht schlimm sei, solche Gefühle zu haben.

»Jonathan?«, sagte Ben, als sie gegangen war.

»Was ist?«

»Hast du schon einmal Gott reden hören?« Jetzt war es an ihm, ein Geheimnis in der Dunkelheit zu verraten. Das waren unsere intimsten Augenblicke. Wenn die Lichter aus waren und man nur Schatten an der Wand sehen konnte.

»Nein.«

»Du weißt schon, diese Stimme, von der ich dir einmal erzählt habe … dass jemand mich bei meinem Namen rief. Ich denke, wenn es einen Gott gibt, kann er wahrscheinlich alles tun, was er will. Er könnte mich sogar bei meinem Namen rufen.«

»Ja, wahrscheinlich. Samuel hat er auch bei seinem Namen gerufen.«

»Ja, daran habe ich auch schon gedacht. Kannst du ihn rufen hören: ›Sam! Sam!‹«

Etwas daran, wie Ben Gott spielte und »Sam« rief, fand ich damals lustig. Besonders die Art, wie Ben es sagte. Aber natürlich sind spät nachts, wenn man im Dunkeln liegt und eigentlich schlafen sollte, auch ganz gewöhnliche Dinge lustig.

»Vielleicht solltest du das nächste Mal versuchen, dieser Stimme zu antworten.«

»Das habe ich mir auch schon überlegt. Was hat Samuel damals gesagt?«

»›Rede, Herr, denn dein Knecht hört.‹« Das hatte ich in der Sonntagsschule gelernt.

»Ich weiß nicht. Ich glaube, ich müsste erst an ihn glauben, bevor ich mit ihm reden könnte.«

»Vielleicht nicht. Vielleicht heißt es, dass du an ihn glaubst, wenn du mit ihm redest.«

»Glaubst du an Gott?«, fragte Ben.

»Ja, ich denke schon.«

»Aber wie kommt es, dass du an ihn glaubst, wenn er nie mit dir spricht?«

Darüber musste ich eine Minute nachdenken. »Ich weiß es nicht. Ich glaube einfach an ihn. Ich kann dir nicht sagen warum. Ich fühle es irgendwie in meinem Herzen.«

Während ich auf dem Rücken lag und zu den Linien hinaufstarrte, die die Holzbretter an die Decke malten, steckte ich die Hände unter mein Kissen. Plötzlich spürte ich etwas. Einen Zettel.

»Ben, dreh schnell das Licht an.« Da er unten lag, war er näher beim Lichtschalter.

Das Papier war eine Nachricht von meiner Schwester.

VIEL GLÜCK, IHR ZWEI!
IN LIEBE, REBEKKA

10

Es kommt an den Tag

Wir kamen nie dazu, feurige Kohlen auf den Chor zu schütten. Nach dem nächsten Sonntagmorgen verlief der Gottesdienst wieder wie früher, ohne dass wir etwas dazu beitrugen. Und das war auch gut so. Wahrscheinlich hätten wir wissen müssen, dass unsere schockierende Anklage das Ende unserer Freiheit hinter den Orgelpfeifen bedeuten würde, aber Zehnjährige können die Konsequenzen, die ihre rege Fantasie nach sich zieht, oft nicht abschätzen.

Es war sehr vorteilhaft für unseren Plan, dass Virgil Ivory an diesem verhängnisvollen Morgen die Bibellesung übernahm. Und das aus zwei Gründen: Hätte Pastor Beamering sich auf die Lesung vorbereitet, dann wäre ihm wahrscheinlich aufgefallen, dass die Bibelstelle, die im Gemeindebrief angegeben war, nicht stimmte: Es war nicht die, die er am Donnerstag seiner Sekretärin auf den Schreibtisch gelegt hatte, um sie von ihr abtippen und im Gemeindebrief abdrucken zu lassen. Das war durch das wachsame Auge und die fleißige Hand von Harvey Griswold vereitelt worden. Grizzly hatte die angegebene Stelle geändert und dafür unsere Stelle, Lukas 8,16–17, eingefügt. Noch wahrscheinlicher war jedoch, dass Pastor Beamering gar nicht im Gemeindebrief nachgeschaut, sondern einfach die Stelle gelesen hätte, die er vorbereitet hatte und über die er predigen wollte. Virgil dagegen folgte nur dem im Gemeindebrief abgedruckten Programmablauf.

Der andere Grund war natürlich, dass dadurch Pastor Ivory höchstpersönlich vorne stand, wenn die Vorwürfe gegen ihn erhoben wurden.

Ich werde nie den Blick auf seinem Gesicht vergessen. Er las Vers 17 zu Ende. »Denn es ist nichts verborgen, was nicht offenbar werden soll, auch nichts geheim, was nicht bekannt werden und an den Tag kommen soll.« Als er die Bibel zuklappte und in seiner tiefen, kehligen Stimme sang: »Der Herr segne alle, dass sie recht hören, was Gottes Wort zu sagen hat«, starrte die Gemeinde entsetzt auf die Leinwand, die hinter seinem Kopf auftauchte. Wo jüngere Gemeindemitglieder saßen, die den Sinn dieser Worte nicht begriffen und sie irgendwie lustig fanden, war hier und dort ein leises Kichern zu hören. Der Rest der Colorado Avenue Christian Standard Church schwieg wie versteinert, nicht einmal zu dem gewohnten Raunen fähig, das normalerweise zu hören war, wenn wir die Bibeltexte oben an den Orgelpfeifen veranschaulichten. Schließlich folgte Virgil ihrem Blick und drehte sich um. Erst jetzt sah er selbst das Schild. Schlagartig wich alle Farbe aus seinem Gesicht. Es wurde genauso weiß wie das Schild hinter ihm.

Ich frage mich immer noch, wie alle, die ihm an den folgenden Tagen Glauben schenkten, als er alles leugnete und abstritt (fast die gesamte Gemeinde), diesen Blick hatten vergessen können. Es war unübersehbar der Blick eines Mannes, den man in seiner Schuld überführt hatte. Vielleicht erkannte ich diesen Blick einfach deshalb so schnell, weil ich innerlich auf solche Blicke geeicht war. Zehnjährige sind Fachleute, was schuldbewusste Blicke angeht. Deshalb lag für mich auch alles so klar auf der Hand.

Es gibt einen Blick, den man hat, wenn man fälschlich beschuldigt wird. In diesem Blick schwingt meistens eine Portion Ärger mit. Dann gibt es den Blick, wenn man etwas Böses im Schilde führt und dabei ertappt wird. Vielleicht ist man sogar gefährlich nahe daran gewesen, es zu tun, aber man ist der Versuchung noch nicht erlegen. In diesem Blick liegt eine gewisse Angst, aber vor allem Erleichterung. Und dann ist da ein Blick, wenn man zu Recht beschuldigt wird – wenn man sich in die Ecke gedrängt sieht. Von der Wahrheit überrascht, aber ohne die Chance, eine entrüstete Reaktion vorzutäuschen. Genau dieser Blick lag auf Pastor Ivorys Gesicht.

Ich kann mich auch noch daran erinnern, dass ich nach Meg Aldermann Ausschau hielt, weil ich ihr Gesicht sehen wollte. Ich konnte es nicht sehen. Sie schaute während Pastor Ivorys erstaunlicher Rede, die er von der Kanzel herab hielt, die ganze Zeit auf den Boden. Julie Florys Gesicht konnte ich auch nicht sehen. Es war vornüber gebeugt und in ihren Händen vergraben. Aber Beckys Gesicht konnte ich sehen, denn sie saß groß da. Ihre Schultern waren königlich und stolz aufgerichtet. Und in ihrem Gesicht lag einer stiller, selbstsicherer Ausdruck.

Pastor Beamering muss man zugute halten, dass er es irgendwie schaffte, während dieses ganzen peinlichen Szenarios eine stoische Miene zu bewahren. In den ersten Sekunden, die allen wie Jahre vorkamen, saß er ruhig auf seinem Stuhl rechts neben der Kanzel und wartete, was Pastor Ivory nun tun würde. Gleichzeitig überlegte er bestimmt, was er selbst unternehmen sollte.

Pastor Ivory gewann in der Zwischenzeit wieder etwas die Fassung. Die unglaublichen Ereignisse, die unmittelbar danach folgten, waren ein Beweis dafür, wie schnell Leute vergessen können, was sie zwar vielleicht mit den Augen gesehen und mit den Ohren gehört haben und ihnen vielleicht sogar ihre Intuition als wahr bestätigt hat – ihr Verstand aber einfach nicht bereit zu glauben ist. Ein wenig Farbe und Leben kehrte wieder in Ivorys Gesicht zurück, als er sich langsam zu einem Lächeln zwang. Dann sprach er.

»Wenn diese Aussage wahr wäre … was sie natürlich nicht ist … wäre das ein eindrückliches Beispiel für das, was laut dieser Bibelstelle … uns alle erwartet.« Seine Stimme kam stockend. Sie suchte nach einem Weg, wie er sich aus dieser Situation herausreden könnte. »Stellen Sie sich vor, Ihr schlimmster Albtraum würde wahr … und hinter Ihnen auf die Leinwand projiziert.« Jetzt legte er etwas an Lautstärke zu. »Stellen Sie sich vor, so etwas würde geschehen.« Er fing an, einen Ausweg zu erahnen. »Was würden Sie tun?« Jetzt griff er nach dem rettenden Strohhalm. »Mir ist bewusst, dass dies eine schockierende Frage ist. Aber wir wollten Ihnen das so plastisch vor Augen führen, dass Sie diese Frage nie vergessen werden.«

Ich traute meinen Ohren nicht. Was geschah hier? Jetzt wurde wieder gemurmelt. Fast konnte ich die Gottesdienstbesucher denken hören. *Das war also wieder eine Untermalung der Bibelstelle. Es stimmt nicht, was da steht. Oh … jetzt haben wir es verstanden. Das sollte uns nur schockieren, wie sie es immer bei der Lesung machen. Dieses Mal sind sie vielleicht doch ein bisschen zu weit gegangen. Aber es hat seine Wirkung nicht verfehlt. Junge, waren wir entsetzt.* Das Raunen verwandelte sich in ein erleichtertes Gemurmel.

»Was würde auf Ihrem Schild stehen?«, sprach die aalglatte Stimme weiter, die jetzt wieder die Kontrolle übernommen hatte und ihren Triumph genoss. »Wäre es etwas in dieser Art?« Dabei deutete er auf die leuchtenden Worte hinter ihm, die angesichts seiner blendenden Argumentation schon etwas von ihrer Leuchtkraft verloren. »Wie steht es um die heimlichen Gedanken, die sich in Ihrem Kopf abspielen?« Ich saß machtlos im Glockenturm. Mir wurde übel. »›Denn es ist nichts verborgen, was nicht offenbar werden soll, auch nichts geheim, was nicht bekannt werden und an den Tag kommen soll.‹«

Pastor Ivory trat kurz zurück, um sich die Stirn abzuwischen. Jetzt hatte er die Gemeinde wieder auf seiner Seite. Sie fraßen ihm aus der Hand. Er hielt die Zügel wieder fest im Griff. Er spürte seine Macht.

»Glauben Sie mir«, fuhr er in seinem improvisierten Melodrama fort. »Obwohl ich wusste, dass dies geschehen würde, kann ich Ihnen gar nicht sagen, wie schockiert ich war. Zum einen bin ich nicht sicher, wer das getan hat. Das ist nicht die Botschaft, die ich erwartet hatte, und ich stelle stark in Frage, ob so etwas noch im Rahmen des guten Geschmacks ist. Aber es hat seine Wirkung nicht verfehlt, nicht wahr? Was für ein furchtbares Gefühl war es, hier vor Ihnen zu stehen! Genauso wird es sein, wenn wir alle eines Tages den Taten, die wir tatsächlich begangen haben, ins Gesicht schauen müssen. Wir haben alle heute einen kleinen Vorgeschmack darauf bekommen. Ich wünschte, Sie hätten Ihre Gesichter gesehen …«

Plötzlich schrie eine hohe, schrille Stimme hinter den Orgelpfeifen hervor. Es war Bens letzter Versuch, die Wahrheit hinauszuschreien. Aber der Schrei wurde von der Hand eines Diakons erstickt.

Köpfe fuhren herum, und das Murmeln setzte wieder ein, aber Pastor Ivory gab das Heft nicht mehr aus der Hand. Er beugte sich zum Mikrofon vor, schaute sich mit ernster Miene im ganzen Raum um und spielte seine letzte Karte aus. »Wollt Ihr, dass dies … euch passiert? Wenn nicht, dann fangt an, richtig zu leben. Lebt so, dass niemand etwas auf euer Schild schreiben kann, dessen ihr euch schämen müsstet.« Dann wischte er sich noch einmal die Stirn ab, drehte sich um und setzte sich wieder.

In der Zwischenzeit versuchten mehrere Männer aus dem Chor, die Leinwand mit der verhängnisvollen Schrift hochzukurbeln, aber ohne Erfolg. Später fand ich heraus, dass Ben, der mit so etwas gerechnet hatte, die Kurbel in unserem Geheimschrank im Turm versteckt hatte. Sie lag den ganzen Morgen unmittelbar neben mir.

Wenn es ihnen gelungen wäre, die Leinwand wieder nach oben zu kurbeln, hätte sich der Gottesdienst wahrscheinlich wie gewohnt fortgesetzt. Aber Pastor Beamering konnte einfach nicht mit einer sinnvollen Predigt fortfahren, solange hinter ihm wie eine riesige Schlagzeile die Leinwand mit dem Satz »PASTOR IVORY HAT GEHEIMNISSE MIT MÄDCHEN AUS DER UNTERSTUFE« alle Blicke auf sich zog. Die Gemeindehelfer versuchten, Mr. Griswold dazu zu bewegen, ihnen bei der Leinwand zu helfen, aber niemand konnte ihn finden. Später fand man ihn. Er hatte sich auf dem ersten Treppenabsatz der vorderen Stufen zur Seitenempore versteckt. Das bedeutete, dass er seiner eigenen Phobie zum Trotz einen Platz gesucht hatte, von dem er wusste, dass ihn dort nie jemand suchen würde. Ben wurde in das Büro seines Vaters gebracht, wo er auf das unvermeidliche Verhör warten musste.

Pastor Beamering gelang es irgendwie, den Gottesdienst mit einer gewissen Würde zu Ende zu bringen. Er ließ die Gemeinde alle vier Verse von »Erforsche mich, Herr« singen und schickte sie dann mit einem viel sagenden Schweigen nach Hause, wo sie vor dem Hintergrund dieser Bibelstelle über ihr eigenes Leben nachdenken sollten. Da er keine Ahnung von den Tatsachen hatte, konnte er nur versuchen, die Bibelstelle und seine eigene Integrität als Pastor und auch seinen Gemeindegottesdienst zu retten. Das alles, kombiniert mit der teuflisch brillanten Rede des Hilfspastors, diente nur dazu, Virgil Ivorys Position zu stärken. Je mehr Pastor Beamering versuchte, die Situation zu retten, umso mehr wurde der Anschein vermittelt, alles wäre geplant gewesen. Es war ein bizarrer Vormittag. Aber Ben und ich hatten diese Gemeinde daran gewöhnt, dass Feuerwerke und Tauben und Bänder hinter den Orgelpfeifen auftauchten. Warum also nicht auch so etwas? Vorher war alles so brillant inszeniert gewesen, argumentierten viele. Warum nicht auch dieses Mal?

Wieder stellte sich alles gegen Ben. Ganz ähnlich wie damals bei der Sache mit dem Wecker.

Nach dem Gottesdienst führte Pastor Beamering ein ernstes Gespräch mit Ben und Pastor Ivory. Ich hielt es für besser, mich aus der Sache herauszuhalten, da ich nicht wusste, wie viel von unseren Aktivitäten Ben preisgeben wollte. Aber ich schlich auf dem schnellsten Weg zu unserem Abhörsystem, wo ich das gesamte Gespräch mit anhören konnte.

Es ging schnell und war endgültig. Pastor Beamering sorgte dafür, dass keine Fragen offen blieben. Ben erzählte, dass er Pastor Ivory und Meg Alderman allein in der Kirche gesehen und gehört habe, wie er am Telefon mit Meg und Julie Flory über Geheimnisse sprach. Er erwähnte sogar, dass Pastor Ivory es »arrangiert« habe, meine Schwester jeden Donnerstagabend nach Hause zu bringen. Allein.

Pastor Ivory verteidigte sich vehement gegen jede einzelne dieser Anklagen. Seine Stimme war gereizt und empört, als ärgere er sich, dass man ihn überhaupt mit den offensichtlich übertriebenen Anschuldigungen eines zehnjährigen Jungen belästigte. Eines Jungen, der gerade einen ganzen Sonntagsgottesdienst gestört hatte. Diesen letzten Teil sprach er aus. Der erste Teil war aus seiner Stimme zu entnehmen. Er hatte auf alles eine Antwort. Er war in der Kirche gewesen, um Meg Stellen in der Bibel zu zeigen, die ihr helfen sollten, über den Tod ihrer Großmutter, die Anfang dieser Woche gestorben war, hinwegzukommen. (Später fanden wir heraus, dass ihre Großmutter in Indiana lebte und Meg sie in ihrem ganzen Leben nur zweimal gesehen hatte.)

»Hat sie deshalb ihren Rock zurechtgerückt?«, versuchte Ben, ihn mit diesem Einwand aus der Fassung zu bringen.

»Ben«, tadelte ihn sein Vater streng. »Frauen und Mädchen rücken ihren Rock immer zurecht, wenn sie aufstehen.«

»Und ich nehme an, sie stehen immer so schnell auf, wenn jemand in den Raum kommt?« Er ließ nicht locker.

»Virgil?«, hörte ich Pastor Beamering seinen Hilfspastor fragen.

»Ich stand deshalb so schnell auf, Jeff, weil mir plötzlich bewusst wurde, dass ich mit ihr allein in der Kirche war und dass jemand auf falsche Gedanken kommen könnte. Mit so einer blühenden Fantasie hätte ich allerdings nie gerechnet.«

»Und wie steht es um die ›Geheimnisse‹ mit Julie und Meg?«

Pastor Ivory lachte. »Dabei ging es um einen Überraschungssketch, den Meg und Julie und zwei andere Schülerinnen für das Treffen der Unterstufe am Mittwochabend planten.«

»*Unser kleines Geheimnis*«, dachte ich erbost. So redet man ganz bestimmt nicht von einem Überraschungssketch. Aber ich begriff, in welche Richtung das alles lief. Und ich wusste, dass Ben wahrscheinlich das Gleiche dachte wie ich. Wir hatten keine Chance, diese Schlacht zu gewinnen.

Pastor Beamering, der Richter bei diesem Prozess, hatte das letzte Wort. Er erinnerte seinen Hilfspastor daran, dass es eine Kardinalregel für einen Pastor sei, nie allein mit einer Frau ein seelsorgerliches Gespräch zu führen. »Achte immer darauf, dass noch jemand dabei ist. Vergiss nicht: Wir dürfen nicht einmal den Anschein erwecken, wir könnten uns eines Vergehens schuldig gemacht haben. Und dein Angebot, Becky nach Hause zu fahren, war zwar nett gemeint, aber es steht in keinem Verhältnis zu den Fragen, die das hervorrufen könnte. Besonders jetzt. Es liegt auf der Hand, Virgil, dass du ab sofort jeden direkten Kontakt zu Mädchen aus der Unterstufe vermeiden wirst. Wenigstens, bis über diese Sache Gras gewachsen ist.« Bens Vater legte eine kurze Pause ein. »Außerdem muss ich hinzufügen, Virgil: Mir hat nicht gefallen, wie du soeben mit Ben gesprochen hast. Er mag zwar erst zehn Jahre alt sein, aber er hat trotzdem ein Recht, seine Meinung zu haben und sie auch zu äußern. Er glaubte, etwas laufe falsch, und auch wenn er sich irrte, versuchte er nur, dafür zu sorgen, dass das in Zukunft nicht wieder vorkommt.«

Jetzt folgte eine sehr lange Pause. Dann sprach Pastor Ivory wieder. Dieses Mal sehr verhalten. »Du hast Recht, Jeff. Ich habe mich hinreißen lassen. Ich entschuldige mich, Ben.«

Dann tadelte Pastor Beamering Ben, weil er ohne ausreichende Beweise vorschnelle Schlüsse gezogen habe. »Dieses Spionieren und Detektivspielen, das du mit Jonathan hier veranstaltest, geht zu weit. Damit muss jetzt Schluss sein. Auch eure Eskapaden hinter den Orgelpfeifen. Es tat uns allen eine Weile ganz gut, aber jetzt werden die Leute nicht mehr wissen, ob sie dem, was auf der Kanzel gesagt wird, trauen können oder nicht. Ich fürchte, Virgil, dein Theaterstück heute Morgen wird uns schaden.«

»Ich habe nur versucht, den Gottesdienst zu retten«, verteidigte sich Virgil.

Du meinst, du hast nur versucht, deine eigene Haut zu retten, dachte ich.

»Wir werden den Gottesdienst retten. Wir werden zur reinen, unverfälschten Predigt von Gottes Wort zurückkehren. Das ist das Einzige, was diesen Gottesdienst und diese Gemeinde retten kann. Ben, die Bilder, die du uns vor Augen gemalt hast, waren spannend und motivierend, aber sie haben gleichzeitig Pastor Ivory und mich gezwungen, die Wahrheit zu dehnen, um sie in den Gottesdienst einzubauen. Ich möchte dir etwas sagen, mein Sohn: Wenn wir so etwas wieder irgendwann einmal machen, dann tun wir es gemeinsam. Abgemacht?«

»Abgemacht«, willigte Ben ein.

»Dann gibt es hier nichts mehr zu sagen. Gehen wir wieder an die Arbeit, zu der wir berufen sind.«

»Mir ist das ganz recht«, erklärte Ben mir später, als wir uns über das alles unterhielten. »Der Sommer ist sowieso vorbei. Außerdem haben wir erreicht, was wir wollten. Becky wird nie erfahren müssen, wie es ist, mit dem verrückten Virgil allein im Auto zu sitzen.«

Damit hatte er Recht.

11

Unter den Wacholderbüschen

»Schnell! Hol dein Fahrrad!«, rief Ben, als er eines Samstagmorgens im Oktober auf seinem Rad über den Gehweg gesaust kam. »Sie haben 59er Modelle in der Ausstellung!«

Er sprach natürlich von den neuen Edsel-Modellen. Seit Anfang September rief er jede Woche beim Autohändler an und fragte, wann die neuen Modelle eintreffen würden.

»Ja, gut, aber ich muss vorher hier fertig werden.«

Ich sollte die Blätter der Ulme vor unserem Haus wegschaffen. Es war meine übliche Aufgabe, samstags den Rasen vor und hinter dem Haus zu rechen, damit mein Vater danach den Rasen mähen konnte. Der Garten hinter dem Haus war mir viel lieber, da die Ahornblätter, die dort zu Boden fielen, groß und leicht waren. Sie ließen sich einfach zusammenrechen und bildeten einen großen, knisternden Haufen, in dem man sich, wenn man Lust hatte, wälzen und den man leicht abtransportieren konnte. Die Ulmenblätter dagegen waren klein und zäh. Sie setzten sich zwischen den Grashalmen fest und trotzten den Zähnen meines Rechens. Es war unmöglich, sie alle zu erwischen. Der Haufen, den sie bildeten, war klein, und es dauerte eine halbe Ewigkeit, bis ich ihn endlich weggeschafft hatte, da die kleinen, schweren, leuchtenden Blätter mir immer wieder durch die Finger und Hände glitten.

»Wenn du mir helfen würdest, wäre ich viel schneller fertig«, brummte ich, obwohl ich genau wusste, dass mein Appell auf taube Ohren stieß.

Ben war körperlich nicht stark. In dem halben Jahr, seitdem ich ihn kannte, hatte ich ihn nie Sport treiben sehen. Die einzige wirkliche körperliche Betätigung, die wir gemeinsam ausübten, war Radfahren. Aber das taten wir auch nicht übermäßig viel, weil er sehr schnell ermüdete. Ich sprach ihn nie darauf an, aber mit meiner Mutter hatte ich mich einmal darüber unterhalten.

»Einige Kinder sind einfach schwächer als andere«, erklärte sie mir. »Ben hat anscheinend weniger Kraft als seine älteren Brüder, aber er hat auch einen leichteren Körperbau.«

»Glaubst du, etwas stimmt bei ihm nicht?«, hatte ich besorgt gefragt.

»Ich glaube nicht, dass es etwas Ernstes ist. Sonst hätte mir Mrs. Beamering davon erzählt. Er wird wahrscheinlich nie besonders stark sein. Einige Menschen sind einfach so. Ich glaube, deshalb setzt er seinen Verstand mehr ein als andere Kinder. Er gleicht seine körperliche Schwäche dadurch aus, dass er seinen Kopf mehr gebraucht.«

»Du machst das mit den Blättern so gut. Ich will dir dabei nicht in die Quere kommen«, sagte Ben und gebrauchte seinen Kopf.

»Ich hasse diese Blätter. Ich kann sie nie alle aufsammeln. Schau nur, ich reche so stark, dass ich das Gras ausrupfe.« Ich hielt einen Klumpen Graswurzeln in der Hand, die wie Engelshaare vom Ende des Bambusrechens hingen.

»Jemand sollte einen großen Staubsauger für den Garten erfinden, der dieses ganze Zeug einfach wegsaugt.«

»Ja, oder es wegbläst«, brummte ich. »Immerhin bin ich dafür ja inzwischen berühmt.«

»Passiert es immer noch, dass jemand dich deswegen aufzieht?«

»Ständig. Bobby Brown vergisst das nie.«

»Zu schade, dass wir nie dazu kamen, Asche auf den Chor zu streuen.«

Der Vorfall mit Pastor Ivory war auch wie weggeblasen.

Offenbar hatten Meg und Julie Virgils Version seiner Geschichte bestätigt, und alle glaubten ihnen. Alle außer uns.

Aber trotz allem glaube ich, dass wir der ganzen Gemeinde auf lange Sicht einen Dienst erwiesen haben. Falls Pastor Ivory ein Problem auf diesem Gebiet hatte, tauchte es während der restlichen zwei Jahre, die er in unserer Gemeinde arbeitete, nie wieder auf. Vielleicht hatten wir ihm geholfen, sich einem Problem zu stellen, das er vorher nicht hatte sehen wollen. Vielleicht hatten wir ihn noch rechtzeitig ausgebremst. Wie auch immer die Wahrheit über Ivory und seine Beziehung zu Unterstufenmädchen aussah, die Botschaft dieser Bibelstelle war mit einer so gewaltigen visuellen Macht verkündet worden, dass niemand sie so bald vergessen würde. Ich weiß, dass ich diesen Versen seitdem nie wieder begegnet bin, ohne Virgils Gesicht vor diesem Schild zu sehen und mir vorzustellen, was bei mir auf dem Schild stehen würde. So störend und verwirrend es auch gewesen sein mag, war es doch unser eindrucksvollstes Bild gewesen.

Auch bei Pastor Beamering blieb es nicht ohne Wirkung. Das Tal, durch das unsere Gemeinde wegen dieses Vorfalls ging, nahm Jeffery T. Beamerings Schritten ein wenig von ihrer Spannkraft und brachte ein wenig mehr Realitätssinn in seine Stimme.

Trotzdem kehrte die Gemeinde, ohne dass Ben hinter der Orgel stand und die vorgelesene Bibelstelle allen bildlich vor Augen malte, wieder in ihre frühere vorhersehbare Form zurück. Ben war das gleichgültig. Er war froh, dass er sonntags nichts mehr zu tun hatte.

Jetzt brauchte er an nichts anderes mehr zu denken und konnte sich auf den Edsel konzentrieren. Während ich die Blätter zusammenrechte – und er erfolgreich jeder körperlichen Arbeit aus dem Weg ging –, hörte ich ihm zu. Er schilderte mir aufgeregt, wie die neuen Modelle aussahen. Dieses Jahr waren die Änderungen kein Geheimnis. Keine verhüllten Autos wurden heimlich über die Straßen unseres Landes transportiert. Es gab keine große Enthüllung. Die neuen Modelle waren bereits enthüllt und in zahlreichen Zeitschriften kommentiert worden. Ben war natürlich ein Experte, was diese Kritiken anging.

»*Popular Science* nennt es ein viel vernünftigeres Auto. Sie sagten, der Edsel sei überladen gewesen, aber dieses Modell komme wieder auf den Boden der Tatsachen zurück. Es sei schlichter. Weniger auffällig. Mit anderen Worten: Sie haben ein stinknormales Auto daraus gemacht. Sie versuchen alles, um ihn besser zu verkaufen. Sie senken sogar den Preis. Aber sie versuchen es mit den falschen Mitteln. Sie hätten an dem, was dieses Auto so besonders machte, festhalten sollen, bis genug Leute sich dafür begeistern. Man kann nicht erwarten, dass die Leute über Nacht ihren Geschmack ändern.«

Ich lud die letzten Blätter auf dem Komposthaufen hinter der Garage ab und bekam die Erlaubnis, mit Ben zum Edsel-Händler zu fahren, der ungefähr drei Kilometer von unserem Haus entfernt war.

»Aber passt gut auf. Nehmt die Seitenstraßen und bleibt von der Hauptstraße weg.«

»Natürlich. Alles klar, Papa.«

Als wir uns bei meiner Mutter abmeldeten, hatte sie wie gewöhnlich eine großartige Idee. »Soll ich euch etwas Gutes zu essen einpacken? Dann könnt ihr auf dem Rückweg eine Pause einlegen und ein Picknick machen.«

»O ja!«, riefen wir wie aus einem Munde. Bald waren wir unterwegs. Die Tüten mit Erdnussbutter- und Grapefruitgelee-broten sprangen in den Körben auf unseren Fahrrädern hin und her.

Die Fahrt führte uns durch einen typischen Teil einer Vorstadt von Los Angeles. Auf nur drei Kilometern berührten wir Bezirke von drei verschiedenen Städten. Wir wohnten am Rand von Eagle Rock. Zwei Straßen weiter befand sich ein Industriegebiet, das Teil von Los Angeles County war. Danach erreichten wir die Stadt Garfield, in der der Edsel-Händler sein Geschäft hatte. Solange ich zurückdenken kann, war Los Angeles schon immer so gewesen: eine Vorstadt nach der anderen, die sich nur durch die wirtschaftliche Schicht ihrer Bewohner voneinander unterschieden. Eagle Rock war am Rand der Mittelklasse. Garfield bewegte sich auf der anderen Seite der Skala nach unten. Der schönste Teil dieser Vorstadt war die »Auto Row«. Hier reihte sich ein Autohändler an den anderen.

Es war der erste Samstag, an dem die neuen Autos im Vorführraum standen. Deshalb herrschte beim Edsel-Händler ein ziemlich reger Betrieb. Ben kannte inzwischen die meisten Verkäufer mit Vornamen. Aber an diesem Tag hatten sie keine Zeit für uns. Zu viele potenzielle Kunden warteten auf ihre Aufmerksamkeit.

Ben ging um das erste Modell herum, den größten Wagen in dieser Reihe, den Corsair. Bens Gesicht sah aus, als befände er sich in einer Leichenhalle. »›Vernünftig‹ ist nicht das richtige Wort«, murmelte er schließlich. »›Langweilig‹ müsste es heißen.«

Ben zog ein Bild von der Vorderseite des 58er Edsel heraus, die uns inzwischen beiden bestens vertraut war, und hielt das Bild hoch, damit wir die Details besser vergleichen konnten. Er hatte Recht. Der 58er war vielleicht in den Augen mancher Leute hässlich, aber langweilig war er gewiss nicht. Die Linien um seinen berüchtigten Grill, um die Scheinwerfer und um den Rand der Motorhaube waren klar erkennbar und scharf geschnitten. Im Vergleich dazu sah die Frontseite des 59er aus, als hätten sie alles abgerundet. Der Grill hatte immer noch sein charakteristisches, vertikales Oval, aber dieses Oval war mit einem Metallgitter ausgefüllt. Der Grill beim 58er Modell war durch doppelte Chromlinien dramatisch hervorgehoben. Außerdem stand das Oval nicht mehr allein. Es war jetzt innerhalb eines horizontalen Gitters untergebracht, das den Grill über die ganze Vorderseite des Autos ausweitete. Dadurch füllte es den Bereich von der vorderen Kante der Motorhaube bis zum oberen Rand der Stoßstange aus und flachte diesen Bereich ab. Verschwunden waren die eingesunkenen Wangen, die die Scheinwerfer wie Knopfaugen hervorstechen ließen und dem Oval sein typisches Aussehen verliehen. Die Scheinwerfer des neuen Modells waren versenkt und ins Innere des flachen horizontalen Grills eingebaut. Dadurch hatte man die gesamte vordere Oberfläche des Autos auf die gleiche Ebene gebracht. Verschwunden waren außerdem die scharfen diagonalen Linien von der Oberseite der ovalen Rückseite bis hinunter zur Motorhaube. Diese Linien hatten an das alte T-Modell erinnert. Eine kleine Erhebung war noch vorhanden, aber so leicht, dass man sie fast nicht bemerkte. Alles, was den Edsel so unverkennbar gemacht hatte, war so geglättet worden, dass es fast nicht mehr auffiel.

»Schau dir diesen Grill an«, seufzte Ben wehmütig. »Die ganze Saugwirkung ist weg. Erinnerst du dich an die Anzeigen, in denen es hieß, man könne den Edsel viel früher aus der Ferne erkennen als jedes andere Auto? Was werden sie wohl jetzt sagen?« Der Grill des 58er gab einem das Gefühl, er würde einen wie ein riesiger Staubsauger aufsaugen, wenn man zu nahe herankäme. Der 59er könnte nicht einmal ein Papiertaschentuch aufsaugen.

Die Rückseite war noch schlimmer. Das neue Design erinnerte nur noch vage an die Rückscheinwerfer des 58er Modells, die aussahen wie Möwenflügel. Die »Flügel« waren außerdem um mehrere Zentimeter nach unten gezogen, und in jedem Flügel befanden sich drei runde Lichter, die so aussahen, als gehörten sie überhaupt nicht hierher. Die Rückseite des Autos sah aus, als hätte man drei verschiedene Ideen gleichzeitig verwirklicht.

Wir blieben nicht lange. Ben nahm eine Broschüre über das

neue Auto mit, und dann fuhren wir schweigend zu unserem privaten Picknickplatz, um dort einen Leichenschmaus zu veranstalten. Es war ein bewölkter, grauer Tag, und ich rechnete auf dem ganzen Weg damit, dass wir bald in einen Regen geraten würden. Selbst als wir unser Ziel bei den Wacholderbüschen erreichten, schwiegen wir noch ziemlich lange. Man hörte nur das Knirschen der Kartoffelchips und das Rascheln des Papiers, wenn Ben die bunte Broschüre umblätterte. Ben las die technischen Details und schüttelte immer wieder den Kopf.

»Sie haben die Schaltknöpfe aus dem Lenkrad genommen, das ferngesteuerte Kofferraumschloss gestrichen, den dreistufigen Motor-Kaltstart weggelassen und die Luftfedern. Na ja, die Luftfedern können wegbleiben. Sie waren sowieso ein großer Blödsinn.«

»Das klingt, als hätten sie das Auto nackt ausgezogen«, bemerkte ich.

»Nein, sie haben es getötet«, erklärte Ben. »Jede Chance, die sie hatten, dieses Auto zu retten, ist damit verspielt. Wenn man eine neue Idee hat und 250 Millionen Dollar in diese Idee steckt, muss man daran festhalten und darf nicht darauf hören, was andere sagen. Jemand bei den Ford-Werken in Detroit muss ein ziemlich schwaches Rückgrat haben. Man investiert nicht 250 Millionen Dollar in eine Idee, um sie dann nach dem ersten Jahr fallen zu lassen wie eine heiße Kartoffel, nur weil sie sich nicht schnell genug verkaufen lässt.«

Ich war sehr versucht zu sagen: »Ben, das ist doch nicht so wichtig. Es ist doch nur ein Auto.« Aber ich tat es nicht. Wenigstens anfangs noch nicht. Ich wusste, dass es zwischen Ben und dem Edsel eine geheimnisvolle Verbindung gab, die ich nicht begriff. Ich verstand auch nicht, warum er sich über das Schicksal einer Autoreihe solche Gedanken machte. Aber er war mein Freund. Was ihm wichtig war, war also auch mir wichtig. Wenigstens meistens.

»Sein Untergang ist jetzt besiegelt. Die kleineren Autos

werden die Oberhand gewinnen. Ihre Chancen, ein gewagteres Auto zu bauen, sind verspielt. Schau. Hier in der Broschüre steht es schwarz auf weiß«, erklärte er und deutete auf die Hochglanzbilder, die auf dem Boden unserer Festung zwischen den Wacholderbüschen ausgebreitet waren. »Dorthin kann man nicht mehr zurück. Alles hier ist Chrom und Stahl. Die einzige Chance des Edsel war, dass er anders gewesen ist. Seine ungewohnte Form hätte bald viele überzeugt. Merk dir meine Worte: Eines Tages werden sie auf dieses Auto zurückblicken und es einen Klassiker nennen. Ich hätte wissen sollen, dass es so kommen würde.«

Plötzlich platzte ich, ohne nachzudenken, heraus. »Ben, es ist doch nur ein Auto …«

»Was soll das heißen: ›nur ein Auto‹?«, fiel mir Ben ins Wort – mit einem Blick, in dem sich zornige Verzweiflung widerspiegelte. »Es ist nur mein Leben! Was hältst du davon?«

Wir starrten einander einen Augenblick an. Beide hatten wir zu viel gesagt. Ich hatte ihn verletzt, weil ich ihm nicht erlaubte, anders zu sein. Und er hatte in Worte gefasst, was mein Verstand die ganze Zeit schon geahnt hatte: Dass er irgendwie, wenn er über den Edsel redete, im Grunde auch von sich selbst sprach. Jetzt hatten wir diese unsichtbare Grenze aus Respekt und Geheimnis überschritten und fürchteten beide, irgendein feiner Faden zwischen uns könnte zerrissen sein.

Warum sang Ben nur so selten, und warum versetzte seine Stimme Menschen derartig in einen Zauber? Wer rief ihn beim Namen? War es Gott? Was war Bens Beziehung zum Edsel? Was bedeutete das alles? Das waren Fragen, denen ich nicht auf den Grund ging. Das hatte ich gelernt. Nicht, weil Ben etwas verbarg, sondern weil er die Antworten auch nicht besser kannte als ich. Wir wussten nur, dass diese Gefühle real waren. Eine dieser Fragen laut zu stellen, zerstörte irgendwie das Vertrauen zwischen uns.

Ben und ich schienen immer auf zwei verschiedenen Seiten

des Glaubens zu stehen. Wir waren beide nahe daran, aber auf unterschiedlichen Seiten. Ich war durch den Glauben auf die andere Seite gekommen: Ich glaubte, aber ich war nicht sicher warum. Obwohl mein Glaube real war, war er oft vom Leben, das ich führte, und von den Fragen, mit denen das Leben mich konfrontierte, weit entfernt. Ben lebte hinter seinem Glauben: Er blieb kurz vor dem Glauben stehen und wollte glauben, aber wegen seiner Fragen und seines Suchens konnte er es noch nicht. Diese zwei Seiten zogen und zerrten an uns. Wie die Spannung, die wir jetzt fühlten. Diese Spannung hielt uns aber gleichzeitig zusammen. Ich glaube, wir waren uns irgendwie bewusst, dass jeder von uns das brauchte, was der andere hatte. Mein Glaube brauchte Bens Fragen und seine Suche nach der Wahrheit, damit er real wurde; Bens Suchen brauchte die Festigkeit meines Glaubens, damit er an seiner Hoffnung, ein Zuhause zu finden, festhalten konnte. Ben beneidete mich, weil ich glauben konnte. Ich beneidete ihn, weil er sich weigerte, eine Antwort zu akzeptieren, die keine Beziehung zu der Welt, wie wir sie kannten, herstellte.

Ich senkte den Blick auf die Broschüre und starrte auf die Rückseite des 59er Edsel. Er war wirklich hässlich … hässlicher als vorher. Der 58er trug seine Hässlichkeit wenigstens mit Stolz zur Schau. Das übte eine gewisse Anziehungskraft aus. Dieses Auto war einfach nur noch hässlich und nicht mehr stolz darauf. Dieses Auto sah aus, als wolle es sich irgendwo verbergen – in der Masse untertauchen.

»Er sieht jetzt wie jedes andere Auto aus, findest du nicht?«, bemerkte Ben und sprach genau das aus, was ich dachte.

»Ja«, nickte ich, erleichtert, dass wir wieder festeren Boden unter den Füßen bekamen und nicht mehr über dem emotionalen Abgrund baumelten, an den wir uns zu nahe herangewagt hatten.

»Ich wette, das ist das letzte Modell. Der Edsel wird das Jahr 1960 nicht einmal mehr erleben.«

Aus einem unerklärlichen Grund bildete sich ein riesiger Kloß in meiner Kehle. Ich konnte Ben nicht anschauen. In dem langen Schweigen, das nun folgte, wollte ich lauter verrückte Sachen tun. Ich wollte laut hinausschreien: »Nein! Das ist nicht fair!« Ich wollte von Tür zu Tür rennen und die Leute überreden, einen Edsel zu kaufen. Ich wollte nach Detroit fahren und dort einen wichtigen Manager finden und ihm ins Gesicht schreien: »Warum habt ihr das getan?« Ich dachte sogar daran, Präsident Eisenhower aufzufordern, er solle das Edselfahren staatlich fördern. Könnte er ihn nicht zum offiziellen Auto bei der 59er Rosenparade erklären? Aber ein 59er Edsel sähe furchtbar aus. Ein weißes 58er Kabrio wie Bens Edsel würde, geschmückt mit Girlanden aus roten Rosen, großartig aussehen. Man könnte direkt um den Grill, der aussah, als sauge er eine Zitrone aus, einen Lorbeerkranz binden. Das war es! Man müsste dafür sorgen, dass jeder sich in den 58er Edsel verliebte, damit alle losgehen und die Edsels bis zum letzten Exemplar aufkaufen. Dann wären die Ford-Werke gezwungen, ihr früheres Design erneut zu bauen. Ben wäre davon begeistert. Ich wäre davon begeistert.

Ein leichter Regen setzte ein. Es war der erste Regen seit dem Sommer. Der beißende Geruch, der aufstieg, als der Regen auf dem Staub und dem trockenen Unkraut des Schulhofs landete, mischte sich mit dem durchdringenden Geruch der kleinen, blauen Wacholderbeeren.

Wir aßen schweigend unsere Kekse, während der Regen sich leise auf die dichten, mattenähnlichen Zweige legte, die uns vor dem Wetter, vor der Außenwelt und vor der Zukunft abschirmten. Hin und wieder fuhr auf der immer nasser werdenden Straße ein Auto vorbei und verschwand dann in der Ferne.

Der Regen drang allmählich über die dicken Nadeln nach unten durch, und es bildeten sich große Wassertropfen auf der Unterseite der Zweige.

Eine Weile schauten wir den dicksten Tropfen zu und fingen sie mit unseren Handflächen auf, die wir zu Bechern formten, und beobachteten, wie sie in den winzigen Pfützen in unseren Händen kleine Spritzer verursachten. Aber bald war die Invasion der Tropfen zu stark für uns. Es waren mehr, als wir auffangen konnten. Kalte, schwere Wassertropfen legten sich auf unsere Haare und liefen uns über die Stirn und die Wangen. Schließlich schaute ich Ben an und fand, jetzt sei eine gute Gelegenheit zu weinen. Niemand würde etwas merken.

12

E-BEN-ezer Scrooge

Weihnachten in Südkalifornien ist ziemlich ungewöhnlich. Fenster und Nadelbäume sind mit hellrosa und blauem Schnee besprüht. Lichterketten mit Weihnachtsbeleuchtung wachsen wie wilder Wein aus dem Boden und überwuchern einfach alles. Weihnachtsmänner schwitzen. Rentiere bekommen einen Hitzschlag und brechen zusammen. Palmen mit winzigen, weißen, funkelnden Lichtern wedeln im warmen Wind vor einem romantischen Sonnenuntergang.

Es sind schon einige Weihnachtsfeste in kälteren Klimazonen nötig, damit ein eingefleischter Kalifornier von diesen seltsamen Verirrungen kuriert wird. Ein blinkendes Licht auf einem Mistelkranz an der Haustür in Neuengland und eine Kerze in jedem Fenster sind alles, was nötig ist, um ein Haus zu schmücken, das ohnehin aussieht wie auf einer Weihnachtskarte. Mehr Schmuck würde die natürliche Weihnachtsatmosphäre nur stören. Einige Gegenden sind so sehr für Weihnachten geschaffen, dass sie erst im Dezember richtig aufblühen. Wahrscheinlich bleiben aus diesem Grund in kälteren Klimazonen die Kränze oft bis zum März an den Haustüren hängen.

Natürlich wusste ich im Dezember 1958 von alledem nichts. Kalifornien war das Einzige, was ich je kennen gelernt hatte, und außer einer gelegentlichen Reise in die San-Bernardino-Berge war für mich alles Weiße an Weihnachten nur etwas, von dem man in Liedern sang oder das man aus einer Dose sprühte.

1958 war auch das letzte Jahr, in dem schwere, bleierne Eiszapfen an den Weihnachtsbaum gehängt wurden. Danach gingen die Hersteller zu Plastikeiszapfen über. An sie konnte ich mich nie gewöhnen. Sie sind zu leicht. Sie tropfen nicht von den Zweigen. Man muss sie um das Ende eines Zweiges binden und dafür sorgen, dass sie dort auch bleiben. Beim leisesten Luftzug schaukeln sie in alle Richtungen. Bei den alten, schweren Eiszapfen passierte das nie – sie hingen immer nach unten.

Mein Vater befestigte die Lichterkette. Er und meine Mutter hängten den Schmuck an den Baum, und zum Schluss durften Becky und ich die Eiszapfen aufhängen, Reihe für Reihe. Sie wurden nie beliebig verteilt. Für mich gab es nichts Eindrucksvolleres als unseren mit bleiernen Eiszapfen geschmückten Baum, dessen Zweige sich unter diesem Gewicht bogen, als läge auf ihnen tatsächlich die Last des Wintereises.

Ich genoss die Vorbereitungen auf Weihnachten immer mehr als das eigentliche Fest. Der Weihnachtstag brachte für mich immer eine Vielzahl verwirrender Gefühle mit sich. Ich wollte an den Weihnachtsmann glauben, aber ich war nie ganz sicher, ob es richtig sei, an ihn zu glauben. Meine Eltern schienen sich ebenfalls nicht ganz einig zu sein, ob sie dem Weihnachtsmann irgendeine Verantwortung für die Weihnachtsfreude zuschreiben sollten oder nicht. Es war irgendwie, als würde man dadurch die Geburt Jesu nicht richtig ehren. Und so wuchsen Becky und ich mit der Vorstellung auf, der Weihnachtsmann sei bis zu einem gewissen Punkt in Ordnung, aber niemand sagte uns je, wo dieser Punkt sei. Und so glaubte ich nie voll an die Legende vom Weihnachtsmann und an alle damit verbundenen Kindheitsmärchen. Ich sage »voll«, weil ich ihn mir trotzdem vorstellte, weil ich trotzdem auf ihn wartete, weil ich trotzdem versuchte, die Schlittenglocken am Heiligen Abend vor meinem Fenster zu hören. Aber gleichzeitig hatte ich immer ein bisschen Schuldgefühle, weil ich dieses ganze Zeug so gern glauben wollte. Am Weihnachtsmorgen war ich immer ein bisschen enttäuscht, wenn der »Weihnachtsmann« mit dem, was ich wirklich wollte – es aber niemandem erzählte –, doch nicht kam.

Ben war in Bezug auf Weihnachten keine große Hilfe. Er betrachtete die ganze Sache ziemlich pessimistisch. Die manchmal gar nicht so leichte Tatsache, dass er der Sohn eines Pastors war, hinderte ihn daran, die Feier von Jesu Geburt als etwas Freudiges zu erleben. Seine Abneigung gegenüber Fantasieprodukten tat ein Übriges.

Bens negative Einstellung drängte mich an diesem Weihnachten noch stärker in meine Fantasiewelt. Er war sehr muffelig wegen der ganzen Sache. Je muffeliger er wurde, umso aufgedrehter reagierte ich. Ben nannte das Ganze einen »riesengroßen Humbug«.

»Warum denn?«

»Also, zum einen, falls es dir noch nicht aufgefallen ist: Es ist ein heidnischer Feiertag. Die Griechen und Römer hatten ihre Winterfeste. Und die Christen beschlossen, da auch mitzumischen. Wer weiß denn wirklich, an welchem Tag Jesus geboren wurde? Und dann dieser ganze Humbug mit dem Weihnachtsmann. Erwartet man denn tatsächlich, dass wir an fliegende Rentiere glauben?«

»Mensch, Ben«, seufzte meine Schwester, die gerade mein Zimmer betrat und uns reden hörte. »Worüber regst du dich denn so auf?«

»Ihm gefällt Weihnachten nicht.«

»Das habe ich mir fast gedacht«, erwiderte sie mit einem spöttischen Grinsen. »Also willst du dieses Jahr wohl keine Geschenke?«

»Ich will keine Geschenke. Das ist ja gerade das Schlimme daran. Alle reden nur davon, was sie zu Weihnachten bekommen. Es ist so egoistisch. Ist euch eigentlich aufgefallen, wie nervös alle sind? Meine Eltern streiten sich normalerweise ganz selten, aber wenn sie einmal streiten, kannst du Gift darauf nehmen, dass es im Dezember passiert.«

»Deine Eltern streiten manchmal?«, fragte ich erstaunt.

»Na klar. Eure etwa nicht?«

»Nein. Nie.«

»Ich habe sie schon streiten gehört«, mischte sich Becky ein. »Erst gestern Abend regte sich Mama auf, weil Papa im nächsten Monat die ganze Zeit zu diesen vielen zusätzlichen Proben und Chorauftritten fort ist.«

»Seht ihr! Was habe ich gesagt?«

»Aber wir können doch trotzdem so tun als ob«, beeilte sich Becky, den Weihnachtsmann zu verteidigen. »Es ist doch nichts Schlimmes dabei, wenn man so tut als ob.«

»Ich verstelle mich nicht gern«, erklärte Ben.

»Ach ja?«, konterte sie. »Ihr beiden verstellt euch mit euren Häusern und euren Autos doch die ganze Zeit. Was ist denn mit diesen dummen Linien, die ihr überall auf die Gehwege malt? Ich nehme an, das sollen wohl *echte Straßen* sein?«

»Es ist ein echtes Spiel«, erwiderte Ben, von ihrer Anschuldigung völlig unbeeindruckt. »Wir wissen, dass wir nur Modellautos haben und dass unsere Häuser Modellhäuser sind. Wir versuchen nicht, uns einzureden, dass irgendetwas von dem Zeug echt wäre. Wenn ich glauben würde, es wäre echt, dann würde ich eine Anzeige in die Zeitung setzen und meinen Edsel für zweitausend Dollar verkaufen!«

»Genau das meine ich doch!«, entgegnete meine Schwester, die von Minute zu Minute frustrierter wurde. »Wir können doch auch beim Weihnachtsmann so tun als ob, auch wenn wir wissen, dass es ihn nicht wirklich gibt. Es macht doch trotzdem Spaß zu spielen. Ehrlich, Ben – manchmal bist du unmöglich!«

Je näher der 25. Dezember rückte, umso stärker wuchs in mir der Wunsch, Ben aus seiner »Humbug«-Mentalität zu reißen. Zwei Wochen vor Weihnachten sprach ich dieses Thema an, als ich mit meiner Familie im Auto saß und wir unterwegs waren, um uns die Weihnachtsbeleuchtungen anzuschauen – einer der beliebtesten Weihnachtsbräuche in unserer Familie. –

An einem Abend in der Vorweihnachtszeit unternahmen wir einen Ausflug und versuchten, die Häuser mit der schönsten Weihnachtsdekoration zu finden.

Höhepunkt war immer eine bestimmte Gegend in Huntington Heights, wo das ganze Viertel in einer großen Gemeinschaftsaktion seine Häuser schmückte. Jedes Jahr kamen die Hausbesitzer zusammen und einigten sich auf ein Thema für ihre Straße. Der Grasstreifen zwischen dem Gehweg und der Straße war dann vor jedem Haus einheitlich geschmückt. Wenn man dann in diese Straße einbog, sah man zum Beispiel vor jedem Haus eine Elfe, die eine leuchtende rote Kerze als Flamme in der Hand hielt. Huntington Heights war für seine Beleuchtungen so berühmt geworden, dass man über eine Stunde brauchte, um ein Gebiet, das nur aus sechs Straßen bestand, zu durchqueren. Der ständige Autostrom, der sich im Schneckentempo durch dieses Viertel bewegte, war eine Art umgekehrte Parade, bei der sich das Publikum langsam die Straße entlangbewegte, während die Schauobjekte still standen. Auf dem Weg nach Huntington Heights brachte ich das Gespräch auf Bens Abneigung gegenüber Weihnachten.

»Du hättest ihn einladen sollen, heute Abend mit uns zu kommen«, sagte meine Mutter. »Diese Fahrt bringt mich jedes Jahr wieder in die richtige Stimmung.«

»Warte nur bis zum Weihnachtskonzert nächste Woche, an dem alle Chöre beteiligt sind«, versuchte mein Vater, mich zu beruhigen. »Da wird er schon in die richtige Stimmung kommen.«

Sie verstanden offensichtlich nicht, dass Bens Problem woanders lag. Im Gegensatz zu meiner Schwester. »Das Übliche wird bei Ben nicht helfen. Er hat einen gewaltigen Durchhänger.«

Vom Rücksitz unseres 57er Ford aus, auf dessen sauberen Scheiben und gewachster Motorhaube die bunten Lichter tanzten und sich widerspiegelten, fragte ich mich, wie sehr

Bens Durchhänger mich ansteckte. Aus irgendeinem Grund waren die Lichter dieses Mal nicht so hell, wie ich sie in Erinnerung hatte. Alles sah irgendwie ein wenig kleiner aus. Vielleicht wurde ich auch allmählich zu alt dafür. Mir war damals natürlich nicht bewusst, dass ich inzwischen ein Alter erreicht hatte, in dem ich jung genug war, um vom Weihnachtszauber ergriffen zu werden, aber schon zu alt, um mich darauf einzulassen, und noch nicht alt genug, um das Spiel einfach mitzuspielen.

Mittlerweile bewegten wir uns zentimeterweise vorwärts. Die Autokolonne kroch die Straßen von Huntington Heights hinauf und hinunter. Viele der Seitenstreifen und geschmückten Häuser sahen genauso aus wie im Vorjahr. Es gab immer bestimmte Häuser, auf denen bewegliche Bilder zu sehen waren: Rentiere und Elfen und winkende Weihnachtsmänner. Bei einigen schallte Weihnachtsmusik durch Lautsprecher auf die Straße. Als ich älter wurde, überlegte ich immer, wie es wohl wäre, in diesem Viertel zu wohnen. Ich fragte mich, ob Immobilienmakler den Leuten, die sich überlegten, hier ein Haus zu kaufen, erzählten, dass sich ihre Straße für einen Monat im Jahr in ein »Weihnachtsmann- und Rentierland« verwandelte, das kostenlos durchfahren werden konnte.

Ich war nicht der Einzige, der fand, dass die Vorstellung dieses Jahr nicht so toll sei. Meine Eltern sagten, sie fänden es nicht so spektakulär wie letztes Jahr, und Becky gab ihnen Recht. Wahrscheinlich hofften wir aus diesem Grund alle, dass die La Palma Street uns für unsere bisherige Enttäuschung entschädigen würde. Die La Palma Street, die letzte Straße in diesem Viertel, war normalerweise die Sensationellste – mehr Lichter, mehr bewegliche Lichterketten und mehr Absprache unter den einzelnen Hausbesitzern. In dieser Straße stimmte man nicht nur die Grasstreifen vor dem Haus aufeinander ab, sondern schmückte auch alle Häuser zum selben Thema.

Wir wurden nicht enttäuscht. Als wir um die letzte Ecke in

die La Palma Street einbogen, erwartete uns eine Vorführung von Charles Dickens' unsterblichem *Weihnachtslied*. Es fehlten auch nicht die drei Geister: der Geist der vergangenen Weihnacht, der Geist der diesjährigen Weihnacht und der Geist der zukünftigen Weihnacht. Ebenezer Scrooge lief in seinem Nachthemd herum. Jedes Bild zeigte sich in einer farbenprächtigen Darbietung. Zum Glück kannte meine Mutter die Geschichte. Sie erzählte also Becky und mir alle Einzelheiten. Diese Straße kam mir endlos lang vor, während ich zum ersten Mal die klassische alte Geschichte hörte, die bei vielen Generationen ihren Zauber hinterlassen hatte, und sie mir bildlich vorstellte.

»Fahr bitte langsamer, Papa«, baten Becky und ich immer wieder. Wenn vor ihm ein paar Meter Platz waren, fühlte sich mein Vater ständig verpflichtet, schneller zu fahren, damit der Fahrer hinter ihm aufrücken konnte.

Als wir bei den letzten Häusern ankamen, bettelten wir so laut, dass er tatsächlich lang genug stehen blieb, damit wir die drei Grabsteine lesen konnten, die am Straßenrand emporragten. Auf zwei Grabsteinen stand der Name EBENEZER SCROOGE. Unter dem Namen wurde die Geschichte von Scrooges letztem Besuch durch den Geist der zukünftigen Weihnacht erzählt.

Dieses letzte Bild war ein merkwürdiger Abschluss eines Abends voller Weihnachtslichter, Weihnachtsspaß und Weihnachtsfreude. Das erklärte wahrscheinlich, warum sich vor uns eine Lücke im Verkehr auftat, die schnell größer wurde. Nur mit größter Selbstbeherrschung füllte mein Vater diese Lücke nicht auf. Auf dem Rasen wurde ein alter Mann in einem Nachthemd dargestellt, der sich an den schwarzen Mantel einer großen Erscheinung mit Kapuzenumhang klammerte. Die Hand dieser Erscheinung war nur noch ein Skelett. Sie deutete auf den letzten Grabstein, auf dem geschrieben stand: »Ich will Weihnachten in meinem Herzen ehren. Ich will versuchen, es zu feiern.

Ich will in der Vergangenheit, in der Gegenwart und in der Zukunft leben. Die Geister von allen dreien sollen in mir lebendig sein. Ich will ihren Lehren mein Herz nicht verschließen. Oh sage mir, dass ich die Schrift auf diesem Stein tilgen kann!« Der einzige Trost war die Tatsache, dass über der Schrift auf dem letzten Grabstein nicht EBENEZER SCROOGE geschrieben stand. Hier war nur ein leerer Platz.

Wenigstens sagten alle anderen, dass sie das gesehen hätten. Ich konnte über das, was ich gesehen hatte, nicht sprechen. Denn bis auf den heutigen Tag weiß ich nicht, wie es kam, dass ich auf dem leeren Fleck auf diesem letzten Grabstein den Namen BEN sah. Genau dort, wo das BEN in **EBENEZER** gestanden wäre. Ob es nur Einbildung war, ob meine Fantasie mit mir durchging oder ob ich selbst von einem Geist der zukünftigen Weihnacht heimgesucht wurde, weiß ich nicht, aber ich weiß, dass ich es gesehen habe. Ich habe es ungefähr genauso gesehen wie Charles Dickens beschrieben hat, dass Scrooge Marleys Gesicht im Schatten seines Türklopfers sah: »Es war nicht von so undurchdringlichem Dunkel umgeben, wie die anderen Gegenstände im Hof, sondern von einem unheimlichen Licht, wie ein verdorbener Hummer in einem dunklen Keller.«

Plötzlich hupte jemand hinter uns, und mein Vater gab erschrocken Gas und raste um die Ecke. Dadurch entging uns das letzte Haus, die letzte Seite der Geschichte.

»Oh, schaut! Dort ist noch ein Haus!« Mehr konnte meine Mutter nicht sagen. Dann waren wir auch schon an den Lichtern und dem Schmuck des letzten Hauses vorbeigerauscht. Höchstwahrscheinlich war es eine Szene, bei der ein bekehrter Scrooge mit seinen erstaunten Freunden und Verwandten feierte und glücklich war. Aber das würden wir nie erfahren. Wir verließen Huntington Heights mit einer solchen Geschwindigkeit, als hätte mein Vater ein echtes Gespenst gesehen. Aber er war nur verlegen, weil man ihn angehupt hatte, und er ärgerte sich über uns, weil wir der Grund dafür gewesen waren. So verbrachten wir den restlichen Abend in einem drückenden Schweigen, das sich auf alle im Auto legte. Mich störte das eigentlich nicht. Das, was ich gesehen hatte, machte mir zu große Angst und Sorgen, als dass ich überhaupt hätte reden wollen.

Eines wusste ich jedoch genau, als die Lichter der Häuser schweigend an uns vorbeizogen: Ich musste noch einmal nach Huntington Heights fahren.

Huntington Heights war fünfzehn Kilometer von uns entfernt. Bergauf. Der Name verriet bereits, dass es in den Ausläufern der Berge lag. Noch nie in meinem Leben hatte ich daran gedacht, so weit zu fahren. Ben wohnte sechs Kilometer von uns, und für diesen Weg brauchte man schon fünfzehn Minuten bergab und fünfundvierzig Minuten bergauf. Bei diesem Tempo bräuchte ich nach Huntington Heights mindestens zwei Stunden mit dem Fahrrad, rechnete ich aus. Ich überlegte, ob ich das überhaupt schaffen könnte.

Dann war da die Frage, ob ich Ben mitnehmen sollte oder nicht. Er sollte die Geschichte auch sehen. Ich wollte ihm Scrooge vorstellen. Es erschien mir als eine passende Zurechtweisung für seine momentane Einstellung zu Weihnachten. Und eine, die bizarr genug für seinen Geschmack sein könnte. Aber wenn ich schon überlegte, ob ich es mit dem Fahrrad überhaupt so weit schaffen würde, dann wäre es für Ben bestimmt zu anstrengend. An manchen Tagen war er von der Fahrt zu uns schon fix und fertig. Außerdem war ich nicht sicher, ob er diesen Grabstein sehen sollte. Würde ich ihn sehen wollen, wenn ich noch einmal nach Huntington Heights käme? Außer mir hatte ihn niemand gesehen. Gab es ihn nur in meiner Einbildung? Was bedeutete das? So viele Gedanken und Gefühle beschäftigten mich und wühlten mich auf, dass ich in dieser Nacht kaum schlafen konnte.

Am nächsten Tag jedoch eröffnete sich mir eine neue, viel

bessere Möglichkeit. Beim Frühstück berichtete meine Schwester, dass sie eine ungewöhnliche Hausaufgabe machen müsse. Offenbar wurde in dieser Woche im Fernsehen eine Spielfilmversion von Dickens' *Weihnachtslied* gezeigt. Ihr Englischlehrer hatte der Klasse gesagt, sie sollten den Film anschauen und noch vor den Weihnachtsferien einen Aufsatz darüber schreiben. Ich konnte mein Glück gar nicht fassen.

»Mutter, könnten wir nicht Ben einladen, damit er mit uns den Film anschauen kann?«, fragte ich aufgeregt.

»Nicht so voreilig, Jonathan. Eins nach dem andern. Becky, wann läuft dieser Film im Fernsehen?«

»Heute Abend.«

»Heute Abend?« Meine Mutter war nicht glücklich, das zu hören. »Wie lange weißt du das schon, Rebekka?« Wenn meine Mutter verärgert war, hieß meine Schwester immer »Rebekka«.

»Seit ungefähr einer Woche.«

»Seit einer Woche?«, wiederholte sie. »Warum hast du uns das nicht viel früher gesagt?«

»Ich habe es vergessen, Mama. Ich wollte es dir eigentlich gestern Abend erzählen, als wir die Weihnachtsbeleuchtungen anschauten, aber dann war Papa verärgert, und ich hielt es nicht für einen guten Zeitpunkt ...«

»Vor einer Woche wäre ein guter Zeitpunkt gewesen«, unterbrach meine Mutter sie aufgebracht. »So wie die Sache steht, bringst du damit deinen Vater und mich in eine sehr schwierige Situation. Du kennst unsere Regel, dass in diesem Haus keine Spielfilme angeschaut werden. Du hättest uns das sofort erzählen sollen.«

Meine Mutter hatte sich eine zweite Tasse Kaffee eingeschenkt, als Becky anfing, über ihre Hausaufgaben zu sprechen. Meine Schwester und ich frühstückten in der kleinen Frühstücksnische neben der Küche, in der wir meistens unsere Mahlzeiten einnahmen. Jetzt setzte sich Mutter zu uns an den Tisch und legte die Hände um ihre Kaffeetasse.

»Rebekka, ich muss mit deinem Vater darüber reden, und du lässt mir nicht genug Zeit dafür. Wenn du es mir letzte Woche erzählt hättest, hätte ich dir eine Nachricht für deinen Lehrer mitgeben und ihm erklären können, wie wir zu Hollywood-filmen stehen. Ich hätte vorgeschlagen, dass du stattdessen das Buch liest und darüber einen Aufsatz schreibst. Wann musst du diese Hausaufgabe abgeben?«

»Am Freitag«, antwortete Becky. Ihre Antwort erstickte fast in ihrer Müslischüssel. Heute war Dienstag, der 16. Dezember.

Mutter dachte einen Augenblick nach.

Ich versuchte, das Schweigen zu brechen. »Mama …«

»Warte noch, Jonathan«, forderte sie mich auf. Dann wandte sie sich wieder an Becky. »Ich kann nicht glauben, dass dir in der Schule als Hausaufgabe aufgegeben wird, einen Spielfilm anzuschauen. Die Lehrer müssen doch wissen, dass es Leute gibt, denen ihre Überzeugung nicht erlaubt, solche Filme zu sehen. Wir sind nicht die einzige christliche Familie in der Stadt.«

Meine Eltern verfolgten in Bezug auf Spielfilme einen strengen Kurs. Spielfilme verherrlichten alles, wogegen wir als Christen standen. Die Leute in Spielfilmen tranken und rauch-ten und tanzten und begingen Ehebruch. Außerdem waren da noch die vielen Leute, die um das Kino herumstanden. Der sauberste Weg, mit all dem umzugehen, war, »allen Erschei-nungen des Bösen zu entsagen«. Wir sollten nie ins Kino gehen. »Was ist, wenn Jesus wiederkommt, und du sitzt in einem Kino?«, war immer ihr gewichtigstes Argument.

Dann kam das Fernsehen, und meine Eltern hatten ein ech-tes Problem. 1952 bekamen wir unser erstes Fernsehgerät. (Das werde ich nie vergessen, denn das Erste, was wir anschauten, war der Bericht über die Präsidentschaftswahlen zwischen Eisenhower und Stevenson.) Aber um ihren Überzeugungen treu zu bleiben, schauten meine Eltern nie Spielfilme an, die im Fernsehen gezeigt wurden, und erlaubten es auch uns nicht.

Wenn wir nicht ins Kino gehen und sie anschauen sollten, dann sollten wir sie auch nicht zu Hause anschauen. Ich kannte eine Reihe Familien aus unserer Gemeinde, die diese Ausnahme machten, aber meine Eltern hielten sich streng an ihre Regeln.

Es blieb ein paar Minuten still, während meine Mutter überlegte, wie sie vorgehen sollte. Schließlich verkündete sie ihr Urteil.

»Also gut, Becky. Ich werde deinem Lehrer eine Nachricht schreiben, in dem ich ihm unsere Regeln in Bezug auf Spielfilme erkläre und vorschlage, dass du stattdessen das Buch von Charles Dickens liest. Das ist ohnehin eine viel gewinnbringendere Erfahrung. Dann kannst du deinen Aufsatz über das Buch schreiben. Ich bin sicher, wir haben unter den Harvard-Klassikern auch eine Ausgabe des *Weihnachtsliedes*. Darin sind die meisten Bücher von Dickens aufgenommen. Du kannst heute Abend anfangen zu lesen.«

»Aber, Mama. Das dauert doch viel länger, als einfach den Film anzuschauen«, jammerte meine Schwester und verzog das Gesicht zu ihrem typischen Schmollmund.

»Das ist nicht mein Problem. Und es wäre auch für dich kein Problem, wenn du uns von dieser Hausaufgabe erzählt hättest, als du das hättest tun sollen: nämlich vor einer Woche.«

»Mama«, startete ich einen neuen Versuch. »Darf ich jetzt etwas sagen?«

»Gut, Jonathan, sprich.«

»Es ist eine gute Geschichte. Du hast sie uns doch selbst gestern erzählt. Wenn Becky die Geschichte in einem Buch lesen darf, warum kann sie sie dann nicht in einem Film sehen? Wo liegt denn da der Unterschied? Warum können wir uns den Film nicht als Familie gemeinsam ansehen?«

»Ja, Mama«, stimmte Becky ein, überrascht, dass ich so leidenschaftlich für ihre Sache eintrat. Sie wusste nicht, dass ich meine eigenen Gründe dafür hatte. »Unser Lehrer sagt, der Film wurde 1938 gedreht«, fügte sie hinzu. »1938 wusste man doch noch nicht einmal, was Sünde ist.«

»Ich muss dir mitteilen, junge Dame, dass die Gesellschaft 1938 so dekadent war, dass ein Weltkrieg nötig war, damit Amerika auf die Knie ging! Aber darum geht es jetzt nicht. Es geht darum, dass wir hier im Haus eine Regel haben. Es ist eine Frage des Prinzips. Außerdem ist das eine Gelegenheit, vor deiner Klasse Zeugnis für deinen Glauben abzulegen.«

»Mama«, sagte sie. »Ich lege ständig Zeugnis ab, wenn eine Tanzveranstaltung ist. Und es beweist überhaupt nichts. Sie glauben nur, ich wäre ein Langweiler. Wenn Susie nicht wäre, hätte ich keine einzige Freundin in der Schule.«

Susie war Beckys beste Freundin. Sie ging in die Pfingstgemeinde, die sogar noch gesetzlicher war als unsere. Sie durfte keinen Lippenstift benutzen und keine Nylonstrümpfe oder Bermudashorts tragen. Nicht einmal dreiviertellange Hosen waren erlaubt. Susie hatte mit diesen Regeln anscheinend nicht so viele Probleme wie meine Schwester und ich. Mit der Ausnahme, dass sie gern mit Becky hinter die Garage ging und sich Rock'n'Roll-Musik aus dem knallroten Transistorradio meiner Schwester anhörte.

Ich wusste, dass meine Eltern es für nötig erachteten, sich den Regeln der meisten Familien in der Gemeinde anzupassen, besonders da mein Vater hauptamtlicher Mitarbeiter der Gemeinde war. Aber ich wusste auch, dass sie in ihrem Herzen diese ganze Gesetzlichkeit nie hundertprozentig akzeptierten. Sonst hätten sie meiner Schwester nie dieses Radio zu Weihnachten geschenkt. Da Becky und ich intuitiv spürten, dass diese Grenzlinie dehnbar war, versuchten wir so oft wie möglich, sie nach hinten zu verschieben.

Außerdem sah ich, dass Beckys letzte Bemerkung einen wunden Punkt berührt hatte, denn meine Mutter gab nicht ihre übliche Antwort: »Tief in ihrem Herzen bewundern andere Kinder dich in Wirklichkeit dafür, dass du feste Überzeugungen hast«, gefolgt von der Geschichte über irgendein Mädchen irgendwo, die das Tanzen ablehnte und dafür verspottet wurde.

Aber als eine ihrer nichtchristlichen Freundinnen später in ernsthafte Schwierigkeiten geriet, kam sie zu … rate mal zu wem? Und rate mal, wer sie zum Herrn führen durfte? Alles nur, weil sie sich weigerte zu tanzen. Ich glaube schon, dass das irgendwo irgendwann passiert ist … obwohl niemand je konkret sagen konnte, wann oder wo das war.

Dieses Mal jedoch verschonte uns unsere Mutter mit diesem Vortrag und der ganzen Geschichte. Vielleicht kam sie schließlich doch zu dem Schluss, dass es ein bisschen widersprüchlich war, wenn ein so genanntes »Zeugnis« Christen von genau den Leuten, denen sie eigentlich ein Zeugnis sein sollten, entfremdete. Vielleicht wurde sie auch schwach. Vielleicht wollte sie den Film selbst auch gern sehen. Am Abend vorher war nicht zu übersehen gewesen, dass sie die Geschichte von Dickens liebte. Sie hatte uns erzählt, wie sie sie zum ersten Mal als Kind gelesen und welch tiefen Eindruck sie damals bei ihr hinterlassen hatte. Sie war auch während der Rückfahrt von Huntington Heights sehr still gewesen. Mein Vater hatte über die »satanischen« Einflüsse von Geistern in der Geschichte gewettert und geschimpft, dass Scrooge eine Bekehrung ohne Jesus Christus erlebt habe. »Ein heidnisches Bekehrungserlebnis« hatte er es genannt. »Eine Erlösung ohne Christus. Das ist genauso schlimm, wie wenn man an Weihnachten nur an den Weihnachtsmann und an Geschenke denkt. Damit feiert man Weihnachten ohne Christus.«

Einen kurzen Moment hatte ich den Eindruck, meine Mutter stehe kurz davor, mit uns wie mit Erwachsenen zu sprechen. Man konnte es an ihren Augen sehen, die sich leicht weiteten, aber dann war es auch schon wieder vorbei.

»Ich werde deinem Lehrer eine Nachricht schreiben«, sagte sie. »Ihr zwei müsst euch jetzt für die Schule fertig machen.«

Dass an diesem Abend um neunzehn Uhr meine komplette Familie und die Beamerings um den Fernseher der Beamerings versammelt waren und den Dickens-Spielfilm anschauten, kann man nur verstehen, wenn man die Tücken des gesetzlichen Christentums kennt. Wenn sich die Regeln nicht klar und deutlich aus der Heiligen Schrift ableiten lassen, entwickeln sie ein Eigenleben und werden abhängig davon, wie man sie deutet. Normalerweise übernimmt das der Stärkste in einer Gruppe, der über die größte Autorität verfügt. Er kann solche Regeln genauso schnell zunichte machen, wie sie aufgestellt wurden. In unserem Fall war es Pastor Beamerings Einfluss, der die Regeln über den Haufen warf.

Soweit ich aus dem Gespräch meiner Eltern auf dem Weg zu den Beamerings verstand, hatte anscheinend alles damit angefangen, dass mein Vater und Pastor Beamering an diesem Morgen ein Gespräch über unsere Begegnung mit der Geschichte von Ebenezer Scrooge in Huntington Heights führten. Offenbar hatte Pastor Beamering, bevor mein Vater seine ganzen negativen Kommentare an den Mann bringen konnte, in seiner ihm eigenen, angriffslustigen Art all diese kritischen Bemerkungen mit ein paar eigenen »Pah! Dummes Zeug!«-Ausrufen vom Tisch gefegt.

»›Pah! Dummes Zeug‹, wer meint, diese Geschichte sei nur weltlich«, zitierte mein Vater unseren Pastor. »›Pah! Dummes Zeug‹, wer nicht von der Freude darüber ergriffen wird, dass man noch einmal eine neue Chance bekommt. Besser kann jemand, der Jesus nicht kennt, nicht ausdrücken, was es heißt, wiedergeboren zu werden. Es ist eine neue Chance!«

Was konnte mein Vater dazu sagen? Um dem Ganzen noch die Krone aufzusetzen, war Pastor Beamering später in den Chorraum gekommen, um meinem Vater mitzuteilen, dass an diesem Abend um sieben Uhr im Fernsehen Dickens' *Weihnachtslied* gezeigt werde, wie er gerade in der Zeitung gelesen habe.

»Kommt doch alle zu uns und schaut mit uns den Film an«, lud Pastor Beamering ihn ein. »Ich sage Martha, sie soll einen Nachtisch vorbereiten. Ihr könnt gleich nach dem Abendessen kommen. Martha und ich haben uns erst gestern Abend darüber unterhalten, wie sehr wir uns freuen würden, wenn sich unsere zwei Familien über die Feiertage treffen. Aber unser Terminkalender wird immer voller … Wenn wir uns jetzt nicht treffen, dann haben wir wahrscheinlich keine Gelegenheit mehr dazu.«

Ich bin sicher, mein Vater wollte etwas über die Keine-Spielfilme-Regel sagen, aber Pastor Beamerings Einfluss war einfach zu stark. Außerdem stand mein Vater wahrscheinlich unter Schock. Offenbar galten in der Gemeinde, aus der Jeffery T. Beamering kam, andere Regeln als bei uns.

Daran, wie meine Mutter diesen Plan taktisch unterstützte, erkannte ich, wie ich schon vermutet hatte, dass sie den Film die ganze Zeit schon hatte sehen wollen. Unnötig zu sagen, dass ich begeistert war. Besser hätte es nicht laufen können. Jetzt würde Ben etwas von seiner eigenen trüben Stimmung in der Person von Ebenezer Scrooge im Fernsehen vor Augen geführt.

Wir waren alle von dem Film begeistert. Nun ja, fast alle. Meine Mutter weinte, als Tiny Tim und sein Vater am Weihnachtsmorgen »O kommt, all ihr Gläubigen« in der Kirche sangen und als Tiny Tims Stimme in der letzten Szene rief: »Gott segne jeden von uns!« Für eine ganze Weile wurde dieser Satz Pastor Beamerings Lieblingsausspruch. Er wiederholte ihn an diesem Abend mehrere Male mit seiner gewohnten, selbstsicheren Stimme und baute ihn sogar am folgenden Sonntag in seine Predigt ein.

Obwohl ich am Ende des Films auf manchen Gesichtern Tränen und auf anderen Freude sah, ließ mich das, was ich in Bens Gesicht erblickte, lange nicht mehr los. Er hatte während des ganzen Films eine stoische Miene aufgesetzt. Das Einzige, was er aus diesem Abend mitnahm, war anscheinend nur ein neues Wort, das seine Anti-Weihnachtsstimmung beschrieb: »Pah! Dummes Zeug!« Das war alles, was er sagen konnte, als er zu seiner Meinung über den Film gefragt wurde. Er sagte es auf eine Weise, die nur schwer erkennen ließ, ob er Spaß machte. Obwohl es alle anderen als Scherz auffassten und darüber lachten, wusste ich, dass er es ernst gemeint hatte.

Ich wusste, dass es kein Scherz war, weil ich Bens Gesicht gesehen hatte, als der Geist der zukünftigen Weihnacht auf dem Bildschirm erschien. Seine Haut war im fahlen Licht der Mattscheibe friedhofsgrau geworden. Während alle anderen Gesichter das typische Blau der schwarzweißen Bildröhre widerspiegelten, konnte Bens Gesicht, aus dem alle Farbe gewichen war, nichts anderes als einen Schatten seiner Selbst zurückwerfen. Ein Schatten, der auffällig viel Ähnlichkeit mit dem düsteren Licht aufwies, das ich in der Form von Bens Namen auf dem Grabstein in Huntington Heights gesehen hatte.

Bens erhoffte Bekehrung zu einem Ebenezer Scrooge trat offensichtlich nicht ein. Und was noch schlimmer war: Was ich vorher einfach als kleine Charaktereigenart betrachtet hatte – Bens übliche Weigerung, die vorherrschende Stimmung einfach zu übernehmen, weil man nicht aus der Reihe fallen durfte –, hatte tiefere Gründe, die außerhalb von ihm lagen. Es war, als wüsste er etwas über seine eigene zukünftige Weihnacht, das er niemandem verriet, nicht einmal sich selbst. Etwas, das auch bei mir arbeitete. Wie eine Vorwarnung auf etwas Unheilvolles.

Mein Plan war fehlgeschlagen. Der Schuss war nach hinten losgegangen. Die Geschichte von Ebenezer Scrooge entwickelte sich bis zum Geist der zukünftigen Weihnacht und brach dort ab. Genauso wie unsere Fahrt durch die La Palma Street mit dem schnellen Gasgeben meines Vaters ein abruptes Ende gefunden hatte. Wieder zog die Freude und das Feiern am Ende der Geschichte wie ein verschwommenes Bild vor dem Autofenster an mir vorbei, ohne mich zu berühren. Die dunkle Gestalt mit der Kapuze über dem Kopf beherrschte alles. Sie überschattete Scrooges Bekehrung und warf einen Schatten auf alle Freuden von früheren Weihnachtsfesten. Als ich an diesem Abend nach Hause fuhr, fühlte ich mich wie ein Ebenezer, der nicht getröstet werden kann. Ein Ebenezer, der in einem unangenehmen Traum gefangen war, aus dem es kein Erwachen gab.

Gestalten mit Kapuzenumhängen und Grabsteine beherrschten in dieser Nacht meine Träume. Was war der Tod für einen Zehnjährigen – für jeden Menschen – anderes als ein böser Traum, dem man zu entfliehen hoffte? Ich erinnerte mich, dass ich mit sieben in einem solchen Traum gefangen gewesen war. Damals hatte ich mich fast die ganze Nacht in einem Zustand des Halbschlafs befunden. Neben meinem Bett lag in einem leeren Milchkarton ein toter Zaunkönig, den ich bei einem Urlaubsbesuch auf der Farm meines Cousins in Minnesota mit einer Schrotflinte vom Himmel geschossen hatte. Zuerst war es aufregend gewesen zuzusehen, wie der Vogel vom Himmel fiel, von dem gut gezielten Schuss aus meiner Waffe niedergestreckt. Aber das hatte sich schnell geändert. Schuldgefühle und Abscheu beherrschten meine Gefühle, als ich das hilflose Geschöpf, das auf der Erde mit den Flügeln schlug und sich nicht mehr richtig bewegen konnte, hochhob. Ich hatte ihm nur die Flügel verletzt. Dann hatte mein Cousin, ein Fachmann, wenn es darum ging, herzlos Vögel zu töten, das arme kleine Ding zu Tode gewürgt, ohne auf mein verzweifeltes Betteln zu hören, er solle das Tier leben lassen. Am nächsten Morgen erwachte ich und erwartete, den kleinen Zaunkönig so zu sehen, wie ich ihn in meinen Träumen gesehen hatte: im Milchkarton neben meinem Bett herumhüpfend und darum bettelnd, herausgelassen zu werden und am Himmel fliegen zu dürfen. Ich weiß noch, wie ich auf diesen winzigen, reglosen Körper hinabblickte. Seine Augen waren fest geschlossen. Vielleicht schlief er nur. Vielleicht hatte er Durst. In der Hoffnung, es wäre nur ein böser Traum gewesen, trug ich den zierlichen kleinen Körper in die Küche, hielt seinen leblosen Körper unter den Wasserhahn und ließ Wasser über seinen geschlossenen Schnabel laufen. »Trink, kleines Vögelchen, trink«, sagte ich immer wieder zu ihm.

Als ich dort an der Spüle in der Küche stand und Wasser über den Kopf eines toten Zaunkönigs laufen ließ, hatte ich meine erste Begegnung mit der Endgültigkeit des Todes. Die Tat war geschehen und konnte nicht mehr rückgängig gemacht werden. Es gab keine zweite Chance. Es war keine Vision und auch kein schlechter Traum. Es war ein wirklich toter Vogel, den ich in der Hand hielt. Ich konnte nichts anderes mehr tun, als ihn zu begraben. Das tat ich mit großem Pomp in einer Schuhschachtel mit kleinen Wildblumen, die seine leblose Brust schmückten.

Nachdem ich mich die ganze Nacht ruhelos zwischen Bildern vom Geist der zukünftigen Weihnacht, von Wasser, das über den Schnabel eines Zaunkönigs lief, von Bens Namen auf einem Grabstein und von seinem Gesicht, das genauso düster und unheilvoll ausgesehen hatte, hin und her wälzte, beschloss ich, meine Idee, noch einmal nach Huntington Heights zu fahren, endgültig zu begraben. Die Geschichte konnte Ben nicht mehr helfen, und ich selbst wollte unbedingt vergessen, was ich auf dem Grabstein gesehen hatte. Egal, was es gewesen war.

Ich strengte mich sehr an, all diese Bilder aus meinem Kopf zu verbannen. Eine Weile gelang es mir recht gut, mir einzureden, ich hätte mir alles, was ich dort gesehen hatte, nur eingebildet.

13

Pascal Junior

Weihnachten ging schnell vorbei. Wie immer. Manchmal könnte man meinen, Weihnachten sei nur gespannte Vorfreude, bis es endlich kommt, und Bedauern, weil es so schnell vorbei ist. Mir gefiel, ehrlich gesagt, der Tag nach Weihnachten immer am besten. Denn an diesem Tag konnte ich endlich mit meinen neuen Spielsachen spielen.

Ich hatte Ben seit dem Abend, an dem wir *Das Weihnachtslied* bei ihm zu Hause angeschaut hatten, nicht mehr gesehen. Die vollen Terminkalender unserer beiden Familien während der Feiertage verhinderten, dass wir uns treffen konnten. Die Freude, seine Stimme zu hören, war deshalb umso größer, als ich ihn am Nachmittag des Weihnachtstages anrief und fragte, was er zu Weihnachten geschenkt bekommen habe. Er lud mich ein, am nächsten Tag zu ihm zu kommen, damit wir mit seinem neuen Spielzeug spielen konnten. Für jemanden, der meinte, Weihnachten sei alles nur »dummes Zeug«, klang er unüberhörbar begeistert von seinen Geschenken.

Bens neues Spielzeug, obwohl man es kaum als Spielzeug bezeichnen konnte, war ein Chemie- und Physikkasten. Ich hatte selbst schon ein paar Chemiekästen durchgemacht, aber sie waren mit seinem neuen Kasten nicht zu vergleichen. Für mich sah es aus wie ein wissenschaftliches Labor. Neben einer sauberen Aufreihung von Flüssigkeiten und pulverisierten Chemikalien enthielt er zwei Ständer mit Proberöhrchen und eine Vielzahl seltsam geformter Gläser, von denen eines gerade über einer Kerze blubberte.

Ich hatte Ben nicht mehr so glücklich gesehen, seit ich ihm zu seinem Geburtstag den Edsel geschenkt hatte. Alles war auf einem Tisch in seinem Zimmer aufgebaut. Aus dem Geruch im Zimmer konnte ich schließen, dass er bereits eine gewaltige Mischung zusammengebraut hatte. Aber die Physik-Utensilien in diesem Kasten faszinierten ihn am meisten.

»Schau dir das an! Hier ist ein kleines Auto mit einem von einer Feder betätigten Hebel, der diese Kugel in die Luft schießt. Wenn du das Auto mit gleichmäßiger Geschwindigkeit in gerader Linie fahren lässt, bewegt sich die Kugel mit derselben Geschwindigkeit wie das Auto und kommt genau an der gleichen Stelle wieder herunter. Hier … siehst du? Und hier ist eine versiegelte Vakuumröhre. So etwas musst du gesehen haben. Schau, in dieser Röhre ist eine Glocke angebracht. Es ist die gleiche Glocke wie diese hier außerhalb des Vakuums. Hörst du, wie laut sie ist? Jetzt versuch einmal, die Glocke im Vakuum zu läuten.«

Ich nahm die Röhre in die Hand und schüttelte sie. Aber ich konnte nichts hören. Ich konnte sehen, wie der Klöppel an der Glockenwand aufschlug, aber es war kein Ton zu hören.

»Wie dick ist dieses Glas?«, fragte ich.

»Es ist überhaupt nicht dick«, antwortete Ben so stolz, als hätte *er* diese Vakuumröhre erfunden. »Die Dicke des Glases hat nichts damit zu tun. Es liegt an dem Vakuum. In einem Vakuum wird Schall nicht übertragen. Der Schall erzeugt Druckwellen, wenn er sich bewegt, und wenn es keine Moleküle gibt, die sich bewegen können, gibt es keinen Ton. Schau, hier in diesem Handbuch ist das genau erklärt. Ach ja, und hör dir das an. Das hier ist eindeutig etwas für dich. Es steht unter der Überschrift: ›Experimente mit Dingen, die du im Haus findest‹«, begann Ben zu lesen. »»Für dieses Experiment brauchst du einen Tischtennisball und‹ – hör gut zu! – ›einen

Staubsauger, bei dem der Schlauch an das andere Ende angesteckt ist ...‹«

»O nein. So etwas werde ich nicht machen. Nie wieder!«

»Hier steht, wenn man den Ball vorsichtig auf den Luftstrom legt, der herauskommt, bleibt er oben in der Luft. Selbst wenn du die Düse in einem gewissen Winkel bewegst, hält der Luftstrom den Ball in der Luft!«

»Nein, das ist nicht möglich. Wenn die Luft herausgeblasen wird, dann fliegt der Ball doch irgendwohin davon.«

»Hier steht, dass es nicht so ist. Ich kann es nicht erwarten, das auszuprobieren. Aber ich wollte auf dich warten.«

»Steht hier auch, warum der Ball in der Luft bleibt?«

»Ja. Hier steht alles.«

Alles, was mit einem Vakuum zu tun hatte, faszinierte Ben. Den Grund dafür begriff ich erst viel später. Woher kam Bens Interesse am Vakuum, Pastor Beamerings Liebe zu Blaise Pascals »Vakuum, das Gott in jedes menschliche Herz hineingelegt hat« und Pascals eigene Begeisterung über die Eigenschaften des Vakuums? Ben war auch so ein kleiner Pascal, der die physikalischen Experimente selbst ausprobieren musste, aus denen sein Vater den Stoff für sein bevorzugtes Predigtthema holte. Er war sozusagen Pascal Junior. Jeffery T. Beamering hatte ein Buch darüber gelesen und sofort die geistlichen Schlussfolgerungen daraus gezogen, aber sein Sohn würde sich damit nie zufrieden geben. Das war der Unterschied zwischen den beiden. Ein Unterschied, den beide insgeheim verstanden, würde ich heute sagen. Es war dieses stillschweigende Verständnis, das ich anfangs als Anflug von Bewunderung in Pastor Beamerings Augen bemerkt hatte. Damals, an jenem ersten Sonntag, an dem wir miteinander am Mittagstisch saßen und Ben ihm den wahren Grund für den wirtschaftlichen Misserfolg des Edsel erklärte. Der Vater wusste, dass sein Sohn alles erst beweisen musste, was er selbst so leicht glaubte.

Ben musste alle Experimente selbst durchführen. Er konnte

die geistlichen Schlussfolgerungen nicht akzeptieren, solange er die physikalischen Tatsachen nicht mit eigenen Augen gesehen hatte. Wenn Ben zu Jesu zwölf Jüngern gehört hätte, wäre er Thomas gewesen. Jeder hält Thomas für einen Zweifler, der noch nicht glaubt. Ich sehe das anders. Ich denke, Thomas war ein »Beweisender«. Er musste einfach das physikalische Beweismaterial zusammentragen und an die Informationen kommen, die er brauchte. Und er musste es selbst sehen und erfahren. Jesus war so verständnisvoll, dass er ihm das zubilligte. Er ließ Thomas die Wunde an seiner Seite und die Nägelmale an seinen Händen berühren.

Heute ist mir klar, dass Pastor Beamering das alles über seinen Sohn wusste. Wenigstens wusste er so viel, dass er insgeheim Ben half, es zu verstehen. Ich glaube, er rang die ganze Zeit um Ben. In gewisser Weise rang er auch um sich selbst. Jeffery T. Beamering hatte immer geglaubt. Er war mit dem Glauben aufgewachsen. Ich verstand das, denn bei mir war es ähnlich. Ich habe meinen Glauben nie ernsthaft in Frage gestellt. Ein solcher Glaube ist für Leute, denen es schwer fällt zu glauben, bewundernswert und sogar beneidenswert. Aber trotzdem bringt er auch eine gewisse Verwundbarkeit mit sich. *Was ist wenn? Was ist, wenn* es nicht wahr ist? *Was ist, wenn* dieser Glaube nur Teil meiner Kultur ist? *Was ist, wenn* ich ihn zu schnell, zu unkritisch übernommen habe? Jemand in Pastor Beamerings Position durfte solche Fragen fast nicht stellen. Er steckte zu tief in der Sache drin.

Diese Fragen fanden somit ihren Ausdruck in seinem Sohn. Und aus diesem Grund lebte Jeffery T. Beamerings Glaube ein wenig von Bens Entdeckungen bei seinen Experimenten. Das war es, was Pastor Beamering von den anderen Pastoren abhob, die ihre Gemeinde mit unerschütterlichem Dogmatismus regierten. Jeffery T. erlaubte seinem Sohn, was er sich selbst nie zugestand: den Luxus zu zweifeln und die Freiheit, die Wahrheit auf den Prüfstand zu stellen. Ich bin überzeugt, dass das der

Grund dafür war, warum er ein Auge zugedrückt hatte, als Ben und ich hinter den Orgelpfeifen unsere Spielchen abzogen.

Es war deshalb auch kein Zufall, dass Ben und ich an diesem Tag nach Weihnachten unser erstes wirklich wichtiges Gespräch über Gott führten, während wir die Eigenschaften des Vakuums erforschten, die Pascal über dreihundertfünfzig Jahre vorher entdeckt hatte.

»Wusstest du, dass das Weltall ein Vakuum ist?«, fragte Ben und hielt das Vakuumröhrchen mit der Glocke darin hoch. Wir beide starrten in dieses Röhrchen hinein, als unterzögen wir das Universum einer genauen Prüfung. Als erforschten wir das Unbekannte. »Wenn es die Schwerkraft und unsere Atmosphäre nicht gäbe, würden wir alle von hier fortgesaugt ins Nichts.«

»Puh … Nur gut, dass es einen Ort gibt, an den wir dort draußen gehen können, und dass wir nicht einfach aufgesaugt werden.«

»Sprichst du vom Himmel?«, fragte Ben.

»Natürlich.«

»Woher willst du wissen, dass es wirklich einen Himmel gibt? Vielleicht landen wir im Staubsaugerbeutel von irgendjemand.«

»Ach, komm schon, Ben. Du ärgerst dich doch nur, dass du nicht mehr über den Weihnachtsmann lästern kannst, weil er wieder zum Nordpol zurückgefahren ist.«

»Genauso wie Gott wieder in den Himmel zurückgefahren ist?«

»Ben, du meinst doch nicht etwa …« Ich konnte es nicht einmal aussprechen.

»Dass ich nicht an Gott glaube? Wolltest du das fragen?«

»Na ja … ja, ich glaube schon.«

»Natürlich glaube ich an Gott. Ich weiß nur nicht, was das hilft.«

»Wie meinst du das?«, fragte ich etwas erleichterter.

»Gott wird immer das geschehen lassen, was er will, weil er

Gott ist. Wie dieses Vakuumröhrchen hier. Schau. Wenn man es auf den Kopf stellt, fallen die Stahlkugel und die Feder mit derselben Geschwindigkeit nach unten.« Er stellte ein anderes Röhrchen auf den Kopf. Tatsächlich fielen die Stahlkugel und die Feder darin Seite an Seite nach unten.

»Das gibt es doch nicht! Aber was hat das mit Gott zu tun?«

»Gott hat uns in eine große Röhre gesetzt, in der er alle Regeln vorgibt. Wie diese Weihnachtskugeln. Wenn man sie umdreht, schneit es auf den kleinen Weihnachtsbaum in der Kugel. Gott kann unsere Welt auf den Kopf stellen und es schneien lassen, wann er will. Wir haben dabei nichts zu melden. Ja, ich glaube an Gott, aber ich sehe nicht, was sich dadurch ändert. Ob du an ihn glaubst oder nicht: Er macht trotzdem, was er will. Soweit wir wissen, könnten wir genauso gut einfach nur ein großer Scherz für ihn sein. Vielleicht spielt er mit uns, wie wir mit unseren Modellautos und unseren Häusern spielen. Vielleicht sind wir sein Spielzeug. Stell dir doch einmal vor, ich könnte jemanden bauen, der meinen Edsel fährt und in meinem Modellhaus wohnt. Dann bräuchte ich nichts weiter zu meiner Unterhaltung zu tun, als mich zurücklehnen und zuschauen. Und wenn mir langweilig wird, könnte ich die Welt meines Menschen mit dem Fuß zertreten, nur um zu sehen, wie mein kleiner Mensch reagiert.«

Ben jagte mir eine Todesangst ein, wenn er so redete. Mir gefiel nicht, wenn er sich mit Gott auf eine Ebene stellte. Und vor allem gefiel mir der Gott nicht, der bei ihm dabei herauskam. Damit stellte er meinen kleinen Glauben auf eine zu harte Probe. Damit legte er eine zu große Last auf den jungen, unerfahrenen Rücken meines Glaubens.

»Aber warum sollte Gott seinen Sohn schicken und am Kreuz sterben lassen, wenn das alles nur ein großer Scherz wäre?«, versuchte ich, die Grundfeste der Welt, die ich kannte, zu verteidigen. So unangenehm es für mich auch war, kam Ben doch näher heran an meine wahren Gefühle und Fragen in

Bezug auf Gott, als ich zugeben wollte. Nicht einmal vor mir selbst. Insgeheim hoffte ich wahrscheinlich, er würde einfach einige Antworten auf die Fragen finden, denen ich mich nicht zu stellen wagte.

Ben sprach lange kein Wort. Dann meinte er schließlich: »Das ist eine gute Frage. Das ist wirklich eine gute Frage. Ich werde darüber nachdenken müssen.«

Ich hätte es bei meinem kleinen Zufallserfolg bewenden lassen sollen. Aber stattdessen preschte ich vor und wollte das unangenehme Schweigen brechen. Ich fühlte mich nicht wohl bei dem Gedanken, dass ich mich irgendwie mit Ben auf eine Ebene gestellt hatte. Er sollte derjenige sein, der diese unbeantworteten Fragen stellte. Nicht ich. Ich war nicht tiefgründig genug.

»Wenn Gott sich nur einen Spaß mit uns macht, dann war es vielleicht auch bloß Spaß, dass er kam und starb. Damit er zuletzt lachen kann.«

Ich fing an, über meinen schlechten Witz zu lachen, aber Ben fuhr mich sofort zornig an: »Über den Tod macht man keine Witze!«

Ein verwirrtes und verletztes Schweigen breitete sich im Raum aus. Zum zweiten Mal richtete sich Bens Zorn gegen mich. Ich hasste diese Miene in seinem Gesicht. Ich spielte unsicher mit den wissenschaftlichen Geräten. Ben widmete sich wieder seinem Handbuch und begann an einem anderen Experiment zu arbeiten. Beide taten wir, als wäre nichts geschehen. Woher dieser Zorn auch gekommen war, er saß sehr tief. Ich konnte ihn nicht erklären. Ben deutete mit keiner Miene an, dass er ihn erklären wollte. Ich ging also vorsichtig um das dunkle Loch herum, aus dem wieder Grabsteine und Gestalten mit Kapuzenumhängen auftauchten. Schließlich fiel mein nervöser Blick auf die Vakuumröhre.

»Wie hast du es geschafft, dass die Kugel und die Feder genauso schnell nach unten fielen?«, fragte ich schwach.

»Ich habe überhaupt nichts dazu getan. Die Feder und die Stahlkugel fallen mit der gleichen Geschwindigkeit nach unten, weil sie sich in einem Vakuum befinden. Weißt du noch? In einem Vakuum ist keine Luft, die die Feder abbremsen würde. Sie fällt deshalb genauso schnell wie die schwere Stahlkugel.«

»Das ist ja wirklich raffiniert«, brachte ich mit einem bemüht beiläufigen Ton über die Lippen.

»Hier, schau dir das an«, sagte er, während er eine Kerze anzündete und eine große Glasröhre darüberstellte. Seine Miene war entschlossen, seine ganze Aufmerksamkeit auf sein Experiment gerichtet. Wir waren beide so in die Details vertieft, dass man hätte meinen können, alles sei wieder normal. Aber meine Gefühle waren wund und schmerzten, nachdem sie sich an Bens Gefühlen gerieben hatten. Die Kerze brannte ein paar Sekunden. Dann ging sie langsam aus. Ben zündete die Kerze noch einmal an und stellte die Röhre erneut darüber, genauso wie vorher. Aber dieses Mal schob er eine Metallplatte in der Mitte der Röhre nach unten, bis sie sich ungefähr fünf Zentimeter über der Flamme befand. Dort hielt er sie fest. Die Kerze brannte fröhlich weiter.

»Wie kommt es, dass sie jetzt nicht ausgeht?«, fragte ich.

»Beim ersten Experiment stieg durch die Hitze der Sauerstoff in der Röhre nach oben. Dort prallte er mit der Raumluft zusammen, die auf ihn drückte. Das wirkte wie ein Verschluss. Eine Art Vakuum bildete sich. Die Kerze verbrannte dann den ganzen Sauerstoff, der noch im Vakuum war, und ging aus. Sie erstickte sich sozusagen selbst.«

»Aber warum brennt dann diese Kerze immer noch?«

»Weil diese Trennwand es ermöglicht, dass die heiße Luft auf einer Seite der Röhre nach oben steigt, während gleichzeitig auf der anderen Seite kalte Luft nach unten kommen kann. Schau genau hin: Die Flamme bewegt sich auf eine Seite. Sie erzeugt ihre eigene Zugluft.«

Die Kerze sah wirklich so aus, als bewege sich die Flamme

in einem geheimnisvollen Wind. Den Rest des Tages spielten wir in Bens neuem Labor. Wir mischten Chemikalien, die durch die Mischung Hitze erzeugten. Wir änderten wie von Zauberhand die Farbe verschiedener Lösungen. Wir lösten Kristalle auf und bildeten Kristalle. Wir ließen sogar einen Tischtennisball an einem Ende eines Staubsaugers mitten in der Luft schweben. Ich stellte jedoch sicher, dass Ben die volle Verantwortung für dieses Experiment trug.

»Erstaunlich!«, murmelte ich, als ich sah, wie der Ball in der Luft schwebte, solange der Staubsauger von unten Luft auf ihn blies. »Warum fällt der Ball nicht nach unten?«

»Hier steht es. Hör zu.« Ben las aus dem Handbuch vor: »›Die Moleküle in der Mitte des Luftstroms bewegen sich schneller als die Moleküle am Rand, die durch die Reibung mit den Molekülen in der Luft gebremst werden. Da der Druck abnimmt, je höher die Geschwindigkeit wird (Bernoullische Gleichung) …‹«

»Welche Geschwindigkeit?«

»Die Geschwindigkeit, mit der sich die Moleküle bewegen.« Ben las weiter. Er wurde immer ungeduldig, wenn man ihn unterbrach. »›… erzeugt der niedrigere Druck in der Mitte des Luftstroms teilweise ein Vakuum und hält dadurch den Ball an seinem Platz.‹«

In dieser Nacht schlief ich bei Ben. Wir konnten also den ganzen Nachmittag und den ganzen Abend weiterarbeiten. Ich war von den Glasbechern, Kunststoffröhren, Korken, Holzhalterungen und Bechern mit chemischen Substanzen, aus denen sich Bens Weihnachtsgeschenk zusammensetzte, immer begeisterter. Ich fand alles so bedeutend. Dieses Universum mit seinen festen Gesetzen. Alles verhielt sich auf vorhersehbare Weise. Man konnte fest damit rechnen. Für alles gab es eine Begründung. Es stand alles in Bens Handbuch.

Bens Mutter kam im Laufe des Tages mehrere Male in sein Zimmer. Um uns einen Imbiss aus Weihnachtskeksen und

Milch zu bringen. Um zu sehen, was wir taten. Um uns zum Essen zu rufen. Um sicherzugehen, dass wir uns noch nicht in die Luft gejagt hatten. Ich mochte Bens Mutter. Sie machte uns immer Mut, ohne uns im Weg zu stehen. Sie beschwerte sich nie, wenn unsere Vorstöße ins Unbekannte mit einem Fleck auf dem Teppich oder an der Wand endeten. Sie verlangte, dass wir unseren Dreck wieder wegputzten, aber sie ließ ihn uns machen.

Mrs. Beamerings Lieblingsspruch aus der Bibel, den sie oft zitierte, war Offenbarung 3, Verse 15 und 16: »Ich kenne deine Werke, dass du weder kalt noch warm bist. Ach, dass du kalt oder warm wärest! Weil du aber lau bist und weder warm noch kalt, werde ich dich ausspeien aus meinem Munde.«

»Egal, was ihr auch macht. Seid auf keinen Fall lau«, sagte sie immer und verriet mit ihrem leichten Akzent ihre texanische Herkunft.

Bens größter Fan war seine Mutter. Sie sagte immer, dass er das, was er tue, immer hundertprozentig machen solle. Es spielte keine Rolle, ob er hundertprozentig richtig oder hundertprozentig falsch lag, solange es hundertprozentig war. Wenn sie den Verdacht hegte, es wäre anders, dann sagte sie: »Bist du schon wieder lau? Oh, ich werde dich ausspeien aus meinem Munde!« Den Wunsch, die Wahrheit über Gott zu wissen, hatte Ben von seinem Vater, aber den Wunsch, überhaupt etwas wissen zu wollen und vieles in Frage zu stellen, hatte er eindeutig von seiner Mutter.

An diesem Abend kam Bens Vater, um uns zuzudecken und mit uns zu beten. Das tat er oft, wenn ich bei Ben schlief. Öfter als mein Vater das jemals tat. Ich fing an, ihn trotz seines »Na-wie-geht's-dir?«-Lächelns und trotz seiner theatralischen Stimme zu mögen.

»Und, was habt ihr beiden Einsteins heute alles erforscht?«, donnerte er, als er in das Zimmer trat, in dem Ben und ich eilig in die Betten hüpften, in denen wir eigentlich schon längst liegen sollten. Unsere Betten bei Ben bestanden aus unseren

Schlafsäcken auf dem Fußboden. Ben hatte in seinem Zimmer nur ein einziges Bett, und so bauten wir uns ein Lager auf dem Fußboden. Wir versteckten immer unsere Taschenlampen in den Schlafsäcken und leuchteten damit im Zimmer herum, wenn das Licht aus war.

»Wir haben viel über das Vakuum herausgefunden«, verkündete Ben.

»Ich dachte, Jonathan weiß schon alles über die saugende Kraft eines Vakuums und auch über das Gegenteil, wenn ich an seine Experimente mit dem Staubsauger denke«, sagte sein Vater mit einem Grinsen und einem Augenzwinkern in meine Richtung. »War nur ein Spaß, Johnny … Du meintest das von Gott geformte Vakuum, das Pascal beschrieb, nicht wahr?«, fragte er, ging in die Knie und kitzelte Ben, bis dieser lachen musste.

»Nein!«, erklärte Ben. Er setzte sich auf und versuchte, mit großer Dramatik zu reden. »Das von einer Röhre geformte Vakuum, das in meinem neuen Physikkasten beschrieben wird.«

»Ah ja, und was habt ihr über das Vakuum herausgefunden?« Pastor Beamering setzte sich auf seine Schenkel zurück und hörte zu.

»Wir haben herausgefunden, dass eine Glocke in einem Vakuum nicht läutet, dass eine Kerze in einem Vakuum nicht brennt, dass eine Feder und eine Stahlkugel in einem Vakuum mit der gleichen Geschwindigkeit nach unten fallen … Lass mich überlegen … Was haben wir noch herausgefunden, Jonathan?«

»Dass ein Vakuum einen Tischtennisball in der Luft hält«, sagte ich.

»Ach ja, das hatte ich ganz vergessen«, nickte Ben. »Das hängt mit der Bernoullischen Gleichung zusammen.«

»Ich glaube, davon müsst ihr mir morgen mehr erzählen. Jetzt ist es Zeit, dass ihr beiden schlaft. Aber danke für diese

Informationen. Ich kann eine Glocke, die in einem von Gott geformten Vakuum nicht läutet, und eine Kerze, die darin nicht brennt, bestimmt in meine Predigt einbauen. Vergiss aber trotzdem nicht, bei einem Staubsauger das Vakuum auf der richtigen Seite zu haben, Johnny! Gute Nacht, ihr zwei.«

»Ben«, fragte ich, nachdem er gegangen war. »Denkt dein Vater eigentlich je an etwas anderes als an Predigten?«

»Anscheinend nicht.«

Ben zog seine Taschenlampe heraus und ließ ihren Schein durch das Zimmer wandern. Dann fiel er auf den Tisch, auf dem seine neue wissenschaftliche Ausrüstung stand, zum ersten Mal an diesem Tag unberührt. Die Röhren und Gläser warfen riesige, beängstigende Schatten, die wie eine Szene aus Frankensteins Labor unheilvoll an der Wand tanzten. Dann schaltete er die Taschenlampe aus, und wir lagen schweigend in der Dunkelheit nebeneinander auf dem Boden. Es hat etwas wunderbar Beschützendes an sich, mit einem Freund dazuliegen und in die Dunkelheit hineinzuschauen, bevor man einschläft. Man kann alles sagen, und es ist vollkommen ungefährlich. Nach einer Weile ist es, als spreche man gar nicht so sehr miteinander, sondern mehr in die Dunkelheit hinein. Vielleicht hört es jemand, vielleicht hört es auch niemand, vielleicht schläft der andere schon. Es ist irgendwie nicht wichtig.

Allerdings war ich jetzt hellwach, als Ben sprach. »Wenn das Loch in jedem Menschen die Form von Gott hat, welche Form, meinst du, hat dann Gott? Ist er ein Kreis? Ein Quadrat? Oder wie wäre es mit einem Trapez?«

»Das kann ich dir sagen«, erwiderte ich. »Ich möchte wetten, Gott hat die Form eines Herzens.«

Irgendwie wurde mir bei dem, was Ben als Nächstes sagte, ganz warm. So, als hätte ich ihm die Augen für etwas geöffnet, das er bis dahin nicht erkannt hatte.

»Wahrscheinlich hast du Recht«, flüsterte Ben. »Gott hat die Form eines Herzens.«

14

Silvester

Vielleicht lag es an den seltsamen Dämpfen, die wir in Bens Labor eingeatmet hatten, dass er dieses Mal schneller einschlief als ich. In der dunklen Stille ließen mir einige Fragen keine Ruhe. Dass Ben an diesem Tag so zornig auf meine Äußerung reagiert hatte, quälte mich immer noch. Ich verstand nicht, warum er plötzlich so in die Luft gegangen war, als ich einen Spaß über den Tod gemacht hatte. Dann wanderten meine Gedanken zu dem Tag zurück, als Ben unter den Wacholderbüschen wütend geworden war. Damals hatte ich ihn kritisiert, weil er sich zu sehr in das Schicksal des Edsel hineinsteigerte. Wie sollte ich seine Reaktion auf Scrooges letzten gespenstischen Besuch auf dem Friedhof deuten? Was steckte hinter all dem?

Während ich hier in der Dunkelheit, in meinen Schlafsack gekuschelt, über diese ganzen Fragen nachdachte, wurde mir deutlich, dass es einen roten Faden gab, der sich durch alles zog: den Tod. Alles, was Ben aus der Ruhe gebracht hatte, hatte irgendwie mit dem Tod zu tun. In dieser Stunde beschloss ich, dass ich seine Ahnungen, so unlogisch sie auch erscheinen mochten, ernst nehmen wollte. Er war mein Freund. Wozu hatte man einen Freund, wenn nicht dazu, dass man ihm vertrauen konnte, wenn niemand sonst einem vertraute? Ich würde Ben und seinen vagen Ahnungen in Bezug auf die Zukunft glauben. Ich würde nie wieder Witze darüber machen. Als ich langsam einschlief, überlegte ich, was ich wohl tun könnte, um die Abwärtsentwicklung des Edsel aufzuhalten.

»Ben, bist du schon wach?«, fragte ich, sobald ich am nächsten Morgen die Augen aufschlug. Ich schaute zu seinem Schlafsack hinüber. Er war leer. Bevor ich Ben suchen ging, holte ich mir ein Blatt Papier und begann zu schreiben, um meine brillante Idee nicht zu vergessen.

»Sehr geehrte Fordwerke,

wir finden, Sie haben einen großen Fehler gemacht. Sie haben dem Edsel nicht genug Zeit gelassen, sich durchzusetzen, sondern ihm schon nach einem Jahr den Todesstoß versetzt. Der 58er Edsel ist eines der wichtigsten Autos in der ganzen Automobilgeschichte. Es ist ein Auto, das niemand vergessen wird. Die Leute brauchen jedoch eine Weile, bis sie sich an etwas Neues und so Andersartiges gewöhnen.

Das 59er Modell wird niemanden überzeugen. Uns hat es jedenfalls gewiss nicht überzeugt, und wir verfolgen den Edsel von Anfang an, seit damals, als Sie die neuen Autos noch in Zeitschriften verhüllt hatten. Auch wenn sich das 58er Modell nicht so verkauft hat, wie Sie das wollten, ist es ein besseres Auto als das, was Sie jetzt haben.

Wir haben eine Idee: Wir finden, Sie sollten zugeben, dass Sie einen Fehler gemacht haben, und zum 58er Modell zurückkehren. So etwas hat noch nie jemand gemacht. Es würde viel Aufmerksamkeit erregen. Sie könnten sagen, Sie wollen das Originaldesign beibehalten, weil das Auto ein Klassiker ist, den man nicht vergessen sollte.

Sie können gern Teile aus diesem Brief zu Werbezwecken verwenden oder uns, zwei Zehnjährige, die sich mit diesen Vorschlägen an Sie wenden. Wir machen gute Fotos.

Mit freundlichen Grüßen

Benjamin Beamering
Jonathan Liebermann.«

Ben kam ins Zimmer, als ich gerade unsere Namen schrieb. »Was machst du denn da?«, fragte er.

»Einen Augenblick noch. Ich bin gleich fertig … so. Was hältst du davon?« Ich reichte ihm den Brief und beobachtete sein Gesicht, als er ihn las. Er verzog keine Miene, aber das hieß bei Ben noch nichts.

»Das ist eine großartige Idee, aber es ist noch zu früh«, sagte er. »Sie haben momentan zu viel in den 59er investiert. Aber wenn bis zum Sommer die Verkaufszahlen weiterhin nach unten gehen, wer weiß?«

»Wirklich? Du meinst, wir haben eine Chance?«

»Einen Versuch ist es wert. Aber jetzt noch nicht. Die Leute müssen den ersten Edsel erst richtig vermissen, und die Verkaufszahlen des 59er Modells müssen so schlecht sein, dass sie verzweifelt nach einer Lösung suchen. Ich finde, wir sollten diesen Brief in meinem Edsel-Ordner aufheben und warten, bis der richtige Zeitpunkt kommt.«

»Aber dir gefällt der Brief?«, hakte ich nach.

»Er ist ziemlich gut. Nur zwei Sachen müssen wir noch ausbügeln.«

»Und die wären?«

»Du weißt schon – da, wo du schreibst: ›als Sie die neuen Autos noch in Zeitschriften verhüllt hatten‹. Das klingt, als wären die Autos unter einem Stoß von Zeitschriften versteckt.«

»Meinetwegen. Wie würdest du es ausdrücken?«

»Etwa so: ›Seitdem die ersten Anzeigen mit verhüllten Autos in Zeitschriften erschienen…‹«

»Großartig. Das habe ich schon ausgebessert. Noch etwas?«

»Ja. Das Wort heißt ›fotogen‹.«

»Welches Wort?«

»Wir ›machen‹ nicht ›gute Fotos‹. Wir sind fotogen. Wenn wir Fotos machen, sind wir ja nicht auf dem Bild. Das ist der einzige Teil, der mir nicht gefällt. Denn wir sind nicht fotogen. Außerdem hasse ich es, fotografiert zu werden.«

»Ich weiß«, nickte ich. »Aber wir sollen ja keine Fotomodelle oder so etwas sein. Wir sind einfach typische Kinder.«

»Und wie sieht ein typisches Kind aus?«

»Na, so wie wir«, seufzte ich mit einem Anflug von Verzweiflung.

»Ich bin nicht typisch«, sagte Ben. Da musste ich ihm Recht geben. Etwas Wahreres war selten gesagt worden.

Es war Samstagmorgen, der zweite Tag nach Weihnachten. Das Gespräch am Frühstückstisch der Beamerings drehte sich bald nur noch um den Neujahrstag und die Rosenparade. Die Rosenparade ist eines der Ereignisse, die man nur dann richtig kennt, wenn man sie persönlich erlebt hat. Kein Foto, kein Rundfunkkommentator und auch keine Fernsehkamera kann die Größe eines Festwagens einfangen, der zwei Stockwerke hoch ist und rundum mit den leuchtenden Farben und dem Duft von über einer Million Blumen geschmückt ist.

Jeder, der einen ungehinderten Blick auf die Rosenparade ergattern wollte, musste entweder einen Sitzplatz auf der Tribüne an der Orange Grove Avenue bezahlen oder am Silvesterabend irgendwo entlang der acht Kilometer langen Strecke einen Quadratmeter für sich abstecken und bei den Feiern auf der Straße, die die ganze Nacht hindurch dauerten, mitmachen. Es sei denn, man war Mitglied der Colorado Avenue Christian Standard Church. Die Parade am 1. Januar zog jedes Jahr genau vor den Stufen unserer Kirche vorbei – und immer sorgte jemand dafür, dass die Gemeindemitglieder gute Plätze bekamen.

Der Jugendpastor war normalerweise dafür verantwortlich, das Gebiet vor unserer Kirche zu reservieren, da die Unterstufenschüler jung und verrückt genug waren, diese Wache als Party und nicht als Arbeit zu betrachten. Zwischendurch konnten die Jugendlichen in die Gemeinderäume gehen, sich aufwärmen und sich etwas zu essen und zu trinken holen. Wer Lust dazu verspürte, konnte in der Sporthalle an einem Volleyball-turnier teilnehmen, das fast die ganze Nacht dauerte.

»Was macht deine Familie am Neujahrstag, Jonathan?«, fragte Mrs. Beamering, während sie heißen Toast aus der Pfanne servierte. An diesem Morgen saßen nur Ben, seine Eltern und ich am Frühstückstisch, da Bens Brüder am Tag nach Weihnachten zu einer Winterfreizeit in die San-Bernardino-Bergen gefahren waren.

»Ach, nicht viel. Normalerweise kommen meine Tante und mein Onkel zum Essen zu uns.«

»Aber doch erst nach der Rosenparade?«, warf Bens Vater ein.

»Na ja … wenn wir hingehen.«

»Ihr seid nicht sicher, ob ihr zur Rosenparade geht?«, fragte er ungläubig. Dabei drehte er die leere Sirupflasche in der Hand und warf seiner Frau einen bittenden Blick zu.

»Ich hole dir noch eine Flasche«, nickte sie.

»Ich wette, ihr habt sie schon so oft gesehen, dass sie inzwischen langweilig für euch ist«, sprach er weiter. »Obwohl ich mir nicht vorstellen kann, dass jemandem bei einer Parade langweilig werden kann. Und schon gar nicht bei dieser Parade.«

»Ich war erst einmal dort.«

»Erst einmal? Und das, obwohl sie praktisch vor eurer Haustür vorbeizieht? Es überrascht mich, dass deine Eltern nicht mehr Gebrauch von den reservierten Plätzen machen.«

»Na ja, meine Eltern sind nach dem Jahresabschlussgottes-dienst und dem ganzen Weihnachtsprogramm meistens ziemlich müde.«

»Aber den Neujahrstag gibt es doch nur einmal im Jahr«, warf Mrs. Beamering ein und stellte eine neue Sirupflasche auf den Tisch. »Wir können es nicht erwarten, die Parade zu sehen. Wir haben so viel darüber gehört. Ich liebe einfach eine gute Parade. Und die hier in Pasadena soll die Beste sein.«

»O ja, das ist sie!«, nickte ich. »Der Blumenduft steigt einem richtig in die Nase.«

171

»Aber ihr geht nicht hin?«, warf Pastor Beamering ein.

»Na ja, ich bin mir nicht sicher. Meine Eltern haben eigentlich bis jetzt nichts Genaues gesagt, weder dass wir gehen, noch dass wir nicht gehen.«

»Dann komm doch einfach mit uns«, schlug Mrs. Beamering vor. »Du könntest nach dem Gottesdienst bei uns schlafen und am Morgen mit uns zur Parade gehen.«

»Wirklich?«, fragte ich. Ben grinste mich strahlend an. »Das wäre ja super!«

»Mama, meinst du, Jonathan und ich könnten die ganze Nacht bei den älteren Kindern vor der Kirche bleiben?«

Mein Herz schlug schneller. Das wollte ich schon seit zwei Jahren, aber meine Eltern sagten immer, ich sei noch zu jung dafür.

»Was meinst du, Jeffery?«

»Ich weiß nicht. Greg und Sandra haben ohnehin schon alle Hände voll zu tun. Ich glaube, es sind zu wenige Aufsichtspersonen da.«

»Warum bleiben wir dann nicht selbst mit den Kindern dort?«, schlug Mrs. Beamering vor, als wäre es das Logischste auf der Welt. »Das wäre doch bestimmt lustig.«

»Willst du das wirklich, Martha?«

Ben und ich bewegten die Köpfe zwischen Mr. und Mrs. Beamering hin und her. Wir verfolgten dieses Gespräch mit größter Aufmerksamkeit.

»Meinetwegen, abgemacht«, nickte Bens Vater und wischte sich den Sirup von seinen glänzenden Lippen. Ben und ich stießen gleichzeitig einen Jubelschrei aus.

Nach dem Frühstück ging Ben ohne Umwege zu seinem Edsel-Ordner und begann, seine große Sammlung aus Zeitungs- und Zeitschriftenausschnitten durchzublättern.

»Hier ist es«, sagte er schließlich und zog eine Seite mit Zeitungsfotos heraus. Er deutete auf ein Bild mit einem weißen Kabrio, das mit Rosen geschmückt war. Die Bildunterschrift lautete: »Über 5000 Rosen schmücken den offenen Kabrio, in dem der Bürgermeister von Pasadena, Seth Wilson, und seine Frau sitzen. Bürgermeister Wilson trägt den weißen Anzug und die rote Krawatte der Organisation.«

»Das ist vom letzten Jahr«, sagte Ben.

Die Rosengirlande um das Auto herum begann am vorderen Grill, öffnete sich über der Motorhaube zu einem V, fiel an den Seiten nach unten und formte dann erneut ein V, das sich um die Rückseite des Kabrios legte und in der Mitte über dem Kofferraum nach unten hing. Rosenblüten in einem grünen Blumenbeet schrieben die Worte »Bürgermeister von Pasadena« an die Seite der vorderen Tür. Der Bürgermeister und seine Frau winkten vom Rücksitz des Autos.

»Woher hast du dieses Bild?«, fragte ich. »Du warst letztes Jahr doch überhaupt noch nicht hier.«

»Aus dem Archiv der Rosenparade. Es befindet sich nur wenige Straßen von hier. Sie haben dort Bilder aus jedem Jahr. Bis zurück zur ersten Rosenparade vor siebzig Jahren. Dieses Foto war in einer kostenlosen Broschüre über die Parade vom letzten Jahr abgedruckt. Fällt dir denn nichts auf … an dem Auto?«

Ich hatte das Auto noch überhaupt nicht richtig angesehen. Es war schwer zu identifizieren, denn sein gesamtes Profil wurde von den vielen Rosen regelrecht begraben. Auf derselben Seite waren ähnlich geschmückte Autos abgebildet – aber von vorne, sodass man sie leichter erkennen konnte. Der Präsident der Parade in einem 58er Oldsmobile-Kabrio. Der Polizeichef und seine Frau winkten vom Rücksitz eines 58er Cadillac-Kabrio mit hohen Flossen.

»Warte mal«, murmelte ich, als ich entdeckte, dass das Auto des Bürgermeisters einen breiter werdenden Streifen an der hinteren flossenlosen Stoßstange besaß. Dann sah ich die kleine Schaufel unter dem Scheinwerfer, der diesen deutlich hervortreten ließ.

»Das ist ja ein Edsel!«

»Ja, es ist ein Edsel«, nickte Ben. »Der gute alte Seth Wilson ist der richtige Mann für mich.«

»Das bedeutet also, dass in diesem Jahr wahrscheinlich kein Edsel bei der Parade mitfährt. Ich kann mir nicht vorstellen, dass Seth Wilson sich auf den Rücksitz eines hässlichen 59er Edsel setzt.«

»Das kommt wahrscheinlich darauf an, wie weit seine Begeisterung für den Edsel reicht. Ich bin sicher, dass die Händler diese Autos für die Parade anbieten werden. Eine bessere kostenlose Werbung können sie nicht bekommen. Ich möchte wetten, Seth Wilson kann sich jedes beliebige Auto der Welt aussuchen.«

»Es ist genauso wie dein Auto, Ben. Ein weißer Kabrio mit einem goldenen Streifen.«

»Ja. Ein weißer Citation-Kabrio.«

»Junge, mit diesen vielen Rosen sieht er echt gut aus.« Genau so hatte ich mir das Auto vorgestellt.

»Ich habe eine Idee«, schlug ich vor. »Wir könnten doch deinen Edsel für die Rosenparade schmücken.«

Und so verbrachten Ben und ich den Rest des Tages damit, unsere Fantasie an der Plastikmotorhaube und dem Plastikkofferraumdeckel von Bens weißem Edsel-Kabrio in die Tat umzusetzen. Wenn er echt aussehen sollte, mussten wir echte Pflanzen wie bei der Parade benutzen. Das war mit einem gewissen Aufwand verbunden. Bens Mutter half uns und schlug vor, dass wir für das Grün Petersilie verwenden könnten. Für die Rosen nahmen wir ein paar rotviolette Azaleen, die im Garten der Beamerings blühten. Die Nadeln in ihren Blüten machten sie zu perfekten winzigen roten Blüten. Ich arbeitete an der Girlande, während Ben mit dem Schild »Bürgermeister von Pasadena« beschäftigt war. Mrs. Beamering war von unserem fertigen Produkt so begeistert, dass sie darauf bestand, es als einzigen Tischschmuck auf den Esstisch zu stellen.

Als meine Eltern kamen, um mich abzuholen, überredeten die Beamerings sie, zum Essen zu bleiben. Als wir uns alle um den Tisch setzten, dessen Blickfang das geschmückte Auto war, sah es wirklich ein wenig wie eine echte Rosenparade aus, bei der man die Schönheit genießen musste, solange sie da war, und nicht als selbstverständlich betrachten durfte. Einen Tag später würde die Girlande an Bens Auto welken und sterben. Das ist der andere Aspekt der Rosenparade, der sie zu etwas so Besonderem macht. Man fühlt, dass die Blumen für diesen Augenblick leben – ja, dass sie für einen ganz persönlich leben.

»Es ist zwar nicht direkt eine Parade, aber es fehlt nicht viel«, sagte Mrs. Beamering.

»Es *ist* eine Parade«, erklärte Ben, sobald Pastor Beamering das Tischgebet zu Ende gesprochen hatte. »Mitten über den Tisch.«

Ich bin überzeugt, dass unsere Arbeit an Bens Auto dazu beitrug, dass alle gespannt die Rosenparade erwarteten. Selbst meine Eltern beschlossen, daran teilzunehmen und sogar an Silvester die ganze Nacht aufzubleiben und bei der Party vor der Kirche mitzufeiern.

In diesem Jahr war meine Vorfreude und Aufregung wegen Neujahr sogar noch größer als vor Weihnachten. Normalerweise war Neujahr so etwas wie ein Nachgedanke. Eine Art Abschiedsfeier von den Feiertagen. Der Neujahrstag war vor allem eine Ausrede, um faulenzen zu können. Wenigstens für die Männer. Für die Hausfrauen war es nur ein weiterer Tag, an dem sie ein Festessen zubereiten mussten, wenn es auch bei weitem nicht so umfangreich war wie an Weihnachten. Am Neujahrstag standen kalter Schinken, kalter Truthahn, der von Weihnachten übrig war, verschiedene Salate – von meiner Mutter und meiner Tante zubereitet –, Fußball im Fernsehen und eine Vielzahl von Gesellschaftsspielen auf dem Programm.

Die Spiele waren für meinen invaliden Onkel, der seit einer Kinderlähmung als Junge an den Rollstuhl gefesselt war, der

Höhepunkt des Tages. Mein Onkel Wally war ein eigenbrötlerischer alter Mann, der viel älter aussah, als er war. Nach allem, was er als Kind hatte durchmachen müssen, stand ihm dieses Aussehen wahrscheinlich zu. Wenn es jedoch um Spiele ging, machte ihn dieser Eigensinn nur noch gemeiner und steigerte seinen Wunsch zu gewinnen. Die meisten Erwachsenen hatten Spiele bald satt. Mein Onkel war ein begeisterter Spieler. Das Einzige, worauf ich mich an Neujahr immer freute, war, mit Onkel Wally nach Herzenslust zu spielen.

Aber das Neujahrsfest 1959 war anders. Ich bin sicher, meinem Onkel gefiel es überhaupt nicht, dass sein Lieblingsspielpartner fast den ganzen Nachmittag tief und fest schlief und den Preis dafür bezahlte, dass er die ganze Nacht in der Colorado Avenue gefeiert hatte. Für die Menschen, die ihren Platz an der Straße erkämpften und verteidigten, stellte die nächtliche Party oft die eigentliche Parade am Neujahrstag in den Schatten. Nicht weil sie besser war, sondern weil die warme Sonne, die einem am nächsten Tag ins Gesicht schien, es schwer machte, den Folgen einer schlaflosen Nacht zu trotzen.

Ehrlich gesagt, gab es wohl wirklich kaum etwas, das die Nacht, in der Ben und ich am Straßenrand der Paradestrecke das neue Jahr feierten, hätte überbieten können. In unseren Augen war die unablässige Autoschlange, die die ganze Nacht langsam an uns vorbeirollte, eine Vorparade, die die eigentliche Parade fast in den Schatten stellte. Bis sechs Uhr in der Früh, als sie schließlich die Straße absperrten, ließ der Verkehr kein bisschen nach. Bis zu diesem Zeitpunkt war es eine Party von Stoßstange zu Stoßstange: frisierte Autos, coole Coupés, alle möglichen aufgemotzten 55er und 56er Chevys und Fords, tiefer gelegte, auf Hochglanz polierte, knallrote Modelle, Harleys, sogar normale Kombis, in denen die ganze Familie den Jahresanfang auf Rädern feierte. Alles begleitet vom ständigen Hintergrunddröhnen und tiefen Röhren der Schalldämpfer. Es war ein typisches kalifornisches Ereignis: eine Straßenparty im

Auto. Leute hingen aus den Fenstern, saßen auf Motorhauben, pfiffen Partylieder, aber vor allem drückten sie die ganze Nacht auf die Hupe.

Die 50er Jahre waren das letzte Jahrzehnt, in dem man problemlos eine Automarke erkennen konnte. Ein Buick war ein Buick, ein DeSoto war ein DeSoto. Autos hatten noch eine Persönlichkeit, und auch wenn es bei jeder Marke verschiedene Modelle gab, war bei allen die Familienähnlichkeit unverkennbar.

Um uns die Zeit zu vertreiben, spielten Ben und ich das Spiel »Autobingo – wer findet das Auto?« Dieses Spiel spielten wir in unserer Familie oft auf langen Autofahrten. Aber an diesem Abend hatte ich etwas dagegen, dass meine Mutter es mitnahm. Ich fürchtete, Ben könnte es kitschig oder blöd finden. Zu meiner Überraschung liebte er das Spiel. Autobingo bestand aus einer Reihe von Karten, die bestimmten Automarken und Farben zugeordnet waren. Wenn man sie gefunden hatte, kreuzte man sie in einem Gitterdiagramm an, bis waagrecht, senkrecht und diagonal alles ausgefüllt war. Die Kästchen für Fords und Chevrolets waren immer zuerst voll. Mühe hatte man gewöhnlich, einen blauen Packard oder einen zweifarbigen Nash oder einen schwarzen Hudson zu finden. Da das Spiel vor dem Edsel erfunden worden war, beschlossen wir, dass ein Edsel jedes beliebige freie Kästchen ersetzte. Ben konnte jedoch nicht sitzen bleiben und warten, bis das Auto, das ihm noch fehlte, vorbeifuhr. Und so lief er ständig die Straße hinauf und hinunter, um ein bestimmtes Auto vor mir auszumachen.

»Wo ist Ben?«, fragte seine Mutter dann immer.

»Er sucht einen roten Studebaker«, lautete meine Antwort. Und als wir gerade anfingen, uns Sorgen zu machen, tauchte Ben atemlos auf.

»Bingo! Ich habe einen Edsel gefunden!«

»Ben, du sollst nicht mehr fortlaufen«, schimpfte seine

Mutter dann. »Du bleibst hier und wartest, bis die Autos zu dir kommen.« Aber die Autos kamen für Ben zu langsam, und obwohl er versuchte, auf seinem Platz zu bleiben, begann er, ohne es richtig zu merken, an der Autoschlange entlangzuschlendern. Ich schaute hin, und er stand da. Dann schaute ich wieder hin, und er war fort.

»Also wirklich, wo ist denn der Junge jetzt schon wieder? Jeffery … Ben ist schon wieder fort.« Dann wanderte auch Pastor Beamering los und kam ein paar Minuten später mit Ben auf den Schultern zurück. Ben grinste und winkte mit seiner Autobingokarte.

»Da hinten kommt ein rosa Edsel-Kombi. In ungefähr zehn Minuten dürfte er hier sein. Er ist eine Schönheit!«

»Das hilft mir nichts mehr. Du hast ja schon Bingo.« Da Ben ständig unterwegs war, gewann ich kein einziges Spiel.

»Die Versuchung ist einfach zu groß«, erklärte Mrs. Beamering schließlich. »Wenn du nicht hier bleiben kannst, dann müsst ihr eben mit diesem Spiel aufhören.« Das war gegen drei Uhr morgens.

»Was tun wir jetzt?«, fragte Ben wie ein verspieltes Hündchen, dem gerade sein Ball weggenommen worden war.

»Was hältst du davon, ein wenig zu schlafen?«

»Absolut nichts. Wir sind doch nicht zum Schlafen hier! Schau dir nur diese Autoparade vor uns an. Ich möchte wetten, wir könnten hier alle neuen 59er Modelle finden. Ja, das tun wir! Komm, wir schauen, wie viele verschiedene neue Autos wir finden.«

Und so erstellten wir eine Liste und verbrachten die nächsten zwei Stunden damit, jedes 59er Modell, das wir erspähten, abzuhaken. Im Verlauf von zwei Stunden sahen wir mehrere neue Fords, Chevrolets, Oldsmobiles, Buicks, einen Mercury, zwei Plymouths und einen Dodge.

»Kein einziger Cadillac«, seufzte ich. »Ich hätte gern einen Cadillac aus der Nähe gesehen.«

»Wenn du einen neuen Cadillac hättest, würdest du dann heute Nacht auf dieser Straße damit fahren?«, fragte Ben. »Nicht weit von hier habe ich gesehen, wie jemand eine Flasche auf ein Auto warf.«

»Erklärt das, warum wir keinen einzigen neuen Edsel gesehen haben?«

»Ich wünschte, das wäre der Grund, aber wahrscheinlich hat das andere Gründe. Aber … wir haben ja auch noch keinen neuen Chrysler gesehen.«

»Und auch keinen Lincoln«, fügte ich hinzu. »Welche Autos, meinst du, fahren die Stadtobersten heute bei der Parade?«

»Der Polizeipräsident wird in einem Cadillac sitzen. Das tut er immer. Und der Präsident wird in einem Buick oder in einem Oldsmobile kommen. Und der Bürgermeister? Wer weiß? Im Programm steht, dass er in einem offenen Kabrio kommen wird …«

»… das mit über 5000 Rosen geschmückt ist‹«, beendete ich seinen Satz. »Im Programm steht genau das Gleiche wie letztes Jahr. Und der gute alte Seth Wilson wird ›den weißen Anzug und die rote Krawatte der Organisation tragen‹«, las ich weiter aus dem Programm vor, das meine Eltern gekauft hatten. »Diesen Absatz übernehmen sie anscheinend jedes Jahr.«

»Wahrscheinlich bleibt er den Ford-Werken treu«, überlegte Ben laut. »Damit hätte er nur den Mercury zur Wahl. Ein Lincoln würde den Buick oder Oldsmobile des Präsidenten in den Schatten stellen. Also wird es ein Mercury sein. Darauf wette ich. Der Edsel war letztes Jahr das perfekte Auto für ihn, aber jetzt werden wir ihn in keinem Edsel sehen.«

Ben wollte Wetten abschließen, welche Autos der Präsident und der Bürgermeister fahren würden, aber ich war dagegen. Man hatte mich immer gelehrt, dass jede Form von Wette Sünde sei. Becky und ich konnten nicht einmal sagen: »Wetten, dass das so ist«, ohne einen strafenden Blick von unseren Eltern zu ernten.

»Ach, komm schon«, ließ Ben nicht locker, während er den Reißverschluss an seinem Schlafsack aufzog und hineinschlüpfte. Sehr zur Erleichterung meines müden Körpers. »Fünf Cents, dass der Präsident in einem Buick sitzt, und fünf Cents, dass Seth Wilson in einem Mercury kommt.«

»Ich sage, der Präsident fährt einen Oldsmobile und der Bürgermeister einen Edsel«, antwortete ich und hatte das Gefühl, eine Todsünde zu begehen. »Es ist doch nur zum Spaß, oder?«

»Ja, nur zum Spaß.«

»Willst du jetzt schlafen?«, fragte ich hoffnungsvoll.

»Auf keinen Fall«, erwiderte Ben und ließ sich von seiner Mutter eine heiße Schokolade geben. »Ich will mich nur ein bisschen aufwärmen.«

Das Letzte, an das ich mich erinnern konnte, war das warme Gefühl von heißer Schokolade in meinem Bauch und das schwere Gefühl, dass der Himmel schon langsam hell wurde und ich immer noch nicht geschlafen hatte. Bald darauf wurde um mich herum alles dunkel.

15

An der blauen Linie

Ich erwachte benommen und sah Bens Gesicht direkt vor mir. In der Ferne waren Trommelschläge zu hören. Die frühe Morgensonne berührte warm und schwer meine Haut. Mein Schlafsack fühlte sich an wie ein Federbett, obwohl er auf dem harten Asphalt der Colorado Avenue lag. Ben rüttelte mich aufgeregt und erklärte, die Parade würde bald kommen. Die Parade interessierte mich nicht. Ich wollte nur schlafen. Dann trat Pastor Beamerings breites Grinsen in mein Gesichtsfeld.

»Wach auf, Jonathan!« Er hatte seine Pastorenlunge bis zum Anschlag gefüllt. »Du belagerst den Platz, an dem jemand sitzen will!«

Ich setzte mich verschlafen auf und stellte erst jetzt fest, dass ich mitten in einer dichten Menschenmenge saß. In den kurzen eineinhalb Stunden, die ich geschlafen hatte, waren die Besucher der Parade mit ihren Klappstühlen, ihren Thermoskannen, ihren Programmheften und ihrer guten Laune eingetroffen. Ich kam mir vor, als wäre die gesamte Gemeinde gerade in mein Schlafzimmer eingedrungen.

Auf der Straße ging es zu wie in einem Bienenschwarm. Aber der Autolärm der letzten Nacht war verschwunden. An seine Stelle waren Tausende aufgeregter Stimmen getreten. Die erwartungsvolle Spannung, die in der Luft lag, machte sich langsam auch in meinen müden Knochen breit. Ich schlüpfte aus meinem Schlafsack und ließ mir von Becky einen Becher

Orangensaft reichen. Die wenigen Quadratzentimeter Platz, die ich freigegeben hatte, als ich mich aufsetzte, waren bereits wieder mit einem Klappstuhl belegt.

Einige Leute bahnten sich immer noch, mit Gartenstühlen, Kühltaschen und Decken bewaffnet, einen Weg durch die Menge. Hin und wieder kam ein Händler mit einem Bauchladen vorbei und wollte Souvenirs verkaufen, und alle paar Minuten raste ein Polizeimotorrad über die Straße, um auch noch die letzten Fußgänger von der Fahrbahn auf den Gehweg zu scheuchen. Dann fuhr ein Polizeiauto langsam auf der Mitte der Straße entlang. Ich dachte, das sei schon der Beginn der Parade, bis ich aus dem Lautsprecher auf dem Auto hörte, der alle aufforderte, unbedingt hinter der blauen Linie zu bleiben.

Wenigstens hatte uns unsere nächtliche Wache einen Platz direkt an der blauen Linie eingebracht. Näher konnte man der bevorstehenden Attraktion nicht kommen. Ich hörte die Trommeln der ersten Kapelle und zog die Füße ein, bis ich das ganze Blau der fünfzehn Zentimeter breiten Linie sehen konnte. Es war der erste Tag eines neuen Jahres, und genau vor unseren Füßen kam etwas Großartiges, Lautes und Wunderbares die Straße entlang. Plötzlich ärgerte ich mich nicht mehr über die Leute, die mich aus dem Schlaf gerissen hatten, denn ich wusste, dass sie, die nur Zuschauer waren, nie das fühlen konnten, was ich fühlte. Das war mein kleiner Platz auf der Straße. Ich hatte ihn die ganze Nacht verteidigt. Egal, wie gut ihre Plätze waren – sie würden doch niemals erfahren, wie man sich fühlte, wenn man auf der blauen Linie aufwachte, während einem die Sonne ins Gesicht schien und die siebzigste Jubiläumsrosenparade die Straße entlangkam.

Es begann mit einer langen Reihe von Polizeimotorrädern, die auf beiden Seiten der Straße die blaue Linie entlangknatterten. Sie fuhren so nahe an mir vorbei, dass ich die Ledersitze unter ihren steifen Uniformen quietschen hören konnte. Sie hielten vor nichts an. Wenn man seinen Zeh auf die Linie stellte, fuhren sie wahrscheinlich einfach darüber. Ich wollte es nicht darauf ankommen lassen. Dann kamen Banner, eine Musikkapelle und zwei Festwagen. Danach die drei Würdenträger dieser Parade in ihren neuen Autos. Genau das, worauf Ben und ich warteten. Ben erblickte als Erster den Cadillac, in dem der Polizeichef saß, aber ich behielt bei den anderen beiden Recht. Mein Vater hatte ein Fernglas dabei, und ich konnte ihn überreden, mich auf seine Schultern zu setzen.

»Es ist ein Oldsmobile!«, rief ich Ben zu. »Der Präsident sitzt in einem Oldsmobile! Du schuldest mir fünf Cents!« Ich hatte Glück, dass ich mich genau in diesem Augenblick am Kopf meines Vaters festklammerte, denn als ich das sagte, verlor ich vor lauter Aufregung das Gleichgewicht und schlug bei dem Versuch, einen Sturz von seinen Schultern zu verhindern, unabsichtlich mit meinen Beinen gegen seine Ohren. Das bedeutete, dass mein Vater nicht hörte, was ich zu Ben sagte. Sonst wäre er sehr böse mit mir gewesen. Nicht nur, weil ich überhaupt gewettet hatte, sondern weil ich es auch noch laut vor den Ohren unserer halben Gemeinde hinausschrie.

Aber da er den ersten Teil nicht gehört hatte, konnte er auch das Nächste nicht als Teil einer Wette erkennen. Ich rief: »Mach zehn Cents daraus! Es ist ein Edsel! Heiliger Bimbam, Ben, es ist ein 58er Edsel!« Ich kletterte aufgeregt hinunter, drückte meinem verdutzten Vater sein Fernglas in die Hand und quetschte mich neben Ben wieder an die blaue Linie.

»Du machst Witze«, begrüßte er mich. »Er fährt doch keinen 58er Edsel. Das kann nicht sein.«

»Doch!«, versicherte ich ihm. Sobald das Auto des Präsidenten an uns vorbeigerollt war, konnten wir ihn sehen. Gleich hinter dem Banner des Bürgermeisters: der bekannte Pferdekragengrill und die eingefallenen Wangen eines wunderschön hässlichen Edsel Baujahr 1958.

»Das ist dasselbe Auto, das er letztes Jahr gefahren hat!«,

murmelte Ben fassungslos und mit einem Gesichtsausdruck, als sähe er ein Gespenst. »So etwas hat in dieser Parade noch nie jemand gemacht. Sie fahren immer neue Autos. Mann, das hier ist die Neujahrsparade! Wir haben das Jahr 1959 … und er fährt ein Auto von 1958?«

Das Auto fuhr im Schneckentempo an uns vorbei. Ich hatte noch nie einen Edsel gesehen, der so stolz aussah. Er war ganz weiß und funkelte überall. Die Rosen waren über die Motorhaube drapiert, so dass man die klassische diagonale Vertiefung sah, die der Vorderseite des Autos so klare Linien verlieh. Das schwere Chrom funkelte im Sonnenlicht, und das tiefe, saftige Rot der Rosen tat ein Übriges. Auf dem Rücksitz saßen Bürgermeister Seth Wilson und seine Frau und winkten.

Plötzlich tat Ben etwas, das man auf keinen Fall tun durfte: Er lief auf die Straße. Er hob eine Rose auf, die von einem anderen Festwagen gefallen war, und lief auf das Auto des Bürgermeisters zu. Bens Vater wollte schon losstürmen, um ihn aufzuhalten, aber Mrs. Beamering legte die Hand auf seinen Arm und warf ihm einen Blick zu, der ihn zurückhielt. Ben lief unterdessen auf den Edsel zu, reichte der Frau des Bürgermeisters die Rose, wechselte mit dem Ehepaar ein paar Worte und lief dann zurück, bevor irgendein Polizist hätte eingreifen können.

»Was hast du zu ihnen gesagt?«, fragte ich, als Ben seinen Platz neben mir wieder einnahm und wir zuschauten, wie die Rücklichter in den Möwenflügeln davonglitten.

»›Ein gutes neues Jahr!‹«

»Das war alles? Mehr hast du nicht gesagt?«

»Nein.«

»Aber … was haben sie denn gesagt?«

Ben warf mir seinen »Wie kannst du nur so dumm fragen?«-Blick zu. »Sie haben auch gesagt: ›Ein gutes neues Jahr.‹«

»Hast du denn nichts über das Auto gesagt?«

»Nein … das kommt später.«

Später? Was führte er im Schilde? Ich schaute Ben fragend an. Er beobachtete den nächsten Festwagen, der gerade an uns vorbeirollte. Eine 59er Version eines Raumschiffs. Ich kannte diesen Blick: Er sah nicht den Festwagen an. Er sah durch ihn hindurch, während sein Verstand fieberhaft arbeitete. Nach zwei weiteren Festwagen, einer Kapelle und einer spanischen Kunstreitertruppe erfuhr ich schließlich, was Ben dachte.

»Wir werden ihm einen Brief schreiben«, erklärte er.

»Wem? Seth Wilson?«

»Ja«, nickte Ben. »Und wir werden ihm auch deinen Brief schicken.«

»Meinen Brief an die Ford-Werke? Warum sollen wir den Brief an *ihn* schicken?«

»Damit er ihn für uns weiterleitet. Wenn der Brief von ihm kommt – vom Bürgermeister von Pasadena, der den Mut hatte, bei einer Neujahrsparade ein Auto zu fahren, das ein Jahr alt ist –, hat er viel mehr Gewicht.« Dann schaute er mich direkt an und gab seinen nächsten Worten viel Nachdruck: »Siehst du das denn nicht? Er hat genau das getan, was du in deinem Brief vorschlägst. Er hat den 58er Edsel zurückgebracht. Und das vor einem landesweiten Publikum. Dafür muss er einen Grund gehabt haben. Diesen Grund müssen wir herausfinden.«

Die Parade ging weiter. Mir kam es vor, als würde sie den ganzen Tag dauern. Das war eines der wenigen Male, an denen ich von einer guten Sache wirklich genug bekam. Gerade, wenn man anfing, traurig zu sein, weil die Parade vielleicht vorbei sein könnte, kam der nächste Festwagen angerollt. Als schließlich die fünf Millionen Menschen nach dem letzten Festwagen auf die Straße strömten, hatte ich nichts mehr dagegen, nach Hause zu fahren. Genau genommen, war ich zu diesem Zeitpunkt schon fast eingeschlafen.

»Kann Ben mit zu uns kommen und bei uns schlafen?«, fragte ich meine Mutter schläfrig, während wir uns durch das Menschengewühl zu unserem Auto drängten.

»Ich wüsste nicht, was dagegen spräche … wenn Martha nichts dagegen hat.«

»Ich habe nichts dagegen«, willigte Bens Mutter ein, die mit einem großen Picknickkorb und zwei Decken beladen war. Jeder hatte etwas in der Hand, das er zum Auto tragen musste. »Aber ihr bekommt doch Besuch. Stört Ben da nicht, Ann?«

»Es sind nur Verwandte. Das ist kein Problem. Du weißt doch, dass wir Ben gern bei uns haben.«

Und so lernte Ben meinen Onkel Wally kennen. Die beiden mochten sich auf Anhieb. Sie spielten den ganzen Nachmittag Gesellschaftsspiele, mit dem gleichen Eifer und dem gleichen Siegesdurst. Ich schlief fast den ganzen Nachmittag, und wachte gerade so lange auf, dass ich Abendessen und bis zur Schlafenszeit in einem halb benebelten Zustand herumsitzen konnte.

»Mit deinem Onkel hat man viel Spaß«, sagte Ben, als wir uns fürs Bett fertig machten.

»Du hast auf jeden Fall dazu beigetragen, dass er heute einen schönen Tag hatte.«

»Seth Wilson hat auf jeden Fall dazu beigetragen, dass ich heute einen schönen Tag hatte«, entgegnete Ben und kletterte ins untere Bett.

»Schreiben wir morgen diesen Brief?«, fragte ich gähnend. Ich hörte Bens Antwort auf meine Frage nicht mehr, da ich schon wieder einnickte. Wie konnte jemand nur mit so wenig Schlaf auskommen und dabei so fit sein?

Am nächsten Morgen wurde ich durch das Klappern geweckt, das Ben auf der schwarzen Royal-Schreibmaschine meiner Eltern verursachte. Buchstabe für Buchstabe suchend, schlug er fest auf die Tasten.

»Was machst du denn da?«, fragte ich verschlafen und rieb mir die Augen.

»Ich schreibe den Schluss von unserem Brief an den Bürgermeister.«

»Den Schluss? Wann hast du denn den Anfang geschrieben?«
»Gestern Abend, nachdem du eingeschlafen warst. Hör zu.
Was hältst du davon?« Er begann zu lesen:

»Sehr geehrter Herr Bürgermeister Wilson,
    gestern besuchten mein Freund Jonathan und ich die
Rosenparade. Ich war der Junge, der Ihnen gleich nach dem
Loma Alta Boulevard die Rose gab. Das war ich, Benjamin
Beamering.
    Wir möchten Ihnen zu Ihrem ausgezeichneten Geschmack in
Bezug auf Autos gratulieren. Wir glauben, der 58er Edsel ist
eines der schönsten Autos, die es heute auf der Straße gibt, und
wir vermuten, dass es Ihnen auch so geht, da Sie es wagten, ihn
bei einer Neujahrsparade zu fahren, obwohl er ein Jahr alt ist.
    Wir versuchen, die Ford-Werke dazu zu bewegen, den 58er
Edsel neu zu bauen. Wir finden, er ist ein viel besseres Auto als
das Modell, das sie als armselige Version eines 59er Modells
vorstellten. Würden Sie uns bitte unterstützen und unseren
Brief an die Ford-Werke weiterleiten? Dem Brief wird bestimmt mehr Aufmerksamkeit geschenkt, wenn er von Ihnen
kommt. Wenn Sie sich entscheiden, den Brief nicht weiter-
zuleiten, schicken Sie ihn doch bitte an uns zurück, da er das
einzige Exemplar ist, das wir haben.
    Danke für Ihre Hilfe in dieser Angelegenheit.
    Mit freundlichen Grüßen

Benjamin Beamering
Jonathan Liebermann.«

»Ich dachte, du hast mit Kohlepapier einen Durchschlag von
diesem Brief an die Ford-Werke gemacht.«
»Das habe ich auch. Aber das braucht er nicht wissen. Auf
diese Weise müssten wir wenigstens eine Antwort von ihm
bekommen. Wenn er uns nicht hilft, sollte er wenigstens die
Höflichkeit besitzen, uns den Brief zurückschicken. Andern-

falls haben wir keine Möglichkeit zu erfahren, ob unser Brief an die Ford-Werke abgeschickt wurde. Wenn der Bürgermeister nicht mit uns an einem Strang zieht, schicken wir den Brief selbst los.«

Bis zum Nachmittag war unser Brief an den Bürgermeister unterschrieben und lag im Briefkasten. Und an diesem Nachmittag ließ uns die Titelseite der *Pasadena-Star-Nachrichten* ahnen, dass unser Brief sofortige Aufmerksamkeit finden würde, wenn er im Bürgermeisteramt einträfe.

Die Ausgabe der *Star-Nachrichten* am 2. Januar 1959 war für mich ein besonders denkwürdiges Ereignis. Sie enthielt nicht nur Informationen, die sehr gut zu unserem Rettet-den-Edsel-Feldzug passten, sondern es war auch der erste Tag, an dem ich diese Ausgabe als neuer Zeitungsjunge verteilte. Aber wenn Ben an diesem Morgen beim Frühstück die Zeitung nicht erwähnt hätte, hätte ich das vielleicht sogar vergessen.

»Ihr bekommt doch die *Pasadena-Star-Nachrichten*, nicht wahr?«, fragte Ben unvermittelt, nachdem wir über unserem Frühstück aus Pfannkuchen und Schinken gebetet hatten. Mein Vater hatte das Gebet kurz gehalten. Das lag daran, dass seine Pfannkuchen bereits auf seinem Teller lagen und er sie gern heiß aß. Die Andacht aus *Licht für jeden Tag* war eingeschoben worden, bevor die Pfannkuchen aus der Pfanne kamen. Meine Eltern beherrschten dieses Timing nach jahrelanger Übung ausgezeichnet.

»Ja, wir haben die *Pasadena-Star-Nachrichten*«, nickte mein Vater, dessen Anwesenheit für einen Freitagmorgen sehr ungewöhnlich war. Da in diesem Jahr Weihnachten und Neujahr jeweils auf einen Donnerstag gefallen war, hatte Pastor Beamering, wahrscheinlich durch Ebenezer Scrooges Bekehrung inspiriert, den Gemeindemitarbeitern am Freitag frei gegeben. Ein netter Feiertagsbonus.

»Wann kommt die Zeitung?«, erkundigte sich Ben.

»Es ist ein Abendblatt«, erklärte meine Mutter. »Normalerweise kommt sie irgendwann zwischen fünfzehn und achtzehn Uhr. Je nachdem, wann der Zeitungsjunge sie bringt.«

»Du meinst, der ehemalige Zeitungsjunge«, mischte sich Becky ein. »Marvin hat letzte Woche aufgehört. Weißt du noch? Junge, das ist ein Idiot! Ich kann nicht verstehen, warum Mrs. Fields mich in der Schule ausgerechnet vor diesen Kerl gesetzt hat. Er fängt immer Fliegen und quält sie, während ich …«

»Augenblick mal …« Meine Mutter legte Becky eine Hand auf die Schulter und unterbrach die dramatische Schilderung meiner Schwester. »Jonathan, solltest du nicht bald probeweise Zeitungen austragen?«

»Ja, am Tag nach Neujahr mache ich es das erste Mal.«

Alle hörten auf zu essen und starrten mich an, bis ich endlich kapierte warum.

»O Mann! Das ist ja heute!«

»Wow. Bist du aber ein kluges Kerlchen!« (Becky natürlich.)

»Du fängst heute an, die *Pasadena-Star-Nachrichten* auszuteilen?«, fragte Ben aufgeregt. »Das heißt, wir bekommen die Zeitung früher als alle anderen!«

»Warum interessieren dich denn die *Pasadena-Star-Nachrichten* so sehr, Ben?«, fragte mein Vater verwundert.

»Ich möchte sehen, ob sie irgendetwas darüber schreiben, dass der Bürgermeister gestern bei der Parade in einem 58er Edsel gefahren ist«, erklärte Ben und wandte sich dann wieder an mich. »Du hast mir nicht erzählt, dass du die *Pasadena-Star-Nachrichten* austeilen willst.«

»Das habe ich ganz vergessen. Es ist auch vorerst nur probeweise für zwei Wochen. Vielleicht gefällt mir diese Arbeit ja nicht.«

»Sie wird dir gefallen. Meine Brüder waren beide Zeitungsjungen, als wir in Texas wohnten. Es macht viel Spaß, Häuser mit Zeitungen zu bewerfen. Ich helfe dir dabei. Außerdem passt es vorzüglich in unseren Plan. Alles, was uns jetzt mit der Stadt Pasadena in Verbindung bringt, ist gut für unseren Plan.«

»Und was ist das für ein Plan?«, wollte Becky wissen.

Ich schaute Ben forschend an. Meine Augen fragten ihn wortlos: *Wie wollen wir das irgendjemandem erklären?* Etwas, über das wir nicht einmal selbst richtig miteinander gesprochen hatten. Ich war ohnehin überrascht, dass Ben dieses Thema so selbstverständlich angesprochen hatte.

»Unser Plan, den 58er Edsel zurückzubringen«, sagte er ohne zu zögern. Becky verdrehte die Augen. Aber ansonsten gab niemand irgendeinen Kommentar von sich oder stellte irgendwelche Fragen. Ich weiß nicht genau warum. Vielleicht wollten meine Eltern unsere Begeisterung nicht dämpfen und gingen davon aus, dass die Zeit und die Realität unseren Enthusiasmus sowieso bremsen würden. Statt uns nach der Art unseres ungewöhnlichen Feldzuges zu fragen, wechselte mein Vater das Thema. Er streckte die Hand über den Tisch und deutete mit verwirrter Miene auf einen schwachen, blauen Fleck auf Beckys Nase. Sie war vor ungefähr fünf Jahren mit ihrem Fahrrad gestürzt und hatte für immer Teerspuren unter ihrer Haut.

»Was hast du denn da an der Nase?«, fragte er.

Jetzt starrten wir alle *ihn* erstaunt an.

»Liebling, ihre Nase sieht seit fünf Jahren so aus, seit sie in Minnesota mit dem Fahrrad gestürzt ist. Walter, du musst mehr Zeit zu Hause verbringen!«

Ben und ich entschuldigten uns, sobald wir fertig gegessen hatten, und gingen noch einmal unseren Brief an den Bürgermeister durch. Dann unterschrieben wir ihn beide und fuhren mit dem Rad zum Postamt und gaben den Brief auf. Ben überlegte, dass es länger dauern würde, bis der Brief beim Bürgermeister ankäme, wenn wir warteten, bis der Postbote ihn bei uns zu Hause mitnähme.

»Der Postbote muss den Brief dann ja immer noch zur Post bringen, und dorthin fährt er erst, wenn er alle seine Briefe ausgetragen hat. Wir können es uns nicht leisten, einen Tag zu verlieren. Wir müssen Seth Wilson erwischen, solange er sich noch an mich erinnert.« Um zehn Uhr hatten wir den Brief abgeliefert und verbrachten den restlichen Vormittag und frühen Nachmittag damit, dass wir an unseren Häusern bauten und auf den *Pasadena-Star*-Händler warteten.

Seit die Schule wieder angefangen hatte, war die Arbeit auf unserer Baustelle fast zum Erliegen gekommen. Während der letzten zwei Sommerwochen, nachdem wir unsere Aktivitäten im Gottesdienst eingestellt hatten, hatten wir über unsere Balkengerüste innen und außen Wände hochgezogen. Im Augenblick arbeiteten wir an den Fenstern. Die winzigen Rahmen aus den dünnen Balsaholzstreifen auszuschneiden, erforderte eine gehörige Portion Geduld. Es war, als würden wir fast die ganze Zeit getrockneten Leim und Holzspäne von unseren Fingern zupfen. Zuerst hatten wir versucht, die Fenster so zu bauen, dass man sie tatsächlich nach oben und unten schieben könnte, aber das hatte nicht funktioniert. Wir schafften es jedoch, die obere Hälfte außen über der unteren Hälfte anzubringen, genauso wie bei den Fenstern in echten Häusern.

Die nächste große Entscheidung, vor der wir standen, war die Frage, ob wir die Dächer so anbringen sollten, dass man sie abnehmen konnte, oder ob wir sie festnageln sollten. Ich wollte gern das Dach entfernen und die Einzelheiten in allen Zimmern sehen können, aber Ben gefiel diese Idee überhaupt nicht. »Das sind doch keine Puppenhäuser, meine Güte!« Ben genügte es, durch die Fenster hineinschauen und sehen zu können, dass sich darin echte Zimmer befanden. »Wir arbeiten im Baugewerbe und sind keine Innenarchitekten. Du kannst dir ja von Becky dein Haus einrichten lassen, wenn du das Innere herzeigen willst, aber ich nagle mein Dach fest«, verkündete er. Ende der Diskussion.

Mitten am Nachmittag hörten wir ein Auto vor dem Haus vorfahren. Das laute Röhren des Auspuffs war schon aus einem halben Kilometer Entfernung zu hören. Mit einem Husten und einer dicken Wolke aus Luft und Kohlenmonoxid wurde das Auto langsamer und bog in unsere Auffahrt ein. Ben und ich ließen unsere Häuser stehen und liefen neugierig um die Garage herum. Ein knallroter, tiefer gelegter Chevrolet Baujahr 55 mit Spinnenrädern und Flammen an der Seite bog in unsere Auffahrt ein. Mitten auf dem Rasen vor unserem Haus blieb er stehen. Ein junger Mann mit weißem T-Shirt und hochgerollten Ärmeln und einer Elvis-Frisur stieg aus, ließ die Tür offen, aus der das Autoradio dröhnte, ging mit wackelnden Hüften zu seinem Kofferraum herum und zog ein Bündel Zeitungen heraus.

»Ist einer von euch beiden Johnny Liebermann?«, übertönte er das »Dum dum do dum dooby do« des Radios, ließ das Bündel fallen und zündete sich eine Zigarette aus einer Zigarettenschachtel an, die er dann wieder in seinen T-Shirt-Ärmel rollte. Dabei sah man einen dünnen, aber muskulösen Oberarm mit einer Drachentätowierung. Er trug Blue Jeans, weiße Socken und schwarze Schuhe. Seine gestylten schwarzen Haare glänzten vor Gel.

»Das bin ich.«

»Hier«, sagte er und reichte mir einen braunen Umschlag. Die Zigarette wackelte auf seiner Unterlippe, wenn er redete. »Das ist alles, was du für diese Tour brauchst. Es ist wirklich ein Klacks. Nur achtundvierzig Kunden, aber es werden bald mehr sein, wenn du dich anstrengst. Hast du schon einmal Zeitungen ausgetragen?«

»Nein.«

»Du bist zehn, Junge, oder?«, fragte er und schaute mit zusammengekniffenen Augen durch den Rauch hindurch.

»Ja«, nickte ich.

»Hast du ein gutes Fahrrad?«

»Ja.«

»Dann hol es mal. Ich zeige dir, wie du die Zeitungen transportierst.«

Ich lief zur Garage zurück. Während ich mein Fahrrad herausholte, kam mein Vater aus dem Haus. Er war sichtlich verärgert.

»Ist das der Zeitungshändler?«

»Ja.«

»Was macht sein Auto mitten auf unserem Rasen? Hat er noch nichts davon gehört, dass man Autos in der Auffahrt parken kann?«

»Ich weiß nicht, Papa. Wahrscheinlich wollte er es dort abstellen.«

Mein Vater schaute stumm zu, wie ich mein Fahrrad die Auffahrt hinabschob. Dann ging er brummend ins Haus zurück. Als ich wieder vor das Haus kam, saß Ben auf dem Rücksitz des Chevy und begutachtete die weißen Sitzbezüge, während Becky auf dem Fahrersitz saß, »Why must I be-ee a teen-a-ger in love« trällerte und das glitzernde Zehncentstück betastete, das von seinem Rückspiegel baumelte.

In diesem Augenblick kam meine Mutter aus der Haustür gerauscht und forderte Ben und Becky streng auf, sofort aus dem Auto auszusteigen.

»Das macht nichts, Madam!«, schrie der Zeitungshändler. »Sie haben mich vorher gefragt.«

»Aber mir macht es etwas!«, rief sie streng zurück. »Wäre es möglich, dass Sie meinem Sohn zeigen, was er beachten muss, wenn er die Zeitungen verteilt, ohne dass dieses Ding so laut läuft und die ganze Nachbarschaft aufweckt?«

»Ja, natürlich. Kein Problem.« Er ging zu seinem Auto hinüber, schaltete das Radio aus und schlug die Türen zu, als wäre das eine gewohnte Situation für ihn. Dann drehte er sich um und reichte meiner Mutter die Hand. »Hallo, ich bin Tony Gomez«, sagte er. »Ich bin Johnnys Händler. Sie müssen Mrs. Liebermann sein.«

»Das bin ich allerdings«, nickte sie und gab ihm die Hand. »Und sein Name ist Jonathan.«

»Cool.«

»Und ich bin Becky«, sagte meine Schwester. Sie wippte mit ihrem Pferdeschwanz und versuchte, aus ihren zwölf Jahren so viel wie möglich herauszuholen.

Meine Mutter mischte sich ein, bevor Tony etwas darauf antworten konnte. »Komm sofort ins Haus, junge Dame. Das ist Jonathans Sache und nicht deine.«

»Aber Mutter, kann ich nicht ...«

»Nein. Das hier ist keine Party. Jonathan übernimmt seine erste Arbeit, und das muss mit dem nötigen Ernst geschehen.« Sie schien diese Ermahnung an alle gerichtet zu haben. Einschließlich Tony. »So, Mr. Gomez, brauchen Sie noch irgendetwas von mir?«

»Auf den Papieren, die ich Johnny – äh – Jonathan gebe, ist alles ziemlich genau erklärt. Es ist auch eine Einwilligungserklärung dabei, die Sie unterschreiben müssen, da er noch unter zwölf ist, aber die können Sie mir später zurückgeben.«

»Gut. Nun, wir haben alle etwas zu tun, nicht wahr? Oh, und in Zukunft, Mr. Gomez, sind Sie bitte so freundlich und parken Ihr Auto in der Einfahrt und nicht auf unserem Rasen.«

»Aber natürlich, Madam. Kein Problem.«

Meine Mutter ging wieder ins Haus. Tony fuhr sein Auto auf die Auffahrt zurück. Der Auspuff gab tiefe, laute Töne von sich. Als Tony die Zündung einschaltete und wieder hinausfuhr, fiel sein Blick auf Ben, der ohne Erfolg versuchte, eine Zeitung aus dem Stoß zu ziehen. Aber das Bündel war fest mit Draht verschnürt.

»Dazu brauchst du so etwas«, erklärte Tony und zog eine Drahtschere aus seiner Hosentasche.

»Deine Mutter ist ja geladen wie eine Kanone, Johnny«, bemerkte er, während er den Draht aufschnitt und das Bündel löste.

»Ja. Aber sie ist nicht immer so.«

»So habe ich sie überhaupt noch nie erlebt«, ergänzte Ben.

194

»Das liegt an mir«, nickte Tony. »Die meisten Eltern mögen mich nicht. Ich fördere bei Eltern immer das Schlimmste zutage. Aber das stört mich nicht. Ich bin daran gewöhnt.«

»Wow, schau dir das an!« Ben hatte einen Blick auf die Titelseite geworfen und deutete jetzt auf eine Überschrift in der unteren rechten Ecke: »Bürgermeister brüskiert alle. Verzichtet auf neues Auto.«

»Ein ganzer Artikel darüber!«

Ben und ich starrten beide erstaunt das Titelblatt an, als Tony sich einmischte. »Hey, Mann, du sollst diese Dinger nicht lesen. Du sollst sie nur ausliefern. Hier, fang an, sie zu falten!« Dabei warf er mir eine Schachtel mit roten Gummibändern zu.

Ben zog sich mit der Zeitung auf die Veranda zurück, während ich nicht näher an den begehrten Artikel herankam, als dass ich ein Gummiband darüberstreifen durfte. Es war eine dicke Zeitung, größer als an einem normalen Freitag, sagte Tony, weil sie eine Sonderausgabe über die Parade enthielt. Normalerweise bestanden freitags die Zeitungen nur aus vierundzwanzig Blättern, und man konnte sie zu vier Teilen falten. Diese hier musste zu drei Teilen gefaltet werden.

Ben hatte inzwischen den Artikel fertig gelesen, und ich konnte aus seinem berühmten hinterhältigen Grinsen ablesen, dass er gut war. Wirklich gut. Ich war sauer auf ihn, weil er sich einfach die Zeitung schnappte und sie ohne mich las, aber noch ärgerlicher war ich, weil er mir nicht beim Falten half. Tony half mir genauso wenig. Er würde mit mir den Weg abfahren und mir alles sagen, was ich über meine neue Arbeit wissen musste.

»Jeden Tag bekommst du drei zusätzliche Zeitungen, für den Fall, dass du unterwegs eine verlierst.«

»Wie soll ich denn eine verlieren?«

Er zuckte mit den Achseln. »Du wirfst sie aufs Dach … verlierst sie in einem Busch … lässt sie in eine Pfütze fallen … Was auch immer. Wenn du fertig bist, verteilst du die übrigen

Zeitungen einige Tage lang als kostenloses Probeexemplar immer an dasselbe Haus. Dann klingelst du und fragst, ob sie die Zeitung abonnieren wollen. Es funktioniert. Je mehr Kunden du bekommst, umso mehr Geld bedeutet das für uns beide.«

Tony war heiß auf neue Kunden, aber ich war nicht sicher, wie erfolgreich ich die Zeitungen verkaufen oder verteilen konnte. Obwohl er an meinem ersten Tag als Zeitungsjunge in seinem Auto mit dröhnendem Auspuff neben mir herfuhr wie ein Begleitfahrzeug bei den Autorennen in Indianapolis, brach ich zwei Geranien ab, warf eine Zeitung auf ein Hausdach und erschreckte eine Katze so sehr, dass sie einen Meter hoch in die Luft sprang, als die Zeitung vor ihr auf der Auffahrt landete. Die Katze hatte die Zeitung nicht kommen sehen.

Tony deutete auf jedes Haus und brüllte: »Auffahrt!« oder »Veranda!« oder »Rasen!«, je nachdem, wo die Bewohner die Zeitung haben wollten. Ich musste schnell sein, um mit ihm Schritt zu halten.

»Noch irgendwelche Fragen?«, rief er aus dem Fenster seines Autos, nachdem ich die letzte Zeitung eine lange Auffahrt in der Seamour Street hinaufgeschleudert hatte.

»Ja. Ist das nicht nur eine Probe? Wann fange ich richtig an?«

»Du hast soeben angefangen. Die Zeitungen kommen um drei Uhr nachmittags, sonntags kommen sie um halb fünf in der Früh. Du musst sie jeweils bis sechs Uhr verteilt haben. Du warst gut, Junge. Besorg uns ein paar neue Kunden.« Mit dieser Aufforderung donnerte er die Seamour Street hinauf und davon. Jedes Mal, wenn er einen anderen Gang einlegte, blieben ein paar Gummispuren auf der Straße zurück.

»Das ist ein Auto, was?«, bemerkte ich zu Ben, der sich hinter mir auf seinem Fahrrad abgestrampelt hatte.

»Ja«, nickte er keuchend. »Und was hältst du von dem Job?«

»Ist bis jetzt ganz lustig. Hast du die Katze springen sehen?«

»Ja! Ich dachte schon, sie kommt nicht wieder auf den Boden zurück.«

Meine Route endete sechs Häuserblöcke von uns entfernt. Aber es ging den ganzen Weg bergab. Wir konnten also Seite an Seite dahinradeln. Ich stellte fest, dass es mir Spaß machte, Zeitungen auszutragen. Ben versprach, er würde mir helfen, sie auszutragen und neue Kunden zu gewinnen. »Solange ich eine Provision für die Häuser bekomme, die ich als Kunden werbe«, meinte er. Immer ganz Geschäftsmann.

Ich versuchte, ihn auf dem Rückweg dazu zu bewegen, mir zu erzählen, was in dem Artikel stand, aber er sagte, ich solle es direkt aus der Zeitung erfahren. Er las ihn mir laut vor, während ich mein Fahrrad wegräumte und mir die Hände wusch, die von der Druckerschwärze und den aktuellsten Weltnachrichten ganz schwarz geworden waren. Er folgte mir überallhin und las mir dabei den Artikel vor: von der Garage ins Badezimmer und von dort an meinem Vater vorbei, der im Wohnzimmer ein Nickerchen machte, in die Küche.

»Bürgermeister Seth Wilson überraschte das Komitee der diesjährigen Rosenparade, den Edsel-Händler in Pasadena, Emerson, und eine Vielzahl aufmerksamer Zuschauer, als er dieses Jahr in einem Edsel Baujahr 58 statt in einem neuen 59er Modell an der Parade teilnahm. Es war das erste Mal in der 70-jährigen Geschichte dieser Parade, dass ein Würdenträger nicht in einem neuen Auto fuhr.

Am meisten war wohl Orel Humphrey überrascht, der Besitzer und Geschäftsführer von Emerson-Edsel, dessen historische Ford-Niederlassung am Fair Oaks Boulevard (früher Emerson-Ford) dem amtierenden Bürgermeister seit über 25 Jahren immer zu dieser Parade ein neues Kabrio zur Verfügung stellt. Laut Mr. Humphrey lehnte Bürgermeister Wilson den angebotenen neuen Edsel-Kabrio ab und zog seinen Privatwagen, einen Edsel Baujahr 58, vor. Das Auto, das er schon letztes Jahr bei der Rosenparade fuhr.

Diese Entscheidung führte zu einer heftigen Kontroverse zwischen dem Bürgermeister und dem Direktor der Parade,

Frank Milner. ›Damit wurde nicht nur eine wichtige langjährige Tradition gebrochen, sondern es widerspricht auch völlig dem Geist dieser Parade, die ja ein neues Jahr feiert‹, sagte Mr. Milner den *Star-Nachrichten* Anfang der Woche, als klar wurde, dass der Bürgermeister darauf bestehen würde, sein eigenes Auto zu fahren. ›Selbst ein älteres klassisches Auto, das unsere großartige Geschichte widerspiegelt, ergäbe mehr Sinn. Ein Edsel Baujahr 58 dagegen ist im Jahr 1959 nichts weiter als ein Gebrauchtwagen.‹

Mr. Humphrey war weniger kritisch. ›Mr. Wilson hat sein Auto von uns gekauft, nachdem er in der letztjährigen Parade darin gefahren war. Er hat ihn einfach dem neueren Modell vorgezogen. Ich finde, es ist seine Sache, das zu entscheiden. Wir können es nicht ändern, wenn Bürgermeister Wilson zufällig sein Edsel Baujahr 58 so gut gefällt.‹

Meinungsverschiedenheiten zwischen dem Bürgermeister und den örtlichen Komitteemitgliedern sind gewiss nichts Neues. Der Bürgermeister genießt den Ruf, ein Querdenker zu sein, der sich nicht kommentarlos politischen Vorgaben oder besonderen Interessengruppen beugt.

›Wer sich schwer damit tut, mit einem so kompromisslosen Bürgermeister zu leben, sollte nicht vergessen, dass genau diese Geradlinigkeit und Kompromisslosigkeit ihn vor eineinhalb Jahren zu so einem interessanten Kandidaten machten‹, erklärte Mr. Humphrey, ein starker Befürworter des Bürgermeisters, obwohl dieser das neue Auto abgelehnt hatte. ›Diejenigen, die Wilson in dieses Amt gewählt haben, müssen jetzt auch lernen, mit ihm zu leben.‹ Humphrey, den dieser Vorfall zu amüsieren schien, freute sich offensichtlich, dass trotz allem ein Edsel bei der Parade gefahren wurde. Offenbar deuten die Verkaufszahlen darauf hin, dass Bürgermeister Wilson nicht der Einzige ist, der den ursprünglichen Edsel dem neuen Modell vorzieht.«

Ben machte eine Pause, damit wir das Gehörte verdauen konnten.

»Ich kann es kaum glauben«, murmelte ich.

»Warte. Es geht noch weiter.« Ben las den Rest des Berichts vor:

»Der Bürgermeister selbst stand zwar nicht zu einem Interview zur Verfügung. Seinem Büro sind die Kontroverse und Mr. Milners Bemerkungen jedoch sehr wohl bekannt. Es schickte unmittelbar vor der Parade den *Star-Nachrichten* eine Pressemitteilung, in der es heißt: ›Wer mit meiner Entscheidung, diese großartige Parade mit meiner Frau auf dem Rücksitz meines eigenen Autos zu genießen, nicht einverstanden ist, sollte sich bewusst machen, dass ich nicht nur von meinem Vorrecht als Bürgermeister dieser wunderbaren Stadt Gebrauch mache, sondern auch von meiner Entscheidungsfreiheit als amerikanischer Bürger. Mr. Milner scheint für diese Parade entweder ein neues oder ein klassisches Auto als würdig anzusehen. Dazu möchte ich sagen: Ich bin überzeugt, dass der 58er Edsel zu gegebener Zeit ebenfalls als amerikanischer Klassiker anerkannt wird, denn er ist einer.‹«

Den letzten Satz las Ben mit besonders ehrfurchtsvollem Ton.

Diese erstaunliche Bestätigung unserer eigenen Meinung und Gefühle von den Lippen des Bürgermeisters und auf der Titelseite der Zeitung ließ meine Gedanken und Gefühle Purzelbäume schlagen. Das war mehr als eine Bestätigung unserer Pläne. Es war eine Rehabilitierung des ursprünglichen Modells.

»Wo ist Becky?«, fragte ich. »Das muss sie unbedingt sehen.«

Dann fiel mir unser Brief an den Bürgermeister ein.

»Ben! Unser Brief ist bereits unterwegs!«, rief ich aufgeregt.

»Ich weiß«, grinste er und fügte mit beherrschter Zuversicht hinzu: »Wir werden von Bürgermeister Wilson hören.«

16

Der Pontiac

Ben schlief das ganze Wochenende bei mir, sogar von Samstag auf Sonntag. Das war ein Novum. Im Sommer hatte er oft unter der Woche bei mir geschlafen oder während der Schulzeit von Freitag auf Samstag, aber da ein typischer Sonntag für unsere beiden Familien den anstrengendsten Tag der Woche darstellte, war es unseren Eltern lieber, wenn wir am Samstagabend beide in unseren eigenen Betten schliefen. Aber heute war kein typischer Sonntag. Es war mein erster Sonntagmorgen als Zeitungsjunge. Ben und ich hatten unsere Eltern überzeugt, dass ich seine Hilfe benötigte, wenn ich am Morgen meine Zeitungen austragen musste. Bei meinen Eltern war nicht viel Überzeugungskraft nötig gewesen. Sie waren froh, dass ich jemanden hatte, der mich so früh am Morgen begleitete. Besonders dankbar war mein Vater, denn sonst hätte er mich begleiten müssen. Ben und ich standen um halb fünf Uhr auf. Später fand ich heraus, dass es auch reichte, wenn ich um fünf Uhr aufstand. Ich schaffte es dann immer noch, alle Zeitungen zu falten und bis sechs Uhr auszuliefern. Aber an meinem ersten Sonntag wollte ich sichergehen, dass ich genug Zeit hatte.

So früh aufzustehen ist keine mühsame Qual, wenn man zehn ist. Es war immer aufregend und spannend, die Augen aufzuschlagen, wenn es draußen noch dunkel war. Ich besaß einen heimlichen Grund, warum ich aus dem Bett krabbelte, bevor die Sonne aufging und die meisten anderen Leute aufstanden.

Wenn ich sonst so früh aufstand, fuhren wir fischen oder wir unternahmen einen Ausflug oder wir konnten am Weihnachtsmorgen unsere Geschenke auspacken. Heute jedoch vermischten sich die Vorfreude und Spannung mit dem Gefühl, wichtig zu sein: Ich hatte eine heimliche Verpflichtung. Ich musste die Nachrichten unter die Leute bringen.

Ich hatte mich bereits an den Geruch von frischer Druckerschwärze gewöhnt, an den Klang der Gummibänder, die über den zusammengefalteten Zeitungen zuschnappten, an das Aussehen der Zeitungssatteltaschen, die mit wichtigen Informationen voll gestopft waren und voll und schwer unter meinem Lenker hingen. *Pasadena-Star-Nachrichten* stand in dicken, schwarzen gotischen Buchstaben auf den neuen, weißen Leinentaschen.

Am Sonntag gab es die dickste Zeitung der Woche. Bald erkannte ich, dass ich nicht alle Zeitungen auf einmal tragen konnte. Ich musste zweimal losfahren.

»Zeitungsjunge zu sein ist super«, sagte Ben, als ich die Satteltaschen für die erste Runde belud. »Du solltest diesen Job behalten.«

»Das werde ich auch, wenn du mir hilfst.«

»Na klar helfe ich dir.«

Um fünf Uhr zehn, als wir zu unserer ersten Runde aufbrachen, war es noch stockfinster. Ben hatte kein Licht an seinem Fahrrad, aber dieses Problem hatte ich am Abend vorher gelöst. Ich hatte Beckys Lampe an seinem Rad befestigt. Becky und ich hatten Lampen mit Dynamos, Scheinwerfer, die an kleine flaschenförmige Generatoren angeschlossen waren. Diese Generatoren wurden durch eine Feder gegen das Vorderrad gedrückt und erzeugten Strom, solange sich das Rad drehte. Der Dynamo passte nicht ganz so gut an Bens Fahrrad wie an Beckys, aber wir meinten, für diesen einen Morgen würde er schon halten. Später könnte er einen eigenen Dynamo anbringen.

»Stell dir doch nur vor: Alle diese Leute sind von dir abhängig, Jonathan«, rief Ben, während wir um die erste Ecke bogen und zum Beginn meiner Runde aufbrachen. Er fuhr knapp hinter mir und machte seine Bemerkung mit einer solchen Lautstärke, dass sie mich in Verlegenheit gebracht hätte, wenn außer uns irgendjemand wach gewesen wäre und sie hätte hören können. »Die Leute wachen in ein paar Stunden auf, ziehen ihren Bademantel und ihre Hausschuhe an, und in ihrer Auffahrt warten die neuesten Nachrichten aus aller Welt auf sie. Und das alles verdanken sie dir, Jonathan. ›Alle Nachrichten, die es wert sind, gedruckt zu werden.‹ Wusstest du, dass dieser Satz auf jeder Ausgabe der *New York Times* steht?«

»Nein, das wusste ich nicht«, gab ich zu, als wir um die zweite Ecke bogen und ich die erste Zeitung wie einen Revolver aus dem Gürtel zog. Sie war so schwer, dass sie mir beinahe aus der Hand rutschte.

»Über die *Star-Nachrichten* schreiben sie so etwas nicht. Das liegt wahrscheinlich daran, dass diese Zeitung voll mit Zeug ist, das nicht gedruckt werden müsste … außer natürlich die Sachen, die sie über Bürgermeister Wilson drucken«, überlegte Ben hinter mir. »Seth Wilson ist es wert, gedruckt zu werden.«

»Woher wusstest du das über die *New York Times*?«, fragte ich. »Ach, ich weiß schon … lass mich raten. Aus der Bibliothek, nicht wahr?«

»Ja.«

Klatsch! landete die erste schwere Zeitung auf der Auffahrt der Del Mar Avenue Nr. 308. In der Stille des Morgens glaubte ich, dieses Geräusch würde Tote aufwecken.

»Seth Wilson ist es wert, gedruckt zu werden«, wiederholte ich wie ein »Amen« und gab Ben Recht.

Auf der Straße waren keine Autos unterwegs, kein Geräusch war zu hören außer denen, die wir verursachten: das Klappern unserer Pedale, das Kratzen des Metalls über die Schlaglöcher auf der Straße, das Surren der Dynamos, die gegen die Vorderräder drückten, und das Klatschen und Rutschen der dicken Sonntagszeitungen über den Beton, das in der Stille des frühen Morgens widerhallte.

»Kann ich auch eine werfen?«, fragte Ben.

»Klar. Hier. Versuch es mit Nr. 321 auf der anderen Straßenseite. Das Haus mit dem Ford in der Auffahrt.«

Da ich diese Route erst zweimal gefahren war – mit der Freitags- und Samstagszeitung –, musste ich immer noch oft stehen bleiben und die Straßennummern auf der Karte, die Tony mir gegeben hatte, nachsehen, um auf Nummer Sicher zu gehen. Auf der Karte nachzusehen, war umso schwerer, weil mein Licht nur leuchtete, wenn das Rad sich bewegte. Ich musste die Karte also unten an meine Lampe halten und mich mit einem Auge darauf konzentrieren, während ich mit dem anderen aufpasste, wohin ich fuhr. Oder ich musste direkt unter einer Straßenlaterne stehen bleiben.

»Wirf die Zeitung in die Auffahrt«, rief ich Ben nach. Das Falten und Einladen dieser dicken Zeitungen war zwar zeitaufwändiger als bei den Wochenausgaben, aber dafür waren sie leichter auszuliefern. Tony wollte, dass die Sonntagsausgaben nur in die Auffahrten geworfen wurden. Wenn eine Zeitung auf die Veranda polterte oder versehentlich an einer Haustür landete, könnten sonst schlafende Kunden geweckt werden.

»Unter dem Ford ist doch gut, oder?«

»Ben!«

»Reg dich nicht auf! Sie ist nur knapp unter der hinteren Stoßstange gelandet. Sie werden die Zeitung schon finden. Hier, gib mir noch eine. Wo soll diese hin?«

»Also … die nächste auf dieser Seite ist … Nummer 325«, sagte ich und wäre bei dem Versuch, die Nummer auf der Karte zu lesen, beinahe in ein parkendes Auto gefahren.

Fahrende Autos sahen wir an diesem Morgen nur drei. Das machte uns mutiger. Wir radelten mitten auf der Straße oder fuhren sorglos vor und zurück.

»Wo ist die Nächste?«, fragte Ben.

Ich blieb stehen, um auf der Karte nachzusehen, während er mit einer dicken Zeitung auf seinem Lenker einen Kreis auf der Straße drehte und darauf wartete, von mir zu hören, wohin er sie werfen durfte.

Als Radfahrer war Ben immer ein bisschen wackelig. Das hatte mir vorher nie Kopfzerbrechen bereitet, aber jetzt machte es mich richtig nervös. Besonders wenn er in Schlangenlinien auf mich zukam und versuchte, sein Rad mit einer Hand zu steuern und mit der anderen eine Zeitung aus meiner Tasche zu ziehen. Ich hielt mehrere Male den Atem an, aber die erste Runde verlief ohne Schwierigkeiten.

»Dieses Mal möchte ich mehr Zeitungen«, forderte Ben mich auf, als wir zu unserem Haus zurückkamen und ich meine Taschen für die zweite Runde belud. »Du könntest doch deinen Schulranzen auffüllen und ihn mir über die Schulter werfen. Ich wette, ich könnte fünf oder sechs Zeitungen darin unterbringen. Genug für eine Seite eines Blocks. Dann könnte ich die eine Straßenseite nehmen und du die andere.«

Ich stimmte dieser Idee zu, denn das bedeutete, dass er keine Zeitungen mehr aus meiner Tasche fischen würde. Ich war mir jedoch nicht bewusst, dass das gleichzeitig bedeutete, dass er Bordsteine hinauf- und hinunterfahren würde, dass er sein Fahrrad über die Erhebungen im Teer lenken müsste, unter denen sich Baumwurzeln nach oben drückten, und dass er über unebene Betonauffahrten holpern würde.

»Ich habe eine Idee«, sagte Ben, als wir gerade mit der Live Oak Street anfangen wollten. »Fahren wir um die Wette. Gib mir alle Ausgaben für die rechte Seite. Du nimmst die linke. Wer als Erster mit seiner Straßenseite fertig ist!«

»Einverstanden.« Ich holte meine Karte heraus und las die Nummern vor. »Du bist auf der Seite mit den geraden Zahlen. Du nimmst also 312, 324, 332 und 336. Kannst du dir das merken?«

»Na klar … 12, 24, 32 und 36 … kein Problem! Gib mir vier Zeitungen. Alles klar, und los geht's!«

So eine Ratte! Er ließ mir nicht einmal genug Zeit, meine Nummern zu lesen. Ich musste also auf mein Fahrrad springen und versuchen, die Karte unten vor meine Fahrradlampe zu halten und dabei zu treten.

Klatsch! Bens 312 war gelandet.

Klatsch! 324 war gelandet.

Klatsch! landete meine 317, während ich in die Pedale trat, auf meine Karte schaute und die nächste Zeitung warf.

Klatsch! Klatsch! Klatsch! 325, 329 und 333.

Plötzlich war ich am Ende der Straße angelangt und hörte kein Klatschen mehr. Ich schaute zurück und sah keinen Ben mehr. Niemand weit und breit. Nur eine gespenstische Stille.

»Ben?«, rief ich vorsichtig.

Ich fuhr auf seine Seite hinüber und begann, langsam zurück-zufahren. Ich konnte nur das Klappern meines Rades hören. Dann sah ich im schwachen Licht einer Straßenlaterne sein Fahrrad liegen. Es lag auf der Straße und schaute hinter einem geparkten Auto hervor.

»Ben!«, rief ich in panischer Angst und trat in die Pedale, um schnell bei ihm zu sein. Kein Ben. Nur sein Fahrrad mit einem klaffenden Loch zwischen den verbogenen Speichen seines Vorderreifens.

»Ben! Wo bist du?«

»Hier drüben«, kam eine schwache Stimme von der anderen Seite des Autos. Ich sprang von meinem Rad und rannte um das Auto herum. Dort saß Ben an einen Baum gelehnt auf dem Gehweg und hielt sich das Gesicht. Blut lief über seinen Arm und tropfte von seinem Ellbogen.

»Ben! Was ist passiert?«

»Ich weiß es nicht … es passierte so schnell … plötzlich lan-dete ich hinten auf diesem Kombi.« Er klang, als hätte er den Mund voller Murmeln.

»Komm, lass mich einmal sehen.« Ich schob seine Hand weg. Es sah überhaupt nicht gut aus. Seine Lippe war aufgeplatzt, und es floss viel Blut. Über dem Auge hatte er auch eine klaffende Wunde.

»O Mann!«, rief ich aus.

»Ich glaube, ich habe gerade einen Zahn ausgespuckt«, lispelte er.

»Ben, bleib hier sitzen und rühr dich nicht vom Fleck. Ich hole Hilfe.«

»Nein, so schlimm ist es nicht. Ich fahre einfach wieder zu euch zurück. Du musst deine Runde fertig machen … du musst die Nachrichten unter die Leute bringen.«

Ich warf einen Blick auf sein kaputtes Fahrrad. »Auf diesem Rad fährst du nirgendwohin! Ich suche ein Telefon und rufe meinen Vater an. Bleib hier sitzen!« Das viele Blut machte mir wirklich Angst.

Ich lief zum nächsten Haus, drückte auf die Klingel und klopfte an die Tür, obwohl ich drinnen die Glocke läuten hörte. Auf der Veranda las ich die Nummer 332. Ich läutete noch einmal. Jetzt hörte ich im Haus eine Bewegung. Dann ging das Licht auf der Veranda an und eine Frau öffnete mir die Tür.

»Meine Güte! Was ist denn mit dir passiert, Junge? Du siehst ja aus, als hättest du ein Gespenst gesehen.«

»Entschuldigen Sie, dass ich so früh am Morgen läute. Aber mein Freund hatte einen schweren Unfall und … ich wollte fragen, ob ich Ihr Telefon benutzen darf.«

»Natürlich kannst du es benutzen«, nickte sie, als sie Bens Blut auf meinem Hemd sah. Ich hatte dort meine Hand abgewischt. »Komm herein.« Als sie mich eilig zur Küche führte, sagte sie: »Der heilige Eustachius hat dich zu mir geführt. Ich bin Krankenschwester. Wo ist dein Freund?«

»Draußen auf der Straße.«

Sie deutete zum Telefon, nahm schnell ein Handtuch aus dem Regal neben dem Herd und eilte zur Haustür hinaus. Dabei murmelte sie etwas zu irgendeinem Heiligen. Ich rief meinen Vater an und berichtete ihm, was passiert war.

»Kommt nach Hause. Dann schauen wir, was ihm fehlt.«

»Wir können nicht. Sein Fahrrad ist kaputt.«

»Wie weit seid ihr weg? Könnt ihr laufen?«, fragte er.

»Papa, er blutet so stark, dass sein Blut bis auf die Straße läuft!«

»Meine Güte! Ich komme sofort. Sag mir die Adresse!«

Als ich wieder aus dem Haus kam, hatte die Frau Ben auf den Rücken gelegt. Sie streichelte mit einer Hand seinen Kopf und drückte mit der anderen das Handtuch auf seinen Mund.

»Der Junge muss sofort ins Krankenhaus«, sagte sie. »Kommt jemand?«

»Ja, mein Vater ist schon unterwegs. Wird er wieder gesund? Können Sie mir sagen, wie schlimm es ist?«

»Glaub mir, ich habe schon viel Schlimmeres gesehen, Junge.«

Ich stand hilflos da und schaute Ben an, der in den Armen dieser vollkommen fremden Frau so absolut fehl am Platz wirkte.

»Ich habe erfahren, dass das hier Benjamin ist«, sagte sie. »Und wie heißt du, Junge?«

»Jonathan … Jonathan Liebermann.«

»Einer von euch ist vermutlich der neue Zeitungsjunge.«

»Ja, ich«, antwortete ich.

Plötzlich versuchte Ben, sich aus ihrem Griff zu befreien, aber sie drückte ihn nur noch fester nach unten. »Jetzt hör mir einmal gut zu, Benjamin, du tust, was ich dir sage!«, befahl sie ihm streng.

»Madam, ich … ich glaube, er kriegt keine Luft!«, rief ich ängstlich. Sein Gesicht wurde dunkelrot und seine Augen immer größer.

Sie lockerte ihren Griff. Ben keuchte und fing an, in das Handtuch, das sie ihm in den Mund gesteckt hatte, zu husten und zu würgen. »Das bedeutet wahrscheinlich, dass er sich nicht nur die zwei Zähne ausgeschlagen, sondern auch noch die Nase gebrochen hat.«

Ich begann zu beten, dass mein Vater doch schnell käme. Nicht nur, damit Ben ins Krankenhaus gebracht werden könnte, sondern auch, damit er vor dem Ersticken gerettet würde.

»Du bringst mir in Zukunft also meine Zeitung?«, fragte sie beiläufig, während Ben sich unter ihrer Hand wand. Sein Blick schien mich anzuflehen, ich solle etwas tun, um ihn zu befreien. Sie ließ ihn nur kurz los und um Luft schnappen, wenn sein Gesicht wirklich rot anlief. »Du machst es bestimmt besser als der letzte Bursche. Mit ihm habe ich jeden Tag Verstecken mit meiner Zeitung gespielt. Ich wusste nie, wo sie als Nächstes auftauchen würde. Bist du sicher, dass jemand kommt?«

Ich nickte. Sie murmelte etwas, das ich zuerst für ein Lied und dann für einen Vers hielt. Aber schließlich erkannte ich, dass es ein Gebet war.

»Antonius, heiliger Antonius, bitte komm und hilf uns«, murmelte sie. »Etwas ist verloren und wird nicht gefunden.« Sie hatte ihr kleines Gebet gerade zweimal wiederholt, als ich auch schon den Acht-Zylinder-Motor unseres Ford Fairlane hörte, der in der Stille des Morgens aufheulte.

»Das funktioniert immer«, sagte sie und half Ben, sich aufzusetzen, als mein Vater in die Auffahrt fuhr.

»In Ordnung, ich steige mit Benjamin hier hinten ein«, erklärte sie, als mein Vater um die Seite des Autos herumgehen wollte. Sie hielt Ben immer noch fest und versuchte aufzustehen. Aber sie fiel wieder zurück. Bens Gewicht hatte sie aus dem Gleichgewicht gebracht. Mein Vater trat neben sie, um ihr auf die Beine zu helfen. Ich lief auf ihre andere Seite und half ihr, Ben hochzuheben. Trotz alledem lockerte sie ihren Griff um Bens Gesicht kein einziges Mal.

»Das war sehr freundlich von Ihnen, Madam«, sagte mein Vater. »Aber ich kann ihn jetzt übernehmen. Äh … darf ich vielleicht sein Gesicht anschauen? Ich kann ihn binnen zehn Minuten zu seinen Eltern bringen. Ich bin sicher, es ist bald wieder alles in Ordnung …«

»Nichts ist bald in Ordnung, wenn wir ihn nicht auf dem schnellsten Weg ins Krankenhaus bringen! Glauben Sie mir, ich weiß, was ich tue. Ich bin Krankenschwester. Jetzt helfen Sie mir, ihn ins Auto zu schaffen!«

Ben verlor das Bewusstsein, sobald wir ihn auf die Füße stellten.

»Der Junge hat viel Blut verloren«, erklärte die Frau. »Wir können es nicht riskieren, dass er noch mehr verliert.« Gemeinsam mit meinem Vater hob sie Ben auf den Rücksitz.

»Das St.-Marien-Krankenhaus ist das Nächste«, ordnete sie an, während sie neben Ben auf den Rücksitz rutschte und wieder seinen Kopf auf ihren Schoß nahm.

Ich sprang auf den Beifahrersitz. Aber mein Vater erinnerte mich streng. »Jonathan … du musst noch deine Zeitungen austragen!«

»Aber, Papa …«

»Trage deine Zeitungen fertig aus und fahre dann nach Hause. Ich rufe vom Krankenhaus aus an. Geh jetzt!«

Ich schlug die Tür zu und schaute hilflos nach, wie sie mit Ben, der bewusstlos auf der Rückbank lag, davonfuhren. Ein niederdrückendes Gefühl raubte mir fast den Atem. Mein Blick fiel auf die Zeitung, die immer noch in der Einfahrt der Frau lag, wohin Ben sie geworfen hatte. Mein Blick wanderte weiter zu einer Blutspur, die sich auf dem Asphalt schwarz färbte, und zu einem großen Fleck, der neben dem Baum in die Erde gesickert war. Meine Hände klebten. Dann fiel mein Blick auf Bens Fahrrad. Tränen traten mir in die Augen. Die ganze Sache war meine Schuld. Der Dynamo hatte sich durch die vielen Bodenunebenheiten und Stöße gelockert und war in die Speichen des Vorderrades gerutscht. Er saß so fest, dass ich ihn nicht entfernen konnte.

Ich hob das Fahrrad vorne hoch und rollte es auf dem Hinterrad. Die Kette war bei Bens Sturz vom Zahnkranz gesprungen und schleifte auf dem Boden. Ich zog das Rad von der Straße und neben das Haus der Krankenschwester. Tränen liefen mir über das Gesicht. Dann kehrte ich wieder auf die Straße zurück. Ich setzte mich auf den Boden und legte den Kopf in beide Hände. »Gott, bitte hilf Ben, dass er wieder gesund wird. Bitte.« Mehr konnte ich nicht sagen.

Ich blickte auf und versuchte zu rekonstruieren, was passiert war. Ben hatte die Zeitung ausgeliefert. Er musste also wieder vom Gehweg auf die Straße zurückgefahren sein. Vom Gehweg zur Straße war der Bordstein mindestens fünf Zentimeter hoch. Das war wahrscheinlich der endgültige Stoß in einer Reihe von Erschütterungen gewesen, die den Dynamo gelockert hatten. Der Dynamo war aus seiner Halterung gerutscht, in die Speichen geraten, hatte den Vorderreifen blockiert und Ben gegen die Rückseite eines Pontiac-Kombi geschleudert, der am Straßenrand parkte.

Trotz der furchtbaren Gefühle, die in mir tobten, hätte ich beinahe lachen müssen, als ich sah, dass es ein Pontiac war. Ben hasste Pontiacs. Er hielt sie für hässlich und schwerfällig. Er sagte sogar, man solle nie mit einem zusammenstoßen, denn »dann tust du dir weh«. *So hatte er das wohl nicht gemeint, als er das sagte,* dachte ich.

Ich stand auf und hob mein Fahrrad auf, an dem die stolzen Satteltaschen schlapp nach unten hingen. Es waren nur noch wenige Zeitungen darin. Nur noch zweieinhalb Straßen musste ich beliefern. Bevor ich wegfuhr, warf ich einen Blick auf meinen Zettel: Live Oak Street, Nr. 332. Fitzpatrick Mary K. *Ich hoffe, sie erstickt ihn nicht*, dachte ich und musste an Bens bewusstloses Gesicht denken.

Die Dunkelheit wich langsam vom Himmel, aber nicht von meinem Herzen. Ben würde wieder gesund werden, sagte ich mir. Ben musste wieder gesund werden.

»Bitte, Gott, hilf ihm, dass er wieder gesund wird«, betete ich laut, während ich auf mein Fahrrad stieg und meine restlichen Zeitungen verteilte.

17

Molly Fitzpatrick

Als ich an diesem Nachmittag endlich Ben im Krankenhaus besuchen durfte, hatte ich mir schon einen Spruch über einen Zusammenprall mit einem Pontiac ausgedacht. Aber er kam mir zuvor.

»Das passiert«, sagte er und deutete auf sein Gesicht, »wenn man sich mit einem Pontiac einlässt.«

Ich zwang mich zu einem leisen Lachen. »Diesen Gag wollte ich eigentlich loslassen.«

»Die Gags musst du schon mir überlassen. Denn ich lache nie über meine eigenen Witze, und es tut weh, wenn ich lache.«

Ich sah warum. Sein Gesicht sah furchtbar aus. Seine Oberlippe hatte die Größe eines Golfballs, und seine Nase sah aus wie das hintere Ende eines Studebaker. Über dem Auge hatte er eine Platzwunde, die mit mehreren Stichen genäht worden war. Und von den Augen bis zu seiner Unterlippe war er überall schwarz und blau im Gesicht.

»Du gibst ein interessantes Bild ab«, sagte ich. »Diese alte Dame hat dich also doch nicht erstickt?«

»Du meinst Mrs. Fitzpatrick?«

»Ja. Mary K. Fitzpatrick. Sie ist eine meiner Kundinnen.«

»Wenn ich den Arzt richtig verstanden habe, wäre ich ohne Mary K. Fitzpatrick nicht hier. Sie hat das Richtige getan: Sie hat die Blutung gestillt. Sie kannte jeden hier im Krankenhaus und brachte mich auf dem schnellsten Weg zum Arzt. Sie schob die Leute einfach zur Seite, die ihr im Weg standen. Außerdem ist sie nett. Sie war fast den ganzen Vormittag da.«

Ihr verdankte ich es auch, dass ich Ben besuchen konnte. Kinder durften niemanden im Krankenhaus besuchen, nur direkte Familienangehörige. Mary K. Fitzpatrick war zwar inzwischen in Rente, aber sie hatte im St.-Marien-Krankenhaus immer noch einiges zu sagen.

»Ben«, begann ich und biss mir auf die Unterlippe. »Das Ganze ist meine Schuld. Ich wusste, dass dieser Dynamo nicht richtig passte.«

»Dann ist das Leben wahrscheinlich auch deine Schuld. Wenn du schon dabei bist, warum gibst du dir nicht dafür auch gleich die Schuld?«

»Aber das wäre nie passiert, wenn …«

»Hör zu, Jonathan. Wenn du mein Freund bleiben willst, solltest du dir solche Gedanken schleunigst abgewöhnen. Im Leben gibt es viel Wichtigeres als das, was passiert ist und wer es verursacht hat.«

»Übrigens«, fragte er, nachdem er eine Weile geschwiegen hatte, während ich versuchte, aus seinen letzten Worten schlau zu werden. »Was ist eigentlich passiert?«

»Du kannst dich nicht daran erinnern?«

»Ich kann mich erinnern, dass ich die Zeitung ausgeliefert habe und dann wieder auf die Straße zurückfuhr. Das ist alles.«

»Der Dynamo hat sich gelöst und in den Speichen verhakt und so den Vorderreifen blockiert. Deswegen bist du oben über dein Rad gesegelt und genau gegen den Pontiac geflogen. Zu schade, dass es ein Kombi war. Wenn es ein normales Auto gewesen wäre, hättest du wenigstens noch die Hände vors Gesicht halten und es etwas schützen können.«

»Und mir einen Arm oder so etwas gebrochen? Nein, danke. Ich bin froh, dass ich mir nur die Nase gebrochen habe. Außer zum Atmen brauche ich sie nicht, und das kann ich auch mit dem Mund … au!«

»Was ist?«

»Ich habe ›Mund‹ zu laut gesagt. Jetzt tut die Lippe wieder weh.«

»Tut sie sehr weh?«

»Nur wenn ich spreche.«

»Dann sollte ich jetzt wohl lieber gehen.«

»Nein, erzähl mir, was mit meinem Fahrrad ist.«

»Dein Vorderrad ist vollkommen hinüber. Aber ich kaufe dir ein neues, sobald ich für meinen ersten Monat bezahlt werde.«

»Mach dir darüber keine Gedanken. Du musst einfach eine Weile zu uns fahren und mich besuchen. Übrigens, was ist mit Live Oak Street Nr. 336? Hast du ihnen ihre Zeitung gebracht? Ich hatte meine Straßenseite noch nicht fertig.«

»O nein! Das habe ich vollkommen vergessen! Ich habe erst wieder in der nächsten Straße weitergemacht. Mist. Ich habe 336 ausgelassen.«

»Dann solltest du hinfahren. Sorg dafür, dass die Leute ihre Zeitung bekommen.«

Das war typisch Ben. Er lag mit einer gebrochenen Nase und einer genähten Platzwunde im Krankenhaus und machte sich Sorgen, dass irgendjemand seine Sonntagszeitung nicht bekommen könnte.

In diesem Augenblick betrat Bens Familie zusammen mit meiner Mutter das Zimmer.

»Alle Achtung, Ben«, meinte Peter kopfschüttelnd. »Du siehst aus, als wärst du gegen einen Laster gedonnert.«

»Fast«, grinste Ben. »Es war ein Pontiac.« Dann drehte er den Kopf und schaute seinen Vater an. »Papa, kann ich jetzt nach Hause?«

»Nein, mein Sohn. Der Arzt will dich über Nacht hier behalten, damit du Ruhe hast und sie sichergehen können, dass alles wieder in Ordnung ist.«

»Aber, Papa, ich kann mich doch zu Hause viel besser ausruhen als hier. Sie wecken mich ständig auf, um mir Tabletten zu geben oder mich mit etwas zu pieksen. Mir gefällt es hier nicht.«

»Ich weiß, aber es ist nur für diese eine Nacht. Deine Mutter bleibt bei dir. Ehe du dich versiehst, sitzt du wieder auf deinem Fahrrad.«

Offenbar hatte Pastor Beamering Bens Rad noch nicht gesehen.

»Kann ich auch bei ihm bleiben, Mama?«, fragte ich.

»Nein, Jonathan. Hier ist kein Platz für dich zum Schlafen. Außerdem hast du morgen Schule.«

»Ich könnte auf einem Stuhl schlafen … das macht mir nichts aus. Mrs. Beamering ist ja hier. Bitte, Mutter …«, versuchte ich es mit flehender Miene. »Bitte?«

Bei Mrs. Beamering hatte mein bettelnder Hundeblick anscheinend gewirkt, denn sie warf meiner Mutter einen Blick zu, der sagte, dass es ihr nichts ausmache. Wenn es umgekehrt gewesen und ich im Krankenhaus gelegen wäre, hätte Mrs. Beamering Ben erlaubt, bei mir zu bleiben. Sie schien immer eher bereit zu sein, etwas Neues auszuprobieren, besonders bei uns Kindern. Sie neigte dazu, »ja« zu unseren Ideen zu sagen und erst danach darüber nachzudenken, wogegen meine Mutter gewöhnlich »nein« sagte und ihre Meinung nur sehr selten änderte. Die jetzige Situation bildete keine Ausnahme.

»Nein. Auf keinen Fall«, erklärte meine Mutter. »Ich will nicht mehr darüber sprechen.« Und das meinte sie genau so, wie sie es sagte.

Sobald ich nach Hause kam, holte ich meine Satteltaschen und zählte die übrig gebliebenen Zeitungen. Vier. Ich hatte mir an diesem Morgen so große Sorgen um Ben gemacht, dass ich nicht einmal daran gedacht hatte, die drei zusätzlichen Zeitungen zu verteilen. Sonst wäre mir wahrscheinlich aufgefallen, dass noch eine übrig war. Ich hatte die Runde so schnell wie möglich zu Ende gedreht und war nach Hause gerast, weil ich dachte, ich könnte sofort zu Ben ins Krankenhaus. Stattdessen sagte mein Vater, als er zurückkam, Ben werde wieder ganz gesund werden und wir würden wie gewöhnlich zum Gottesdienst fahren. Mrs. Beamering sei bereits bei ihm im Krankenhaus, und wir könnten dort im Moment nichts für Ben tun. Wir stünden nur im Weg.

Wir stünden im Weg? Wie konnte der beste Freund im Weg stehen? Das ergab für mich keinen Sinn. Aber mir blieb keine andere Wahl.

Es war ein furchtbarer Sonntagmorgen. Es war nicht nur furchtbar, ohne Ben in der Kirche zu sein, sondern es war auch schlimm zu wissen, dass er im Krankenhaus lag. Warum feierten wir Gottesdienst, als wäre nichts geschehen? Wie konnte Pastor Beamering auf die Kanzel steigen und sein gewinnendes Lächeln aufsetzen, wenn doch sein Sohn im Krankenhaus lag? Jedes Mal, wenn ich die Augen schloss, um zu beten, konnte ich sehen, wie der Vorderreifen blockierte und Ben mit voller Geschwindigkeit wie ein Rammbock gegen dieses Auto knallte. Man hätte den Gottesdienst absagen müssen. Das hätte ich für richtig gehalten.

Ich beschloss, zu Fuß zur Live Oak Street zu gehen, die Zeitung abzugeben und dann das, was von Bens Rad übrig geblieben war, mit nach Hause zu nehmen. Die Johnsons in Nr. 336 waren nicht zu Hause. Ich ließ die Zeitung also auf ihrer Veranda liegen und ging zu Mrs. Fitzpatricks Haus. Bens Blut auf der Straße sah jetzt aus wie ein schmutziger Ölfleck. Mir wurde immer noch übel, als ich das Blut dort sah, wo es absolut nicht hingehörte. Sein Fahrrad stand noch da, wo ich es abgestellt hatte. Es lehnte an einem Rosenspalier neben dem Haus. Als ich es vor das Haus schob, stand Mrs. Fitzpatrick auf der Veranda und wartete auf mich.

»Ich habe das Fahrrad gesehen und wusste, dass du wiederkommen würdest. Ich koche mir gerade meinen Nachmittagstee. Willst du hereinkommen?« Sie führte mich durch ihr Wohnzimmer, an einer Statue von einer Frau in einem blauen

Gewand und mit einem Kind auf dem Arm vorbei und in ihre Küche, wo ich Wasser kochen hörte. Obwohl ihr Haus warm und einladend war, verwirrte es mich.

Mir war die Frauenstatue schon am Morgen aufgefallen, als ich Mrs. Fitzpatricks Telefon benutzte. Etwas an dem freundlichen Gesicht der Figur erinnerte mich an meine Mutter. Aber vor dieser Statue standen Kerzen, und das weckte in mir den Verdacht, es könnte ein Götzenbild sein. Ich hatte in der Sonntagsschule von Götzen gehört, als wir Geschichten aus dem Alten Testament lasen. Aber ich hatte noch nie selbst welche gesehen.

In der Küche über dem Frühstückstisch, an den ich mich setzen durfte, hing das seltsamste Bild von Jesus, das ich je gesehen hatte. Er stand mit ausgestreckten Armen da und hatte ein riesiges rotes Herz mitten auf seiner Brust. Das Herz war rundum von Dornen umgeben und blutete an den Einstichstellen. Etwas an diesem Herz jagte mir eine Gänsehaut über den Rücken.

»Das ist das Heilige Herz Jesu. Jeder, der das Heilige Herz in seinem Haus aufhängt, bleibt vor einem plötzlichen Tod verschont«, sagte Mrs. Fitzpatrick, während sie heißes Wasser in eine geblümte Teekanne goss.

»Molly« solle ich zu ihr sagen, hatte sie mir angeboten. »Fitzpatrick ist so ein langes Wort«, fügte sie hinzu und holte einen kleinen Kuchen aus einer bunten Blechdose auf der Arbeitsfläche.

»Hast du den Johnsons eigentlich inzwischen ihre Zeitung gebracht?«, erkundigte sie sich.

»Ja, ich habe sie gerade abgeliefert. Woher wussten Sie, dass sie die Zeitung nicht bekommen haben?«

»Ach, ich weiß alles, was hier in dieser Straße los ist, Junge. Ich gehe jeden Morgen um Viertel vor acht zur Messe und erfahre unterwegs alles, was es in meiner Nachbarschaft Neues gibt. Als die Johnsons mich fragten, ob ich heute Morgen meine

216

Zeitung bekommen hätte, erzählte ich ihnen, was passiert ist. Mach dir deshalb keine Sorgen mehr. Sie sind sehr verständnisvoll. Ich glaube nicht, dass sie sich beschweren werden.«

Tony hatte mich gewarnt: Wenn ich eine Zeitung nicht ablieferte, würde ich am nächsten Tag einen rosa Zettel bekommen, auf dem groß FEHLER stand. Es wäre nicht gut für mich, schon am dritten Tag einen solchen rosa Zettel zu bekommen. Ich hoffte, Mrs. Fitzpatrick hatte in Bezug auf die Johnsons Recht.

Plötzlich sah ich einen rosa Zettel mit dem Wort FEHLER und meinen Namen darauf stehen. Tony reichte mir den Zettel, während Ben mit einem riesigen, dornenumkränzten Herz auf der Straße lag.

»Geht es dir gut?«, fragte Molly.

»Ja.« Ich schüttelte den Kopf. Normalerweise hatte ich nicht mitten am Tag Albträume. »Ich bin wahrscheinlich nur müde.«

»Das überrascht mich nicht. Du hast heute viel durchgemacht. Hier, iss ein Stück Kuchen.«

»Bens Unfall war meine Schuld«, platzte ich heraus.

»So? Wie denn das?«

»Ich hatte den Dynamo an seinem Fahrrad nicht gut genug befestigt.«

»Aber solche Dinge passieren nun einmal. Du kannst daraus etwas für die Zukunft lernen. Aber merk dir eines, Junge: In unserem Leben sind größere Mächte am Werk als nur unsere Fehler.«

»Ja, so etwas Ähnliches hat Ben auch gesagt.«

Molly Fitzpatrick war auf eine nette Art irgendwie hässlich. Sie hatte eine Mähne aus gefärbten rötlichen Haaren, die zu einem strengen Knoten zurückgebunden waren. Ihr Gesicht und ihre Arme waren rau und rot, als hätte sie einen Ausschlag. Sie erzählte mir, sie sei Irin.

»Wo wohnst du, Jonathan?«

»Ein paar Straßen von hier in der Sequoia Street.«

»Womöglich in dem gelben Haus mit den hübschen Blumen neben der Auffahrt?«

»Ja. Das sind die Chrysanthemen meines Vaters, die er liebevoll hegt und pflegt.«

»Ich dachte fast, ich hätte dich dort schon einmal gesehen. Und Benjamin … wo wohnt er?«

»Er wohnt drüben in Pasadena.«

»Woher kennt ihr beide euch denn?«

»Wir gehen in dieselbe Kirche. Sein Vater ist der Pastor, mein Vater ist der Kantor der Gemeinde.«

»Das ist aber schön. Und was für eine Kirche ist das?«

»Die Colorado Avenue Standard Christian Church – in Pasadena.«

»Einen Augenblick … Colorado Avenue … Standard Christian Church«, wiederholte sie langsam. »Ist das etwa die Kirche, in der beim Sonntagsgottesdienst Feuerwerke knallten und Wecker klingelten und solche Sachen?«

»Äh … ja, das war bei uns«, nickte ich leicht schockiert. Ich hatte keine Ahnung gehabt, dass wir außerhalb unserer Gemeinde bekannt geworden waren.

»Die Zeitung hat vor ein paar Monaten in der Rubrik ›Religion‹ eine Geschichte darüber gebracht.«

Ich widerstand der Versuchung, ihr zu erzählen, dass Ben und ich hinter diesen Dingen gesteckt hatten. Denn ich wusste nicht, was sie davon halten würde.

»Ich hatte keine Ahnung, dass wir in der Zeitung standen«, murmelte ich.

»O ja. Ich fand es ziemlich lustig. Weißt du, Junge, ich glaube, Gott nimmt uns nicht halb so ernst, wie wir uns selbst manchmal nehmen. Ich kann nur sagen: Hut ab vor den Leuten, die hinter diesen fliegenden Tauben und Bändern steckten. Ich habe schon versucht, unseren Pater Michael zu überreden, einige Veränderungen einzuführen. Alles, was die Leute wachrüttelt und zum Nachdenken anregt, finde ich gut.«

»Das waren wir«, gab ich zu.

»Was?«

»Wir haben das gemacht … Ben und ich.«

»Was du nicht sagst! Ihr wart das? Nur ihr zwei?«

Ich nickte eifrig.

»Ihr habt diese ganzen Tricks in eurer Pfarrei abgezogen?«

»Ja«, nickte ich, ein wenig überrascht. »Aber wir haben doch nichts mit unserem Pfarrer gemacht.«

»Nein, nein, Junge«, lachte sie. »Ich meinte, eure Gemeinde. Wir nennen unsere Gemeinde Pfarrei. Du und Benjamin, ihr solltet einmal in unsere Kirche kommen und uns auch aufwecken. Weiß der Himmel, wir könnten ein paar Überraschungen auch gut vertragen.«

»Ich glaube, meine Eltern wollen nicht, dass ich in Ihre Gemeinde komme.«

»Warum denn nicht?«

»Weil … weil Sie katholisch sind … nicht wahr?«

»Ja. Soll ich dir etwas verraten? Wir sollen in eure Kirchen auch nicht gehen. Aber es würde mich nicht im Geringsten überraschen, wenn wir denselben Jesus kennen. Geboren von der Jungfrau Maria, am Kreuz für unsere Sünden gestorben, auferstanden von den Toten … Kommt dir das bekannt vor?«

»Ja, allerdings.«

»Komm, nimm noch einen Kuchen. Du hast das erste Stück recht schnell verputzt.«

Der Kuchen und der gesüßte Tee wärmten mich allmählich ein wenig.

»Jetzt wollen wir über Benjamin reden.« Etwas an der Art, wie sie das sagte, ließ mich aufblicken. »Ich war heute Vormittag bei ihm im Krankenhaus. Ich habe nie viel davon gehalten, Leute über etwas im Unklaren zu lassen. Wie viel weißt du?«

»Ich weiß, dass er sich die Nase gebrochen hat«, antwortete ich etwas verwirrt. »Und er hat zwei Zähne verloren, und über dem Auge hat er eine große Platzwunde.«

»Ja. Seine Wunde und seine Verletzungen dürften in ein paar Tagen verheilt sein. Er wird neue Zähne bekommen, damit er nicht sein Leben lang mit einer Zahnlücke herumlaufen muss. Alles andere heilt mit der Zeit von selbst. Aber es gibt noch etwas, das du wissen solltest.«

»Was?«, fragte ich unruhig.

»Benjamin hat ein Herzgeräusch. Das bedeutet, sie müssen ihn genau beobachten und dafür sorgen, dass er keine Infektion bekommt. Deshalb bleibt er heute Nacht im Krankenhaus … nur zur Sicherheit.«

»Was ist ein Herzgeräusch?«, fragte ich und musste wieder an das vergrößerte Herz mit der Dornenkrone denken.

»Es entsteht normalerweise durch ein kleines Loch in der Innenwand des Herzes. Wenn ein Arzt mit dem Stethoskop die Herztöne abhört, erzeugt das Loch ein untypisches Geräusch.«

»Ein Loch im Herz? Hat er das durch den Unfall?«, fragte ich entsetzt und bekam furchtbare Schuldgefühle.

»O nein, mein Junge. Das hat er seit seiner Geburt. Aber zum Glück macht Gott ein Herz stärker, als es sein muss. Es kann diesen Nachteil also ausgleichen«, erklärte sie. »Möchtest du noch einen Tee oder einen Kuchen?«

»Nein, danke. Ich muss jetzt nach Hause. Meine Mutter macht sich bestimmt schon Sorgen, wo ich bin.«

»Weißt du was, Jonathan? Komm mich doch wieder besuchen. Du kannst gern jederzeit kommen. Wenn es Benjamin wieder besser geht, bringst du ihn auch mit, ja?«

»Das werde ich«, versprach ich. Dann fügte ich noch hinzu: »Darf ich Ihnen noch eine Frage stellen?«

»Natürlich … so viele Fragen, wie du möchtest, Junge.« Sie zog eine mit Wimperntusche nachgefahrene Augenbraue hoch, und die Falten in ihrem Gesicht schauten mich wie ein Fragezeichen wartend an.

»Meinen Sie, Ben weiß … ich meine, er weiß das mit dem Loch?«

»Aber ja. Ich habe mit ihm darüber gesprochen. Er weiß es schon eine ganze Weile.«

»Aha«, murmelte ich.

Ich dankte Molly Fitzpatrick für den Tee und den Kuchen und dafür, dass sie Ben das Leben gerettet hatte. Dann ging ich hinaus, hob das verbeulte Fahrrad auf und schleppte es nach Hause. Das Hinterrad surrte leise.

Ich konnte an nichts anderes denken als an Ben, der mit einem übel zugerichteten Gesicht und einem Loch im Herzen im Krankenhaus lag.

18

»Wie wir sie kennen ...«

Alles an Bürgermeister Seth Wilsons Büro war offiziell. Das Siegel der Stadt Pasadena an der Wand und die Rückenlehnen der schwarzen Holzstühle, die Erinnerungsmedaille der siebzigsten Rosenparade, die die polierte Vertäfelung zierte, bis hin zu der langstieligen, roten Rose auf dem Schreibtisch des Bürgermeisters. Dieses ganze offizielle Ambiente sollte unserem Rettet-den-Edsel-Feldzug unmittelbar zu Hilfe kommen, denn der Bürgermeister hatte tatsächlich unseren Brief gelesen und wollte uns jetzt persönlich kennen lernen.

Es war so schnell – zu schnell für Bens Gesicht – gekommen, aber wir konnten es uns nicht leisten zu warten. Genau genommen war es der Bürgermeister, der nicht warten konnte.

Seth Wilson bekam immer noch politischen Druck von Frank Milner, weil er bei der Rosenparade ein Auto gefahren hatte, das schon ein Jahr alt war. Und das gefiel ihm nicht. Unser Brief war auf dem Schreibtisch des Öffentlichkeitsbeauftragten im Bürgermeisteramt gelandet. Und zwar genau am selben Tag, an dem Milner in den *Star-Nachrichten* mit folgenden Worten zitiert wurde: »Vielleicht ist es passend, dass Mr. Wilson ein Auto in der Rosenparade fährt, das ein Jahr alt ist, weil es auch ein Jahr dauert, bis sein Amt auf einen Telefonanruf reagiert.«

Als der PR-Mann dann unseren Brief öffnete, sah er darin eine perfekte Chance zurückzuschlagen. Goldrichtig! Zwei Jungen, die ähnlich empfanden wie der Bürgermeister. Bringe die Öffentlichkeit dazu, sie zu mögen, und mache den Bürgermeister zum Helden. Ein Dramaturg hätte sich keine bessere Geschichte ausdenken können.

Obwohl Ben als Absender seine Adresse angegeben hatte, kam der Anruf zu uns nach Hause. Da Ben immer noch im Krankenhaus lag und seine Mutter die meiste Zeit bei ihm war, konnte das Bürgermeisteramt bei den Beamerings niemanden erreichen. Zum Glück hatte Ben den Brief auf offizielles Briefpapier aus der Gemeinde geschrieben. Er war der Meinung gewesen, der Brief sehe auf diesem Papier offizieller aus. Und so hatte man statt Ben mich ausfindig machen können. Wahrscheinlich hatte man vermutet, dass Benjamin Beamering und Jonathan Liebermann die Söhne von Jeffery T. Beamering und Walter K. Liebermann sein müssten, die im Briefkopf der Colorado Avenue Standard Christian Church abgedruckt waren.

Meine Mutter nahm am Montag nach dem Unfall den Anruf entgegen. Ich saß draußen auf dem Rasen und faltete meine Zeitungen zusammen – in vier Teile, nur vierundzwanzig Seiten.

»Jonathan!«, rief sie von der Haustür aus. »Jemand verlangt dich am Telefon. Er sagt, er ruft aus dem Bürgermeisteramt in Pasadena an.«

»Wirklich? Wow!«

»Halt, mein Sohn. Nicht so schnell. Du fasst unser Telefon nicht an, solange du dir nicht dieses schwarze Zeug von den Händen gewaschen hast ... und mir gesagt hast, was das zu bedeuten hat.«

»Es geht um den Edsel, den der Bürgermeister bei der Parade fuhr«, erzählte ich ihr aufgeregt, während ich in die Küche lief, um mir die Hände zu waschen. »Ben und ich haben dem Bürgermeister deshalb einen Brief geschrieben.«

»So ... also gut, geh ans Telefon. Ich bin gespannt, was der Mann von dir will.«

»Hallo?«

»Hallo«, sagte die Stimme am Telefon. »Spreche ich mit Jonathan Liebermann?«

»Ja, ich bin Jonathan.«

»Jonathan, hier ist Bob Appleby aus dem Bürgermeisteramt in Pasadena. Wir haben den Brief bekommen, den du und … Augenblick … Benjamin Beamering … den Brief, den ihr beide am letzten Freitag dem Bürgermeister geschickt habt.«

»Ja?«

»Jonathan, der Bürgermeister würde gern so bald, wie es euch möglich ist, dich und Benjamin in seinem Büro sprechen. Wenn möglich, morgen nach der Schule. Uns ist bewusst, dass ihr erst mit euren Eltern darüber sprechen müsst, aber Bürgermeister Wilson sagte, ihr sollt unbedingt wissen, dass er an eurem Vorschlag sehr interessiert ist und gern persönlich mit euch darüber sprechen würde. Wenn es für euch Probleme gibt, morgen hierher zu kommen, können wir gern dafür sorgen, dass ihr abgeholt werdet.«

Mein Herz raste so schnell, dass ich gar nicht sprechen konnte.

»Jonathan?«

»Ja … ich bin noch dran … Ich glaube, Sie sollten vielleicht lieber mit meiner Mutter darüber sprechen.«

Meine Mutter nahm den Hörer und ließ sich von Mr. Appleby erklären, was er vorhatte, während ich ins Schlafzimmer meiner Eltern rannte und über den zweiten Anschluss mithörte, was sie redeten. Ich hob den Hörer gerade rechtzeitig ab, um zu hören, wie sie sagte: »Das Problem ist nur, Mr. Appleby, dass Ben im Moment im Krankenhaus liegt, um sich von einem Unfall zu erholen, den er gestern erlitten hat.«

»Oh, es tut mir Leid, das zu hören. Was ist denn passiert?«

»Er ist schlimm mit seinem Fahrrad gestürzt, als er meinem Sohn half, die Zeitungen auszutragen.«

»Ihr Sohn trägt Zeitungen aus? Welche Zeitung, wenn ich fragen darf?«

»Die *Star-Nachrichten*.«

»Das wird ja immer besser.«

»Wie bitte?«, fragte meine Mutter verständnislos.

»Entschuldigen Sie, Mrs. Liebermann, ich habe gerade nur laut gedacht. Dass Jonathan ein Zeitungsjunge der *Star-Nachrichten* ist, kommt unserer Geschichte bestens zugute.«

»Sie wollen eine Geschichte über die Jungen schreiben?«

»Nun, ja … Mrs. Liebermann. Ihr Sohn und sein Freund und der Bürgermeister sehen den 58er Edsel anscheinend mit den gleichen Augen. Dieses Auto hat Bürgermeister Wilson in letzter Zeit ziemlich in die Bredouille gebracht. Der Brief der beiden Jungen gibt uns Gelegenheit, über dieses Thema eine lockere Geschichte zu schreiben, die unserer Meinung nach das Ansehen des Bürgermeisters deutlich verbessern wird. Damit können wir die Rosenparade dann hoffentlich zu den Akten legen. Wir versichern Ihnen, dass wir die Grenzen des guten Geschmacks immer beachten werden. Natürlich wünschen wir, dass Sie bei dem Gespräch anwesend sind.«

»Nun … ich sehe kein Problem darin. Die Frage ist nur, wie Ben in seiner gegenwärtigen Verfassung zu Ihnen kommen soll. Er soll heute Abend aus dem Krankenhaus entlassen werden. Ob er morgen zu Ihnen kommen kann … das kann ich nicht sagen. Das müssen Sie mit seinen Eltern abklären.«

»Kein Problem. Ich spreche mit den Beamerings. Wie geht es Ben eigentlich? Keine gebrochenen Knochen, hoffe ich?«

»Er hat sich die Nase gebrochen und zwei Zähne ausgeschlagen«, mischte ich mich von der anderen Leitung in das Gespräch ein.

»Meine Güte, da muss er aber ziemlich unsanft auf dem Boden gelandet sein.«

»Nein. Er ist auf einem Pontiac gelandet.«

»O weh. Und wie sieht das Auto aus? Haha, war nur ein Scherz. Pass gut auf deinen Freund Benjamin auf, ja, Jonathan? Und hoffentlich bis morgen.«

225

»Gut.«

»Ich melde mich wieder bei Ihnen, Mrs. Liebermann, sobald ich von den Beamerings eine Antwort habe. Falls Sie mich anrufen wollen, ich bin heute bis siebzehn Uhr dreißig in meinem Büro. Ich hoffe, bis dahin habe ich alles geklärt.« Dann nannte er ihr seine Telefonnummer und verabschiedete sich.

»Juhu!«, rief ich, als ich im Schlafzimmer den Hörer auflegte.

»Erwarte nicht zu viel«, versuchte meine Mutter, meine Begeisterung zu dämpfen, als ich wieder zu ihr in die Küche kam. »Du hast keine Ahnung, wie es Ben geht.«

»Glaube mir, Mutter, wenn er das hört, geht es ihm sofort wieder gut.«

»Nun, das werden wir sehen«, sagte sie. »Jetzt lauf los und teil deine Zeitungen aus.«

»Kann ich nicht vorher Ben anrufen?«

»Nein, teil zuerst deine Zeitungen aus. Ich bin sicher, wir werden bald von Ben hören«, erklärte sie. »Was ist da überhaupt vorgefallen? Du sagst, du und Ben, ihr habt dem Bürgermeister einen Brief geschrieben?«

»Ja. Willst du ihn sehen?«

Ich lief in mein Zimmer und holte die Blaupause. Ein Lächeln zog über ihr Gesicht, als sie den Brief las.

»Ihr seid zwei einmalige Originale, weißt du das?«, schmunzelte sie und schüttelte erstaunt den Kopf. »Ist dir allerdings klar, dass der Bürgermeister andere Gründe hat als den Wunsch, den Edsel zu retten? Er ist Politiker, und Politiker sind alle gleich.«

»Aber wir bekommen trotzdem was wir wollen. Das ist doch nicht schlecht, oder?«

»Na ja, ich bin mir nicht sicher, ob es immer gut ist, aber es ist jedenfalls Politik. Komm jetzt. Du musst deine Zeitungen verteilen. Es ist schon fast vier Uhr. Wenn du wieder zurück bist, können wir weiter darüber sprechen.«

Als ich zur Tür ging, um meine Zeitungen weiter zu falten, klingelte das Telefon erneut. Da ich vermutete, das müsse entweder Ben oder Mrs. Beamering sein, blieb ich im Korridor stehen und horchte.

»Hallo, Martha. Ich habe schon damit gerechnet, dass du anrufst. Wie geht es Ben?«

»Oh, das ist eine gute Nachricht.«

»Ja.«

»Ja, er hat hier auch angerufen. Das ist eine erstaunliche Geschichte, nicht wahr? Was sollen wir nur mit den beiden Jungen anfangen? Jetzt stecken sie mit ihren zehn Jahren mitten in der Kommunalpolitik.«

»Nein, nein, nein. Das ist alles eure Schuld. Jonathan war ein braver, normaler Junge, bis Ben kam!« Sie lachte. »Nun, was meinst du?«

»Ehrlich gesagt, mache ich mir ein wenig Sorgen. Ich fürchte, sie machen sich große Hoffnungen, und es kommt nichts dabei heraus.«

»Meinst du? Jonathan ist das natürlich wichtig. Aber machst du dir keine Sorgen, dass sie nur ausgenutzt werden?«

»Ob du es glaubst oder nicht, genau das hat Jonathan auch gesagt. Was bringst du meinem Sohn nur bei, Martha? Es dauert nicht mehr lang, und die beiden bewerben sich selbst für dieses Amt, sage ich dir.«

»Richtig, richtig … und sie regieren dazu noch alle achtundvierzig Bundesstaaten!«

»Glaubst du wirklich, er schafft das? Was ist mit seinem Gesicht?«

»O nein.« Sie begann laut zu lachen. »O Martha, hat er das gesagt? Meine Güte, wie bist du nur zu diesem Jungen gekommen?«

Was Bens Mutter darauf auch immer geantwortet hat, meine Mutter fing schallend an zu lachen.

»Du hast natürlich Recht. Ich glaube auch, wir brauchen uns

keine Sorgen zu machen, dass Gott einen von ihnen aus seinem Mund ausspeien wird. So, wie sie bis jetzt sind, besteht da keine Gefahr.«

»Einverstanden.«

»Nein, mach dir darüber keine Gedanken. Ich kann sie hinfahren. Ich wollte sowieso mitkommen. Ich möchte sichergehen, dass sie in dieser Sache nicht missverstanden werden.«

»Großartig. Ich hole ihn also ab. Freut mich zu hören, dass es Ben besser geht. Grüße ihn herzlich von uns.«

»Gut.«

Bevor sie auflegte, huschte ich durch die Haustür in den Garten und ging mit jubelndem Herzen an die restlichen Zeitungen, die ich noch falten musste. Es würde wahr werden. Es würde tatsächlich wahr werden. Wir würden mit dem Bürgermeister sprechen.

Als wir am nächsten Tag in das Büro von Bürgermeister Wilson geführt wurden, war sofort offensichtlich, dass es hier nicht nur um die Zukunft des Edsel ging. Im Büro befanden sich Mr. Appleby, ein Kamerateam, Leute von der Zeitung und zwei Stadträte. Der Bürgermeister selbst war nicht da, als wir kamen. Also unterhielten wir uns zwanglos mit Mr. Appleby, während die Fotografen Bilder von uns machten.

So etwas wie Ben sah man nicht alle Tage. Er hatte einen Verband über der Platzwunde an seinem Auge, obwohl das nicht nötig gewesen wäre. Er sagte, die Leute sollten wissen, dass sein Gesicht nur infolge einer Verletzung so aussehe und dass er nicht immer so herumlaufe. Ich muss jedoch sagen, dass Bens geschwollene Nase die Proportionen in seinem Gesicht eigentlich besser verteilte. Seine Ohren schienen dadurch weiter dorthin geschoben zu werden, wohin sie gehörten.

Als der Bürgermeister schließlich auftauchte, begann die formelle Vorstellungsrunde, bei der erneut viele Fotos gemacht wurden. Dann scheuchte Bürgermeister Wilson zu unserer großen Erleichterung alle außer Ben, mir, meiner Mutter und Mr. Appleby aus seinem Büro. Seth Wilson war ein Mensch, der sofort das Kommando übernahm, sobald er einen Raum betrat. Er vergeudete keine Zeit und kam ohne Umschweife zur Sache.

»Ich möchte mich für diesen ganzen Zirkus entschuldigen«, sagte er. »Ihr wisst, viele glauben, ich mache das nur aus politischen Gründen, aber ich muss euch sagen, dass ich genauso wie ihr ein echtes Interesse am Edsel habe. Was viele Leute nicht sehen, besonders Mr. Milner nicht: Ich bin Aktionär der Ford-Werke. Schon seit Jahren.«

Der Bürgermeister war ein eindrucksvoller Redner. Bald hatte er uns in seinen Bann gezogen. Wir drehten uns auf unseren Stühlen, während er im Büro auf und ab schritt und uns mit sorgfältig abgewogenen Worten einen Vortrag hielt. Die meisten dieser Worte erschienen am nächsten Tag in der Zeitung, was bewies, dass unser Treffen als Plattform für seine Öffentlichkeitsarbeit inszeniert worden war. Aber sie fiel nicht so politisch aus, wie meine Mutter erwartet hatte. Und auch nicht so »locker«, wie Mr. Appleby dachte. Ebenso wenig war es eine persönliche Abrechnung mit Mr. Milner, der in dem ganzen Artikel kein einziges Mal erwähnt wurde. Nein, Bürgermeister Wilsons Thema war, ob man es glaubt oder nicht, tatsächlich der Edsel. Genau genommen war es die Rolle des Edsel »in der amerikanischen Wirtschaft … wie wir sie kennen«. Der Edsel Baujahr 58 war Bürgermeister Wilsons Seifenkiste.

»Ich habe über diesem Auto geschwitzt, Jungen – ich habe über der ersten vollständigen neuen Autoreihe seit einem ganzen Jahrzehnt geschwitzt, und ich glaube, der 58er Edsel ist die letzte Hoffnung für die amerikanische Wirtschaftswelt, wie wir sie kennen. Der Edsel ist ein 250-Millionen-Dollar-Experiment. Wenn es scheitert, kann das Amerika leicht seine wirtschaftliche Vormachtstellung, wie wir sie kennen, kosten.

Wir müssen bereits zusehen, wie der Volkswagen, den die Deutschen bauten, und den Adolf Hitler persönlich förderte, immer erfolgreicher wird. Merkt euch meine Worte: Ich sehe voraus, dass wir in den nächsten zwei Jahrzehnten erleben werden, wie die japanische Produktion zu einem Höhenflug ansetzt, den die Geschichte noch nicht gesehen hat.

Ihr seht also, Jungen … Sie sehen, Mrs. Liebermann … dass hier viel mehr auf dem Spiel steht als nur ein einzigartig entworfenes Auto. Es geht um die Zukunft der amerikanischen Wirtschaft, wie wir sie kennen.« (Wir standen alle kurz davor, einstimmig mit ihm »wie wir sie kennen« zu sagen.)

»Ja, ich habe dieses Auto in der Parade gefahren, weil ich will, dass die amerikanische Öffentlichkeit dieses Auto kauft … dieses Auto liebt … dieses Auto als das erkennt, was es ist: das amerikanischste, einzigartigste Auto, das es seit zwanzig Jahren gibt. Wenn sich dieses Auto nicht durchsetzt, kann sich auch die amerikanische Wirtschaft, wie wir sie kennen, nicht durchsetzen.«

Ich bin nicht sicher, ob Ben in Bürgermeister Wilson einen Fürsprecher gefunden hat, oder ob Bürgermeister Wilson in Ben einen Fürsprecher gefunden hat. Tatsache war jedoch, dass sie sich an diesem Tag gegenseitig fanden. Wie zwei Menschen, die auf geheimnisvolle Weise unabhängig voneinander für längere Zeit dasselbe Lied sangen. In diesem Büro geschah etwas Eindrucksvolles. Etwas, das mich nicht einschloss. Aber das war nicht schlimm. Ben bekam etwas, das ich ihm nie hätte geben können.

»Ben und Jonathan, mir hat gefallen, was ihr über den 59er Edsel geschrieben habt. Er ist … wie haben sie es formuliert, Bob?«

»Äh … Augenblick … ›eine armselige Version eines 59er Modells‹«, zitierte Mr. Appleby aus unserem Brief.

»Genau so ist es. Das trifft den Nagel auf den Kopf. Als Aktionär habe ich ihnen das immer wieder gesagt: Ihr müsst dafür sorgen, dass dieses Auto einzigartig bleibt. Die Leute werden sich dafür begeistern, aber das dauert seine Zeit. Es hat nie etwas Amerikanischeres als dieses Auto gegeben. Was auch die Zukunft für den Edsel bringen mag, das 58er Modell – das erste Modell – wird immer ein Klassiker bleiben. Ihr Jungen habt das erkannt.

Das sagte ich auch zu meiner Frau, Edith, als du uns bei der Parade die Rose schenktest und sagtest, wie sehr dir mein Auto gefalle. ›Das ist ein kluger Junge‹, sagte ich. ›Er hat einen guten Geschmack in Bezug auf Autos‹«, erzählte er. Er lehnte auf der Kante seines massiven Mahagonischreibtisches, der mit Ausnahme eines Tintenfasses und einiger Federn leer und blank poliert war, und lächelte Ben an. Er beugte sich zu Ben vor, ergriff seine Hände und sagte: »Und jetzt stehst du hier in meinem Büro. Ich fühle mich geehrt. Und ich möchte euch beiden sagen, dass ich euren Brief an Richard E. Krafve, den Vizepräsidenten und Generalmanager der Edsel-Werke bei Ford, weitergeleitet habe. Aber darüber hinaus möchte ich aufgrund eurer Bereitschaft, heute hierher zu kommen, diese Geschichte zu einem größeren Medienvorstoß nicht nur in unserer Lokalzeitung hier, sondern auch in anderen Zeitungen im ganzen Land, zu denen wir bereits Kontakt aufgenommen haben, verwenden.

Ja, ich habe bei der Rosenparade 1959 einen 58er Edsel gefahren«, sprach er weiter und trat wieder hinter seinen Schreibtisch. »Und dank euch beiden werden viele Leute in diesem Land davon erfahren. Sagen Sie mir, meine Herren … Madam … habe ich Ihre Erlaubnis, den Brief, den ihr an die Ford-Werke geschrieben habt, und auch den Brief, den ihr mir geschickt habt, in der Zeitung zu veröffentlichen?«

»Ja«, nickte Ben, ohne nachzudenken. »Erlaubnis erteilt.«

»Ich danke dir. So, aber was sollen wir mit deinem Gesicht machen?«

»Da kann man nicht viel machen, fürchte ich.«

»Ich habe gehört, das ist passiert, als du die Zeitung ausgetragen hast. Bist du ein Zeitungsjunge?«

»Nein, ich nicht. Jonathan.« Ben deutete auf mich. »Er ist der Zeitungsjunge. Ich habe ihm nur geholfen.«

»Dann hoffe ich, dass du bald wieder wie neu aussiehst. So, Jonathan, du trägst also die *Star-Nachrichten* aus?«

»Ja, Sir.«

»Ausgezeichnet. Damit kommen wir morgen in der Zeitung bestimmt groß heraus. Jungs, es sieht so aus, als wären wir im Geschäft. Willkommen an Bord!« Er beugte sich über seinen Schreibtisch und reichte jedem von uns seine große Hand und bedachte uns mit einem breiten Grinsen. »Und auch Ihnen herzlichen Dank, Mrs. Liebermann, dass Sie gekommen sind. Ich versichere Ihnen, von den Jungen wird nur Positives zu lesen sein, wo immer von ihnen die Rede sein wird. Dafür werde ich persönlich sorgen.«

»Ich habe vollstes Vertrauen, dass Sie das tun werden«, erwiderte meine Mutter, die irgendwo zwischen Stolz und Ungläubigkeit hin und her gerissen war.

Wie die meisten Kalifornier in den 50er Jahren stammte Seth Wilson aus einer anderen Ecke der Vereinigten Staaten. Spuren seines texanischen Erbes waren immer noch deutlich zu erkennen. Alles, was er tat – seine Worte, seine Gesten, sein Gang –, war irgendwie groß und bedächtig. Seine Persönlichkeit füllte den Raum aus. Als Seth Wilson eintrat, hatte man mit einem Schlag das Gefühl, der Raum sei überfüllt. Der weitkrempige weiße Hut, der Teil der traditionellen Kleidung für alle Bürgermeister von Pasadena bei der Rosenparade am 1. Januar war, hing an einem Hutständer neben der Tür. Er war in Seth Wilsons Garderobe zu einem täglichen Markenzeichen geworden.

»Jetzt habe dauernd nur ich geredet«, sagte er und setzte sich schließlich auf seinen ledernen Schreibtischstuhl. »Ich habe euch erzählt, warum ich mich für den 58er Edsel interessiere. Jetzt verratet mir bitte, was euch an ihm so gefällt.«

Ich schaute Ben an und wusste, dass er auf diesen Augenblick bestens vorbereitet war. Ben ahmte Bürgermeister Wilsons Auftritt nach. Er erhob sich und setzte zum Sprechen an. Seine Figur schwoll an, genauso wie seine Nase. Das Zimmer war plötzlich wieder fast überfüllt.

Als Erstes griff er in den kleinen Papierbeutel, den er auf seinem Schoß festgehalten hatte, und zog sein Modellauto heraus. Er stellte es vorsichtig auf den großen, sauberen Schreibtisch des Bürgermeisters.

»Das ist mein eigener 58er Edsel, Herr Bürgermeister. Ich habe ihn zum zehnten Geburtstag von meinem besten Freund, Jonathan Liebermann, geschenkt bekommen«, erklärte Ben. »Er hat schwer dafür gearbeitet und einige unangenehme Situationen ertragen müssen, um genügend Geld zu verdienen, damit er mir dieses Auto kaufen konnte. Ich liebe dieses Auto, und ich habe es heute mitgebracht, weil ich es Ihnen schenken will.«

Ich hatte versucht, meinen Stolz zu verbergen, als Ben zu sprechen begann. Jetzt versuchte ich, meine Überraschung zu verbergen. »Sie sollen dieses Auto bekommen, damit Sie nicht vergessen, dass Ihr Kampf, den Edsel zu retten, auch mein Kampf ist. Sie wissen genau, warum Ihr Kampf wichtig ist, aber mein Grund ist trotzdem nicht weniger wichtig.«

Ben schritt jetzt auch im Zimmer auf und ab, und wir alle – einschließlich Seth Wilson – schauten ihm genauso gebannt zu, wie wir vorher den Bürgermeister beobachtet hatten. Seine Worte kamen genauso abgewogen und überlegt über seine Lippen wie bei seinem Vorredner.

»Was den echten Edsel angeht«, sagte Ben, »muss ich sagen: Ich liebe und hasse ihn gleichzeitig. Ich liebe ihn, weil ihn nicht jeder mag. Es ist ein Auto, das aus der Masse herausragt – ein Auto, das nur bestimmte Menschen lieben können. Ich möchte, dass jeder den Edsel mag, aber ich wäre irgendwie enttäuscht, wenn ihn alle mögen würden. Wissen Sie, was ich meine?«

Der Bürgermeister nickte eifrig, als hätten Bens Ausführungen ein Argument dargelegt, das er auf Anhieb verstand. Seine Miene verriet eine besorgte Bewunderung, und sein Blick ließ Ben nicht los.

»Wir lieben dieses Auto«, sprach Ben weiter. »Aber gleichzeitig hassen wir dieses Auto. Wir hassen es, Herr Bürgemeister, weil es für etwas steht, vor dem wir Angst haben. Sie fürchten, die amerikanische Wirtschaft könne in den Keller rutschen. Davon habe ich keine Ahnung. Ich fürchte ihn, weil das Scheitern des Edsel irgendwie das Ende von etwas für mich bedeutet, etwas, das ich noch nicht kenne, etwas, das mein Leben ändert … wie *ich* es kenne.«

Die Beziehung zwischen dem Bürgermeister und Ben versetzte uns in einen Bann, den nicht einmal Bens Wortspiel brechen konnte. Niemand reagierte darauf. Dadurch wurde das Schweigen noch deutlicher spürbar. Alle saßen wie erstarrt da, bis der Bürgermeister sprach, ohne den Blick von Ben abzuwenden. Er sah ihn weiterhin durchdringend an.

»Wir stürzen uns trotzdem in diesen Kampf, Ben, nicht wahr? Selbst wenn es so aussieht, als würden wir verlieren.«

»Ja, Sir«, nickte Ben und schaute ihn ebenfalls wie gebannt an. »Und wenn wir verlieren?«

Darauf erwiderte der Bürgermeister etwas sehr Erstaunliches:

»Ich habe das Gefühl, ich könnte vielleicht verlieren … aber du nicht.«

19

Die andere Nase hinhalten

»Also gut!« Der Bürgermeister klatschte die Hände zusammen und stand auf. »Meine Herren … Mrs. Liebermann … wir haben viel zu tun.« Er ging um seinen Schreibtisch herum und nahm Bens Auto in die Hand. Er betrachtete es genau und drehte es in den Händen.

»Mit diesem Auto bist du schon einige Kilometer gefahren, was? Sieht nach mindestens sechzig- bis achtzigtausend aus, würde ich sagen«, bemerkte er mit einem Augenzwinkern. Dann wurde seine Miene wieder ernst. »Ich fühle mich zutiefst geehrt, dass du mir so etwas Wichtiges anvertraust, Ben. Würdest du von mir auch etwas annehmen?«

Er ging zu einem Glasregal an der Wand seines Büros und holte auch ein Auto heraus. Ein Modell eines 58er Edsel-Kombi. Ähnlich groß wie Bens Auto, aber fast vollständig aus Metall. Es war detailgetreuer als unsere Autos. Auf dieses Auto stand an den Seiten in knallroten Buchstaben geschrieben: »Offizielles Auto bei der Rosenparade«.

»Hier. Ich möchte dir dieses Auto schenken. Es steht seit über einem Jahr in diesem Regal. Es hat also kaum einen Kilometer auf dem Tacho. Es wird Zeit, dass es in Bewegung kommt. Betrachte es als einen Tausch mit deinem Auto.«

Ben nahm das Auto feierlich entgegen. Sein Gesicht konnte tatsächlich begeistert strahlen, obwohl es so mitgenommen aussah.

Plötzlich knieten wir wieder in meinem Zimmer auf dem Boden, und ich beobachtete erneut, wie Ben zum ersten Mal sein Geburtstagsgeschenk bewunderte. Er betrachtete es von allen Seiten, aus jedem Winkel und stellte es dann auf den Schreibtisch des Bürgermeisters, wo er es wie auf der Straße sehen und vor- und zurückrollen konnte. Der Bürgermeister beobachtete Bens Reaktion mit offensichtlichem Vergnügen.

»Wow! So ein Auto habe ich noch nie gesehen!«

»Es ist eine limitierte Modellauflage. Hier, schau dir das an.« Der Bürgermeister schwang beide Türen weit auf und öffnete sogar den Kofferraumdeckel.

»Schau nur, Jonathan! Die Türen gehen auf! Ich habe mir immer gewünscht, bei unseren Autos könnten wir die Türen aufmachen, und sie hätten einen Motor!«

Nachdem der Tausch vollzogen war, gab uns Bürgermeister Wilson zu verstehen, dass es Zeit sei, unser kleines Treffen zu beenden. Er führte uns schnellen Schrittes zur Tür, schüttelte uns die Hand und dankte uns noch einmal für unser Kommen, als wir einer nach dem anderen sein Büro verließen.

»Lest morgen die Zeitung – na ja, das werdet ihr sowieso tun, da Jonathan sie ausliefert. Eure Geschichte wird drinstehen. Nochmals danke, Mrs. Liebermann, dass Sie die Jungen gebracht haben. Ich möchte euch beiden sagen, dass ihr jederzeit in meinem Büro herzlich willkommen seid. Oh … beinahe hätte ich es vergessen. Bob … die Schlüssel.«

Mr. Appleby zog aus seiner Aktentasche zwei offizielle Schlüssel der Stadt Pasadena heraus, die der Bürgermeister uns mit feierlicher Geste überreichte.

»Damit habt ihr freien Zutritt zu unseren Museen und Sonderveranstaltungen. Und sie sichern euch für die Rosenparade im nächsten Jahr einen Platz auf der Ehrentribüne. Wenn der Edsel bis dahin immer noch vom Band läuft, könnt ihr darauf wetten, dass ich wieder in meinem 58er Edsel sitze, selbst wenn mich das den Sieg bei der Wahl kostet.«

»Vielen Dank«, sagte Ben, fast unhöflich, als wir unsere Stadtschlüssel entgegennahmen. »Aber wir bleiben lieber wieder die ganze Nacht auf und reservieren uns selbst unseren Platz an der blauen Linie. Nur so kann man die Parade wirklich genießen.«

»Das verstehe ich vollkommen«, nickte der Bürgermeister, von dem Ton, mit dem Ben diese Bemerkung vorbrachte, völlig unbeeindruckt. »Wenn ich nicht bei der Parade mitfahren müsste, würde ich das Gleiche tun.«

Das Bürgermeisteramt war im dritten Stock eines Gebäudes ohne Aufzug untergebracht. Mr. Appleby begleitete uns deshalb über eine Betontreppe nach unten. Unsere Schritte hallten von den kahlen Wänden wider. Bevor wir auf die Straße traten, führte er uns noch in sein Büro im ersten Stockwerk, wo er meine Mutter bat, Formulare für uns beide auszufüllen: wo wir wohnten, wo wir geboren waren, wie viele Geschwister wir hatten, welchen Beruf unsere Väter ausübten … alle möglichen Informationen, die für eine Geschichte über uns nötig waren. Er wirkte nervös. Als wir auf unserem Heimweg versuchten, das zu verdauen, was wir soeben erlebt hatten, und es noch einmal Schritt für Schritt Revue passieren ließen, kamen wir zu dem Schluss, dass der Bürgermeister bei diesem Gespräch wahrscheinlich sogar Mr. Appleby überrascht hatte. Appleby wollte den Bürgermeister nur wegen der Parade aus der Schusslinie holen und Mr. Milner in der Zeitung in seine Schranken verweisen. Ihn interessierte der Edsel und die Zukunft der amerikanischen Wirtschaft keinen Deut. Meine Mutter vermutete, er fürchte, dass die Ansichten, die der Bürgermeister vertrat, seine Chancen für eine Wiederwahl sogar gefährden könnten. Der Bürgermeister sah jedoch das ganze Bild. Wir waren uns alle einig – einschließlich meine Mutter –, dass wir sehr von ihm beeindruckt waren.

»Das war einer der Höhepunkte meines bisherigen Lebens«, sagte Ben.

»›Wie wir es kennen!‹«, fügte ich hinzu. Ich konnte mir diese Bemerkung nicht verkneifen.

Am nächsten Tag war auf dem Titelblatt der *Star-Nachrichten* ein Bild von Ben, mir und Bürgermeister Wilson abgebildet. Auf dem Bild schüttelte ich dem Bürgermeister die Hand, während Ben neben mir stand und den Papierbeutel umklammerte, in dem sein Edsel steckte. Obwohl Bens geschwollenes Gesicht und der Verband es ein wenig verbargen, konnte man trotzdem den unverkennbaren zusammengekniffenen Blick sehen, der mir schon bei jenem ersten Bild im Gemeindeblatt aufgefallen war. Ben traute Kameras immer noch nicht.

Der Artikel weckte jedoch ein deutliches Unbehagen in mir. Ich wusste nicht, was ich Ben sagen sollte, als ich ihn gelesen hatte. Die Überschrift verriet alles: »Bürgermeister unterstützt Zeitungsjungen der *Star-Nachrichten* bei seinem Kampf um den Edsel«.

Die ganze Geschichte war von *meinem* Standpunkt aus geschrieben, als wäre ich die Hauptfigur. Der Name der Zeitung erschien fast in jedem zweiten Satz. Natürlich wurde nicht erwähnt, dass ich die Zeitung erst seit vier Tagen probeweise austrug. Man hätte meinen können, ich sei irgendein Zeitungsheld. Über Ben stand überhaupt nicht viel in dem Artikel. Nur um seine gebrochene Nase wurde ein großes Tamtam gemacht. Offenbar fand der Verfasser des Artikels, es sei nach dem ganzen Gerede über den Edsel eine lustige Pointe, dass Ben in einen Pontiac gerast sei. Deshalb benutzte er diese Geschichte als Anekdote am Schluss seines Artikels. Natürlich ist der letzte Teil einer Geschichte immer das, was sich jeder am leichtesten merken kann.

Zum Glück rettete mich Ben aus meiner Verlegenheit. Ich musste das Thema nicht ansprechen. Er rief mich gleich nach der Schule an.

»Ich weiß alles darüber«, sagte er.

»Über was?«

»Über den Artikel. Ich weiß, dass sie nur über dich geschrieben haben, und dass ich anscheinend nichts anderes kann, als mit dem Gesicht gegen einen Pontiac zu donnern.«

»Woher weißt du das? Ich habe meine Zeitungen noch nicht einmal gefaltet. Euer Zeitungsjunge muss aber furchtbar schnell sein!«

»Nein, ich habe den Artikel noch nicht zu Gesicht bekommen. Der Bürgermeister hat mich heute Morgen angerufen und mir die Sache erklärt. Er sagte, er habe der Geschichte, so wie sie geschrieben wurde, zustimmen müssen, wenn er den Artikel auf der ersten Seite haben wollte. Er dachte, ich würde das verstehen, wollte mich aber trotzdem anrufen und mich darauf vorbereiten. Das war sehr nett von ihm, findest du nicht?«

»Ja, das finde ich auch nett. Aber verstehst du, was das soll?«

»Natürlich. Das ist Politik. Die Zeitung bekommt auf diese Weise auf der Titelseite kostenlose Werbung für sich. Wichtig für uns ist, dass der Edsel gut herauskommt. Genau das, was wir erreichen wollten. Wir haben es ja nicht für uns gemacht, sondern für den Edsel, oder?«

»Ja, wahrscheinlich hast du Recht.« Ich fühlte mich jetzt etwas besser, da Ben es so gut wegsteckte, aber trotzdem fand ich, dass das, was sie aus dem Artikel gemacht hatten, unfair war.

Nach dem nächsten Tag in der Schule fühlte ich mich noch schlechter. Ich war für meine Mitschüler alles andere als ein Held, weil ich auf dem Titelblatt der Zeitung erschien. Vielmehr war ich nahe daran, zum Gespött der ganzen Schule zu werden. Den ganzen Tag musste ich mir Kommentare anhören wie:

»Hallo, hier kommt Johnny Edsel!«

»Hallo, Johnny, weißt du denn nicht, wie eine Zitrone aussieht?«

»Soll das wirklich heißen, dass dir diese komischen Autos gefallen?«

»Saug doch eine Zitrone aus. Dann sieht dein Mund genauso aus wie die Vorderseite eines Edsel!«

239

»Ich kenne jemanden, der einen Edsel hat. Sein Vater hat ihn bei einer Tombola gewonnen. Jetzt kriegen sie ihn nicht mehr los. Sie können ihn nicht einmal verkaufen und so viel Geld dafür bekommen, dass sie sich ein richtiges Auto kaufen können.«

Aber der Spruch, der mich wirklich wütend machte, war: »Zu schade, dass dein Freund nicht in einen Edsel gefahren ist. Dann würde er jetzt vielleicht besser aussehen!«

Ich hatte mich noch nie geprügelt, aber diese gemeine Bemerkung ließ meinen Arm zurückfahren und zum Schlag ausholen, bevor ich überhaupt darüber nachdenken konnte. Leider kam ich nie dazu, damit auch zu schlagen, denn wegen meiner Unerfahrenheit wurde ich als Erster geschlagen. Mitten auf die Nase.

Als ich mit blutüberströmtem Gesicht ins Erste-Hilfe-Zimmer lief, hoffte ich, meine Nase wäre gebrochen. Genauso wie Bens Nase. Aber es war nur Nasenbluten.

Ich holte aus dieser Situation jedoch so viel heraus wie nur möglich. Ich ließ das Blut auf meiner Nase trocknen und bat die Schwester, meine Mutter anzurufen, damit sie mich von der Schule abholte. Ich genoss es, dass sich meine Mutter so besorgt um mich kümmerte. Während sie mir mein Lieblingsessen aus hart gekochten Eiern mit weißer Soße über Toastbrot (mit Eigelb oben auf dem Toast) zubereitete, rief ich Ben an, um ihm von meiner Nase zu erzählen. Aber er war bereits wieder in der Schule. Jetzt hatte ich ein schlechtes Gefühl dabei, dass ich so ein großes Theater darum machte. Als mein Gesicht schwarz und blau wurde (es sah, ehrlich gesagt, viel schlimmer aus, als es sich anfühlte) und ich erkannte, dass ich tatsächlich etwas aus dieser Sache herausschlagen könnte, kam ich mir wie ein gemeiner Schwindler vor. Die Nase tat nie besonders weh.

Da ich für den Rest des Tages ohnehin zu Hause war, beschloss ich, meine Schuldgefühle und Reue zu nutzen, um eine Idee in die Tat umzusetzen, die mir im Kopf umging, seit wir das Büro des Bürgermeisters verlassen hatten. Ich dachte, der Bürgermeister bräuchte noch eine genauere Erklärung dafür, warum wir versuchten, den Edsel zu retten. Ich brauchte fast genauso lang, die richtigen Worte zu finden, wie ich brauchte, um die Buchstaben zu diesen Wörtern auf der Schreibmaschine meines Vaters zu finden. Aber ich schaffte es, den Brief fertig zu stellen, bevor meine Zeitungen kamen. Und so konnte ich unterwegs, während ich die Zeitungen verteilte, den Brief einwerfen.

»Sehr geehrter Herr Bürgermeister Wilson,

es gibt noch etwas, das Sie über meinen Freund Ben Beamering und den Edsel wissen sollten: Ben ist davon überzeugt, dass sein Leben irgendwie davon abhängt, was aus dem Edsel wird. Das Problem ist, dass bis jetzt viele von Bens Eindrücken sich als richtig erwiesen haben. Jetzt habe ich von Mrs. Fitzpatrick auch noch erfahren, dass Ben ein Loch im Herz hat. Aus diesem Grund müssen Sie alles tun, was in Ihrer Macht steht, um die Leute dazu zu bewegen, den Edsel zu kaufen, nur für den Fall, dass Ben wieder einmal Recht behält. Dieses eine Mal hoffe ich, er irrt sich.

Mit freundlichen Grüßen

Jonathan Liebermann.

P.S.: Bitte erzählen Sie niemandem von diesem Brief. Und auf gar keinen Fall Ben. Niemand sonst würde das verstehen. Und Ben und ich sprechen nie über diese Sache.«

Kaum hatte ich diesen Brief an den Bürgermeister abgeschickt, regten sich in mir Zweifel, ob ich das Richtige getan hätte. Hatte ich zu viel gesagt? Würde ich von ihm hören? Würde er irgendetwas in dieser Sache unternehmen? Mein erster Hinweis, dass er etwas unternehmen würde, kam am darauf folgenden Sonntag. –

Ich traf Ben erst wieder am nächsten Sonntag. Meine Nase sah immer noch ziemlich böse aus. Bens Gesicht heilte wieder. Er hatte sogar zwei neue Schneidezähne eingesetzt bekommen, die mit einer Brücke festgehalten wurden. Wir sahen aus wie blaunäsige Zwillinge. Ben fand das Ganze ziemlich lustig.

»Warum hast du dem Kerl nicht wenigstens auch eine verpasst?«, fragte er.

»Dazu kam ich nicht mehr.«

»Du bist mir vielleicht ein Verteidiger meiner Ehre!«

»Wenigstens habe ich es versucht.«

Ben hatte nicht halb so viele Probleme wegen des Zeitungsartikels bekommen wie ich, als er wieder zur Schule ging. Nicht einmal wegen seines Unfalls. Er galt ohnehin als schräger Vogel. Das alles störte Ben nicht im Geringsten.

Ben und ich waren nach der Kirche oben im Glockenturm. Seit mehreren Wochen stiegen wir wieder hinauf. Nicht um irgendwelche Streiche auszuhecken, sondern um in unserer eigenen Welt unterzutauchen. Der Turm war sowohl unser Aussichtsturm zur Welt als auch unsere Zufluchtsstätte geworden, in der unsere Traumwelt Wirklichkeit werden konnte. Es war ein Ort voll mit Ideen, Träumen und Werten von einer viel größeren Welt. Sie wurde jetzt von niemand Geringerem als Grizzly bewacht und geschützt, der die Tür im Auge behielt, sobald wir darin waren.

Wir hatten uns gerade über den Bürgermeister unterhalten und uns gefragt, wann wir von ihm vielleicht wieder hören würden (ich fragte mich das mehr als mein Freund), als Ben ausrief: »O Mann! Er ist da!«

»Wer ist da?«

»Der Bürgermeister! Er muss heute Morgen zum Gottesdienst gekommen sein. Schau nur!«

Ben hatte durch die Schlitze im Lüftungsgitter gespäht, die uns einen freien Blick auf die Stufen vor der Kirche gewährten. Er trat zur Seite, damit ich ihn auch sehen konnte. Eindeutig:

Da unten leuchtete der weiße Hut des Bürgermeisters, auf dem sich die helle Morgensonne widerspiegelte.

»Aber, das ist doch …«

»Und er trägt den weißen Anzug und den Hut …«

»… und die rote Krawatte der Organisation«, sagten wir beide wie aus einem Mund.

»Schau dir Mrs. Wilson an«, forderte Ben mich auf. Er spähte über meine Schulter. »Sie ist auch weiß angezogen. Vielleicht ist das ihre offizielle Kleidung. Warum, glaubst du, ist er hier?«

»Ich weiß es nicht«, antwortete ich. Konnte es etwas mit meinem Brief zu tun haben?

»Schau nur.« Ben stieß mich in die Seite. »Er redet gerade mit deinem Vater.«

Dann sahen wir beide, dass mein Vater sich in der Menschenmenge vor der Kirche umschaute, als suche er jemanden.

»Wetten, er sucht uns? Komm, gehen wir zu ihm!«

Wir kletterten eilig die Leiter hinab und tauchten im hinteren Bereich der Kirche auf. Dort verlangsamten wir unser Tempo schlagartig und mischten uns unauffällig unter die anderen Gottesdienstbesucher.

»Oh, da sind sie ja«, hörten wir meinen Vater sagen. »Jonathan! Ben! Hier ist jemand, der euch sprechen möchte.«

»Na, du siehst ja schon viel besser aus«, sagte der Bürgermeister und beugte sich vor, um Ben mit einem Handschlag zu begrüßen. »Aber was ist denn mit dir passiert?«, fragte er erstaunt, als er mich sah. »Übertreibt ihr eure Freundschaft jetzt nicht ein bisschen? Ihr müsst doch nicht beide eine gebrochene Nase haben, nur um eure Freundschaft unter Beweis zu stellen!«

»Sie ist nicht gebrochen. Ich bin in eine Rauferei geraten.«

»Er hat meine Ehre verteidigt«, erklärte Ben.

»Und die Ehre des Edsel«, fügte ich hinzu.

»Hatte das mit der Geschichte in der Zeitung zu tun?«, fragte der Bürgermeister.

»Irgend so ein Idiot in meiner Klasse meinte, wenn Ben in einen Edsel gefahren wäre, dann hätte das seinem Aussehen gut getan.«

»Na, das ist aber wirklich ein Grund, sich eine blaue Nase zu holen«, erklärte der Bürgermeister. »Ich hätte diesen Kerl mit so einer Bemerkung auch nicht ungeschoren davonkommen lassen. Wenn du so aussiehst, will ich mir gar nicht vorstellen, wie dieser Kerl jetzt aussieht.«

Ich sagte nichts. Ben sagte nichts. Und so stellten wir uns alle vor, ich hätte diesen Kerl verprügelt. Es tat gut, wenn auch nur für einen Augenblick, mir vorzustellen, ich hätte wirklich meinen Schlag in seinem Gesicht landen können. Während ich stolz neben Ben und dem Bürgermeister stand, begann ich schon zu glauben, ich hätte es tatsächlich getan.

Mein Vater dagegen machte sich anscheinend Sorgen um die geistlichen Folgen von Schlägereien und war nicht allzu glücklich darüber, dass der Bürgermeister so eine Sache guthieß. Deshalb entschied er in diesem Augenblick, das Wort Gottes über irgendjemandes Ehre zu stellen und auch über meine Nase. »Aber heißt es nicht, wir sollen die andere Wange hinhalten?«, fragte er.

Ein kurzes, peinliches Schweigen breitete sich aus. Wir alle spürten die unangenehme Atmosphäre, die diese Frage auslöste.

»Es war ja nicht seine Wange, Mr. Liebermann«, sagte der Bürgermeister schließlich. »Es war seine Nase. Steht in der Bibel irgendwo etwas davon, dass man die andere Nase hinhalten soll?«

Ben lachte, aber ich versuchte, ernst zu bleiben, da ich wusste, dass dieser Witz auf Kosten meines Vaters und seiner Bemerkung ging. Ich atmete erleichtert auf, als mein Vater schließlich auch lachen musste.

So gingen im Grunde genommen die meisten Erwachsenen in unserer Gemeinde mit der Bibel um. Sie stritten nicht über die Bibel. Es genügte ihnen anscheinend, einfach die Bibel zu zitieren. Sie taten so, als enthielten die Worte irgendwie eine Zauberkraft, die Leute von selbst vom falschen Weg abbringen könnte. Sie lernten Bibelstellen auswendig und lernten, wie sie diese im richtigen Augenblick sagen mussten. Wenn sie im richtigen Augenblick das Richtige sagten, hatten sie immer das letzte Wort. Jeder, der die Bedeutung der Bibel in Frage stellte oder darüber Witze machte, wie der Bürgermeister es soeben getan hatte, wurde als potenzieller Feind des Glaubens betrachtet. Lerne das Wort, glaube das Wort, sage das Wort.

Aus diesem Grund waren unsere Eskapaden hinter den Orgelpfeifen im Sommer so gut für die Colorado Avenue Standard Christian Church gewesen: Sie hatten die Gottesdienstbesucher gezwungen, über das Wort Gottes und seine Bedeutung nachzudenken. Aber diese sonntäglichen Augenblicke, in denen Leben und Freude in die Gemeinde gekommen waren, gehörten längst der Vergangenheit an. Die meisten Gemeindemitglieder vertraten inzwischen wieder streng ihre alten Vorstellungen von einem geistlichen Leben.

Der Bürgermeister überspielte die unsichere Spannung schnell, indem er uns seine Frau vorstellte. Sie hatte ein nettes Gesicht und weiße Haare und lächelte unter ihrem aquarinblauen Hut hervor. Wir schüttelten alle ihre Hand, die in einem weißen Handschuh steckte.

»Seth hat mir so viel über euch beide erzählt. Ich verstand seine Faszination von diesem Edsel nie ganz, aber ich schätze, ihr beiden versteht ihn. Es ist gar nicht so leicht, die Aufmerksamkeit meines Mannes zu wecken, aber ihr beide habt es geschafft.«

»Mr. Liebermann«, sagte der Bürgermeister mit der selbstsicheren und publikumswirksamen Stimme, die wir aus seinem

Büro kannten. »Edith und ich haben vor, in eine Gemeinde einzutreten. Wir würden uns gern Ihre Gemeinde genauer anschauen. Wie müssen wir dabei vorgehen?«

»Nun ja«, begann mein Vater nervös. »Dann stelle ich Sie am besten unserem Pastor vor, Pastor Beamering … äh … Bens Vater.«

»Würdet ihr uns bitte entschuldigen«, sagte der Bürgermeister zu Ben und mir und gab uns das Gefühl, sehr bedeutend zu sein, während mein Vater bereits zu der Stelle unterwegs war, wo Jeffery T. Beamering anderen Gottesdienstbesuchern die Hand schüttelte und ihnen einen schönen Sonntag wünschte.

Ein paar Leute, die den Bürgermeister erkannten, hatten sich in unserer Nähe platziert. Sie waren zu höflich, um ihn direkt anzustarren, aber sie hatten sich unauffällig so nahe bei uns postiert, dass sie alles hörten, was er sagte, und ihm verstohlene Blicke zuwerfen konnten. Das war unübersehbar, denn sobald mein Vater davon sprach, dass er dem Bürgermeister Bens Vater vorstellen wolle, bildete sich ein freier Durchgang zwischen uns und dem Pastor. Als mein Vater dann mit lauter Stimme sagte: »Jeffery, darf ich dir unseren Bürgermeister, Mr. Wilson, und seine Gattin, Mrs. Wilson, vorstellen?«, brachen für ein paar Augenblicke alle Gespräche ab, und aller Augen drehten sich in seine Richtung.

»Guten Tag«, begrüßte der Bürgermeister Pastor Beamering, ohne auf die allgemeine Aufmerksamkeit, die er erregte, zu achten. »Sie müssen Bens Vater sein.«

»Oh, … ja, was für eine Ehre … äh … Sie kennen zu lernen.«

»Die Ehre ist ganz auf meiner Seite«, sagte der Bürgermeister. »Sie haben einen großartigen Sohn.«

»Danke, Sir. Ja, er ist ein guter Junge.«

»Und er hat einen guten Geschmack, was Autos angeht.«

»Wie bitte? … Oh, ja … der Edsel.«

»Ich muss Ihnen sagen, Herr Pfarrer, ich habe noch nie so einen klugen jungen Mann getroffen. Als ich hörte, dass er der

Sohn eines Pastors ist, nun … da habe ich beschlossen, dass ich einmal kommen und seinen Vater predigen hören muss. Und ich muss sagen: Sie wissen wirklich, wie man eine Predigt hält.«

»Vielen Dank, Herr Bürgermeister.« Pastor Beamerings gewohntes Selbstvertrauen kehrte langsam zurück. (»Komm nie wieder auf die Idee, mich so zu überrumpeln«, hörte ich ihn später zu meinem Vater sagen.)

»Bitte, nennen Sie mich Seth«, bot ihm der Bürgermeister an. »Und das ist meine Frau, Edith.« Sie schüttelten einander die Hände und sagten, wie sehr sie sich alle freuten, einander kennen zu lernen. Die kleine Menschenschar auf den Stufen war immer noch mucksmäuschenstill und wartete gespannt, was noch kommen würde.

»Wenn das so ist, dann sagen Sie Jeff zu mir«, erwiderte Pastor Beamering das Angebot des Bürgermeisters. »Wir können auch ohne Titel auskommen, nicht wahr? Immerhin sind wir alle Kinder im Reich Gottes.«

»Nun, das weiß ich nicht so genau, aber es ist eine wirklich schöne Kirche, die Sie hier haben. Meine Frau und ich haben Interesse daran, hier Mitglieder zu werden.«

Ein überraschtes Murmeln ging durch das kleine Publikum. Erneut verschlug es Pastor Beamering für einen Augenblick die Sprache.

»Was für ein Zufall!«, rief er nach einer kurzen Pause aus. »Wir wollen ausgerechnet in dieser Woche einen Glaubensgrundkurs für neue Mitglieder beginnen. Ich könnte Sie morgen anrufen und Ihnen alle nötigen Informationen geben.«

»Ausgezeichnet«, strahlte der Bürgermeister. »Übrigens, Herr Pastor, was für ein Auto fahren Sie?«

»Einen Ford«, antwortete Jeffery T. Beamering. »Warum fragen Sie?«

»Haben Sie je daran gedacht, einen Edsel zu fahren?«

»Eigentlich nicht. Er würde die Grenzen meiner finanziellen Möglichkeiten sprengen.«

»Dann sollten Sie sich noch einmal genauer erkundigen. Es gibt eine Vielzahl von Modellen. Die billigsten sind nur ein paar hundert Dollar teurer als ein neuer Ford. Sie sollten sich das wirklich überlegen.«

»Nun ja, ich brauche eigentlich im Moment gar keinen neuen …«

»Sie sollten es sich überlegen«, wiederholte der Bürgermeister und drückte Pastor Beamerings Hand besonders fest, als sie sich voneinander verabschiedeten.

»Äh … vielleicht könnte ich das … ja.« Pastor Beamering stammelte erneut, was sehr untypisch für ihn war.

»Gut. Das sind Sie sich selbst schuldig. Glauben Sie mir.«

Dieses Gespräch und das Augenzwinkern, das er mir zuwarf, als er Ben und mir noch einmal die Hand schüttelte, überzeugten mich davon, dass Bürgermeister Seth Wilson meinen Brief tatsächlich bekommen hatte.

»Was für ein Glaubensgrundkurs?«, fragte mein Vater Jeffery T. erstaunt, während wir von den Stufen aus zuschauten, wie der Bürgermeister und seine Frau in ihren Edsel stiegen und davonfuhren.

»Den Kurs, den ich soeben spontan angesetzt habe«, antwortete Bens Vater und beobachtete, wie die Rücklichter mit den Möwenflügeln aus unserem Blickfeld verschwanden. »Die Hicksons und Masons brauchen sowieso einen. Ich habe den Termin nur ein paar Wochen vorverlegt. Wenn der Bürgermeister in unsere Gemeinde eintreten will, können wir jeden Tag einen Grundkurs anbieten.«

20

Sycamore 5-2905

»Du könntest deinen Freund anrufen und ihn aufmuntern«, schlug mir meine Mutter vor, als ich am Montagnachmittag meine Schulbücher auf dem Esstisch ablud. »Ben liegt schon den ganzen Tag mit Grippe im Bett.«

»Mit Grippe? Junge, er hat aber wirklich Pech.« Ich ging zum Kühlschrank und holte mir ein großes Glas kalte Milch heraus, während meine Mutter mich mit einem missbilligenden Blick und der Antwort bedachte, die so sicher kam wie das Amen in der Kirche.

»Glück und Pech gibt es beim Glücksspiel«, erklärte sie. In unserer Familie war »Glück« ein völlig weltlicher Begriff, der die Existenz Gottes leugnete. Glück und Gottes Wille waren zwei völlig verschiedene Welten. Doch dann lächelte sie schnell und fügte hinzu: »Wo bleibt mein Kuss?«

»Oh, tut mir Leid. Das habe ich ganz vergessen.« Sie saß am Frühstückstisch. Ich ging zu ihr hinüber und küsste sie auf die Wange. In der einen Hand hielt ich eine Milchflasche und in der anderen ein Glas.

»Ja, es ist wirklich eine schwere Zeit der Prüfung für Ben«, bemerkte sie.

»Für mich auch«, murmelte ich.

Ich schenkte mir die Milch ein und verschlang dann direkt vom Blech eine Hand voll frisch gebackener Schokoladenkekse, die zum Abkühlen auf der Arbeitsfläche in der Küche standen.

Diese Zeit gleich nach der Schule mochte ich besonders gern, denn dann hatte ich meine Mutter ganz für mich allein. Becky kam normalerweise mindestens eine halbe Stunde nach mir nach Hause.

»Jonathan, du gibst dir immer noch die Schuld für Bens Unfall, nicht wahr?«

»Ich kann nichts dagegen tun, Mutter. Ich wusste, dass der Dynamo nicht gut genug befestigt war.«

»Wie oft haben wir das jetzt schon durchgekaut? Du musst das an Gott abgeben. Es war ein Unfall. Du kannst es nicht ewig mit dir herumschleppen. Was steht in der Bibel? Noch einmal: Römer 8, Vers 28 …«

»Mutter, ich kenne diesen Vers, aber er hilft mir auch nicht weiter.«

»›Wir wissen aber, dass‹ … Komm, sag ihn mit mir zusammen.« Wir sagten den Vers gemeinsam auf. Meine Mutter zuversichtlich und hoffnungsvoll, ich resigniert und müde. »›… alle Dinge zum Besten dienen denen, die Gott lieben, die nach seinem Ratschluss berufen sind. Römer 8, Vers 28.‹«

»Aber …«

»Kein Aber, Jonathan. Erinnere dich, was wir gesagt haben! Es ist entweder wahr oder nicht. Es gibt keine Ausnahmen. Hier steht nicht: Denen, die Gott lieben, werden alle Dinge zum Besten dienen, außer wenn Jonathan Liebermann im Januar 1959 den Dynamo an Ben Beamerings Fahrrad nicht fest genug macht.«

»Ja, ich verstehe das, aber …«

»Jonathan, liebst du Gott?«

Ich nickte.

»Nun, dann gilt diese Verheißung auch für dich. Damit steht die Sache fest. Gib es an Gott ab.«

Ich wischte die Kekskrümel über der Spüle von meinen Händen und wusch mein leeres Glas unter dem Wasserhahn aus. Dann sprang ich hoch und setzte mich auf meinen Lieblingsplatz auf der Arbeitsplatte neben dem Spülbecken.

Ich schaute aus dem kleinen Fenster und sah meine Schwester vom Schulhof mit einer Gruppe ihrer Freundinnen auf unser Haus zugehen.

»Mutter, was ist, wenn etwas wirklich Schlimmes passiert?«, fragte ich und schaute zum Himmel hinauf, der mit einer dunklen Wolkendecke überzogen war, ohne dass es jedoch regnete. »Sagen wir, wenn Ben etwas zustoßen sollte und es wäre meine Schuld, und er würde nie wieder gesund werden? Wie sollte das zum Besten dienen?«

»Willst du wissen, was wäre, wenn Ben stirbt?«, hakte meine Mutter nach. Sie trat auf mich zu und blieb vor mir stehen.

»Na ja … nur einmal angenommen.«

»Jonathan, an so etwas solltest du nicht einmal denken. Ben wird wieder gesund werden.«

»Ich weiß, aber nur einmal angenommen.«

»Du vergisst eines, Jonathan: Hier ist von Gottes Bestem die Rede. Vielleicht verwechselst du sein Bestes mit dem, was du für dich als das Beste ansiehst.«

»Du meinst, es könnte zu Gottes Bestem dienen, wenn jemand stirbt?«

»Natürlich kann es zu Gottes Bestem dienen, wenn jemand stirbt. Wohin kommen wir, wenn wir sterben?«

»Wir kommen in den Himmel.«

»Wäre das nicht gut für Gott? Will er uns nicht alle dort haben? Im Himmel bei ihm?«

Ich begriff, worauf sie hinauswollte, aber das gefiel mir nicht.

»Du denkst, dass das, was Gott für das Beste hält, vielleicht nicht das ist, was du willst«, sagte sie. »Das ist es doch, nicht wahr?«

»Ja, es ist doch irgendwie nicht fair, dass Gott Ben bekommen soll und ich nicht.«

»Jetzt mach aber langsam! Wovon redest du eigentlich? Wer hat denn gesagt, dass Gott dir Ben wegnehmen will? Du hast eine zu große Fantasie.« Dann trat sie neben mich, nahm mein Gesicht in ihre zarten Hände und sagte: »Hör mir jetzt einmal zu: Ben hat sich das Gesicht übel zugerichtet. Es wird aber von Tag zu Tag besser. Unser Körper ist so geschaffen, dass er sich nach einem solchen Unfall wieder erholt und heilt. Ben wird wieder ganz gesund werden.« Sie umarmte mich liebevoll.

»Jetzt geh und rufe ihn an. Und danach solltest du deine Zeitungen austragen.« Sie zeigte ihr breites, herzliches Lächeln, das wie ein weiter, klarer Himmel über einem Maisfeld in Minnesota auf mich wirkte. Alle trüben Gedanken und dunklen Wolken, die sich in meinem Kopf festgesetzt hatten, waren wie weggeblasen.

»Einverstanden, Mama.« Ich erwiderte ihre Umarmung. Dann sprang ich von der Arbeitsplatte und wählte Bens Telefonnummer. Ich kannte sie auswendig. Sycamore 5-2905.

»Guten Tag. Hier Beamering.«

»Hallo, Mrs. Beamering. Könnte ich bitte Ben sprechen?«

»Er schläft gerade, Jonathan.«

»Wie geht es ihm?«

»Schon besser. Heute Morgen hatte er Fieber. Deshalb habe ich ihn von der Schule zu Hause gelassen. Anscheinend hat er sich eine Grippe eingefangen. Das geht zur Zeit um.«

»Vielleicht rufe ich ihn an, wenn ich meine Zeitungen ausgetragen habe.«

»Das wäre schön, Jonathan. Ich sage ihm, dass du angerufen hast, wenn er aufwacht.«

»Danke, Mrs. Beamering. Auf Wiedersehen.«

In diesem Augenblick kam Becky herein. Sie schlug die Haustür krachend hinter sich zu. »Hallo«, begrüßte sie mich ziemlich kühl, als sie an mir vorbei zur Küche und zum Kühlschrank ging. Ich folgte ihr. Wenn ich klug gewesen wäre, hätte ich das nicht getan, sondern wäre geradewegs zur Hintertür hinaus verschwunden. Mit einer älteren Schwester, der eine Laus über die Leber gelaufen ist, war nicht zu spaßen.

»Du hast ja keine Ahnung, wie furchtbar es ist, einen Edsel-Verkäufer zum Bruder zu haben, Mama«, beklagte sich Becky, während sie anfing, sich ihren Imbiss nach der Schule zusammenzustellen – eine sehr eigenwillige Mischung: eine Schüssel mit Grahamcrackern und Milch darüber. Die Cracker saugten sich sofort voll wie ein trockener Schwamm und wurden ganz weich und schwabbelig. »Ich wünschte nur, er würde diese Sache mit dem Edsel fallen lassen. Zuerst darf ich nicht zum Tanzen gehen, und jetzt ist mein Bruder auf dem Titelblatt der Zeitung abgebildet und versucht, ein idiotisches Auto zu retten. Meine Freundinnen denken allmählich, meine Familie sei total verrückt.«

»Jetzt hör aber auf«, schimpfte meine Mutter. »Fang nicht schon wieder mit dem Tanzen an. Das haben wir oft genug durchgekaut. Außerdem hast du viele Freunde in der Gemeinde.«

»Selbst die wundern sich schon sehr über Ben und Jonathan«, knurrte Becky. »Die beiden stecken immer nur zu zweit zusammen und verstecken sich irgendwo. Und dann kommt der Bürgermeister und sie haben ihren großen Auftritt. Und das alles nur wegen eines dämlichen Autos! Ich kapiere das einfach nicht.«

»Ich bin nicht sicher, ob ich es ganz verstehe, aber Jonathan ist dein Bruder, und du musst gerade dann zu ihm halten, wenn sich die anderen gegen ihn stellen. Ihr zwei habt euch immer gegenseitig unterstützt. Er ist nicht dumm, Becky. Und Ben auch nicht. Im Gegenteil, Ben ist einer der klügsten Jungen, die ich kenne.«

»Ja, aber lebt er in dieser Welt?«

»Jonathan, könntest du deiner Schwester zuliebe etwas Licht in diese Sache bringen?«

Ich lehnte während dieses ganzen Gesprächs am Türrahmen und sah zu Boden. Es gab so vieles, was ich gern gesagt, was ich mir gern von der Seele geredet hätte. Wirklich wichtige

Dinge, die Ben und ich hinter den Kulissen getan hatten. Das Schicksal des Edsel. Das ungewöhnliche Aussehen des Edsel und dass er so viel Ähnlichkeit mit Bens Gesicht hatte. Meine Angst um Ben. Aber ich konnte es niemandem erklären. Ich wusste ja selbst nicht einmal, was das alles zu bedeuten hatte.

»Nein«, lautete deshalb meine lapidare Antwort.

Becky seufzte verzweifelt. »Siehst du, Mama? Man kann mit ihm nicht vernünftig reden. Ich sage dir, er und Ben sind dieses Mal zu weit gegangen.«

»Komm mit mir nach draußen, Rebekka«, forderte meine Mutter sie auf. Offenbar sah sie ein, dass dieses Gespräch zu nichts führte. »Hilf mir, die Wäsche abzunehmen. Es sieht so aus, als würde es heute noch regnen.«

An diesem Tag und an vielen Tagen, die danach kommen sollten, bot mir mein Zeitungsjob eine vorübergehende Fluchtmöglichkeit. Das rhythmische Falten, Zusammenbinden, Einpacken und Rutschen der ausgeteilten Zeitungen über den Beton in den Hauseinfahrten sprach eine ganz eigene Sprache. Diese Sprache erzählte mir etwas von Verantwortung und Bedeutung (die Nachrichten müssen unter die Leute gebracht werden), während manche Schlagzeilen wie ein ungeschriebenes Tagebuch in meinem Kopf haften blieben. Ereignisse, die für niemanden als für mich einen Bezug zueinander hatten, bestimmten meine Tage. Meine tägliche Verabredung mit den aktuellsten Weltnachrichten bedeutete außerdem, dass ich für mindestens eine Stunde am Tag allein in einer Welt außerhalb meiner gewohnten Sphäre war.

Meine Zeitungsrunde führte mich in Straßen und Gegenden, die mir vorher unbekannt gewesen waren. Jeden Tag brauchte ich weniger Zeit, um die Zeitungen auszuteilen. Die dadurch gewonnenen Minuten verbrachte ich mit Erkundungsfahrten und konnte trotzdem noch rechtzeitig zu Hause sein, ohne vermisst zu werden und ohne dass man mich fragte, was ich getan hätte. Im Westen und Süden entdeckte ich Geschäfte und

Industriegebiete. Im Osten befanden sich die bescheideneren Wohngegenden, wie unsere in der Sequoia Street. Und im Norden, wo die Straßen breiter und die Häuser und Gärten größer wurden, wohnte Lisa Day.

Lisa ging mit mir in die fünfte Klasse und war das schönste Mädchen, das ich je gesehen hatte. Nicht dass ich jemals mit ihr gesprochen hätte. Aber mit Lisa Day musste man auch nicht sprechen, um sie zu bewundern. Man musste sie nur sehen. Wenn ich tatsächlich mit ihr gesprochen hätte, wären viel zu viele Gefühle auf mich eingestürmt, die ich nicht begriff und auch nicht begreifen wollte. Ich wollte diese Gefühle nur umkreisen, nahe an sie herankommen und mich darüber freuen, dass ich diese Gefühle hatte. Und so nahm ich alle paar Tage meinen Mut zusammen und fuhr in ihre Straße und umkreiste ihr Haus wie der Mond einen Planeten.

An diesem Nachmittag kreiste ich ein halbes Dutzend Mal auf meiner Umlaufbahn und fühlte den Gravitationsschmerz in meinem Herzen, bevor ich über die Live Oak Street wieder den Heimweg antrat.

Die Live Oak Street war für mich mit einem anderen Schmerz verbunden: dem kalten, scharfen Schmerz in einem Gesicht, das gegen einen unbeweglichen Gegenstand prallte, dem Übelkeit erregenden Geruch nach frischem Blut, dem Geschmack nach Blut in meinem Mund. Ich kannte diesen Geschmack jetzt, nachdem ich selbst einen Schlag ins Gesicht bekommen hatte. Ich weiß nicht, warum ich so oft an den Ort zurückkehrte, an dem Ben mit dem Pontiac zusammengestoßen war. Als ob ein Verbrecher immer wieder an den Ort seines Verbrechens zurückkehrt, so ähnlich vielleicht. Gewisse Gemeinsamkeiten ließen sich nicht leugnen. Denn trotz der edlen Versuche meiner Mutter und auch Bens, mir meine Schuldgefühle zu nehmen, war ich in meinen Augen immer noch für seinen Unfall verantwortlich.

Ich hatte Molly Fitzpatrick in der Woche nach dem Unfall

nur einmal gesehen. Sie war eines Nachmittags draußen im Garten gewesen, als ich mit ihrer Zeitung kam. Wir hatten angefangen, über Ben zu sprechen. Dann fiel mein Blick in ihre Einfahrt und ich sah einen Oldtimer in ihrer Garage stehen. Als ich sie auf das Auto ansprach, führte sie mich stolz in die Garage und zeigte mir einen schwarzen Lincoln Zephyr Baujahr 39 in einem ausgezeichneten Zustand. Sie erzählte mir, das Auto sei der ganze Stolz ihres »geliebten verblichenen Patrick« gewesen, »der in diesem Jahr am 13. März seit zehn Jahren von mir gegangen ist«. Das Auto war seit seinem Tod nicht mehr gefahren worden, erzählte sie. »Es ist aber in einem guten Zustand. Ich habe einen Neffen, der dieses Auto eines Tages von mir erben will. Er kommt einmal im Monat vorbei und pflegt es wie ein Baby.«

»Sie fahren überhaupt nicht Auto?« Ich konnte mir nicht vorstellen, dass es in Südkalifornien einen erwachsenen Menschen gab, der nicht Auto fuhr.

»Nein, meine Güte, bloß nicht! Ich habe nicht einmal einen Führerschein«, rief sie aus. »Das ist mir viel zu viel Verantwortung.«

Später auf dem Heimweg hatte ich leichte Gewissensbisse wegen meines Gesprächs mit Molly. Meine Eltern waren nicht gerade begeistert davon gewesen, dass ich am Tag von Bens Unfall so lang bei ihr gewesen war. Es war von Anfang an ein sehr traumatischer Tag gewesen, und dann konnten sie mich über eine Stunde nicht finden, während ich gemütlich in Mollys Küche saß und Tee trank. Dass man zu Hause nicht wusste, wo ich war, wäre allein schon schlimm genug gewesen. Aber dann kam noch Mollys katholischer Einfluss dazu. Besonders schlimm wurde es, als meine Mutter mich das Gebet zum Heiligen Antonius aufsagen hörte, weil sie etwas nicht fand. Man hätte meinen können, sie würde sich freuen, dass sie kurz darauf die Autoschlüssel fand, die sie den ganzen Tag gesucht hatte, aber stattdessen war sie entsetzt. Dass sie ihre Schlüssel fand, und dann noch ausgerechnet in diesem Augenblick, stellte für sie ein großes Dilemma dar. Für ein Kind, das an Gott glaubt, ist das Gebet eine einfache Sache des Glaubens. Für einen Erwachsenen mit dem Misstrauen meiner Mutter gab es jede Menge mir unbekannte Aspekte, die es zu berücksichtigen galt.

»Ich möchte, dass du dieses Gebet nie wieder betest«, lautete ihre klare Anweisung. »Jesus ist der Einzige, zu dem du beten sollst. Und ich möchte nicht, dass du noch mehr Zeit mit dieser Mrs. Fitzpatrick verbringst.«

»Aber, Mutter, sie sorgt sich so um Ben und weiß viel über seine Probleme. Sie war früher Krankenschwester.«

»Von welchen Problemen redest du da?«, fragte sie.

»Von seinem Unfall«, antwortete ich. Aus irgendeinem Grund wollte ich ihr nichts von dem Loch in Bens Herz erzählen. »Sie weiß, worauf man achten muss, damit er wieder gesund wird.«

»Das wissen auch die Leute im Krankenhaus, Jonathan. Ich gebe dir Recht. Sie ist eine sehr nette Frau, und du kannst natürlich freundlich zu ihr sein. Ich will nur nicht, dass du in ihrem Haus sitzt, das ist alles«, sagte sie mit ihrer »Tu was ich dir sage und stelle keine Fragen mehr«-Stimme. »Und was Ben betrifft, solltest du nicht vergessen, dass sie, so sehr sie sich auch um ihn kümmert, nicht sein Arzt ist.«

»Aber Mrs. Beamering sagte, Bens Hausarzt sei im Urlaub gewesen, und sie habe sich viel sicherer gefühlt, weil sie wusste, dass sie Molly hatte.«

»Wer ist Molly?«

»Mrs. Fitzpatrick hat mir erlaubt, sie so zu nennen.«

»Siehst du? Genau davon rede ich. Es ist nicht richtig, dass eine Frau, die über sechzig ist, einem Zehnjährigen anbietet, sie mit ihrem Kosenamen anzureden.«

»Warum?«

»So etwas gehört sich einfach nicht. Das ist alles.«

Dieses Gespräch mit meiner Mutter genügte, um mich jedes Mal, wenn ich meine Zeitungen austrug, an Mollys Haus vorbeirasen zu lassen. Ich hoffte immer, sie käme nicht heraus. Heute jedoch traf ich sie, als ich auf dem Nachhauseweg zum Ort des Verbrechens zurückkehrte. Ich stand auf dem Gehweg nur einen Meter von dem Baum entfernt, an den Ben vor einer Woche und einem Tag gelehnt war. In diesem Augenblick öffnete sie die Haustür, um ihre Zeitung ins Haus zu holen.

»Hallo, Jonathan. Wie geht es Ben?«, fragte sie.

»Oh, hallo … ihm geht es gut, glaube ich.«

»Ich habe dich vermisst, Johnny.« Etwas an der Art, wie sie meinen Spitznamen, den ich bei jedem anderen hasste, mit ihrem rollenden irischen Akzent aussprach, ließ ihn richtig gut klingen. Aus ihrem Mund klang es eher wie »Junny«.

»Ja, ich habe Sie auch vermisst«, gestand ich. Das war nicht gelogen. Ich hatte es vermisst, mit einem Menschen, der die Situation verstand, über Ben zu reden. Das Wissen um das Loch in Bens Herz war inzwischen eher eine Erleichterung als ein Grund zur Besorgnis für mich. Ich hatte immer schon geahnt, dass etwas nicht stimmte. Er wurde immer so schnell müde und keuchte viel zu sehr, wenn er sich anstrengte. Dass ich jetzt einen Namen dafür kannte, nahm mir wenigstens einen Teil meiner Ängste.

Aber ich hatte beschlossen, dieses Wissen für mich zu behalten. Ich verriet nicht einmal Ben, dass ich es wusste.

»Ich wette, ihr beide habt eine aufregende Woche hinter euch. Immerhin seid ihr ja jetzt Berühmtheiten.«

»Niemand in meiner Schule hält mich für eine Berühmtheit.«

»Ich wüsste gern, wann das letzte Mal einer von deinen Mitschülern zusammen mit dem Bürgermeister auf dem Titelblatt abgebildet war.«

Wo war sie, als mir ins Gesicht geboxt wurde?, dachte ich.

»Ich hatte keine Ahnung, dass ihr beide euch so sehr für Autos interessiert. Sonst hätte ich dir den Lincoln schon früher gezeigt. Vielleicht bringst du bald einmal Ben mit. Dann kann er ihn sich auch ansehen. Ich selbst mache mir nicht viel aus Autos. Ich behalte den Lincoln nur, weil mein lieber Patrick ihn so sehr liebte. Es ist, als hätte ich durch das Auto ein Stück von ihm in meiner Nähe.« Ihr Blick wanderte in die Ferne, als sähe sie dort etwas, das sie kannte und liebte. »Ich werde dieses Auto nicht hergeben, solange ich lebe.«

»Und wie geht es euch beiden so?«, erkundigte sie sich, als sie aus ihren Erinnerungen in die Gegenwart zurückkehrte. »Was gibt es Neues von Benjamin? Wann hast du den kleinen Naseweis das letzte Mal gesehen?«

»Gestern in der Kirche. Er sah wieder ganz gut aus. Und ich habe heute Nachmittag mit ihm gespro–« Ich brach ab. »Das habe ich ja ganz vergessen. Ich habe heute noch nicht mit ihm gesprochen. Er war den ganzen Tag zu Hause. Er hat Grippe.«

»Grippe?«, fragte sie etwas besorgt. »Was für eine Grippe? Hat er Halsschmerzen und Husten? Eine Bauchgrippe?«

»Das weiß ich nicht«, musste ich zugeben. »Seine Mutter sagte, sie habe ihn heute zu Hause gelassen, weil er Fieber habe.«

Sie stand einen Augenblick nachdenklich da. Ihre Miene wurde von Sekunde zu Sekunde besorgter.

»Johnny, du kennst doch bestimmt seine Telefonnummer, oder?« Ich nickte. »Komm mit ins Haus. Ich möchte Mrs. Beamering anrufen.«

»Warum? Stimmt etwas nicht?«

»Ich hoffe nicht. Ich möchte ihr nur ein paar Fragen stellen.« Ich stieg von meinem Fahrrad und folgte ihr ins Haus. Sie hatte den Hörer schon in der Hand, als ich zur Haustür kam.

»Sycamore 5-2905«, sagte ich und hörte, wie ihr Finger siebenmal die Scheibe drehte.

»Hallo, Mrs. Beamering? … Hier ist Mary K. Fitzpatrick, die Krankenschwester, die letzten Sonntag …«

»Ja! Gut, danke. Mrs. Beamering …«

259

»Ja, sicher. ›Martha‹ also. Martha, Johnny ist heute Nachmittag vorbeigekommen … Er erwähnte, dass Ben heute krank sei. Ich möchte nicht neugierig erscheinen, aber ich mache mir ein wenig Sorgen, nachdem ich seine Krankengeschichte mitbekommen habe. Jonathan sagt, Ben habe Fieber. Wie hoch?«

»Das kann sein. Hat er noch andere Symptome, Martha?«

»Mhm.«

»Und das haben Sie Ihrem Arzt berichtet?«

»Was meinte er dazu?«

»Wirklich?«

»Würden Sie sagen, mit Benjamin geht es seit dem Unfall ständig bergauf? Gab es keine Probleme und keinen Rückfall?«

»Ja. Was war das?«

»Sie haben was?«

»Wo haben Sie das machen lassen?«

»In der Notaufnahme?«

»Und was hat Ihr Arzt gesagt?«

Sie murmelte leise bei sich: »Im Urlaub … alle Heiligen, rettet uns …«

»Nein, nichts. Hat man ihm denn Penicillin gegeben?«

»Wissen Sie, wie viel?«

»Es wäre wichtig, das in Erfahrung zu bringen.«

»Ja. Etwas könnte ganz und gar nicht stimmen. Kinder mit einem Herzfehler wie Ben sind sehr anfällig für Infektionen. Also gut, Martha, hören Sie mir jetzt bitte ganz genau zu: Ich weiß, ich bin kein Arzt, aber ich bin seit über fünfunddreißig Jahren Krankenschwester, und ich habe von diesen Krankheiten mehr gesehen, als mir lieb war. Jetzt bete ich, dass ich mich irre. Aber wenn ich Recht habe, dann dürfen wir keine Zeit verlieren. Hören Sie?«

»Gut. Sie müssen Folgendes tun: Bringen Sie Benjamin auf der Stelle ins St.-Marien-Krankenhaus. Jetzt ist es halb fünf. Das ist gut. Dr. Penrose müsste noch im Dienst sein. Gehen Sie ins Stationszimmer im dritten Stock und fragen Sie nach Mary

Brown. Sie ist dort Stationsschwester. Ich rufe sie jetzt gleich an und sorge dafür, dass alles vorbereitet wird.«

»Ja.«

»Ja, das stimmt.«

»Nun ja, das kann passieren. In diesem Fall kümmert sich einer der anderen Ärzte um ihn. Es ist nur so, dass Dr. Penrose der Beste ist. Wenn Sie aus irgendeinem Grund bei jemandem landen, der noch nichts von mir gehört hat, dann erzählen Sie ihm einfach alles: seinen Herzfehler, den Unfall, die infizierten Stiche und das Fieber. Jeder, der diese Symptome zusammennimmt, wird einen Grund zur Besorgnis sehen. Außerdem brauchen Sie dringend einen Kardiologen, der genaue Untersuchungen vornimmt.«

»Natürlich. Jederzeit.«

»Ach ja. Atlantic 7-6623. Sie können mich jederzeit anrufen, wenn Sie irgendwelche Fragen haben.«

Ein leichter Regen hatte eingesetzt. Ich konnte hören, wie er auf das Dach von Mollys kleinem Haus prasselte. Der Regen wurde allmählich stärker. Mollys Stimme wurde immer ernster.

»Es sieht nicht gut aus, nicht wahr?«, fragte ich leise, als sie aufgelegt hatte.

»Nein, es sieht wirklich nicht gut aus, Jonathan«, antwortete sie. Sie war der erste Erwachsene, den ich kannte, der mir nichts vorspielte. »Aber andererseits könnte es auch ganz harmlos sein ... Ich muss jetzt ein paar Anrufe erledigen. Setz dich doch einfach hier neben mich.«

Ich setzte mich wie benommen, während sie eilig mehrere Krankenschwestern und Ärzte anrief. Als sie nach dem letzten Gespräch auflegte und ein langes Seufzen ausstieß, traten mir Tränen in die Augen.

»Warum ist es so ernst?«, fragte ich. »Hat er nicht einfach eine Grippe?«

»Für jemanden mit Bens Herzkrankheit ist jede Krankheit ernst. Man muss alle Vorsichtsmaßnahmen ergreifen. Ich bin mir nicht sicher, ob das in seinem Fall geschehen ist. Wusstest du, dass sie am Freitag noch einmal ins Krankenhaus gefahren sind, um die Wunde über seinem Auge reinigen zu lassen, weil sie sich infiziert hatte?«, fragte sie.

»Nein. Davon hat mir niemand ein Wort erzählt«, antwortete ich. Nach einer kurzen Pause fragte ich: »Das ist das Schlimme an der ganzen Sache, nicht wahr?«

»Ja, Junge. Das ist das Schlimme an der ganzen Sache.«

»Was, glauben Sie, wird jetzt passieren?«

»Sie werden eine Reihe von Untersuchungen durchführen. Wenn sie eine Infektion finden, geben sie ihm viele Medikamente. So Gott will, kann es aber auch wirklich nur eine Grippe sein.«

»Und wenn nicht? Was könnte es dann sein?«

»Johnny, es könnte eine Herzentzündung sein. Bestimmte Bakterien gelangen manchmal in den Blutkreislauf und setzen sich dort fest, wo das Loch in seinem Herz ist. Früher bedeutete das für Kinder in Bens Alter den sicheren Tod, aber heute gibt es so viele Antibiotika, dass sie die Kinder oft retten können. Beten wir einfach, dass es nur eine Grippe ist.«

»Ich habe noch nie dafür gebetet, dass jemand Grippe hat«, murmelte ich kopfschüttelnd.

»Das ist wahrscheinlich auch das erste und letzte Mal, dass du dafür beten musst«, erwiderte sie. »Möchtest du einen Tee und Kekse?«

»Nein, danke. Ich muss gehen. Meine Eltern machen sich sonst Sorgen«, lehnte ich ihre Einladung ab.

Ich fuhr so schnell ich konnte nach Hause und hielt mein Gesicht in den strömenden Regen. Alles wurde nass: meine Haare, meine Kleidung, meine Leinentaschen und die drei übrigen Zeitungen, die heute, am Montag, den 12. Januar 1959, niemand kostenlos auf die Veranda geworfen bekam.

21

Wieder im Geschäft

Am Mittwoch konnte ich, nachdem ich meine Zeitungen ausgetragen hatte, Ben das erste Mal besuchen. Meine Mutter fuhr
mich zum Krankenhaus, und Mrs. Beamering sorgte dafür, dass
ich zu Ben ins Zimmer durfte.

»Hast du nicht einen Hass auf Krankenhäuser?«, fragte ich,
sobald ich an seinem Bett stand.

»Ich hasse im Moment alles. Ich kann dir also nicht sagen, ob
ich Krankenhäuser besonders hasse.«

»Hier. Ich habe dir das Titelblatt der *Star-Nachrichten* von
heute mitgebracht. Vielleicht muntert dich das ein bisschen auf.
Was hältst du von dieser Schlagzeile: ›Arzt erzählt, was er über
Nasen weiß‹?«

»Sehr klug. Was weiß er denn?«

»›Es ist erstaunlich, was Ralph Riggs über Nasen weiß‹«, las
ich auf dem Titelblatt. »›Dr. Riggs von der Louisiana State
University sprach über das Thema, als er gestern am College für
Medizinische Evangelisten einen Vortrag über Nasenchirurgie
hielt.‹«

»Medizinische Evangelisten?«, fragte Ben ungläubig. »Was
machen die denn? Predigen sie Nasen das Evangelium?«

»Wahrscheinlich, und wir sollten diesen Mann holen, damit
er zu deiner Nase predigen kann, denn sie muss unbedingt
gerettet werden!«, grinste ich. »Jetzt hör dir das an, Ben: ›Ein
Mann, der Nasen wirklich kennt, weiß, dass ein chirurgischer

Eingriff, der das Aussehen der Nase ändert, schwere psychische Folgen haben kann …‹«

»Warte mal«, unterbrach mich Ben. »Woher weiß er, dass er Nasen kennt?«

»Weil er seine eigene Nase kennt«, antwortete ich.

»Aber weiß seine Nase, was meine Nase weiß?« Jetzt musste ich lachen. »Und wenn er seine eigene Nase kennt«, sprach Ben weiter und musste nun auch grinsen. »Dann weiß er, dass Nasen wissen, was passiert, wenn sie zu naseweis sind und ihre Nase zu sehr in anderer Leute Angelegenheiten stecken!«

»Au!«, lachte ich. »Hör auf! Sonst platze ich.«

Es tat so gut, sein vertrautes schelmisches Grinsen wieder zu sehen. Es war kein guter Tag gewesen. Ben lag seit Montagabend im Krankenhaus. Bei den Untersuchungen hatten die Ärzte keine Anzeichen für eine Bakterieninfektion gefunden. Am Dienstag waren alle ganz zuversichtlich. Bens Temperatur war wieder normal, und er fühlte sich gut. Aber am späten Dienstagabend trat das Fieber erneut auf, und am Mittwochmorgen hatte er schon 39,5 Fieber.

»Hast du auf dem Titelblatt noch etwas anderes Gutes gefunden?«

»Nein, das war das Beste«, antwortete ich und hielt die Zeitung hoch. »Es sei denn, du willst etwas über Eisenhowers Steuergesetze hören, die er für dieses Jahr plant.«

»Nein, danke«, winkte Ben ab. »Ich will von überhaupt niemandem hören, was er für dieses Jahr plant.«

»Oh, hier steht etwas über zwei Einbrecher in New York, die meinten, sie kämen mit einem ganzen Sack Geld davon. Aber sie hatten nichts als einen Apfelstrudel erbeutet«, berichtete ich.

Den Rest dieser Woche besuchte ich Ben jeden Nachmittag, nachdem ich meine Zeitungen ausgetragen hatte. Jedes Mal versuchte ich, lustige Geschichten wie die Geschichte über die Strudeldiebe und die Nasenevangelisten zu finden. Geschichten, die Ben zum Lachen bringen würden. Manchmal ging der

Schuss aber auch nach hinten los. Wie an dem Tag, als ich eine Anzeige vorlas, in der es hieß, dass jetzt die letzte Gelegenheit sei, ein Exemplar der Jubiläumsausgabe der *Star-Nachrichten* über die Neujahrsparade zu kaufen. Dazu bemerkte Ben: »Ja. Die letzte Gelegenheit, Bürgermeister Seth Wilson bei der Rosenparade in einem Edsel zu sehen.«

Am fröhlichsten in dieser Woche war er am Samstag.

Abgesehen von seinem Fieber, das immer noch ziemlich hoch war, aber durch Aspirin etwas gesenkt werden konnte, hatte er keine großen Schmerzen. Wenn man ihn fragte, wo es wehtue, antwortete er: »An meinem Hinterteil. Sie finden bald keine Stelle mehr, in die sie mich noch stechen können.«

Weswegen er gestochen wurde, erfuhr ich später: Er bekam große Dosen Penicillin und jede Menge anderer Antibiotika, da sie hofften, die bakterielle Infektion in seinem Blut bekämpfen zu können, die bis jetzt weder bei Blutuntersuchungen zu erkennen war, noch auf Medikamente reagierte.

Aber am Samstag funkelten seine Augen trotz seines Fiebers wieder. Ben Beamering mit seinen Streichen war wieder da.

»Du musst morgen etwas sehr Wichtiges für mich erledigen«, verkündete er.

»Was denn?«

»Morgen ist ein Taufgottesdienst, bevor mein Vater predigt.«

»Ja, und?«

»Du kennst doch diese dummen Gummistiefel, die er immer anzieht, wenn er Leute tauft, damit er nicht nass wird?«

»Nein. Ich dachte, er hat ein weißes Gewand an.«

»Klar, hat er ein weißes Gewand an. Aber darunter trägt er diese Anglerstiefel. Schwere Gummistiefel, die bis zur Brust hinaufreichen. Angler ziehen so etwas an, wenn sie den ganzen Tag im Wasser stehen wollen.«

»Wie bleiben die Stiefel und Hosen denn so weit oben?«

»Mit Hosenträgern.«

»Jetzt weiß ich, wovon du sprichst! Diese Stiefel habe ich

schon im Umkleideraum gesehen. Ich habe mich immer gefragt, wofür sie da sind.«

»Durch diese Stiefel bleibt er trocken, wenn er Leute tauft, und kann sich für den Rest des Gottesdienstes schneller wieder umziehen. Aber das ist nicht richtig. Stell dir vor, Johannes der Täufer hätte Jesus mit Anglerstiefeln getauft! Wir können ihn damit nicht durchkommen lassen, dass er Leute tauft, ohne selbst nass zu werden. Das ist heuchlerisch und verlogen.«

»Was?«

»Es ist doch verlogen, wenn man etwas tut und anderen Leuten sagt, dass sie es nicht tun sollen. In diesem Fall tut er nicht das, was alle glauben, dass er es tut. Kannst du dir vorstellen, was geschähe, wenn die Leute, die getauft werden, diese Dinger anhätten? Ich glaube, Gott würde das nicht einmal als richtige offizielle Taufe gelten lassen. Wie will man offiziell getauft werden, ohne offiziell nass zu werden? Für ihn gibt es keine Sonderregeln. Wenn die Leute nass werden sollen, dann muss er auch nass werden. So soll es sein. Es muss etwas geschehen, und ich glaube, ich habe endlich eine Idee, was zu tun ist.«

»Einverstanden. Was für eine Idee hast du?« Ich war jetzt ganz Ohr.

»Ich wusste, du würdest es für mich tun.«

»Moment mal! Ich habe deine Idee noch nicht einmal gehört.«

»Es ist ein Klacks«, versuchte Ben, mich dafür zu gewinnen. »Es ist der leichteste Streich, den wir je ausgeheckt haben.«

»Lass mich raten: Du willst, dass ich ihm vor dem Gottesdienst die Stiefel klaue.«

»Daran hatte ich auch schon gedacht, aber dann fiel mir noch etwas Besseres ein: Du stichst Löcher in die Stiefel, so dass sie sich langsam mit Wasser füllen, während er im Taufbecken steht. Das ist besser, als die Gummistiefel zu verstecken. Denn wer weiß, ob er nicht irgendwo ein Ersatzpaar von diesen

Dingern herumstehen hat, von denen wir bloß nichts wissen. Aber wenn du Löcher hineinstichst, trifft es ihn völlig kalt und unvorbereitet. Er weiß nicht einmal, wie ihm geschieht. Und dann ist es zu spät. Ich kenne meinen Vater. Er wird sich nie anmerken lassen, dass etwas nicht stimmt. Er wird einfach dort stehen bleiben und so tun, als wäre nichts Ungewöhnliches geschehen, während das Wasser in seinen Stiefeln immer höher und höher steigt. Das ist der perfekte Plan.«

»Was wird er dann machen, meinst du?«

»Ich weiß es nicht. Aber du musst dir jede Einzelheit merken, damit du sie mir später erzählen kannst. Es ist wirklich schade, dass ich das versäume«, seufzte er. »Ich wäre zu gern dabei, wenn sich die Gummistiefel meines Vaters langsam mit Wasser füllen und er nichts dagegen unternehmen kann. Du musst das für mich erledigen, Jonathan. Das wird unser bester Streich sein. Das ist sogar noch besser, als feurige Kohlen auf den Chor zu schütten.«

Wie hätte ich ihm diese Bitte ausschlagen können?

»Womit soll ich denn die Löcher in die Stiefel bohren?«

»Du machst es also?«, fragte er aufgeregt. Das Strahlen auf seinem Gesicht in diesem Augenblick genügte. Er hatte mich überredet. Es tat so gut, ihn wieder glücklich zu sehen.

»Ich weiß!«, sagte ich und war nun selbst ganz aufgeregt. »Meine Eltern haben einen alten Eispickel. Ich weiß genau, wo er in der Küchenschublade liegt.«

»Perfekt!«

»Wie viele Löcher soll ich machen?«

»Zwei.«

»Nur zwei Löcher?«

»Ja. Über jeder Ferse eines. Das genügt.«

»Aber das Wasser steigt dann doch nicht sehr hoch, oder? Werden dann nicht nur seine Füße nass? Sollen wir nicht bis ganz nach oben überall Löcher in die Gummistiefel bohren, damit er auch ganz oben nass wird?«

»Nein. Nur ein Loch in jeden Fuß. Hier, schau zu.« Er griff unter die Decke und zog einen Gummihandschuh heraus, den er irgendwie einer Schwester oder einem Arzt abluchsen hatte können. Er nahm einen Bleistift von seinem Nachttisch und bohrte an die Seite eines Fingers unten an der Spitze ein kleines Loch. Dann hielt er den Bleistift mit einer Hand hoch und sagte: »Das ist das Bein meines Vaters«, und mit der anderen Hand die Finger des Handschuhs: »Und das ist ein Bein in seinen Gummistiefeln.« Er steckte den Bleistift in den Finger und tauchte ihn in das Wasserglas, das auf dem Tisch stand. Wir sahen zu, wie der Wasserspiegel in dem Gummifinger langsam um das Bleistiftbein anstieg, bis er die gleiche Wasserhöhe wie im Glas erreicht hatte.

»Es hat mit dem Druck der Flüssigkeitssäule zu tun«, verkündete er begeistert. »Außerhalb des Stiefels herrscht ein größerer Druck als im Inneren. Sobald das Loch drin ist, läuft so lange Wasser hinein, bis der Druck ausgeglichen ist und der Wasserspiegel innen und außen die gleiche Höhe erreicht hat. Es ist fast genauso wie bei einem der Experimente, die ich mit meinem Physikkasten gemacht habe.«

Ich sah ihn erstaunt an. Er strahlte über das ganze Gesicht und grinste triumphierend.

»Wir waren in dieser Kirche in letzter Zeit viel zu still«, verkündete er. »Höchste Zeit, dass Operation ›Kann Kuh liieren‹ wieder zuschlägt!«

22

Ganz nass

»Ich kann es gar nicht erwarten, heute unsere neuen Chorroben auszuprobieren«, bemerkte mein Vater, als wir am nächsten Tag unterwegs zur Kirche waren.

»Auf welcher Seite lässt du den Chor die Stola anziehen?«, fragte meine Mutter.

»Auf der grünen Seite. Das Grün bildet einen besseren Kontrast zu den goldenen Roben. Findest du nicht?«

»O doch, auf jeden Fall. Auf der weißen Seite erblasst das Gold. Ich finde, dann sehen die Roben richtig schmutzig aus, obwohl sie nagelneu sind.«

»Das finde ich auch. Wahrscheinlich tragen wir die weiße Seite nie außen.«

»Vielleicht freut sich die Gemeinde irgendwann über eine Abwechslung, wenn sie das Grün lang genug gesehen hat. Aber vergiss nicht, Walter: Du hast noch nicht den ganzen Chor mit den neuen Roben auf der Empore gesehen. Du hast dir immer nur eine einzige Robe aus der Nähe angeschaut. Auf der Chor-empore wirken die Farben vielleicht ganz anders.«

»Du hast Recht, Liebes. Ich muss diese Woche bei der Chor-probe testen, wie die verschiedenen Kombinationen aussehen. Das hätte ich schon letzte Woche tun können, wenn sie die Roben zu dem Termin geschickt hätten, der eigentlich verein-bart war.«

»Oh, Becky …«, wechselte meine Mutter plötzlich das Thema. »Hast du für Joshua den Tisch mit gedeckt?«

»Ja, Mama.«

»Gut, denn er kommt trotzdem mit. Und für Mrs. Beamering hast du nicht gedeckt, nicht wahr?«

»Nein, du hast mir ja gesagt, dass ich das nicht tun soll.«

»Ich kann gar nicht glauben, dass Martha rund um die Uhr im Krankenhaus bleiben darf. Ich habe noch nie gehört, dass sie so etwas erlaubt haben.«

»Das liegt wahrscheinlich ziemlich stark an Marthas Persönlichkeit«, meinte mein Vater und winkte einem anderen Autofahrer, dass er vor ihm fahren könne. »Hast du gehört, wie sie mit den Ärzten und Schwestern in diesem Krankenhaus umspringt?«

»Du meinst, sie redet so, als hätte sie das Sagen?«, antwortete meine Mutter mit einem leichten Schmunzeln. »Nun ja … das hat sie ja auch. Sie glaubt, die Ärzte und Schwestern arbeiten für sie, und nicht umgekehrt. So sollte es ja auch sein. Aber ich könnte nie so bestimmend auftreten, wie sie sich dem Krankenhauspersonal gegenüber gibt. Sie lässt wirklich alle nach ihrer Pfeife tanzen.«

»Zu schade, dass sie die Taufe des Bürgermeisters verpasst. Ich habe gehört, dass heute vielleicht sogar Leute von der Presse da sein werden. Die neuen Roben sind gerade noch rechtzeitig eingetroffen.«

»Was? Der Bürgermeister lässt sich taufen?«, fragte ich vom Rücksitz des Autos. Die Bemerkung meines Vaters bohrte sich genauso scharf in mein Gewissen wie der Eispickel in meiner Hosentasche in meinen Oberschenkel. »Ich dachte, vorher muss man erst eine ganze Ladung Glaubenskurse und solches Zeug absolvieren.«

»Ja, außer man heißt Seth Wilson.«

»Woher weiß Jeffery überhaupt, ob der Bürgermeister wirklich Christ ist?«, wollte meine Mutter wissen. »Geht das nicht alles ein bisschen sehr schnell?«

»Oh, meine Güte. Habe ich dir das nicht erzählt?«, fragte

mein manchmal etwas geistesabwesender Vater. »Bürgermeister Wilson ist diese Woche Christ geworden. Er hat am Freitag mit Jeffery in seinem Büro gebetet.«

»Walter!«, rief meine Mutter aus. Sie klang gleichzeitig glücklich und frustriert. »Ich kann nicht glauben, dass du uns das nicht früher erzählt hast. Wer hätte das gedacht, als wir ihn in seinem Büro kennen lernten! Das ist ja eine großartige Nachricht.«

Ja, wirklich großartig, dachte ich. Ich war dabei, das Taufwasser der Colorado Avenue Standard Christian Church in die Gummistiefel des Pastors laufen zu lassen, während er den neu bekehrten Bürgermeister der Stadt Pasadena vor laufenden Kameras taufte. Warum wurden die Dinge immer in letzter Minute so kompliziert?

»Ist das nicht eine großartige Neuigkeit, Jonathan?«, fragte meine Mutter und drehte sich auf dem Beifahrersitz um und schaute mich an.

»Ja.« Ich zwang mich zu einem Lächeln.

»Ob Ben das weiß?«, überlegte sie laut und drehte sich wieder nach vorne. »Ben hätte es als Erster erfahren sollen.«

»Als ich gestern bei ihm war, hat er kein Wort darüber gesagt«, berichtete ich. »Warum hätte er es als Erster erfahren sollen?«

»Na ja, immerhin hat Ben den Stein doch ins Rollen gebracht«, antwortete sie. »Der Bürgermeister hätte nie auch nur das geringste Interesse an unserer Gemeinde gezeigt, wenn Ben sich nicht so für den Edsel begeistern würde. Ehrlich, diese beiden sind wirklich ein sehenswertes Paar.«

»Welche beiden?«, fragte meine Schwester sarkastisch. »Ben und der Edsel?«

»Ben und der Bürgermeister«, verbesserte meine Mutter sie mit Nachdruck. »Sei nicht so vorwitzig, junge Dame.«

»Es ist mehr als nur der Edsel, Ann«, sagte mein Vater, während er in die letzte Straße vor der Kirche einbog. »Jeffery hat mir erzählt: Als der Bürgermeister herausfand, dass wir die Gemeinde sind, die im letzten Sommer auf so kreative Weise die Gottesdienste gestaltete, und dass Ben dabei auch die Finger im Spiel hatte, war er überzeugt, dass dies die richtige Gemeinde für ihn sei.«

»Moment mal!«, rief Becky und riskierte eine neue Zurechtweisung. »Hat der Bürgermeister Jesus oder Ben in sein Herz aufgenommen?«

»Rebekka!«, wies meine Mutter Becky zurecht. »Darüber macht man keine Witze. Außerdem ist es auch nicht wichtig, was ihn in die Gemeinde geführt hat. Wichtig ist nur, dass er gekommen ist und Christ wurde. Und jetzt wird er in unserer Gemeinde getauft! Meine Güte! Ich kann es noch gar nicht glauben!«

Ich konnte es auch nicht glauben. Die Bemerkung meiner Mutter darüber, wie ähnlich sich Ben und der Bürgermeister seien, half mir, mich wegen des Eispickels in meiner Hosentasche wieder zu entspannen. Wenn am Tauftag des Bürgermeisters etwas Ungewöhnliches oder Außerirdisches geschah, würde Seth Wilson das wahrscheinlich als große Ehre verstehen.

Ben sollte wieder einmal Recht behalten. Das war der einfachste Streich, den wir je ausgeheckt hatten. Die Tür zum Taufraum stand weit offen, und weit und breit war niemand zu sehen. Ich machte die Gummistiefel sofort ausfindig. Sie hingen in einem Umkleidebereich, über dem »PASTOR« stand. Drei andere Umkleidebereiche waren jeweils mit »TÄUFLING« überschrieben. In dem Raum gab es aber noch jede Menge anderer Schilder. Auf einem stand: »BITTE TRAGEN SIE EINEN BADEANZUG UNTER DEM TAUFGEWAND«. Auf einem anderen hieß es: »FÜR TÄUFLINGE, DIE KEINEN BADEANZUG DABEI HABEN«. Darunter gab es zwei Fächer mit der Beschriftung »MÄNNER« und »FRAUEN«, in der saubere Unterwäsche in verschiedenen

Größen zu finden war. Daneben hing ein Wäschesack mit der Aufschrift: »SCHMUTZIGE WÄSCHE«.

Ich jagte den Eispickel mit aller Kraft hinten in jeden Gummistiefel. Direkt über der Ferse war eine Falte; an dieser Stelle knickte der Gummi wegen des Gewichts ab. Dank dieser Falte waren die Löcher nicht zu sehen.

Das war alles. Mehr gab es nicht zu tun. Kein Warten auf den richtigen Zeitpunkt, keine Zeichen mit der Taschenlampe, keine Sorge, ob jemandem unsere Abwesenheit auffallen würde. Ich musste jetzt nichts weiter tun, als mich auf meinen üblichen Platz in der Kirche zu setzen und zuzuschauen, wie das Schauspiel vor meinen Augen begann.

Nach dem Vorfall mit Pastor Ivory war mein Vater in eine wichtigere Rolle im Morgengottesdienst aufgerückt. Virgil war zwar offenbar aufgrund seiner Ausreden und der Aussagen der anderen Beteiligten von jedem Verdacht freigesprochen worden, aber er hatte trotzdem, wenn auch vielleicht nur für eine Weile, an Glaubwürdigkeit verloren. Und so übertrug Pastor Beamering meinem Vater immer mehr Aufgaben am Sonntagmorgen. Er verlas die Abkündigungen, leitete die Gemeinde bei den Liedern, las die Lesung vor und sprach manchmal das Gemeindegebet. Das alles tat er zusätzlich zu seinen Aufgaben als Chorleiter.

Zu meiner Überraschung kam mein Vater bei dieser Aufgabe sehr gut an. So ruhig und unauffällig er manchmal auch sein mochte, erwachte er immer zum Leben, wenn man ihn vor eine Gruppe stellte. Ihm fehlte Pastor Ivorys glatte Gelassenheit. Stattdessen besaß er etwas viel Besseres: eine Freundlichkeit und Ehrlichkeit, die dafür sorgte, dass ihn fast alle mochten und ihm vertrauten.

Am Sonntag, den 18. Januar 1959, als in der Morgenzeitung, die ich vor etwa vier Stunden verteilt hatte, stand, dass der sowjetische stellvertretende Ministerpräsident Anastas I. Mikoyan wegen des Kalten Krieges seine USA-Reise um drei Tage verkürzen und am Dienstag nach Moskau zurückkehren würde, stieg mein Vater auf die Kanzel unserer Kirche, um zu beten. Es war ein sehr gefühlsbetontes Gebet.

Die meisten Gemeindemitglieder wussten nicht, wie geartet und wie gravierend Bens gesundheitliche Probleme waren. Auch wenn dies gewiss ein guter Zeitpunkt war, an dem wir alle mit ganzer Kraft für ihn beten sollten, war es doch nicht der richtige Ort, um groß ins Detail zu gehen. Mein Vater informierte also nur alle, dass »der Sohn unseres Pastors, Ben, schwer krank im Krankenhaus liegt und hohes Fieber hat, dessen Ursachen man nicht kennt«, und dass »Ben und seine Familie unsere Gebete und unsere Unterstützung brauchen«. Dann sprach mein Vater im Namen der ganzen Gemeinde ein sehr bewegendes Gebet, bei dem viele Taschentücher gezückt wurden.

Ich saß während des ganzen Gebets mit einem immer größer werdenden Kloß in der Kehle da. Ganz ähnlich wie damals, als ich mein Opfergeld krampfhaft festgehalten hatte, damit ich Ben seinen ersten Edsel kaufen konnte. Bens Freude über den Streich mit den Gummistiefeln hatte alles andere überschattet. In der Aufregung und Vorfreude hatte ich ganz vergessen, wie krank mein Freund war. Irgendwie war es wie in alten Zeiten gewesen. Wir waren wieder gemeinsam an der Arbeit, und ich gab das Signal mit der Taschenlampe. Auch wenn ich dieses Mal die Dreckarbeit allein ausgeführt hatte, war Ben der Initiator und Regisseur des Ganzen gewesen. Aber plötzlich schien das inmitten der ganzen Tränen, die um ihn vergossen wurden, völlig unpassend.

Natürlich konnten diese späten Bedenken nicht mehr verhindern, was in ein paar Minuten geschehen würde. Die Tat war bereits vollbracht. Sobald mein Vater mit seinem Gebet fertig war, kam Pastor Beamering heraus, um die Leute vorzustellen, die sich taufen lassen wollten. Sein Gewand verdeckte die Spitzen seiner heimlich durchlöcherten schwarzen Gummistiefel.

An diesem Tag sollten drei Leute getauft werden. Wie es seine Angewohnheit war, führte Pastor Beamering ein kurzes, lockeres Gespräch mit jedem und bat sie, Zeugnis zu geben. Das geschah vor der eigentlichen Taufe von der Tribüne aus. Das Taufbecken war in der Wand hinter der Chorempore zwischen den Orgelpfeifen eingebaut. Von dort oben gab es keine Möglichkeit, ein Mikrofon an einen Lautsprecher anzuschließen. Natürlich war Pastor Beamerings Stimme bestens geübt und konnte die ganze Kirche auch ohne elektrische Verstärkung beschallen, aber für die meisten schüchternen Gläubigen, die sich taufen lassen wollten, traf dies nicht zu.

Pastor Beamering hob sich den Bürgermeister für den Schluss auf. Obwohl er den Bürgermeister vielleicht bei seiner eiligen Mitgliedschaft und Taufe bevorzugt behandelt hatte, muss man Jeffery T. zugute halten, dass er ihn auf der Tribüne genauso behandelte wie jedes andere Gemeindemitglied. Seth Wilson war einfach ein Mann, der keine Zeit vergeudete, sobald er in Bezug auf eine Sache einen Entschluss gefasst hatte. Pastor Beamering sah keinen Grund, warum er diesem Charakterzug des Bürgermeisters nicht entgegenkommen sollte. Immerhin war der Glaubensgrundkurs nur um zwei Wochen vorgezogen worden, und die Taufe stand schon seit einem Jahr im Terminkalender. Außerdem gehörte Jeffery T. nicht zu den Leuten, die sich gegen den Nutzen wehrten, den das Interesse des Bürgermeisters an seiner Gemeinde mit sich brachte.

Dieser Nutzen wurde an diesem Morgen schon durch einen höheren Gottesdienstbesuch sichtbar. Nicht, dass dieses Ereignis in der Öffentlichkeit bekannt gegeben worden wäre (ich hatte in den *Star-Nachrichten* gesucht und keinen Hinweis darauf gefunden), aber die Gerüchteküche brodelte immer. Und so war trotzdem ein gewisses Presseaufgebot zu sehen, das Pastor Beamering auf die Empore verbannt hatte. Er hatte ihnen außerdem verboten, Blitzlichter zu verwenden. Man konnte jedoch viele Kameras klicken hören, als Bürgermeister Wilson sein persönliches Zeugnis gab.

»In mir wuchs schon seit einiger Zeit langsam ein Glaube an Jesus Christus, Herr Pastor. Aber ich habe darüber geschwiegen, um meinen politischen Plänen nicht zu schaden. Genau genommen war es Ihr Sohn, der mir bewusst machte, dass ich für meinen Glauben auch einstehen sollte. Er stand vor kurzem in meinem Büro und trat für etwas ein, an das er glaubt. Wie Sie wissen, nehme ich in Bezug auf die meisten Dinge kein Blatt vor den Mund und sage laut und deutlich meine Meinung.« (Eine Bemerkung, die ein höfliches Lachen in der Gemeinde auslöste.) »Warum sollte ich dann in Bezug auf meinen Glauben an Jesus Christus ein Blatt vor den Mund nehmen?«

»Und Ihr Grund, warum Sie sich heute taufen lassen wollen?«, fragte Pastor Beamering wie in einem Interview.

»Ich wurde als Kind getauft. Genauer gesagt: Ich wurde mit Wasser bespritzt.« Hier deutete er mit dem Finger auf seine weißen Haare. »Jetzt, da ich mich klar zu Jesus Christus bekenne, möchte ich richtig getauft werden. Ein wenig Bespritzen mit Wasser genügt bei mir nicht. Ich möchte *ganz nass* werden.«

An dieser Stelle applaudierte die Gemeinde. Vielleicht lag es an der Redekunst des Bürgermeisters. Vielleicht war es auch die Anwesenheit der Presse und der Kameras, die sie anstachelten. Was es auch war, es löste die Spannung, die sich auf alle gelegt hatte, seit mein Vater für Ben gebetet hatte. Ich konnte jedoch nur eines denken: Der Bürgermeister war nicht der Einzige, der *ganz nass* werden würde.

Nach den Gesprächen und den Zeugnissen führte Pastor Beamering die drei Täuflinge von der Tribüne, während die Orgel leise weiterspielte. Einige Augenblicke später tauchte er im Taufbecken auf. Dieser Teil war mir schon immer unheimlich gewesen: wenn der Pastor den Raum verließ und plötzlich irgendwo oben aus der Wand in einem Wasserbecken wieder

auftauchte. Es erinnerte mich an ein Bild aus der Sonntagsschule von Jesu Verklärung. Und es erinnerte mich immer an
einen Lieblingswitz in unserer Familie: Einmal war ein Mitglied unserer Gemeinde, ein Bauarbeiter, zu uns gekommen,
um meinem Vater bei einer Reparaturarbeit auf dem Dach zu
helfen. Sein Vorname war Palmer, und da er immer gerufen
wurde, wenn die handwerklichen Grenzen meines Vaters erreicht waren, hatte er in unserem Haus den Namen Super-
Palmer bekommen. Super-Palmer, der Alleskönner, der uns
wieder einmal gerettet hatte. Er machte diesem Namen alle
Ehre, als er eines Tages von einer Leiter vor dem Fenster in
unserem Frühstückszimmer aufs Dach sprang. Becky schrie:
»Schaut! Ein Vogel! Ein Flugzeug! Nein … Super-Palmer!«
Wir sahen schnell aus dem Fenster und konnten gerade noch
seine Beine sehen, die von der Leiter abhoben und am Himmel
verschwanden.

Ich erwartete immer, dass Super-Jeffery zum Himmel
hochfliegen würde, wenn er den letzten Täufling getauft hatte.
Noch eine Stufe höher als sein Platz in der Wand. An diesem
Sonntag hob Super-Jeffery jedoch nirgendwohin ab.

»Seth Wilson, ich taufe dich im Namen des Vaters, des
Sohnes und des Heiligen Geistes.« Schon tauchte der Bürgermeister unter. Wieder erklang, ganz untypisch für unsere
Gemeinde, ein lauter Applaus, als der Bürgermeister aus dem
Wasser auftauchte und Jeffery T. umarmte. Niemand hatte je
zuvor Pastor Beamering im Taufbecken umarmt. Es war für ihn
und auch für alle anderen eine Überraschung und Freude. Als
der Bürgermeister die Stufen hinaufstieg, das Becken verließ
und Milton Owlsley den üblichen meditativen Übergang auf der
Orgel spielte, um dem Pastor Zeit zu lassen, seine nassen
Sachen auszuziehen und wieder in seinen Anzug zu schlüpfen,
folgte ihm Jeffery T. Beamering, aber nur bis zur ersten Stufe.
Plötzlich schien er Schwierigkeiten zu haben, aus dem Wasser
zu kommen. Er versuchte es noch einmal, aber eine unsichtbare

Kraft zog ihn zurück. Nachdem der dritte Versuch gescheitert war, kehrte er in die Mitte des Taufbeckens zurück und schaute die Gemeinde an. Er faltete die Hände vor sich und bedachte uns mit einem sonderbaren Blick.

Mein Vater, der sich nach der letzten Taufe umgedreht hatte, damit er seinen weiteren Verpflichtungen nachkommen konnte, stimmte das Lied »Wir stellen uns auf deine Verheißungen« an. Pastor Beamering, der zwischen zwei Orgelpfeifen stand, platzte bestimmt fast das Trommelfell. Ich wusste, wie laut die Orgel dort oben war.

Als der Pastor am Ende der letzten Liedstrophe immer noch nicht wieder auftauchte, griff mein Vater auf einen bewährten Lückenfüller zurück: Er ließ die Gemeinde die erste Strophe noch einmal singen. Als auch diese Zeit verstrichen war und immer noch kein Pastor Beamering auftauchte, setzte mein Vater zu einem Monolog darüber an, dass in vielen Gemeinden irgendwie die schlechte Angewohnheit Raum gewonnen habe, den zweiten Vers so vieler großartiger Lieder auszulassen, nur um Zeit zu sparen. Und wie schade das doch sei, da in jedem einzelnen Wort jedes dieser Kirchenlieder so viel Aussagekraft stecke. Er fragte, wie wir uns fühlen würden, wenn wir ein Gedicht geschrieben hätten, und ein anderer nähme einen Vers heraus, nur weil er meine, das Gedicht sei zu lang. Dann forderte er uns alle miteinander auf, aufzustehen und den zweiten Vers dieses herrlichen Liedes zu singen und dann auch den letzten Vers noch einmal zu singen, und: »Milton, du könntest beim letzten Vers alle Register der Orgel ziehen, damit der volle Klang dieses Liedes bis zur Decke der Kirche hinaufsteigt!«

Inzwischen begriff die Gemeinde allmählich, was hier vor sich ging. Eine leichte, beherrschte Belustigung machte sich in dem einen oder anderen Grinsen bemerkbar.

Unmittelbar bevor wir den so schmählich vernachlässigten zweiten Vers von »Wir stellen uns auf deine Verheißungen«

anstimmten, versuchte Pastor Beamering, meinen Vater zu bremsen. Er hob die Hand und wollte etwas sagen, aber da Milton von seinem Platz an der Orgel aus das Taufbecken nicht sehen konnte, kam sein Eröffnungsakkord Jeffery T. zuvor. Man konnte nur das Orgelvorspiel zu »Wir stellen uns auf deine Verheißungen« hören und sah dabei Pastor Beamering, der die Hand hob und ein tonloses »Walter!« mit den Lippen formte.

Das belustigte die ganze Gemeinde. Die meisten von uns lachten, während der zweite Vers gespielt wurde. Aber als wir zum letzten Vers kamen und Milton alle Register zog, was er sowieso immer genoss, blieb Pastor Beamering keine andere Wahl, als sich beide Ohren zuzuhalten und zu warten, bis Milton, vom herrlichen Klang der vollen Orgeltöne fasziniert, beim Amen ankam.

Als Milton schließlich nach der letzten Note die Hände von den Orgeltasten nahm, was er immer mit besonderer Theatralik tat, war das schallende Gelächter, das die Kirche füllte, nicht mehr zu bremsen. Mein armer Vater stand völlig verwirrt auf der Tribüne. Ich kann nur erahnen, was ihm durch den Kopf ging: *Habe ich etwas Falsches gesagt? Ist meine Hose offen? Nein, das kann nicht sein, ich habe eine Chorrobe an. Was ist los?* Dann, nachdem ein paar Leute auf die Wand hinter ihm deuteten, drehte er sich endlich um und sah Pastor Beamering im Taufbecken stehen. Er lachte jetzt natürlich auch.

»Walter«, sagte Jeffery T. schnell und mitfühlend und bemühte sich sehr, sich wieder zu beherrschen und meinem Vater aus der Verlegenheit zu helfen. »Nie wieder werden wir die zweite Strophe eines Liedes überspringen.« Diese Bemerkung erzeugte noch mehr Lachen und Applaus.

Es bestand kein Zweifel: Ben war wieder da. Er entwaffnete die ganze Gemeinde. Er stellte den Status quo auf den Kopf und brachte echte menschliche Gefühle zum Vorschein.

Als das Lachen langsam erstarb und mein Vater sich kopfschüttelnd setzte, stand Pastor Beamering immer noch im

Taufbecken und wartete darauf, dass er sprechen könnte. Er lächelte und ließ wieder Schweigen einkehren, bis es schon leicht ungemütlich wurde. Wieder würde bei unserem Plan, den Gottesdienst zu stören, der Schuss nach hinten losgehen und etwas Positives dabei herauskommen.

»Während ihr gesungen habt«, setzte Jeffery T. ohne Mikrofon so laut und deutlich an, dass man ihn auch in der hintersten Reihe gut verstehen konnte, »stand ich hier und habe versucht, mir eine Möglichkeit einfallen zu lassen, wie ich würdevoll aus dieser Situation herauskommen könnte. Es gibt keine. Ich habe überlegt, wie ich euch glauben lassen könnte, das alles wäre geplant gewesen, aber leider geriet das in einen Konflikt mit Walters Bemühungen, genau das Gleiche zu tun. Die Wahrheit ist: Keiner von uns beiden weiß, was los ist. Ich weiß nur eines: Ich kann mich nicht bewegen.« Ein Raunen ging durch die Gemeinde.

»Die meisten von euch wissen es nicht, aber wenn ich eine Taufe durchführe, trage ich Gummistiefel und eine Gummihose, die bis hier oben reicht.« (Er deutete mit der Hand an seine Brust.) »So etwas tragen Angler, damit sie mitten in einem Bach stehen und angeln können. Ich ziehe sie an, weil ich dadurch trocken bleibe und mich schneller wieder umziehen kann, ehe der Gottesdienst weitergeht. Aber heute Morgen haben diese Dinger sich aus einem unbekannten Grund bis oben hin mit Wasser gefüllt.« (Einige keuchten, einige lachten.) »Dadurch ist es mir unmöglich, aus dem Becken zu kommen, denn das Gewicht des ganzen Wassers in meinen Stiefeln zieht mich nach unten. Das heißt, ich kann nicht zu meinen Notizen für die Predigt gelangen, die ich heute für euch vorbereitet habe. Aber das ist nicht so schlimm, denn ich fürchte, ich könnte euch heute sowieso keine Predigt halten. Oder, wenn doch, dann wäre ich mit dem Herzen nicht dabei, denn mein Herz ist heute Morgen nur an einem einzigen Ort: bei meinem Sohn Benjamin im Krankenhaus.« (Plötzliches Schweigen.)

»Diejenigen von euch, die bei uns in der Gemeinde sind, seit ich im letzten März hier als Pastor anfing, wissen, dass eines der Bilder, die ich bei einer Predigt am liebsten benutze, das Vakuum im Herzen jedes Menschen ist. Was ihr nicht wisst: Ben hat von Geburt an ein wirkliches Vakuum in seinem Herzen. Ein richtiges Loch in seinem richtigen Herzen. Die gesundheitlichen Probleme, die er seit einiger Zeit hat, hängen damit zusammen. Es sieht so aus, als habe er sich eine Infektion zugezogen. Die Ärzte habe Schwierigkeiten, sie zu behandeln. Erst heute Morgen haben sie uns gesagt, dass Bens Herz sich bei seinem Kampf mit dieser Krankheit sehr verschlechtert hat und wir damit rechnen müssen, dass er den nächsten Sonntag nicht mehr erlebt.« (Der letzte Satz raubte der ganzen Gemeinde die Luft … Er raubte mir die Luft.)

»Ich erzähle euch das, weil ihr unsere Familie seid und weil wir euch brauchen. Ich erzähle euch das, weil ich euch bitte, für uns zu beten. Wir glauben, dass Gott heilen kann. Ich erzähle euch das, weil ich euch etwas sagen will, falls Gott sich entscheidet, ihn nicht zu heilen. Er hat das souveräne Recht, das zu tun. Ich möchte euch das jetzt sagen, solange noch Hoffnung besteht, solange ich noch frei sprechen kann. Denn es kann sein, dass ich, wenn Gott unsere Hoffnungen nicht erfüllt, eine Weile nicht darüber reden kann.«

Er schwieg einen Augenblick, um die richtigen Worte zu finden, um seinen ganzen Mut zusammenzunehmen. Ich war froh über diese Pause. Ich brauchte diesen Augenblick zum Atmen. Ich brauchte ihn, um etwas zu finden, an das ich mich klammern konnte. Molly hatte mich darauf vorbereitet, dass Bens Krankheit sehr ernst war. Bens eigene seltsamen Bemerkungen und meine bösen Vorahnungen hatten mich auf etwas Unheilvolles vorbereitet. Aber jetzt traf mich der Gedanke, dass mein Freund bald sterben könnte, mit voller Wucht.

»Es ist eigentlich ziemlich ironisch: Ben versucht schon seit

281

einiger Zeit, mich davon abzuhalten, diese Gummistiefel anzuziehen. Ich kann mich des Gedankens nicht erwehren, dass er selbst in seiner gegenwärtigen Verfassung vielleicht etwas damit zu tun gehabt haben könnte. Wenn ich es mir recht überlege … ich habe ihn heute Morgen besucht, und er hatte diesen Blick in den Augen, den er immer hat, wenn er etwas im Schilde führt.«

Als er sich das Kinn rieb und das Gesicht verzog, fiel mir zum ersten Mal auf, dass er genauso hinterhältig grinsen konnte wie Ben.

»Vielleicht hatte er diesen Blick heute Morgen nur, weil er wusste, dass sich meine Gummistiefel bald mit Wasser füllen würden.«

Ein trauriges Lachen war im Raum zu hören. Dann erwischte es mich eiskalt. Ich erstarrte auf meinem Sitz, als er fortfuhr: »Und Jonathan Liebermann, ich werde dich von deinem Vater nach dem Gottesdienst nach irgendwelchen scharfen Gegenständen in deinen Taschen untersuchen lassen!« Irgendwie schaffte ich es zu lächeln, denn er lächelte auch.

»Ich wünschte, ihr hättet heute Morgen Bens Gesicht sehen können«, sprach er wehmütig weiter. »Er hatte einen Blick in den Augen, den ich zuvor nie bei ihm gesehen hatte. Es war ein Blick, aus dem ein großer Friede und eine unerklärliche Freude sprachen. Ich denke, die meisten von euch, die Ben kennen, wissen, dass so etwas für sein Gesicht nicht typisch ist. Nein, Bens Freude heute Morgen war mehr als nur die Vorfreude auf einen neuen Streich. Etwas ist mit ihm geschehen, nach dem wir uns alle sehnen. Etwas, für das Heilige leben und sterben, ohne es je zu finden. Ben hat es gestern Nacht im reifen Alter von zehn Jahren erfahren. Ben hat Gott gehört.«

Seine Stimme drohte zu ersticken, als er das sagte. Ein ehrfurchtsvolles Schweigen füllte die lange Pause.

Wovon redet er nur?, überlegte ich. Ich hatte so etwas nicht in Bens Gesicht gesehen. Außerdem war es schwer, sich so

282

etwas wie Frieden und Freude in Bens Gesicht vorzustellen. Aber andererseits hatte ich ihn heute Morgen nicht gesehen. Vielleicht war gestern Nacht wirklich etwas passiert. Plötzlich erinnerte ich mich an dieses nächtliche Gespräch vor mehreren Monaten, als Ben mir erzählte, dass er gehört habe, wie jemand seinen Namen rief. Vielleicht war es wieder passiert. Vielleicht hatte er die Nachricht dieses Mal verstanden.

»Ich weiß nicht, was er gehört oder was er gesehen hat«, sprach Pastor Beamering von seiner nassen Kanzel aus weiter. »Für uns ist das auch nicht so wichtig. Wichtig ist nur, dass es genügte, um Ben den Mut zu geben, durchzuhalten. Den Mut, sich dem zu stellen, was auf ihn zukommt. Und ich weiß auch, dass es mir heute Morgen neuen Mut machte, einfach sein Gesicht zu sehen. Ich selbst habe keine Vision von Gott bekommen, aber als ich in das Gesicht dieses jungen Menschen schaute, der so etwas erlebt hat, war das auch für mich sehr ermutigend. Plötzlich wurde mir bewusst, als ich vor meinem eigenen geliebten Sohn stand, dass er irgendwohin schaute und etwas sah, das ich nicht sehen konnte. Er schaute über einen riesigen Abgrund, der uns alle in Todesangst versetzt. Trotzdem hatte er Frieden. Ich kann nicht richtig erklären, wie es war. Ich kann nur sagen, dass plötzlich in diesem Augenblick mein Verstand und mein Herz, die ganze Theologie und Praxis und die Lehrsätze, mit denen wir das christliche Leben festzulegen versuchen, auf das reduziert wurden, was wirklich zählt: Es gibt einen Gott, und er liebt uns. Er kennt jeden Einzelnen beim Namen, und er will bei uns sein … und uns bei sich haben.«

Hier entstand eine letzte, lange Pause. Alle waren dafür dankbar. Im Gegensatz zu sonst war dieses Schweigen nicht leer oder peinlich. Ein Wissen und Nachdenken über das Zentrum unseres Glaubens, das uns gerade vor Augen geführt worden war, lag im Raum.

»Ich habe selbst keine Vision von Gott bekommen. Ich stehe jede Woche vor euch, ohne auf Zeichen und Wunder zurückgreifen zu können. Ich bin ein Pilger wie ihr. Wenn ich so aussehe, als hätte ich alle Antworten, als würde ich irgendwie über dem Leben, das euch manchmal solche Mühe macht, schweben, dann stimmt etwas nicht. Entweder ich vermittle den falschen Eindruck, oder ihr seht mich falsch. Und während Ben im Krankenhaus liegt und Visionen von Gott bekommt, stehe ich hier sowohl innen als auch außen in ein Meter zwanzig tiefem Wasser vor euch. Ich mache es jetzt schnell, denn … ehrlich gesagt, es wird langsam kalt hier.«

Dann lächelte er. »Ich wette, ihr wünscht, alle meine Predigten wären so kurz. Wir werden in Zukunft nicht nur alle Strophen unserer Lieder singen, Walter.« (Dabei lächelte er meinen Vater an, der sich umgedreht hatte und ihn anschaute.) »Ihr könnt auch sicher sein, dass ich, so sicher wie ich heute Morgen hier vor euch stehe – beziehungsweise vor euch wate –, nie wieder jemanden in diesen Stiefeln taufen werde. Egal wie lang es dauert, bis ich wieder umgezogen bin, ich werde von nun an *ganz nass* werden.«

Die natürliche Theatralik seiner Stimme und dass er Bürgermeister Wilsons Bemerkung wiederholte, veranlasste die Gemeinde erneut zu klatschen. Dieses Mal wurde sichtbar, dass es aus ganzem Herzen kam und alle tief bewegt waren.

Als das Klatschen sich schließlich legte und wieder Schweigen einkehrte, hob Pastor Beamering die Hände und sagte: »Bitte steht auf zum Segen.« Dann streckte er auf seiner nassen Kanzel oben in der Wand die Arme aus, und ich dachte einen Augenblick, dass da oben wirklich Super-Jeffery steht.

Schließlich tat er etwas Ungewöhnliches und Wunderbares. Er tauchte die Hände ins Wasser, hob sie dann hoch und ließ das Wasser langsam aus seinen Händen über seine Arme wieder ins Becken fließen und sprach dabei den Segen. Ich hätte schwören können, dass ich, während ich dort in der Kirche stand und ihn die Worte sagen und das Wasser plätschern hörte, auch ganz nass wurde.

23

Ein Lincoln Zephyr Baujahr 1939

»Und wie lange ist er da oben geblieben?«, fragte Ben am Nachmittag, nachdem ich ihm die Geschehnisse dieses Morgens in allen Einzelheiten geschildert hatte.

»Das kann ich dir nicht genau sagen. Mein Vater ging sofort hinauf und zog den Vorhang vor dem Taufbecken zu, aber dein Vater ist nach dem Gottesdienst nicht mehr unten an der Tür aufgetaucht. Wer weiß, vielleicht ist er immer noch dort oben.«

»Nein, ist er nicht. Er war nach der Kirche schon hier bei mir. Aber es ist so enttäuschend«, seufzte er ein bisschen zu theatralisch, um wirklich überzeugend zu wirken. »Jedes Mal, wenn ich versuche, etwas durcheinander zu bringen, ist es am Ende immer gut. Wie wäre es wohl, wenn ich zur Abwechslung einmal versuchen würde, etwas Gutes zu machen. Wahrscheinlich würde ich dann allen alles verderben. Hey! Vielleicht sollte ich das tun!«

»Du tust gar nichts. Du bleibst brav liegen und ruhst dich aus«, schimpfte die Krankenschwester, die gerade ins Zimmer gekommen war, um seine Temperatur zu messen. »Lass dich von diesem jungen Mann hier bloß nicht zu irgendeiner Dummheit verleiten. Du siehst heute besser aus. Das soll auch so bleiben.«

Er sah wirklich ein bisschen besser aus, und sein Fieber war seit vierundzwanzig Stunden nicht mehr so hoch. Vielleicht waren die tödlichen Bakterien, die irgendwo in seinem Herz saßen, bei den Unmengen von Medikamenten, mit denen sie beschossen wurden, nun doch getroffen worden.

»Ich weiß nicht«, sprach ich weiter. »Unsere Botschaft über Pastor Ivory hat damals doch ziemlich viel durcheinander gebracht.«

»Ja, aber das, was wir gesagt haben, war wahr. Es war wirklich das Richtige. Wir mussten das tun. Es war das Richtigste, was wir im ganzen Sommer getan haben. Wir haben nichts durcheinander gebracht. Es war schon alles durcheinander. Ich will ja nur wenigstens ein einziges Mal in meinem Leben Erfolg haben, wenn ich etwas Falsches mache.«

Ben hatte an diesem Tag viel Besuch. Aber nicht alle durften ihn sehen. Ich fragte mich ohnehin, ob nicht einige von ihnen nur gekommen waren, weil sie das Gesicht sehen wollten, das eine Vision gehabt hatte. Ich schaute dieses Gesicht selbst immer wieder an und sah äußerlich keine andere Veränderung, als dass er wieder ein bisschen übermütig geworden war. Es entsprach jedenfalls gewiss nicht meiner Vorstellung vom Gesicht eines Menschen, der gerade Gottes Stimme gehört hatte. Ich schätze, ich dachte, wenn man näher bei Gott ist, wird man irgendwie … engelhafter. Wenn Ben Gott tatsächlich gesehen hatte, dann hatte ihn das nur mehr zu *Ben* gemacht.

Mir stand der Sinn danach, hinauszumarschieren und allen im Wartezimmer zu sagen: *Leute, ihr könnt wieder nach Hause gehen. Es ist nur Ben. Wie er immer war.*

»Steht heute irgendetwas Interessantes auf der Titelseite?«, fragte er.

»Seth Wilson ist wieder auf der Titelseite.«

»Wirklich?«

»Ja.« Ich zog das Titelblatt der Sonntagszeitung heraus, auf dem ein Bild von Bürgermeister Wilson und von einem Mann namens Ray O. Woods zu sehen war. Darunter stand die Überschrift: »Zwei Stadtväter bewerben sich für die Wiederwahl«. Etwas kleiner die zweite Überschrift: »Vorwahlen stehe bevor«.

»Lies es mir vor«, bat Ben.

»›Seth Wilson und Ray O. Woods, zwei Mitglieder des Stadtrats von Pasadena, kündigten gestern ihre Kandidatur bei den Vorwahlen im März an. Wilson ist im Geschehen der Stadt Pasadena schon immer sehr aktiv. Er war Präsident des Optimismusclubs von Pasadena …‹«

»Das klingt gut«, warf Ben ein.

»›… und im Überlandclub, und er sitzt im Leitungsausschuss der Rosenparade und des Jungen- und Mädchenclubs von Pasadena. Er ist außerdem Mitglied der Freimaurer und des Universitätsvereins. Pasadena hat immer eine gute, saubere Stadtverwaltung genossen, und es ist mein Wunsch, diesen hohen Standard, für den meine Kollegen und ich gerungen haben, zu bewahren«, erklärte Wilson, 66 Jahre, langjähriger Freund klassischer Autos.‹«

»Was ist denn ein ›Freund klassischer Autos‹?«, fragte ich. »Meinst du, er sammelt Klassiker?«

»Oder er repariert sie«, vermutete Ben. »Vielleicht ist es das!«

»Was ist was?«

»Vielleicht gefällt ihm der Edsel deshalb so gut. Er hat erkannt, wie viel Geld er damit verdienen kann, wenn er sie alle repariert.«

»Wie meinst du das?«, fragte ich. Ben wollte gerade etwas unter seinem Kissen hervorzuziehen, als die Krankenschwester, der er den Namen »Attila der Hunnenkönig« verpasst hatte, wieder ins Zimmer kam.

»Die Besuchszeit ist vorbei«, verkündete sie. Mit einem Hunnenkönig diskutierte man nicht. Als sie mich schnurstracks aus dem Zimmer manövrierte, stießen wir auf dem Gang mit dem nächsten Besucher zusammen. Es war niemand Geringeres als der Bürgermeister höchstpersönlich.

»Jonathan! Wie schön, dich zu sehen!« Er begrüßte mich und schüttelte mir die Hand, als wäre ich der Präsident irgendeiner Firma oder sonst eine bedeutende Persönlichkeit. »Das trifft sich ja hervorragend. Ich hatte gehofft, ich könnte euch beide zusammen sehen. Komm, gehen wir zu Ben.« Er nahm mich an der Hand und wollte mich wieder in Bens Zimmer ziehen. Aber wir kamen nur einen Schritt weit, ehe der Bürgermeister und Attila sich Auge in Auge gegenüberstanden.

»Nicht so schnell, die beiden Herren. Immer nur einer. Du warst bereits bei ihm«, sagte sie und drohte mir mit dem Finger.

»Entschuldigen Sie, Madam, aber ich glaube, wir kennen uns noch nicht.«

»Sarah Baumgartner«, stellte sie sich vor. »Ich bin die verantwortliche Krankenschwester dieser Station.«

»Miss Baumgartner, ich bin Seth Wilson und zufällig verantwortlicher Bürgermeister dieser Stadt. Mein Freund und ich würden gern diesen Patienten ein paar Minuten besuchen. Wenn Sie also so freundlich wären …«

Sie starrten einander ein paar Sekunden kämpferisch in die Augen. Sarah wog die Konsequenzen ab. Sie war immer noch dabei, sie abzuwiegen, als wir an ihr vorbeischritten und Bens Zimmer betraten.

»Hallo, Ben!«, begrüßte der Bürgermeister ihn lautstark. »Du siehst heute schon wieder besser aus.«

»Mr. Wilson! Hallo! Wir haben gerade den Artikel über Sie in der Zeitung gelesen.«

»Wie fühlst du dich, Ben?«

»Ach, nicht besonders gut, aber besser als gestern.«

»Ja, das haben wir gehört. Gute Nachricht. Wirklich eine gute Nachricht.«

»Wie ich sehe, sind Sie an Attila dem Hunnenkönig vorbeigekommen«, bemerkte Ben.

»Wie? So nennst du sie? Sehr passender Name. Aber sie macht nur ihre Arbeit«, sagte er mit einem leisen Grinsen. Dann sprach er in seinem bestimmenden Tonfall weiter. »Ben, ich muss dir sagen, dein Vater war heute Morgen großartig. Ihr beide seid wirklich ein hervorragendes Team.«

Ich war nicht ganz sicher, von welchem Team er sprach. Ich hatte Ben und seinen Vater nie als Team betrachtet.

»Jonathan und ich hatten gerade darüber gesprochen«, sagte Ben. »Ich versuche immer, etwas durcheinander zu bringen. Aber immer geht es gut aus.«

Das erinnerte mich an den Lieblingsvers meiner Mutter, den sie mir einzubläuen versuchte. Den Vers, in dem es hieß, dass alle Dinge zum Besten dienen.

»Du bringst die Dinge auf die richtige Weise durcheinander, Ben. Du bringst die Leute dazu, über das, was sie tun, nachzudenken. Besonders deinen Vater. Und weißt du was? Dein Vater wird dadurch zu einem Teufelskerl … äh … ich meine, zu einem großartigen Pastor. Das ist er bereits.«

Bens einzige Reaktion bestand aus einem »Hmpf« und seiner üblichen leicht verzogenen Miene.

»Ich möchte euch etwas zeigen, das ich letzte Woche mit der Post bekommen habe. Hier Jonathan. Lies du uns doch den Brief laut vor, ja?« Er reichte mir einen Brief und trat an die andere Seite des Bettes, damit ich sie beide anschauen konnte.

Das allein war schon ein unbeschreiblicher Anblick. Bürgermeister Wilson, wie er mit feierlicher, erwartungsvoller Miene hinter Ben stand, und Ben, der mit seiner »Ich glaube das erst, wenn ich es sehe«-Miene im Bett lag.

»Hier steht: ›An Herrn Bürgermeister Seth Wilson‹«, las ich vor. Dann begann ich zu lesen:

»Ich schreibe Ihnen als Antwort auf Ihren Brief und auf den Brief von Ben Beamering und Jonathan Liebermann, die zwei außergewöhnlich kluge junge Männer sein müssen. Wir alle hier bei den Ford-Werken und besonders diejenigen in der ›E‹-Abteilung, wie wir sie liebevoll nennen, wollen Ihnen mitteilen, wie sehr wir Ihren Brief und Ihre treue Unterstützung des Edsel schätzen.

Obwohl die Verkaufszahlen weiterhin niedriger sind als erwartet, bleiben wir zuversichtlich, dass Amerika die Augen für die Qualität und den Wert des neuen Edsel aufgehen werden. Wir müssen betonen, dass niemand von uns hier in Detroit oder irgendwo sonst vorhersehen konnte, dass unsere neue Autoreihe in einer Zeit wirtschaftlicher Rezession vorgestellt würde, in der praktisch alle Autoverkaufszahlen in diesem Land zurückgehen. Genauso wie andere Autohersteller vertrauen wir darauf, dass unsere gesunde Wirtschaft bald wieder einen Aufschwung nehmen und der gute Geschmack des amerikanischen Volkes erneut den Wert unserer ausgezeichneten Autoreihe zu schätzen wissen wird.

Wir sind sowohl auf unser Modell aus dem Baujahr 58 als auch auf unser neues Modell, Baujahr 1959, stolz. Die Veränderungen, die Sie beim neuen Modell ansprachen, erfolgten nach umfangreichen Forschungen und Nachfragen bei den Kunden. Es gibt wirklich kein anderes Auto in der Geschichte, das die direkten Bedürfnisse und Wünsche des amerikanischen Volkes besser befriedigt als der Edsel. Der Edsel ist und bleibt auch in Zukunft das Auto, das Amerika will.

Bitte betrachten Sie diesen Brief als persönliche Einladung von uns an Sie drei und Ihre Familien nach Detroit, wo Sie die weiträumigen ›E‹-Montagehallen besichtigen und eine exklusive Probefahrt auf unserer ›E‹-Teststrecke unternehmen können.

Danke, dass Sie uns helfen, den Edsel zu einem Klassiker für künftige Generationen zu machen. Leute wie Sie machen uns stolz auf unsere Arbeit an großartigen Autos.

Mit freundlichen Grüßen

Richard E. Krafve
Vizepräsident und Generalmanager
›E‹-Abteilung
Ford-Werke.«

»Wow! Wer hätte das gedacht?«, rief ich aus und schaute Bürgermeister Wilson an. Er strahlte die ganze Zeit, während ich vorlas, über das ganze Gesicht. Aber Bens Gesicht blieb ausdruckslos.

»Ich werde dafür sorgen, dass dieser Brief in so vielen Zeitungen wie möglich gedruckt wird«, verkündete der Bürgermeister.

»Das sollten Sie lieber nicht tun. Darf ich den Brief einmal sehen?«, fragte Ben.

Als er den Brief betrachtete, bildete sich das bekannte Runzeln auf seiner Stirn.

»Pah! Dummes Zeug! In meinem ganzen Leben habe ich noch nie so viele Lügen auf einer Seite gesehen.«

Das Lächeln auf unseren Gesichtern erstarrte zu einer Fassade leerer Hoffnungen.

»Wovon redest du denn?«, fragte Bürgermeister Wilson.

»Erstens ›befriedigt der Edsel nicht die Bedürfnisse und Wünsche des amerikanischen Volkes‹. Es ist ungefähr fünf Jahre her, seit sie ihre Studie gemacht haben. Aber in diesen fünf Jahren hat sich viel geändert. Inzwischen wollen die Leute kleinere, sparsamere Autos. Schaut euch nur diesen Satz hier unten an: ›Jeder weiß, dass Sie da sind, wenn Sie mit einem Edsel vorfahren.‹ Diese Leute leben hinter dem Mond. Prestige ist nicht mehr populär. Die Leute wollen Wert und Wirtschaftlichkeit. Die meisten sehen den Edsel heute als einen mit Chrom beladenen Albatros an. So können sie ihr Auto nicht an das amerikanische Volk verkaufen. Die Leute fallen auf solche Sprüche nicht mehr herein. Die Männer in Detroit kennen nicht einmal ihren Markt.«

Der Bürgermeister und ich warfen uns besorgte Blicke zu. Diese Aufregung konnte für Bens Herz nicht gut sein. Aber er hatte uns so überrascht, dass wir nichts anderes tun konnten, als ungläubig daneben zu stehen. Ben war außer sich.

»Sie müssen hoffen, dass wir ihre Einladung, nach Detroit zu kommen, nicht beim Wort nehmen. Denn dort würden wir fest-stellen, dass es nirgends ›weiträumige E-Montagehallen zu besichtigen‹ gibt. Edsels werden auf Ford- und Mercury-Montagebändern zusammengebaut, wo die Arbeiter nach 60 Mercurys einen Edsel einschieben und vollkommen andere Teile einbauen müssen und dafür nicht einmal bezahlt werden. Kein Wunder, dass sie dieses Auto in Detroit hassen. Hier, es steht alles hier drinnen, wenn ihr es selbst lesen wollt.« Damit warf er die neueste Ausgabe des *Consumer Reports* an das Fußende des Bettes. Der Bürgermeister versuchte, ihn zu beruhigen, hatte aber gegen Bens Zornausbruch keine Chance.

»Wusstet ihr, dass 1957, als die ersten Edsels herauskamen, 75 Reporter zu Werbezwecken mit ihnen zu ihren örtlichen Händlern zurückfahren sollten? Sie brauchten zwei ganze Monate, um so viele Autos zu reparieren! Ihr habt richtig gehört: Reparieren! Sie mussten die Autos, die direkt von der Montagestrecke kamen, *reparieren*, und von den 75 Autos, mit denen sie angefangen hatten, konnten nur 68 fahren. Die anderen sieben mussten sie zerlegen, um Ersatzteile zu bekommen! Und noch etwas: Für jedes Auto fielen 10.000 Dollar Reparaturkosten an. Könnt ihr euch das vorstellen? Eine so immense Reparaturrechnung für ein neues Auto, bevor es überhaupt aus der Fabrik herausfahren kann! Und was soll das hier: ›das Auto, das Amerika will‹? Für so dumm können sie uns doch wirklich nicht halten! Wenn Amerika es will, warum kauft Amerika es dann nicht?«

»Was geht hier vor?«, rief Miss Baumgartner, die besorgt ins Zimmer gestürzt kam.

Während dieser Tirade steigerte Ben sich immer mehr in seinen Zorn hinein. Am Ende schrie er richtig. Je lauter seiner Stimme wurde, umso kürzer war sein Atem. Bürgermeister Wilson und ich mussten dafür sorgen, dass er aufhörte oder wenigstens ruhiger wurde, aber ohne Erfolg. Er brüllte und keuchte etwas von »Qualität«, als der Hunnenkönig uns im wahrsten Sinne des Wortes aus dem Zimmer warf. Wir gingen freiwillig. Es war offensichtlich, dass unsere Anwesenheit in diesem Augenblick nicht sonderlich hilfreich war.

»Sie sollten diesen Brief lieber nicht drucken lassen, es sei denn, Sie wollen Mr. Krafve als Lügner entlarven, denn er ist ein Lügner!«, war das Letzte, was wir hörten, als die Tür hinter uns zuging.

Der Bürgermeister und ich standen verblüfft vor Bens Zimmer. Ich starrte die Zeitschrift *Consumer Reports* an, die ich vor unserem Hinauswurf noch hatte ergattern können. »Der Edsel: Von Anfang an zum Scheitern verurteilt« war oben auf der Titelseite zu lesen.

In diesem Augenblick kam Mrs. Beamering, die sich ein wenig ausgeruht hatte, während ich bei Ben war, aus dem Wartezimmer am anderen Ende des Ganges auf uns zu.

»Meine Güte! Warum so lange Gesichter?«

»Haben Sie das gesehen?«, fragte ich und reichte ihr die Zeitschrift.

»Nein«, sagte sie und lächelte den Bürgermeister zur Begrüßung freundlich an. »Was ist das?« Sie las die Schlagzeile auf dem Titelblatt. Das Lächeln verschwand schlagartig aus ihrem Gesicht. »O nein! Hat Ben das gesehen?«

»Ja, das ist ja das Problem. Er ist so wütend. Vollkommen außer sich.«

Mrs. Beamering schaute uns noch einmal fragend an, dann warf sie mir die Zeitschrift zu und stürmte, ohne ein weiteres Wort zu sagen, in Bens Zimmer. Wir konnten Schwester Baumgartners protestierende Stimme hören, die sie hinausschicken wollte, übertönt von Mrs. Beamerings protestierender Stimme, die sich auf keinen Fall hinausschicken lassen wollte. Dann schloss sich die Tür, und man hörte die aufgeregten Stimmen nur noch gedämpft.

Bürgermeister Wilson und ich gingen schweigend den Gang zum Wartezimmer hinab, in dem meine Mutter saß und sich angeregt mit Mrs. Wilson unterhielt. Wieder mussten wir erklären, warum wir so niedergeschlagen aussahen.

»Oh, meine Güte!«, rief meine Mutter aus. »Ich hoffe, das schadet ihm nicht. Heute ging es ihm doch schon viel besser.«

»Ja ... es *ging* ihm besser«, murmelte ich.

»Na, na«, sagte Bürgermeister Wilson optimistisch. »Er wird schon wieder. Er hat sich nur ein wenig aufgeregt. Ich würde mich auch aufregen, selbst wenn nur die Hälfte von dem, was er gesagt hat, wahr ist. Kann ich bitte einmal die Zeitschrift haben?«

»Es tut mir so Leid«, sagte Mrs. Wilson, während ihr Mann den Artikel überflog. »Ann und ich haben uns gerade darüber unterhalten, wie herrlich Gott es gefügt hat, dass uns dieses seltsame Auto zusammengeführt hat.«

»Wie ist er denn überhaupt an die Zeitung herangekommen?«, fragte meine Mutter.

Ich schaute mich um und warf einen Blick auf die vielen Zeitschriften, die auf den Tischen lagen. »Wahrscheinlich hat er sie von hier.«

»Aber Ben soll doch nicht im Krankenhaus herumgehen. Er hat strengste Anweisungen, im Bett zu bleiben.«

»Mutter, seit wann interessieren Ben irgendwelche Regeln?«

»Das ist ein ziemlich vernichtender Artikel über den Edsel und die Ford-Werke«, erklärte der Bürgermeister und blickte von der Zeitschrift hoch. »Jemand in Detroit wird von mir gehörig die Meinung gegeigt bekommen.« Er begann, aufgeregt auf und ab zu laufen. »Ben hatte Recht. Ich hätte gute Lust, diesen Brief trotzdem drucken zu lassen, nur um zu zeigen, dass dieser Krafve ein Lügner ist. Ich mochte ihn ohnehin nie besonders. Noch nie habe ich eine Werbekampagne gesehen, die so viel Schall und Rauch war. Dabei *mag* ich dieses Auto wirklich.«

»Seth«, sagte Mrs. Wilson. »Fang doch bitte nicht schon wieder mit den Ford-Werken an. Hier ist nicht der richtige Ort und Zeitpunkt dafür.«

»Du hast vollkommen Recht, meine Liebe. Entschuldigung, dass ich mich hinreißen ließ … Ich könnte mich fast genauso aufregen wie Ben, fürchte ich«, sagte er, vor allem an meine Mutter gerichtet, die es nicht erwarten konnte, das Thema zu wechseln.

»Ich fand heute Morgen gar keine Gelegenheit, mit Ihnen zu sprechen, aber ich möchte Ihnen nachträglich zu Ihrer Taufe gratulieren«, sagte sie. »Ihre Worte waren für viele Leute ein großer Segen.«

»Danke, Mrs. Liebermann. Sie haben ja keine Ahnung, wie ermutigend diese beiden Jungen gewesen sind. Sie haben mir die Augen für die Werte meiner Kindheit wieder geöffnet. Wir sollten nie zu alt sein für die Dinge, die wirklich zählen. Mich zu meinem Glauben zu bekennen … und auch zu diesem Auto, kann mich meine nächste Wahl kosten, aber das ist mir gleichgültig«, erklärte er. »Wissen Sie, dass ich fast zu alt war, um zu weinen? Aber heute Morgen habe ich … ich …«

Meine Mutter kam ihm zu Hilfe. »Ich weiß von keinem, der heute Morgen mit trockenen Augen im Gottesdienst gesessen wäre.«

»Ich muss Ihnen etwas gestehen, Mrs. Liebermann: Vor ein paar Wochen hätte ich das gekonnt. Ich war an dem Punkt angelangt, an dem nichts zählte außer meinem politischen Profit. Diese Jungen haben mir meine Menschlichkeit wiedergegeben … und meinen Glauben.«

Er stieß einen langen Seufzer aus. In diesem Augenblick kam Mrs. Beamering ins Wartezimmer zurück.

»Es ist wieder gut«, seufzte sie auf. »Er hat sich nur ein wenig aufgeregt. Sie haben ihm etwas gegeben, damit er ruhiger wird. Der Arzt hat jedoch angeordnet, dass er heute keinen Besuch mehr bekommen darf.«

»Ja, natürlich. Das ist verständlich«, sagte der Bürgermeister. »Es tut mir so Leid …«

»Sie brauchen sich nicht entschuldigen. Sie hatten ja keine

Ahnung, dass er diesen Artikel gelesen hatte. Außerdem sind das alles Bens Gefühle, und sie sind für ihn sehr wichtig. Dafür ist keiner von uns verantwortlich. Wir können Ben nicht befehlen, dass er nicht mehr fühlen darf, nur weil seine Gefühle vielleicht nicht gut für seine Gesundheit sind. Wenn Gott will, dass Ben auch weiterhin heiß oder kalt ist, müssen alle anderen lernen, ihn auch so zu nehmen. Einschließlich die Ärzte und Krankenschwestern hier.«

Als ich am nächsten Tag von der Schule nach Hause kam, erfuhr ich, dass Bens Zustand sich in der Nacht verschlechtert hatte. Sein Fieber war zwar nicht wieder gestiegen, aber in seiner Lunge befand sich viel Wasser. Als mir meine Mutter das erzählte, sah sie aus, als hätte sie geweint.

»Ich bin mit meinen Zeitungen in einer halben Stunde fertig«, sagte ich zu ihr. »Dann können wir gleich fahren.«

»Ich fürchte, das geht nicht, Jonathan.«

»Was?«

»Es tut mir Leid, aber sie haben gesagt, dass er keinen Besuch bekommen darf, solange es ihm nicht besser geht. Sein Zustand ist kritisch, Schatz.«

»Hast du mit Mrs. Beamering gesprochen? Hat *sie* gesagt, dass ich nicht kommen kann?« Sie war die Einzige, von der ich ein »Nein« in dieser Sache akzeptieren würde, da sie in Bens Fall praktisch das Krankenhaus leitete.

»Nein, Jonathan. Es ist nicht nötig, sie zu stören. Das sind die Krankenhausregeln«, sagte sie. »Es ist zu seinem Besten. Wir müssen einfach den Ärzten und dem Krankenhaus und Gott die Sache in die Hand geben.«

Wirklich? Was hatten sie denn bis jetzt erreicht? Wenn Molly nicht gewesen wäre, wüssten sie nicht einmal, was Ben fehlte. Und was Gott anging, so glaubte ich, dass er auf meiner Seite stand. Ben brauchte mich. Ben brauchte mich bei sich. Der Herr sah das bestimmt auch so. Ich wusste, dass meine Mutter nur tat, was sie für richtig hielt. Aber ich musste auch tun, was ich für richtig hielt.

An diesem Nachmittag schleuderte ich jede Zeitung nur in die Auffahrt. Ich sah nicht einmal hin, wo sie landete. Die ganze Aktion dauerte die Rekordzeit von fünfundzwanzig Minuten – vom Falten bis zum letzten Haus. Dann raste ich zu Molly zurück. Ich rutschte mit dem Rad in ihre Auffahrt, warf mein Fahrrad gegen den Zaun und klopfte an ihre Hintertür.

»Was ist denn, Junge? Geht es um Benjamin?«

»Ja«, keuchte ich. »Meine Mutter sagt, sein Zustand sei kritisch. Molly, was fehlt ihm wirklich? Gestern in der Kirche sagte sein Vater, dass er vielleicht stirbt. Wird er denn wirklich sterben?«

Molly legte den Arm um meine Schulter und zog mich neben sich auf das Sofa in ihrem Wohnzimmer.

»Ja, Johnny. Das kann passieren«, sagte sie. Dann erklärte sie mir genau, was mit Ben los war.

Er hatte einen Ventrikelseptumdefekt. Einen VSD. Das war die medizinische Beschreibung für ein Loch in der Wand, die die rechte und linke Kammer von Bens Herz trennte. So ein Loch war angeboren. Wie schlimm dieser Defekt war, hing ganz allein von der Größe des Loches ab.

Ein kleiner VSD schloss sich oft von selbst und stellte nie irgendein nennenswertes Problem dar. Manche Leute führten sogar mit einem VSD mittlerer Größe, der sich nie schloss, ein relativ normales Leben. Bei Kindern mit kleinen oder mittelgroßen Defekten wie bei Ben, konnte man nichts anderes tun als abwarten.

»Das Herz ist eine Muskelpumpe«, erklärte Molly. »Es pumpt von einer Kammer verbrauchtes Blut in die Lungen und von der anderen Kammer frisches Blut in den Körper. Aber wenn zwischen den beiden Kammern ein Loch ist, kann sich der Kreislauf umdrehen und das Blut läuft in die falsche Richtung.«

Im Grunde musste Bens Herz einfach stärker arbeiten als ein normales Herz, damit es die gleiche Arbeit verrichten konnte, erklärte Molly.

Das Problem, das Ben jetzt jedoch zu schaffen machte, war diese Infektion. Kinder mit einem Septumdefekt sind besonders anfällig für eine akute bakterielle Endokarditis, eine Infektion des Herzmuskels. Ein Loch im Herz erleichtert es den Bakterien, sich dort festzusetzen, das Gewebe zu entzünden und sich zu vermehren. Bevor es Antibiotika gab, überlebten Kinder, die sich eine solche Krankheit zuzogen, nur drei Tage bis höchstens drei Wochen. 1958 konnten bereits viele Fälle von Endokarditis geheilt werden. Penicillin und ein zunehmendes Angebot an neueren Antibiotika waren inzwischen auf dem Markt. In Bens Fall jedoch hatten die Bakterien allem widerstanden, was die Ärzte probierten.

Letzten Freitag, als sein Zustand sich verschlimmerte, hatten sie zum ersten Mal ein »neues Herzgeräusch«, wie sie es nannten, gehört. Das bedeutete, dass sein Herz tatsächlich durch Bakterien entzündet war, die sich dort festgesetzt hatten und ein anderes, zweites Geräusch neben seinem normalen Herzschlag erzeugten.

Ich verstand nicht alles, was Molly mir sagte, aber ich verstand genug, um zu wissen, dass es ernst war.

»Ich muss ihn sehen. Er braucht mich. Ich muss zu ihm«, sagte ich. Ich wollte in Tränen ausbrechen, aber ich zwang mich, weiterzureden. »Niemand hört auf mich. Ich muss zu ihm.«

»Geh, steig ins Auto«, forderte Molly mich auf. »Ich komme, sobald ich die Schlüssel finde.« Sie lief los und murmelte leise ein Gebet zum Heiligen Antonius.

Ich ging hinaus und öffnete die weiten Holztüren zu ihrer Garage und setzte mich in den schönen alten Lincoln Zephyr. Die Sitze waren aus grauem Samt und das Armaturenbrett aus echtem Holz. Es hatte einen würzigen, öligen Geruch, der mich an die Garage meines Großvaters in Minnesota erinnerte. Ich kämpfte mit den Tränen. Solange ich etwas zu tun hatte und redete, kam ich einigermaßen klar, aber sobald ich ruhig wurde, war es, als würde mir die Kehle abgedrückt.

»Jetzt beruhige dich«, sagte Molly, als sie die Fahrertür öffnete und sich hinter das Lenkrad setzte. »Ich bringe dich zu ihm.«

Erst als sie mit einem holprigen Ruck aus der Garage schoss und nur zwei Zentimeter neben der Hausmauer landete, fiel mir ein, dass Molly eigentlich nicht Auto fahren durfte. Es grenzte an ein Wunder, dass wir heil im Krankenhaus ankamen. Wenn die Autofahrer in Kalifornien nicht so vorsichtig fahren würden, hätten wir es nie geschafft, denn Molly achtete auf niemanden. Sie hatte alle Hände voll mit sich selbst zu tun. Ziel anvisieren, Gas geben und erst wieder vom Gaspedal gehen, wenn man sein Ziel erreicht hat. Das war Mollys Philosophie an ihrem ersten Tag hinter dem Steuer. In der ganzen Zeit, die wir über die Straße holperten und ruckelten, unterhielt sie sich mit mir so ungezwungen und ruhig, als säßen wir zu Hause in ihrem Wohnzimmer.

»Ich kann dir nicht garantieren, dass alles gut wird, wenn wir dort sind.«

Falls wir je dort ankommen, dachte ich.

»Ich war nie der Typ, der Leuten falsche Hoffnungen macht. Aber eines kann ich dir versprechen: Ich bringe dich zu Ben«, erklärte sie.

Im Krankenhaus blieb Molly einmal stehen, um die Informationen einzuholen, die sie benötigte. Dann führte sie mich geradewegs zu Bens Zimmer. Zu meiner Überraschung lag er immer noch im selben Zimmer wie am Tag zuvor. Seine Mutter stand vor seiner Tür auf dem Gang.

»Jonathan«, begrüßte sie mich mit einem freundlichen Lächeln, als sie uns erblickte. »Ich bin so froh, dass du hier bist. Er fragt schon den ganzen Nachmittag nach dir. Ich war so beschäftigt, dass ich überhaupt nicht auf die Idee kam, dich anzurufen. Mrs. Fitzpatrick! Wie schön, Sie wieder zu sehen. Wo ist deine Mutter, Jonathan?«

»Sie sagte, Bens Zustand sei kritisch, und ich könnte nicht kommen«, antwortete ich. »Aber ich musste kommen, und so … hat Molly mich hierher gefahren. Meine Mutter wird sich furchtbar aufregen, aber …«

»Zerbrich dir darüber jetzt nicht den Kopf, Schatz. Geh du zu Ben hinein. Ich kümmere mich um deine Mutter.«

Ich lief ins Zimmer. Ben saß wie immer von Kissen gestützt in seinem Bett.

»Hallo, wie geht's?«, fragte er.

»Gut«, nickte ich mühsam. Es klang ein wenig seltsam, als ich das sagte. Plötzlich legte sich die ganze Aufregung und es war so wie immer, wenn Ben und ich zusammen waren.

»Hast du die Nachrichten unter die Leute gebracht?«

»Ja. Heute habe ich es in 25 Minuten geschafft. Neuer Rekord.«

»Hast du mir die Titelseite mitgebracht?«

»Ach. Das habe ich total vergessen. Dafür hatte ich es zu eilig. Ich kann mich nicht einmal erinnern, was auf der Titelseite stand. Kann nichts Wichtiges gewesen sein.«

»Wie bist du denn zum Krankenhaus gekommen?«

»Mrs. Fitzpatrick hat mich hergefahren. Ich kann von einem Glück sagen, dass ich noch am Leben bin. Sie kann nicht Auto fahren. Sie hat nicht einmal einen Führerschein. Du solltest ihr Auto sehen, Ben. Es ist ein Lincoln Zephyr Baujahr 1939 in erstklassigem Zustand.«

»Ohne Spaß? Das ist ein Ford. Einer der besten, den sie je gebaut haben. Wie kommt es, dass sie dich hierher gefahren hat?«

»Meine Mutter wollte nicht, dass ich komme. Sie sagte, du dürftest keinen Besuch empfangen. Sie kriegt bestimmt einen Anfall, wenn sie es erfährt. Außerdem will sie nicht, dass ich mit Mrs. Fitzpatrick zusammen bin.«

»Warum denn nicht?«

»Das weiß ich nicht genau. Wahrscheinlich, weil sie katholisch ist. Und sie betet zum Heiligen Antonius und zu diesen ganzen anderen Heiligen.«

»Wusstest du, dass es eine heilige Genoveva gibt?«, fragte Ben. »Sie ist die Heilige, die bei Fieber hilft. Außerdem hat sie Paris vor Attila dem Hunnenkönig gerettet.«

»Dann wäre diese Heilige ja genau die Richtige für dich!«

»Das habe ich mir auch gedacht. Hey, soll ich dir was erzählen? Sie geben mir so ein Zeug, bei dem ich alle fünf Minuten pinkeln muss«, erzählte er.

»Ja? Wie machst du denn das? Ich dachte, sie lassen dich nicht mehr aus dem Bett.«

»Das lassen sie mich auch nicht. Schau her.« Er zog die Decke zurück und zeigte mir einen Schlauch, der an seinen Penis befestigt war. »Was sagst du dazu? Ich möchte wetten, du hättest auch gern so einen.«

»Ich habe bereits einen.«

»Ich meine doch den Schlauch, Dummkopf.« Wir lachten beide. Ich lachte so sehr, dass ich eine Weile nicht mehr aufhören konnte. Es tat so gut, mit Ben zu lachen. Zu wissen, dass er bei mir war und lachen konnte.

In diesem Augenblick kam Attila herein.

»Na, na. Spaß ist nicht erlaubt«, erklärte sie, aber ich sah ein leichtes Zwinkern in ihren Augen. »Ich brauche diesen gut aussehenden jungen Mann jetzt eine Weile für mich allein, damit wir ein paar Untersuchungen durchführen können. Du kannst in einer Stunde wieder hereinkommen.«

»Kannst du bleiben?«, fragte Ben, als ich zur Tür ging.

»Ja«, sagte ich. Ich wusste, dass es nichts und niemanden gab, der mich dazu bewegen könnte, das Krankenhaus zu verlassen.

»Die Schwester hat dich also hinausgeworfen, was?«, fragte Mrs. Beamering, ohne richtig von ihrer Zeitschrift aufzusehen, als ich ins Wartezimmer zurückkam.

»Ja. Sie sagte, ich könne ihn in einer Stunde wieder besuchen.«

»Ja«, nickte sie. »Sie führen noch ein paar Untersuchungen durch.« Ohne von ihrer Zeitschrift aufzuschauen, begann sie plötzlich zu weinen. Es war ein leises, schluchzendes Weinen. Sie streckte die Hand aus und zog mich zu sich und lehnte den Kopf an meine Brust. »Du bist ihm so ein guter Freund«, flüsterte sie. Sie drückte mich ganz fest, als sie das sagte.

»Mrs. Beamering, kann ich hier bei Ihnen bleiben?«, fragte ich, während sie ein Papiertaschentuch aus ihrer Tasche zog und sich das Gesicht abtupfte.

»Aber natürlich kannst du das, Jonathan.« Ihre Stimme war vom Weinen zittrig und dünn.

»Ich meine … nicht nur jetzt, sondern auch heute Nacht … vielleicht auch morgen?«

»Das müssen dein Vater und deine Mutter entscheiden. Ich habe bestimmt nichts dagegen. Du kannst hier drinnen auf dem Sofa schlafen, wenn du müde bist. Ich bin sicher, dass Ben sich freuen würde, wenn du da wärst.«

»Wo ist Mrs. Fitzpatrick?«, erkundigte ich mich.

»Sie musste nach Hause fahren. Sie sagte, sie erwarte Besuch.«
Ich dachte an ihren Neffen und an das Auto.

»Ja. Sie möchte dieses Auto nicht mehr als unbedingt nötig im Freien stehen haben. Sie sollten sehen, wie sie Auto fährt. Ich fürchtete schon, ich würde hier in der Notaufnahme landen. Was lesen Sie denn da?«

Sie hörte auf, in den Seiten zu blättern, und schaute mich mit müden, roten Augen an. »Jonathan, ich habe jede Zeitschrift, die hier liegt, mindestens schon ein Dutzend Mal durchgeblättert. Wenn du mich fragst, was in irgendeiner davon steht, kann ich dir kein einziges Wort sagen. Ich gönne meinen Augen nur eine Weile einen anderen Anblick als dieses Krankenhaus.«

Ich schwieg einen Augenblick. Dann fragte ich: »Was hat meine Mutter gesagt?«

»Deine Mutter war nicht zu Hause. Ich versuche es in ein paar Minuten noch einmal.«

»Das ist nicht nötig«, sagte da eine bekannte Stimme hinter uns.

»Mama!«, rief ich. Ich sprang auf und lief auf sie zu. »Mutter, es tut mir …«

»Ist schon gut, Jonathan«, sagte sie und legte mir ihre Hand leicht auf den Mund. Sie ging zu Mrs. Beamering und umarmte sie. »Wie geht es ihm, Martha?«

»Er hält noch durch. Mehr können wir im Moment nicht sagen.«

»Was hat das mit dem ›kritischen Zustand‹ zu bedeuten? Als ich anrief, sagte man mir, er sei verlegt worden.«

»Ja, das muss heute am frühen Nachmittag gewesen sein. Sie wollten ihn verlegen, aber dann wurde es plötzlich besser. So ist es schon den ganzen Tag. Auf und ab, auf und ab.« Sie warf meiner Mutter und mir einen verstehenden Blick zu und fügte dann mit einem Lächeln hinzu: »Ich glaube, ich schaue jetzt einmal nach ihm.«

Sobald sie zur Tür hinaus war, fingen wir beide gleichzeitig zu reden an. Meine Mutter behielt die Oberhand.

»Es ist in Ordnung, Jonathan. Ich bin nur froh, dass dir nichts passiert ist. Ich hab mir schon Sorgen gemacht, ich würde dich als Patient hier in einem Bett neben Ben vorfinden. So sollst du ihn nicht besuchen.«

»Es tut mir Leid, dass ich …«

»Nein, nein. Lass mich reden. Ich muss mich entschuldigen. Ich habe die Regeln zu ernst genommen. Du hast getan, was dein Herz dir sagte, Jonathan, und das ist richtig. Ich habe dich fast gezwungen, ungehorsam zu sein. Mach dir darüber keine Gedanken mehr. Du hast dich richtig entschieden. Ich bin nur froh, dass dir nichts passiert ist.« Sie zog mich an sich heran und küsste mich auf die Stirn. Wir saßen beide da, und sie hielt mich fest.

Im Trost und Schutz ihrer Arme fühlte ich, wie mir Tränen in die Augen traten. Sie zog den Kopf zurück und schaute mich an.

»Bist du wütend, weil ich mit Mrs. Fitzpatrick gefahren bin?«, fragte ich.

»Nein. Von ihr weiß ich ja, wo du bist. Sie hat mich angerufen und mir erklärt, was geschehen ist«, antwortete sie und wischte mir die Tränen ab. »Vielleicht muss ich auch ein paar Dinge lernen, weißt du.«

Ich schniefte. »Dann hast du nichts dagegen, wenn ich heute Nacht bei Ben schlafe?«

»Wenn du was?«, fragte sie und zog ihren Kopf noch weiter zurück. Anscheinend war sie nicht bereit, so viel, so schnell zu lernen.

»Ich möchte hier bei Ben bleiben. Mrs. Beamering sagte, sie habe nichts dagegen.«

»Ja. Ich bin sicher, dass Mrs. Beamering nichts dagegen hat«, erwiderte sie. Ihre Stimme klang leicht gereizt. Dann drückte sie mich noch einmal ganz fest, schaukelte mit mir vor und zurück und stieß ein leises, verzweifeltes Seufzen aus. »Ja, Jonathan. Du kannst hier bleiben … und ich bleibe auch hier.«

»Danke, Mama.« Ich umarmte sie und drückte sie, so fest ich konnte.

»Mrs. Fitzpatrick hat dir erzählt, wie krank Ben wirklich ist, nicht wahr?«, fragte sie.

»Ja«, nickte ich. Nach ein paar Augenblicken fragte ich: »Mama, glaubst du, Ben weiß es?«

»Das weiß ich nicht«, antwortete sie.

Tatsache war: Natürlich wusste Ben Bescheid. Ben wusste alles über sein Herz, seit er sieben war. Ben wusste sogar mehr darüber als seine Eltern. Er wusste, welche Überlebenschancen er hatte, und er kannte die möglichen Komplikationen, zu denen auch eine bakterielle Herzmuskelentzündung gehörte.

Ben war auch mit Büchern und Bibliotheken bestens vertraut, und er kannte *Nelsons Buch zur Kinderheilkunde.* Ben wusste besser als jeder andere, dass von allen Orten, an denen die Eigenschaften eines Vakuums wirkten, es einen Ort gab, an dem diese Eigen-schaften nicht so funktionierten, wie sie sollten: nämlich in seinem eigenen Herz, in dem sich ein Loch befand.

24

Ein Eimer für Mrs. Beamering

Die Nacht im Krankenhaus zu verbringen war bei weitem nicht das, was ich mir darunter vorgestellt hatte. Zum einen konnte ich Ben kaum besuchen. Zum anderen war das Sofa, auf dem ich schlafen sollte, nicht so bequem, wie es aussah. Da im Krankenhaus ständig Besucher aus den Zimmern geschickt oder erst gar nicht hineingelassen wurden, stellten sie vielleicht unbequeme Möbel ins Wartezimmer, damit man sich dort auch nicht allzu lange aufhielt.

»Dafür sind ja auch die meisten Regeln im Krankenhaus da«, hörte ich Mrs. Beamering zu meiner Mutter sagen. »Sie wollen einfach, dass ihnen die Leute so wenig wie möglich in die Quere kommen. Die meisten akzeptieren kommentarlos, was ein Arzt oder eine Schwester anordnet. Deshalb mag ich Krankenhäuser auch so wenig. Die Menschen werden so passiv. Leute, die es eigentlich besser wissen müssten, laufen wie willenlose Gespenster herum. Hier drinnen verliert man seine Würde, lange bevor man sein Leben verliert.«

Mit Ben und Mrs. Beamering hatte das Krankenhauspersonal alle Hände voll zu tun. Auf der einen Seite warf Mrs. Beamering praktisch sämtliche Besuchsregeln über den Haufen, und auf der anderen Seite gab Ben den Ärzten und Schwestern Anweisungen, wie sie seine Krankheit behandeln sollten.

»Wenn es Staphylokokken sind, sollten Sie mir mehr als nur Penicillin geben.« – »Wie kommt es, dass immer noch kein

Kardiologe hier ist und mich untersucht hat?« – »Augenblick! Was ist das für ein Zeug? Digoxin? Noch nie gehört. Wie wirkt das? Ist das ein neues Antibiotikum? Wird das bei mir ausprobiert? Ich bin doch kein Versuchskaninchen. Ich möchte ein medizinisches Wörterbuch! Wo ist meine Mutter? *Ich will wissen, was das für ein Zeug ist, das Sie in meinen Körper pumpen!*« Bevor die Schwestern auch nur in seine Nähe kommen durften, mussten sie Ben einen Arzt ans Bett holen, der ihm ausführlich beschrieb, wie das Medikament wirkte und warum man sich ausgerechnet für dieses Medikament entschieden hatte. Ben wollte immer alles ganz genau wissen.

Einmal regte er sich so auf, dass sie einen Anästhesisten holen mussten, der ihn ruhig stellte. Ben gefährdete seine Gesundheit, wenn er sich so aufregte. Er dagegen war überzeugt, dass sie ihn betäubt hatten, damit sie mit ihm machen konnten, was sie wollten, ohne es ihm erklären zu müssen.

»Sie wollten einfach, dass ich genauso aufgebe wie alle anderen hier«, sagte er mir danach. Ich war bei ihm im Zimmer, als er zu sich kam. Er schlug die Augen auf, kam allmählich zu sich, und seine Augen füllten sich schlagartig mit Wut.

»Macht so etwas nie wieder mit mir!«, sagte er zu jedem, der zufällig im Zimmer war. Diese Drohung wiederholte er bei jedem, der an diesem Tag in seine Nähe kam und einen weißen Kittel trug, egal, ob er sie schon gehört hatte oder nicht.

»Das ist kein Gefängnis, weißt du«, erklärte mir Ben. »Ich muss nicht alles machen, was man mir sagt, wenn ich nicht will. Diese Leute gehen hier herum wie Gefängniswärter. Sie benutzen ihr Wissen, um Leute einzuschüchtern und sie dazu zu zwingen, das zu tun, was sie wollen. Genau das passiert in einem Krankenhaus. Hier gibt man Leuten das Gefühl, klein und hilflos zu sein. Ich bin vielleicht klein, aber ich bin nicht hilflos. Außerdem steht alles, was diese Leute wissen, irgendwo in einem Buch. Dieses Buch kann ich genauso lesen! Danach ist es nur noch ein Ratespiel. Darauf läuft es letztendlich hinaus: auf ein raffiniertes Ratespiel.«

Diese Konfrontationen waren an der Tagesordnung, seit Ben eingeliefert worden war (ein Wort, das er übrigens hasste: es klang genauso wie »ins Gefängnis eingeliefert« oder »ans Messer geliefert«). Am Montagabend war er jedoch viel ruhiger. Das lag vor allem daran, dass es ihm so schlecht ging.

Der Großteil der Nacht war wie ein Traum.

Ich schlief ein, hatte Albträume und erwachte in einer albtraumähnlichen Realität. Das geschah so oft, dass ich Schwierigkeiten hatte, in meiner Erinnerung Realität und Traum auseinander zu halten. Diese Nacht ähnelte sehr der Nacht, die ich mit dem kleinen toten Zaunkönig neben meinem Bett verbracht hatte.

Mitten in der Nacht wurde ich aufgeweckt, weil vor der Tür Menschen aufgeregt und eilig über den Gang liefen. Mein Kopf lag auf dem Schoß meiner Mutter. Ich setzte mich auf und lauschte. Aus der Richtung von Bens Zimmer waren auf dem Gang schnelle, aufgeregte Worte zu hören. Ich wollte schon meine Mutter wecken, aber sie hatte den Kopf an das Sofa gelehnt und schlief tief und fest. Ich beschloss, sie schlafen zu lassen und selbst nachzusehen, was los war.

Zu meinem Entsetzen, aber nicht zu meiner Überraschung, kam das ganze hektische Treiben aus Bens Zimmer. Ich stand im Türrahmen und schaute zu, wie vier oder fünf Leute in weißen Kitteln ihn bearbeiteten. Ich hatte keine Ahnung, was sie taten. Ich sah nur, dass sie es schnell und angespannt machten. Es sah aus, als wären sie wütend auf ihn. Sie packten ihn und bearbeiteten ihn mit irgendwelchen Geräten. Sie schlugen ihn sogar und warfen ihn aufs Bett. Das taten sie zwei- oder dreimal. Ich hätte geschrien, sie sollen aufhören, wenn nicht Bens Eltern auch im Raum gewesen wären. Wenn das, was hier geschah, nicht richtig wäre, würden *sie* schreien. Sie schrien nicht. Sie standen am Rand des Zimmers. Mrs. Beamering presste die Hände vor den Mund und sah völlig hilflos aus. Das war überhaupt nicht typisch für sie. Pastor Beamering hatte einen Arm um sie gelegt.

Ich hätte vielleicht sogar versucht zu schreien, aber genauso wie in einem Traum wusste ich nicht, ob ein Ton über meine Lippen kommen würde. In dieser ganzen schrecklichen Szene kam ich mir vor wie Ebenezer Scrooge, der durch den Nebel wandert und auf das hinabschaut, was war und was sein könnte.

Erst als das hektische Treiben sich legte und einige der weißen Kittel vom Bett zurücktraten, kam Mrs. Beamering auf mich zu und berührte mein Gesicht. Sie zog mich an sich und legte die Arme um mich. Mir wurde allmählich bewusst, dass dies offensichtlich kein Traum war, sondern tatsächlich Realität. Bens Vater trat auch zu uns. Wir drei versperrten den Türrahmen.

»Ist er tot?«, fragte ich heiser, ein wenig überrascht, dass die Worte tatsächlich über meine Lippen kamen und ich sie hören konnte.

»Nein, Jonathan. Es sieht so aus, als hätte er es noch einmal geschafft. Es war knapp … zu knapp.«

Einer der Ärzte kam auf uns zu und bedeutete uns, in den Gang hinauszukommen.

»Ich muss mit Ihnen beiden sprechen …« Er warf einen viel sagenden Blick auf mich. »Allein.«

Mrs. Beamering schaute ihm direkt ins Gesicht und sagte ernst: »Ich bin bereits so allein, wie ich sein will.« Ihr Griff auf meiner Schulter wurde fester, als sie das sagte. »Sagen Sie es uns allen drei.«

»Nun gut, wie Sie wollen … Ich fürchte, es ist nur noch eine Frage der Zeit. Die Infektion haben wir jetzt unter Kontrolle, aber sein Herz wurde zu sehr geschädigt. Der Defekt hat einen größeren, nicht reparablen Schaden angerichtet. Das, was Sie soeben miterlebten, war ein leichter Herzinfarkt. Er kann jederzeit einen neuen Infarkt bekommen. Wir müssen auch mit einer Embolie rechnen. Einem Schlaganfall. Er hat viel Wasser in der Lunge. Das erklärt seine Atemnot. Wir geben ihm etwas dagegen, aber, ehrlich gesagt, ist es leider so, als wollte man Wasser aus einem sinkenden Boot schöpfen. Wir haben einfach nicht genug Eimer und nicht genug Zeit. Das Loch ist zu groß.«

Mrs. Beamering nahm diese Nachricht mit aufrechtem Kopf entgegen. Ihre Augen füllten sich mit Tränen. Ihr Kopf begann zu zittern. Nach einigen langen Sekunden schmerzlichen Schweigens sagte sie mit sehr ruhiger und entschlossener Stimme, die mit jedem Wort lauter wurde: »Dann geben Sie mir einen Eimer. SOFORT!«

»Martha«, versuchte Pastor Beamering, sie zu beruhigen. Seine Stimme enthielt eine Zärtlichkeit, die ich nie zuvor bei ihm gehört hatte.

Bis zu diesem Augenblick hatte er niedergeschlagen gewirkt. Unfähig, sich zu bewegen. Aber die Reaktion seiner Frau weckte etwas in ihm. Er wandte sich an den Arzt und sagte mit eindringlicher Stimme: »Sie haben gehört, was sie gesagt hat. Geben Sie meiner Frau einen Eimer!« Der Arzt, der normalerweise andere Menschen herumkommandierte, eilte davon und suchte etwas, womit er das Leben von Ben Beamering ausschöpfen könnte.

Als Pastor Beamering ihre Aufforderung bestärkte, ließ Mrs. Beamering mich plötzlich los, sank in seine Arme und schluchzte laut. In diesem Augenblick erschien meine Mutter im Türrahmen des Wartezimmers. Ich lief durch den Gang auf sie zu und suchte andere Arme, die mich festhalten würden.

»Mutter ... Ben stirbt.«

»Oh, Schatz«, flüsterte sie traurig und führte mich zu dem furchtbaren braunen Sofa im Wartezimmer zurück, wo sie mich lange festhielt, mir über die Stirn strich und mit ihren weichen

310

Fingerspitzen durch meine Haare fuhr. Ihr Trost und ihre Wärme beruhigten mein schweres, aufgewühltes Herz. Von einem besonderen Ort, an dem nur Mütter neue Kraft schöpfen können, bekam sie den Atem, ein Lied zu singen. Ein Lied, das sie Becky und mir früher oft als Schlaflied vorgesungen hatte. Sie sang es leise und wiegte mich dabei in ihren Armen sanft vor und zurück.

>>Manchmal führt Gott seine geliebten Kinder
auf den Berg, auf dem der Mond einsam wacht,
manchmal führt Gott seine geliebten Kinder
in das Tal der dunkelsten Nacht.<<

Ich hatte dieses Lied schon so oft gehört. Ich kannte den Text auswendig. Aber bis zu dieser Nacht hatte ich nicht begriffen, was die Worte bedeuteten.

>>Einige durch tiefes Wasser, einige durch die Flut,
einige durch das Feuer, aber alle durch sein Blut.
Einige durch großen Kummer,
aber Gott ist da mit seiner Macht.
Er führt seine Kinder am Tag
und in dunkelster Nacht.<<

In dunkelster Nacht … Diese Nacht war so eine Nacht.
    Sie sang den letzten Vers nicht. Vielleicht hoffte sie, das wäre so schnell nicht nötig. Ich wusste es besser, und ich hörte die Worte in meinem Herzen, als sie anfing, die Melodie zu summen:

>>Gott führt seine geliebten Kinder
aus dem Morast und Sumpf dieser Welt,
Gott führt seine geliebten Kinder
in seine Herrlichkeit. Er ist's, der sie hält.<<

Sie wiegte mich immer noch sanft. Nach einer Weile hörte ich sie leise murmeln. Wahrscheinlich dachte sie, ich wäre eingeschlafen. »Ich glaube, es war keine gute Idee, dass du hier bist.«

»Mutter«, sagte ich. »Ich glaube, es ist keine gute Idee, dass Menschen sterben müssen.«

25

Der heilige Benjamin

Als meine Mutter und ich am nächsten Morgen unsere Wache im Wartezimmer wieder aufnahmen, nachdem wir mit meinem Vater gefrühstückt hatten, waren der Lärm und die Hektik der vergangenen Nacht erneut in vollem Gang. Mein Vater aß dieses Frühstück »auswärts«, aber wir nicht, da wir unten in der Krankenhauscafeteria frühstückten. Meine Eltern versuchten, mich zu überreden, mit ihnen in ein Restaurant zu fahren. Sie versuchten sogar, mich mit meinem Lieblingspfannkuchen-restaurant zu locken. Aber ich weigerte mich, das Krankenhaus zu verlassen.

Als wir wieder auf Bens Station zurückkamen, war der Tag mit seinen Geräuschen im Krankenhaus zurückgekehrt: Man hörte Glocken läuten, Geräte piepsen, Lederabsätze auf dem harten Linoleumboden quietschen und Wagen rollen, in denen Arzneiflaschen durch die vollen Gänge geschoben wurden. Selbst das Wartezimmer tauschte sein nächtliches gespens-tisches Schweigen gegen die angenehmen Gespräche des ständigen Besucherstroms ein.

Dieses ganze Treiben vermittelte die Illusion, die Gefahr sei überstanden. Wenn Ben die lange, dunkle Nacht überlebt hatte, würde er gewiss auch dem Tag trotzen. Teilweise wegen meines Schlafmangels der letzten Nacht und teilweise wegen dieser falschen Hoffnung döste ich ein und versank in einen traum-losen Schlaf.

Ich sah Ben erst um elf Uhr an diesem Vormittag wieder, als Mrs. Beamering hereinkam und mich eilig aus dem Wartezimmer in ein neues Zimmer in einem anderen Krankenhausflügel führte, wohin man Ben nach seinen Problemen in der letzten Nacht verlegt hatte. Mrs. Beamering hatte ziemlich gut gelernt, wie sie mich zwischen den Runden der Schwestern und den Untersuchungen der Ärzte einschieben und ins Zimmer schleusen konnte.

»Hallo«, sagte ich, unfähig, das übliche »Wie geht es dir?« über die Lippen zu bringen. Die Antwort auf diese Frage lag unübersehbar vor mir.

»Hallo«, sagte Ben schwach. »Was machst du denn hier? Warum bist du nicht in der Schule?«

»Becky ist in der Schule. Joshua und Peter sind in der Schule. Ich finde, das sind für einen Tag genug Leute in der Schule, wenn du hier drinnen liegst.«

»Wie hast du deine Mutter nur dazu gebracht, dass sie dich einen Tag Schule schwänzen lässt, ohne krank zu sein?«

»Ich ließ sie mit deiner Mutter reden«, antwortete ich und schaute mich im Zimmer um. Es war neuer und besser eingerichtet als das alte Zimmer. An Bens Körper hingen überall Schläuche und Kabel. Wenn ich ihn anschaute, wurde mir ganz übel. Es war, als würde jeder Schlauch und jeder Draht, der an seinem Körper befestigt war, ein Stück aus ihm heraussaugen und etwas zurücklassen, das eine vage Ähnlichkeit mit Ben hatte, das er aber überhaupt nicht war.

»Du siehst aus wie eine überladene Steckdose an Weihnachten«, sagte ich.

»Ja, und wenn sie versuchen, noch ein weiteres Kabel in mich zu stecken, gibt es einen Kurzschluss. Darauf kannst du wetten.«

»Das war die längste Nacht meines Lebens«, murmelte ich. »Noch länger als die Silvesternacht, in der wir auf die Rosenparade gewartet haben.«

»Mach dir keine Sorgen. Du brauchst nicht mehr lange warten.«

Ein scharfer Schmerz durchbohrte mich, als er das sagte. Mich erfüllte der starke Wunsch zu schreien und zu kämpfen. Aber ich beherrschte mich. Irgendetwas hielt mich zurück.

»Sie können mich an so viele Maschinen hängen, wie sie wollen, aber das wird nichts ändern.«

Es war sein Gesicht, das sich verändert hatte. Etwas war darin, das ich vorher nicht gesehen hatte. Ein Lächeln. Nicht das übliche Lächeln, das Leute aufsetzen, wenn sie ihre Mundwinkel nach oben ziehen. Es war auch nicht Bens übliches Lächeln, sein hinterhältiges Grinsen, der Blick, den er laut Pastor Beamering aufsetzte, wenn er »etwas im Schilde führte«.

Es war ein Blick, den Leute haben, wenn ihnen jemand ein Geheimnis ins Ohr flüstert. Ihre Augen schauen irgendwohin in die Ferne, vielleicht wandern sie auch ziellos durch den Raum, aber sie hören sehr genau zu. In diesem Blick ist ein wenig Aufregung und sogar ein leises Lachen, weil es kitzelt, wenn einem jemand ins Ohr flüstert. Es ist außerdem ein Blick, der zurückhaltend ist, denn man kann keine große Reaktion zeigen, wenn man etwas ins Ohr geflüstert bekommt. Man muss so ruhig wie möglich bleiben, damit man kein wichtiges Wort oder Geheimnis überhört.

»Jonathan«, flüsterte er und winkte mich nah an seine Lippen heran. Flüsterte er, weil er nicht mehr viel Kraft hatte, oder weil er gleichzeitig irgendetwas hören wollte?

Ich stützte die Ellbogen auf sein Bett und war direkt neben ihm. Seine Stimme war wie ein leiser Windhauch. »Du hattest Recht. Gott hat mit mir gesprochen.«

»Das dachte ich mir. Was hat er gesagt?«, flüsterte ich in der gleichen Lautstärke zurück.

»Er erwartet mich.«

»Sonst noch etwas?«

»Er erwartet, dass ich mit einem Paukenschlag gehe.«

»Wie willst du das machen?«, fragte ich.

»Das weiß ich nicht genau. Dieser Teil liegt bei dir.«

»Bei mir?«, fragte ich verwirrt.

»Ja. Ich kann es nicht mehr. Das musst du übernehmen.«

»Wovon redest du denn, Ben?«

»Ich weiß es nicht. Aber ich weiß, dass wir noch einmal etwas zu lachen haben. Es wird eine große Sache. Und ich weiß, dass ich es nicht tun kann. Du musst es also übernehmen.« Er hustete und atmete pfeifend ein. Dann sprach er noch leiser weiter. »Das mit den Gummistiefeln hast du super gemacht.«

»Ja, aber das war einfach. Außerdem hast du mir gesagt, was ich tun soll.«

»Das Nächste wird auch leicht werden, sobald du weißt, was es ist.«

Ich wollte überhaupt nicht wissen, was es war. Ich wollte ohne Ben keinen Streich mehr spielen. Ich legte mir die Hände auf die Ohren und begann, sehr laut zu sprechen. »Nein! Nein! Hör auf, so zu reden. Du gehst nirgendwohin, Ben! Du bleibst hier bei mir!«

»Hör auf, so zu schreien. Sei bitte sofort ruhig!«, befahl eine Schwester, die in diesem Augenblick ins Zimmer kam. Eine Schwester, die wir bis jetzt noch nicht gesehen hatten. Sie schaute mich an und wurde plötzlich sehr wütend. »Was machst du denn hier? Jetzt ist keine Besuchszeit, und selbst wenn, darfst du diesen Patienten ohne Beisein eines Erwachsenen nicht besuchen. Verlass sofort dieses Zimmer!« Offenbar hatte diese Schwester noch nicht das Privileg genossen, Bens Mutter kennen zu lernen, die zum Glück genau in diesem Augenblick das Zimmer betrat.

»Entschuldigen Sie, aber dieser junge Mann ist mit mir da«, erklärte Mrs. Beamering. »Und ich werde nicht zulassen, dass jemand in diesem Ton mit ihm spricht.«

316

»Das spielt keine Rolle, denn ich schicke Sie jetzt beide auf der Stelle aus dem Zimmer. Dieser Patient kann so ein Theater wie das, das sich soeben hier abgespielt hat, nicht verkraften!«

»Sie meinen so ein Theater wie das, das Sie gerade veranstalten?«, fragte Bens Mutter sehr beherrscht, als wäre sie in Gedanken ganz woanders und schenke diesem Gespräch nur ihre halbe Aufmerksamkeit.

Die Schwester riss den Mund weit auf und lief puterrot an. »Mrs. …«

»Beamering. Mein Name ist Martha Beamering«, sagte Bens Mutter freundlich und reichte der Schwester die Hand. Als die Frau nicht einschlug, sagte Mrs. Beamering immer noch mit leiser, aber bestimmter Stimme: »Sehen Sie, Miss Armstrong, ich bezahle für dieses Krankenhaus, ich bezahle für dieses Zimmer und ich bezahle für Sie. Und wenn Sie keine konkrete medizinische Aufgabe hier drinnen zu erledigen haben, können Sie jetzt gehen.«

Die Schwester sah sie finster an und stürmte aus dem Zimmer.

»Es ist herrlich, wenn du so etwas machst«, flüsterte Ben.

»Woher wussten Sie, wie die Frau heißt?«, fragte ich.

»Die Leute, die hier arbeiten, haben alle Namensschilder an ihrem Kittel.«

»Das hätte ich dir auch sagen können«, sagte Ben schwach, aber immer noch mit seiner »Ich weiß alles«-Miene.

»So, gibt es etwas, über das ihr beide mit mir sprechen wollt?«

»Nein, Mama«, antwortete Ben. »Alles …« Er begann zu husten und rang nach Luft. Mrs. Beamering drückte sofort den Knopf. Einen Moment später kam dieselbe strenge Schwester wieder ins Zimmer.

»Er braucht Sauerstoff«, erklärte Bens Mutter. Miss Armstrong ging sofort an die Arbeit, nutzte jedoch jeden sich ihr bietenden Augenblick, um Mrs. Beamering einen »Ich habe es ja gleich gesagt«-Blick zuzuwerfen.

Bens Lungentätigkeit wurde immer schwächer. Es war fast zur Routine geworden, dass er zusätzlichen Sauerstoff brauchte. Während die Schwester sich darum kümmerte, verließ ich das Zimmer und kehrte ins Wartezimmer zurück. Eine Vielzahl von Gefühlen riss mich hin und her.

Meine Mutter versuchte, diesen Gefühlen auf den Grund zu gehen, während wir zum Mittagessen in der Krankenhauscafeteria saßen. Aber ich konnte sie nicht sortieren. Ich war gleichzeitig glücklich und traurig und wütend. Glücklich, dass Ben zum ersten Mal in seinem Leben positiv von Gott gesprochen hatte. Traurig und wütend über das, was diese Offenbarung mich persönlich vielleicht kosten würde.

Ein voller Magen und das übermäßig warme Wartezimmer begruben meine Verwirrung jedoch bald unter einer schweren Müdigkeit. Ich schlief ein. Erst mitten am Nachmittag weckte mich meine Mutter.

»Ben will dich sehen«, sagte sie. Ihre Stimme klang dringend.

Ich hasste es, am Nachmittag zu schlafen. Vor allem weil mich dieses lethargische »Wo bin ich?«-Gefühl beim Aufwachen störte. Der heutige Tag bildete keine Ausnahme. Wie benebelt ging ich in Bens Krankenzimmer.

Ben saß in seiner üblichen gestützten Haltung vor mir und sah blass und erschöpft aus. War es das? War das der Augenblick, vor dem mir so graute? Ich beugte mich nahe zu ihm, damit ich ihn hören konnte.

»Es ist drei Uhr«, flüsterte er.

Ich starrte ihn einige Sekunden an. Er schaute mich an, als hätte diese Information irgendetwas zu bedeuten.

»Und?«, fragte ich.

»Drei Uhr«, wiederholte er. »Zeit, die Nachrichten unter die Leute zu bringen.«

»O Mann! Ich muss ja die Zeitungen ausliefern! Das habe ich total vergessen.«

Im Krankenhaus verliert man jedes Zeitgefühl und jeden Bezug zum normalen Leben. Ich war seit fast vierundzwanzig Stunden hier, war fast die ganze Nacht wach gewesen und hatte fast den ganzen Tag geschlafen. Die Zeitungen waren das Letzte, was ich im Sinn hatte.

»Vielleicht könnte ich einen deiner Brüder bitten, ob er es heute für mich übernimmt«, murmelte ich. »Vielleicht würde es auch mein Vater tun.«

Was ich Ben nicht sagen konnte: Ich hatte Angst, wenn ich ihn verließe – wenn ich das Krankenhaus auch nur für kurze Zeit verließe –, würde er mich verlassen. Irgendwie dachte ich, wenn ich da wäre, könnte ich ihn hier bei mir festhalten. Selbst als meine Mutter und ich an diesem Morgen vom Frühstück zurückgekommen waren, war ich vor Angst, etwas Schlimmes könnte geschehen sein, in sein Zimmer gerast. Und es war etwas Schlimmes geschehen: Jemand hatte seinen Edsel, den der Bürgermeister ihm geschenkt hatte, auf den falschen Platz gestellt. Der Edsel war das Einzige, was die ganze Zeit neben seinem Bett stand. Eine der Schwestern hatte den Edsel unabsichtlich auf seinem Frühstückstablett mit in die Spülküche geschickt. Das Auto musste erst wieder aus der Küche geholt werden.

»Nein«, flüsterte Ben. »Das musst du selbst tun. Du bist dafür verantwortlich. Außerdem musst du mir die Titelseite vorlesen. Das hast du gestern schon vergessen.«

»Ich schicke meine Mutter zum Kiosk hinunter. Sie kann eine Zeitung kaufen.«

»Jonathan, verstehst du das wirklich nicht?« Ich ahnte, dass jetzt wieder einer seiner Vorträge kommen würde. Ich wollte ihm sagen, er solle seinen kostbaren Atem sparen. Aber ich tat es nicht. »Du kannst nicht hier bei mir bleiben. Du kannst auch nicht mit mir kommen. Du bist im Augenblick weder heiß noch kalt. Du rennst hier herum und siehst aus, als hätte Gott dich bereits aus seinem Mund ausgespien.« Dann winkte er mich näher heran. Ich beugte mich vor und legte mein Ohr direkt vor sein Gesicht. Sein Flüstern war wie ein Schrei: »Jonathan, *ich bin krank. Du* musst die Nachrichten unter die Leute bringen! Das ist deine Aufgabe.«

Meine Mutter konnte gar nicht glauben, dass sie meine Zeitungen ebenfalls vergessen hatte. Sie murmelte etwas davon, dass man jedes Zeitgefühl verliere, wenn man im Krankenhaus sei, und fuhr mich nach Hause. Dann fuhr sie zur Kirche, um meinen Vater abzuholen.

Während ich die Zeitungen faltete und auslieferte, dachte ich die ganze Zeit nur an das, was Ben mir gesagt hatte, und kämpfte sehr mit mir. Am meisten wollte ich mir selbst Leid tun und getröstet werden. Ich wollte alles stehen und liegen lassen. Doch dann kam Ben, ausgerechnet derjenige, um den ich trauern wollte, und gab mir eine Aufgabe. Er sagte mir, ich müsse seine Vision zu Ende führen. Es kam mir vor, als erlaube sich jemand einen üblen Scherz mit mir.

Als ich zu Mollys Haus kam, erspähte ich sie in ihrer Auffahrt, wo sie mit dem Spalier ihrer Kletterrosen beschäftigt war. Ich bog in die Auffahrt ein und fuhr so schnell zu ihr, dass sie vor Schreck die Kiste in ihren Händen fallen ließ. Die verwelkten Rosen, die sie vom Spalier geschnitten hatte, verteilten sich über die ganze Auffahrt. Ich entschuldigte mich und begann, sie aufzusammeln.

»Wie geht es Ben?«, erkundigte sie sich.

»So gut, dass er mich an meine Zeitungen erinnert hat.«

»Hmm. Das klingt ganz nach Benjamin.«

»Molly«, sagte ich und betastete die federleichten, hellbraunen Blütenblätter, »wissen Menschen es eigentlich, wenn sie sterben?«

»Meistens«, nickte sie ernst. »Besonders, wenn sie Zeit hatten, darüber nachzudenken.«

»Sehen sie Visionen und hören sie Gottes Stimme und solches Zeug?«

»Das hängt ganz davon ab, wie gut sie Gott in ihrem bisherigen Leben gehört haben. Hat Benjamin Gottes Stimme gehört?«

»Er sagt es.«

»Nun, Junge, hast du mir nicht selbst gesagt, dass Benjamin normalerweise Recht hat mit dem, was er sagt?«

»Ja«, nickte ich und reichte ihr die Kiste.

»Warum zweifelst du dann jetzt daran?«

»Danke, Molly«, sagte ich, sprang auf mein Rad und eilte nach Hause. Sie hatte nichts gesagt, was Bens Worte bestätigte oder widerlegte, aber irgendwie fühlte ich mich jetzt besser.

Als meine Mutter, mein Vater, Becky und ich an diesem Abend wieder ins Krankenhaus kamen, waren Pastor und Mrs. Beamering und Bens Brüder da. Während sie alle um Bens Bett standen, hielt ich mich im Hintergrund. Ich hatte das Titelblatt der *Star-Nachrichten* zusammengefaltet in der Hosentasche. Das tat ich absichtlich, weil wir etwas ausprobieren wollten, über das Ben und ich vorher gesprochen hatten. Ich würde mich im Kleiderschrank in seinem Zimmer verstecken und warten, bis alle fort wären. Dann könnte ich immer wieder herausschlüpfen und mich darin verstecken, ohne entdeckt zu werden. So könnten wir mehr Zeit miteinander verbringen. Es funktionierte großartig, da so viele Leute sich ins Zimmer drängten, dass man mich weder bemerkte noch vermisste.

Und so kam es, dass ich vom Schrank in Bens Krankenzimmer aus die letzten Worte hörte – wie es sich später herausstellte –, die alle außer Mr. und Mrs. Beamering und mir mit ihm sprachen. An diesen Worten war nichts Besonderes. Sie waren alle so richtig. Meine Mutter zitierte einen Bibelvers. Peter und Joshua scherzten mit ihrem jüngeren Bruder. Becky küsste ihn mit voller Nase. Das wusste ich deshalb, weil Ben nach einem kurzen Schweigen sagte: »Pah! Putz dir das nächste

Mal vorher die Nase!«, und alle lachten. Mein Vater war der Beste von allen. Er tat in den Sekunden, die ihm gewährt wurden, genau das Richtige. Er tat das, was er am besten konnte: Er begann, den Lobgesang zu singen. Alle stimmten mit ein. Alle standen um Bens Bett herum und sangen. Ich sang im Schrank auch mit.

Bens Augen waren noch feucht, als ich aus dem Schrank kroch, nachdem alle gegangen waren.

»Probe«, flüsterte er. »Das war die Probe für später, wenn ich mit diesen Leuten singen werde.« Er deutete auf ein großes, blaues Buch auf dem Tisch neben seinem Bett. Es war ein Buch über Heilige, ein ähnliches Buch wie das, das ich bei Molly gesehen hatte. »Hol es bitte her. Ich möchte dir etwas zeigen.«

»Woher hast du denn dieses Buch?«, fragte ich und schlug es auf seinem Bett auf.

»Mrs. Fitzpatrick hat es mir geliehen.«

»Aus diesem Buch weißt du also über Atilla den Hunnenkönig Bescheid, was? Was sagen deine Eltern denn dazu?«

»Mein Vater ist sich nicht ganz sicher, was er davon halten soll. Aber meine Mutter findet es großartig. Sie hat mir viel daraus vorgelesen. Einiges klingt schon stark nach Aberglauben, zum Beispiel das über den Schutzheiligen für Schlangenbisse. Aber ich erfahre gern etwas über das Leben dieser Menschen. Viele sind für das, was sie glauben, gestorben.« Er schwieg kurz, um Atem zu holen. »Lies mir Seite 62 vor. Ich liebe Seite 62.«

Ich schlug das Buch bei Seite 62 auf. »Die heilige Apollonia?«

»Ja. Lies mir von der heiligen Apollonia vor.«

»›Apollonia, Märtyrerin, 249 nach Christus‹«, las ich. »›Der heilige Dionysius von Alexandria schrieb an Fabius, den Bischof von Antiochia, einen Bericht über die Verfolgung der Christen durch die heidnische Bevölkerung Alexandrias im letzten Regierungsjahr des Kaisers Philippus. Das erste Opfer ihres Zorns war ein ehrbarer alter Mann namens Metras oder Metrius, den sie zwingen wollten, Lästerungen gegen Gott auszusprechen. Als er sich weigerte, schlugen sie ihn, schleuderten ihm Rohrsplitter in die Augen und steinigten ihn zu Tode. Die nächste Person, die sie ergriffen, war eine Christin. Sie hieß Quinta. Sie brachten sie zu einem ihrer Tempel und wollten sie zwingen, ihren Götzen anzubeten. Quinta bedachte diesen falschen Gott mit verächtlichen Worten, was die Leute so in Rage brachte, dass sie Quinta an den Füßen über das Pflaster schleiften, sie geißelten und dann steinigten. Zu diesem Zeitpunkt hatte der Hass gegen die Christen seinen Höhepunkt erreicht. Die Christen leisteten keinen Widerstand, sondern flohen. Sie ließen, ohne zu klagen, ihren Besitz zurück, denn ihre Herzen waren an nichts auf der Erde gebunden. Ihre Standhaftigkeit und Treue zu ihrem Herrn war so weit verbreitet, dass der Heilige Dionysius niemanden kannte, der Christus geleugnet hatte.‹«

Ich kam gerade zu der Stelle über Apollonia, als ich jemanden auf dem Gang hörte. Ich verkroch mich wieder im Schrank. Eine Schwester kam und kontrollierte fünf Minuten lang, ob bei Ben alles in Ordnung sei.

»Unser Plan klappt«, sagte Ben, als die Luft wieder rein war.

»Großartig. Jetzt lies weiter über die heilige Apollonia.«

»›Apollonia, eine betagte Diakonin, wurde ergriffen. Mit Fausthieben ins Gesicht schlugen sie ihr alle Zähne aus. Dann zündeten sie außerhalb der Stadt ein großes Feuer an und drohten, sie hineinzuwerfen, wenn sie nicht bestimmte gottlose Worte aussprüche. Apollonia bat um einen Augenblick Aufschub, als müsse sie sich diesen Vorschlag überlegen. Doch kaum ließ man sie los, sprang sie, um ihre Verfolger zu überzeugen, dass ihr Opfer vollkommen freiwillig war, aus eigenen Stücken in die Flammen.‹«

»Was sagst du dazu?«, fragte Ben. »Wetten, du kannst es nicht erwarten, sie kennen zu lernen.«

»Ist sie deshalb die Schutzheilige für Zahnschmerzen? Weil man ihr die Zähne ausgeschlagen hat? Wenn das der Fall ist, dann könntest du der Schutzheilige für gebrochene Nasen sein.«

»Jonathan, ich bin ein Heiliger«, erklärte Ben.

Er deutete auf das Buch und blätterte darin, als wolle er alles, was er bereits gelesen hatte, im Gedächtnis behalten.

»Du hältst es für richtig, ein Buch über Katholiken zu lesen?«, fragte ich.

»Jonathan, im Jahr 249 nach Christus gab es keine anderen Christen. Entweder man glaubte oder man glaubte nicht. Heute ist das doch nicht anders, oder?«

Alles, was ich in diesem Augenblick denken konnte, war, dass Molly wirklich an Jesus glaubte, und dass Ben ein Heiliger war.

»Hast du die Zeitung dabei?«, wechselte er plötzlich das Thema.

Ich zog die Zeitung aus meiner Hosentasche und faltete widerwillig die Titelseite der *Star-Nachrichten* für Dienstag, den 20. Januar 1959, auseinander. Die Schlagzeilen waren nicht gut: Ein Junge wurde vermisst und die Hoffnungen, ihn zu finden, wurden immer geringer. Der Gouverneur von Alaska war schwer krank, und seine Überlebenschancen standen fünfzig zu fünfzig. Der Mittlere Westen der USA wappnete sich gegen schwere Stürme und Schneestürme, die auf ihn zukamen. Keine dieser Nachrichten löste bei uns irgendwelche Kommentare aus. Was sollte man auch dazu sagen?

Die kleinste Überschrift hob ich mir für den Schluss auf, da ich dachte, wir könnten ein wenig Humor gut gebrauchen, um uns gegen unseren eigenen Sturm zu wappnen. Es war ein winziger Artikel, nur vier Zeilen lang, über den Generalsekretär der Vereinten Nationen, Dag Hammarskjöld, der an diesem Tag von New Yorks Idlewild-Flughafen zu einem fünftägigen Urlaub in Nassau auf den Bahamas aufbrach. Die Überschrift, lautete nur »Dag in Urlaub«, aber es war eine kleine Überschrift und der Druck war nicht ganz sauber, so dass es aussah wie »Dog in Urlaub«, also »Hund in Urlaub«. Ben und ich lachten. Es tat so gut. Wir stellten uns einen schlappohrigen Spürhund mit Sonnenbrille und Bermudashorts vor, der auf die Bahamas flog.

»Da bist du ja!«, sagte meine Mutter, als ich ins Wartezimmer zurückkehrte. Ich hatte schon damit gerechnet, dass sie sich allmählich fragen würde, wo ich sei. »Wir haben dich schon überall gesucht.«

Eine Schlagzeile hatte ich Ben nicht vorgelesen. Ich konnte es nicht. Jedes Wort der Überschrift und auch des kurzen Begleitartikels tat einfach zu weh:

»Atlas-Satellit kurz vor dem Ende!

SAN DIEGO – AP – Der Atlas-Satellit ist aktuellen Berichten zufolge aus seiner Umlaufbahn geraten, als seine Umkreisung der Erde fast abgeschlossen war.

Tom Hemphill, Mitarbeiter des Smithsonian-Konservatoriums für Astrophysik, sagte, der Atlas werde voraussichtlich heute Nacht oder morgen in die Erdatmosphäre eintreten und verglühen. Dadurch, dass der Satellit aus der Umlaufbahn geraten sei, lasse sich jedoch nur schwer vorhersagen, wo er zu welcher Zeit sein werde.«

26

Schlagzeilen

An dem Tag, an dem Ben starb, begrub ein eisiger Schneesturm den Mittleren Westen der USA unter sich und tötete zwölf Menschen, Tornados fegten über sechs Südstaaten der USA hinweg, Präsident Eisenhower warnte Russland, die USA »ließen sich nicht für dumm verkaufen«, ein Herzinfarkt beendete die ruhmreiche Karriere von Hollywoodproduzent Cecil B. De Mille, der Gouverneur von Alaska kämpfte immer noch ums Überleben, und ein feuriger Komet, der vor Tagesanbruch irgendwo im Pazifik gesichtet worden war, galt als das Ende von Amerikas riesigem Atlas-Satelliten. Am Mittwoch, den 21. Januar 1959, erzählte die Titelseite der *Star-Nachrichten* die ganze Geschichte.

Aber von alledem wusste ich nichts, als ich um zwei Uhr dreißig an diesem Morgen heimlich in Bens Zimmer schlich und darin alle schlafend vorfand. Es würde noch zwölf Stunden dauern, bis diese Nachrichten gedruckt und unter die Leute gebracht würden.

Das Krankenhaus war gespenstisch still. Anscheinend waren alle entweder fort oder sie schliefen. Selbst die Ärzte und Schwestern waren fort, obwohl ein Unheil verkündender hektischer Lärm mich geweckt hatte. Da ich eine neuerliche Krise befürchtete, rannte ich auf den Gang hinaus, stellte aber fest, dass die bedrohlichen Geräusche aus einer anderen Richtung kamen.

Ich schaute zu meiner Mutter zurück, die immer noch im Wartezimmer schlief. Alles war so ruhig und leer. Ich konnte unbemerkt in Bens Zimmer huschen.

Dort schliefen ebenfalls alle. Mr. und Mrs. Beamering lagen unbequem in ihren Sesseln am Fenster. Bens Augen waren auch geschlossen. Sein Atem kam kurz und mühsam. Es war, als wäre ein Schlafengel über unsere kleine Gruppe geflogen und hätte jeden berührt. Nur mich nicht.

Ich trat an Bens Bett, blieb eine Weile stehen und sah ihm beim Schlafen zu. Ich hatte das starke Bedürfnis, so nahe wie möglich bei ihm zu sein. Ich hob seine Decke hoch, kroch neben ihn und schloss die Augen. Sobald ich neben ihm lag, erfüllte mich ein tiefer Friede. Ich wollte, dass dieser Augenblick ewig andauerte. Meine Augen waren noch geschlossen, als ich spürte, wie Ben die Hand hob und leicht meine Schulter berührte.

»Jonathan«, sagte er sehr leise, nicht weil er seine Eltern nicht wecken wollte, sondern weil er nicht lauter sprechen konnte.

»Ja?« Ich stützte mich auf meinen Arm, um genauso hoch zu liegen wie er.

Sein Gesicht war wie ein blasser, fahler Mond und seine dünnen, zarten Lippen hatten eine bläuliche Färbung.

»Warum hast du mir den Artikel über den Atlas-Satelliten nicht vorgelesen?«

»Woher weißt du davon?«

»Du hast mir doch die Zeitung gezeigt. Es stand in der Spalte rechts neben dem Hund in Urlaub.«

»Oh.«

Wir lagen da und lauschten in die Stille hinein. Die einzigen Geräusche waren ein Ventilator an irgendeinem medizinischen Gerät im Zimmer und Mr. Beamerings leises Schnarchen. Der Raum war von einer deutlich spürbaren Erwartungshaltung erfüllt.

»Erinnerst du dich an das Lied ›Jesus liebt mich‹?«, brach Ben das Schweigen. »Ich kann es jetzt singen … aber ich habe nicht mehr genug Luft zum Singen. Würdest du es für mich singen?«

»Jetzt?«, fragte ich und warf einen skeptischen Blick auf Bens schlafende Eltern.

»Nein, jetzt ist nicht mehr genug Zeit. Sing es irgendwann an meiner Stelle für alle in der Kirche mit dem richtigen Text … so wie es geschrieben wurde.«

»Wie meinst du das: Es ist nicht mehr genug Zeit?«

Seine Augen schauten zur Uhr an der Wand. »Es ist drei Uhr«, flüsterte er. »Zeit, die Nachrichten unter die Leute zu bringen.«

Ich schaute von seinem Gesicht weg zur Uhr und stellte fest, dass es tatsächlich drei Uhr war. Dann schaute ich Ben wieder an. Er hatte die Augen geschlossen, und sein Kopf war auf sein Kissen zurückgefallen.

»Es ist erst drei Uhr morgens, Ben. Es ist noch nicht Nachmittag«, entgegnete ich. Plötzlich hörte ich eine Maschine piepen.

»Ben?« Ich nahm seine reglose Hand in meine und schüttelte sie leicht.

»Ben?«, sagte ich ein wenig lauter, während um mich herum ein hektisches Treiben einsetzte.

»Ben!«, rief ich. Jemand, den ich für eine dunkle Gestalt mit Kapuzenumhang hielt, zog mich vom Bett und schleppte mich aus dem Zimmer. Es war eine Hilfsschwester, die mich so eilig packte, dass sie das Laken von Bens Bett mitriss und mich darin einhüllte.

»Ben!«

27

Der letzte Streich

Ich bin überzeugt, dass es in der ganzen Geschichte der *Pasadena-Star-Nachrichten* nie einen fleißigeren Zeitungsjungen gegeben hat und auch nie geben wird als mich in den zwei Tagen nach Bens Tod. Ich lieferte die Zeitungen mit militärischer Präzision um genau drei Uhr nachmittags aus. Jede Falte, jeder Wurf war vorbildlich. Die *Star-Nachrichten* auszuliefern war das Einzige, was ich tun konnte. Näher konnte ich Ben nicht kommen.

Am Mittwoch und Donnerstag saß ich bereits um elf Uhr vormittags auf der Veranda und wartete, bis Tony um halb drei in seinem roten Chevy auftauchte. Becky versuchte, mit mir zu reden, meine Mutter bemühte sich immer wieder um mich, und mein Vater verlor sogar einmal die Beherrschung. Ich ignorierte sie alle. Ich weigerte mich, mich trösten zu lassen. Ich war überzeugt, dass niemand verstehen könnte, was ich fühlte. Niemand konnte auch nur einen Grund haben, so zu trauern wie ich.

Ein wenig Trost fand ich darin, Bens Edsel bei mir zu haben. Mrs. Beamering hatte ihn mir gegeben, bevor ich das letzte Mal das Krankenhaus verließ. In diesen ersten Tagen nach seinem Tod hatte ich dieses Auto immer bei mir, selbst wenn ich die Zeitungen austrug.

Dann, am Donnerstagnachmittag fiel mir der Turm ein. Das war der einzige Ort, an dem ich sein wollte. Als ich am Donnerstagabend beim Essen endlich wieder ein paar Worte von mir gab, hätte man meinen können, der Herr sei wiedergekommen. Ich fragte, ob ich mit meinem Vater zur Chorprobe fahren dürfe. Er erfüllte meinem Wunsch sehr gern.

Sobald wir vor der Kirche eintrafen, begab ich mich auf die Suche nach Grizzly. Er war im Keller und räumte den Weihnachtsschmuck weg. Als er mich sah, kniff er die Lippen zusammen und begann zu weinen. Ich lief, so schnell ich konnte, auf ihn zu. Wir hielten einander lange fest. Dann stützten wir uns gegenseitig und gingen zur Treppe. Dort setzten wir uns miteinander auf die unterste Stufe.

Grizzly war in diesem Augenblick meines Lebens die perfekte Gesellschaft für mich. Ich weiß nicht, was ich ohne ihn getan hätte. Er konnte nicht sprechen; er konnte nicht hören; er konnte nur neben mir sitzen und mich verstehen. Das waren die zwei Dinge – die einzigen zwei Dinge –, die ich in diesem Augenblick wirklich brauchte.

Wir saßen nebeneinander und starrten auf den Boden. Hin und wieder schauten wir einander an und dann wieder in die dunklen Katakomben des Kellers. Wir schnieften und wischten uns die Tränen aus den Augen und stießen ein langes, tiefes Seufzen aus. Ich weinte und konnte nicht mehr aufhören. Es war das erste Mal, dass ich seit Bens Tod wirklich weinte. Ich wusste, wenn ich zu Hause weinen würde, käme jemand, legte die Arme um mich, redete beruhigend auf mich ein und sagte irgendetwas Tröstliches. Das, was er sagte, wäre zwar wahrscheinlich wahr und richtig, aber ich wollte es nicht hören. Ich wollte nicht getröstet werden; ich wollte nur in meiner Trauer bei einem anderen Menschen sein. Grizzly tröstete mich mit den Tränen, die wir gemeinsam vergossen.

Wir saßen dort, bis ich anfing zu begreifen, dass die Chorprobe schon in vollem Gang war und ich keine Zeit verlieren durfte.

Als Erstes informierte ich Grizzly von meinem Plan. Ich beschrieb mit den Händen den Glockenturm, dann deutete ich auf mich und ging mit den Fingern eine imaginäre Leiter hinauf. Dann machte ich das Zeichen für Schlafen und legte den Kopf über meine Hände. Er wiederholte die Gesten, und ich nickte bestätigend. Dann deutete ich auf ihn, richtete meinen Rücken gerade auf, verschränkte die Arme vor der Brust und machte ein böses Gesicht. Seine Augen erhellten sich freudig.

Grizzly nahm mich an der Hand und führte mich zur Turmtür. Dort deutete er auf mich und dann nach oben. Dann drehte er sich um und baute sich mit dem Rücken zur Tür auf und verschränkte die Arme vor der Brust. Jetzt sah er von Kopf bis Fuß wie der Grizzly aus, als den wir ihn immer bezeichnet hatten. Als ich eifrig nickte, zog er seinen Notizblock heraus und schrieb: »WIE LANG?« Ich strich das »WIE« und das Fragezeichen durch und schrieb über dem »LANG« das Wort »SEHR«. Er nickte und bedeutete mir, ich solle hier warten, er sei gleich zurück.

Wenige Minuten später kam er mit zwei Kissen und zwei Decken zurück. Er reichte mir ein Kissen und eine Decke und sperrte die Tür zum Turm auf. Bevor ich eintrat, legte er sein eigenes Kissen und seine Decke neben die Tür auf den Boden, um mich zu vergewissern, dass er hier bei mir bleiben würde. Ich umarmte ihn, drehte mich um und kletterte die Leiter hinauf. Zum ersten Mal seit Tagen fühlte ich mich frei.

Oben auf dem Mauervorsprung sah ich durch das kleine Fenster und war überrascht, als ich den Rücken meines Vaters sah. Er stand nicht weit von meinem Fenster entfernt auf der Empore.

»Gut, jetzt alle miteinander. Dreht alle eure Stola auf die weiße Seite … gut. Wartet eine Minute. Jetzt wieder auf die grüne Seite … das war alles«, sagte er und klatschte in die Hände. Er wollte sehen, wie die neuen Chorroben von dort aussahen. Ich erinnerte mich an das Gespräch, das er und meine Mutter im Auto auf dem Weg zur Kirche geführt hatten. Dann wurde mir bewusst, dass dieses Gespräch erst vier Tage zurücklag. Mir war, als wäre seitdem ein ganzes Jahr vergangen.

»Vielen Dank für diese ausgezeichnete Probe. Wir sehen uns alle am Sonntagmorgen. Vergesst nicht, das ›Gloria‹ mit nach Hause zu nehmen. Wenigstens alle, die es noch nicht ganz beherrschen. Nächste Woche fangen wir an, es einzuüben. Ich möchte, dass wir alle einen guten Start haben.«

»Vorsänger!«, konnte ich jemanden aus dem Chor rufen hören. Mein Vater legte die Hand ans Ohr, um ihn besser zu verstehen.

»O ja, danke, Ira. Vergesst nicht, nächste Woche zwanzig Minuten früher für alle Vorsänger. Ich danke euch allen! War eine gute Arbeit heute Abend!«

Ich fing an, mir ein kleines Bett auf dem Vorsprung einzurichten. Es war gerade genug Platz, um mich hinzulegen. Dann überprüfte ich meine Vorräte. Sie waren mager, aber Hunger war im Moment die Letzte meiner Sorgen. Schlaf war am wichtigsten, und irgendwie hatte ich das Gefühl, dass ich hier an diesem sicheren Ort, an dem ich den Erinnerungen an Ben ganz nahe war, endlich schlafen könnte.

Ich legte mich hin und testete mein Bett. Es war das beste kleine Bett auf der ganzen Welt, fand ich in diesem Augenblick. Es war ein Bett, in dem ich meine Ruhe hatte. Zwei Stockwerke entfernt von allen anderen. Ich betrachtete den winzigen Raum, der nicht größer war als ein Schrank. Meine Taschenlampe wanderte über die Löcher im Holz, die Zettel, die wir hier und da angebracht hatten, die Nägel und die Haken und Ringe an den Wänden, die sich in Bens und meiner Fantasie in ganz andere Dinge verwandelt hatten. An diesem Ort, zu diesem Zeitpunkt spürte ich nicht, dass ich ihn verloren hatte. Ich fühlte mich vielmehr, als hätte ich ihn wieder gefunden, und ich spürte wieder den Frieden, den ich erlebt hatte, als ich kurz vor seinem Tod neben ihm im Krankenhaus lag.

Plötzlich hörte ich die Stimme meines Vaters durch den Boden nach oben dringen.

»Jonathan! Jonathan, bist du da oben? … Mr. Griswold, Sie müssen weggehen.«

Ein Lächeln zog langsam über mein Gesicht. Ich konnte mir vorstellen, dass es viel Ähnlichkeit mit Bens altem Grinsen hatte.

»Jonathan, ich weiß, wie du dich fühlst, aber du kannst nicht für immer weglaufen.«

Wirklich nicht?, dachte ich. In diesem Augenblick und an diesem Ort hatte ich das Gefühl, dass ich das sehr wohl könnte.

»Harvey, können Sie ihn dazu bewegen, nach unten zu kommen?«

Dann war es wieder ruhig. Alle paar Minuten stand ich auf und überprüfte durch die Lüftungsschlitze vorne im Turm, ob unser Auto noch da war. Mein Vater rief wahrscheinlich gerade in seinem Büro meine Mutter an und fragte, was er jetzt tun solle. Vielleicht rief er auch die Beamerings an. Mrs. Beamering würde verstehen, was ich tat. Vielleicht würde sogar Mr. Beamering mich verstehen. Plötzlich fiel mir auf, wie sehr Bens Vater sich verändert hatte.

Wer es auch war, mit dem mein Vater gesprochen hatte – er hatte ihm anscheinend gesagt, was er tun solle, denn ich hörte seine Stimme bald wieder durch das Treppenhaus in den Turm kommen.

»Jonathan, Harvey wird gut auf dich aufpassen. Wenn du etwas brauchst, kannst du uns jederzeit anrufen. Im Kühlschrank in der Küche ist etwas zu essen und auch Saft … Ich liebe dich, mein Sohn.«

Es war wieder still, bis ich hörte, wie ein Auto angelassen wurde. Ich trat gerade noch rechtzeitig an den Lüftungsschlitz, um ihn davonfahren zu sehen. Danach kroch ich wieder unter meine Decke und fiel in einen tiefen und friedlichen Schlaf.

Als ich am Morgen erwachte, war ich von lauter Erinnerungen umgeben. Dünne Sonnenstrahlen strömten durch die

Lüftungsschlitze. Ich sah, wie der Staub in den Sonnenstrahlen tanzte. Ich erinnerte mich an die Strahlen von Bens Taschenlampe, die auf den Orgelpfeifen spielten. Ich sah Tauben fliegen und Feuerwerkskörper die Kirche mit Rauch erfüllen. Ich stellte mir Ben hinter den Pfeifen vor oder neben mir im Turm, oder wie wir durch einen Lüftungsschlitz ein Gespräch in einem der Gemeindebüros belauschten. Immer wieder stellte ich mir vor, wie er die Leiter heraufkletterte und aufgeregt verkündete: »Ich habe eine Idee!«

Ich dachte an unsere Häuser, die immer noch unvollendet waren. Sie würden es auch bleiben. Ich hatte keine Lust, sie ohne ihn fertig zu bauen. Ich dachte an unsere Autos und an den Edsel, den ich ihm gekauft hatte, und war stolz darauf, dass er jetzt im Büro des Bürgermeisters von Pasadena stand. Ich nahm das Auto, das der Bürgermeister Ben geschenkt hatte, und rollte es auf der Decke vor und zurück. Die Lichtstrahlen fielen wie Streifen darauf und malten auf den Text an der Seite wellige Linien: »Offizielles Auto bei der Rosenparade«.

Ich hatte noch etwas aus dem Krankenhaus mit nach Hause gebracht. Es war ein Blatt Papier, das ich in meiner Hand entdeckt hatte, nachdem ich aus Bens Bett gezerrt worden war. Es war zusammengerollt und stark zerknittert, als hätte er es lange in der Hand gehalten. Er muss es mir in die Hand gedrückt haben, als wir nebeneinander lagen, auch wenn ich mich nicht daran erinnerte.

Später erfuhr ich, dass Ben dieses Papier tatsächlich tagelang nicht aus der Hand gegeben hatte. Seine Mutter erzählte, dass es zum Streitobjekt zwischen ihm und den Schwestern geworden war, da er es um keinen Preis aus der Hand geben wollte, nicht einmal dann, wenn er schlief. Das wusste ich zu diesem Zeitpunkt noch nicht. Ich wusste nur, dass Ben mir diesen Zettel anvertraut hatte. Auf einer Seite war ein Frühstücksplan des Krankenhauses abgedruckt, und auf die andere Seite hatte er geschrieben:

»Samstag, 17. Januar 1959

In Bens Herz ist ein Vakuum, das nur Gott füllen kann.

In Gottes Herz ist ein Vakuum, das nur Ben füllen kann.«

Der 17. Januar war der Tag vor der Taufe gewesen. Auf diesem kostbaren Zettel hatte Ben die Vision festgehalten, von der sein Vater sprach, als er im Taufbecken stand.

Ich hängte den Zettel an einer gut sichtbaren Stelle an die Wand im Turm.

Das war Bens eigene Offenbarung. Seine seltsame Form, der Grill in der Form eines Pferdekragens um seinen Mund, seine eingefallenen Wangen, die Schlusslichter seiner Ohren, die nach innen gebogen waren, die Windungen seines Verstandes, die mit Knöpfen in der Lenksäule seines inneren Getriebes geschaltet wurden, der Motor, der mit einem tödlichen Fehler lief, von Anfang an zum Tod verurteilt. Das alles war ein Teil von Bens Form, und das war alles von Gott geliebt und hatte von ihm im Himmel und auf Erden einen Zweck bekommen.

Obwohl ich genug Proviant im Turm hatte, aß ich nicht viel. Am Freitagabend begriff ich allmählich, wie groß mein Verlust tatsächlich war. Ich bin nicht sicher, ob es daran lag, dass Bens Leichnam irgendwo in der Nähe in einem stillen Raum aufgebahrt war, oder ob einfach die Zeit ihre Spuren bei mir hinterließ: Aber die Erinnerungen befriedigten nicht mehr meinen Hunger nach dem echten Ben. Bis zum Freitagabend hatte ich die Schallplatte so oft abgespielt, dass sie schon ganz abgenutzt und zerkratzt war. In dieser Nacht kehrte der Albtraum von dem Zaunkönig im Milchkarton zurück. Nur dass jetzt Ben in einem grauen Sarg neben meinem Bett lag. Mehr als einmal zog ich in meinen Träumen seinen leblosen Körper zum Wasserhahn und ließ das Wasser über seine blauen Lippen laufen. »Trink, Ben … trink!«, sagte ich immer wieder, bis ich ganz allein im Turm aufwachte. Zweimal in dieser Nacht weckte ich Grizzly und bat ihn, sich neben mich zu setzen.

335

Um acht Uhr am Samstagmorgen brachten sie den Sarg herein. Sie stellten ihn ganz vorne in die Kirche. Auf beiden Seiten befand sich ein großes Blumenbouquet. Der kleine Sarg betonte Bens viel zu frühen Tod. Ich wünschte, sie hätten ihn in einen Erwachsenensarg gelegt, denn obwohl er noch nicht viele Jahre alt war, hatte sein Leben Spuren hinterlassen wie das Leben eines Erwachsenen. Außerdem kam ich zu dem Schluss, dass der Tod etwas sehr Erwachsenes sei.

Ich stand im Turm und starrte lange auf die einsame Holzkiste hinab. Als ich den kleinen Vogel begraben hatte, hatte ich in seinen Sarg, einen Schuhkarton, einige Blumen gelegt. Vielleicht sollte ich Ben auch etwas mitgeben. Ich dachte an den Zettel, aber den hatte er mir gegeben. Außerdem stand auf dem Zettel eine Botschaft für die Lebenden und nicht für die Toten. Dann fiel mir der Edsel ein, den der Bürgermeister ihm geschenkt hatte. Dieses Auto erschien mir passend. Der Edsel würde sterben. Die Schrift stand schon an der Wand. Der 58er Edsel war bereits tot. Es war ohnehin das Auto, das wir gemocht hatten. Es erschien mir richtig, dass dieses Auto mit Ben begraben werden sollte. Als Symbol für sie beide.

Es war gegen Viertel vor neun, als Grizzly und ich zu Bens Sarg hinuntergingen. Als wir näher traten, spürte ich, wie sich eine wachsende Wut in mir aufbaute. Diese graue Kiste sah so schwer aus … so undurchdringlich. Ich hatte in den letzten drei Tagen von Erinnerungen gelebt. Plötzlich wurde mir bewusst, dass es keine neuen Erinnerungen geben würde, und die alten befriedigten meinen Appetit nach einem Leben mit Ben nicht mehr. Als ich schließlich vor dem Sarg stand, lagen meine Nerven so blank, dass ich darauf einhämmerte. Aber das konnte meinen Kummer nicht lindern. Schließlich schrie ich etwas hinaus, an das ich den ganzen Morgen schon dachte. Etwas, das Ben im Krankenhaus gesagt und das ich nicht vergessen hatte.

»So, jetzt hast du endlich, was du dir gewünscht hast, Ben. Du hast das Falsche getan. Du bist gestorben. DAS WAR

FALSCH!« Ich weinte. Ich stützte das Gesicht und meinen Unterarm auf den harten, grauen Sarg und weinte.

Nachdem meine Tränen versiegt waren, stand ich da und versuchte, meinen ganzen Mut zusammenzunehmen. Wie sollte ich das Auto zu ihm hineinbekommen? Ich müsste den Sarg aufmachen. Ich wusste nicht, ob er verriegelt war.

Zu meiner Überraschung teilte sich der Deckel in der Mitte und war leicht zu öffnen. Ich starrte schockiert in den Sarg. Ich schaute Grizzly an. Er war genauso überrascht.

Wer war das? War das Ben? Es waren eindeutig seine Ohren, seine dünnen Haare, seine gebrochene Nase, aber etwas stimmte nicht. Das war nicht Ben.

Grizzly deutete auf seinen eigenen Mund. Dann legte er die Finger in beide Mundwinkel und zog sie zu einem gekünstelten Lächeln, das ganz und gar nicht zu Grizzly passte, nach oben.

Das war es! Es war das Lächeln. Sie hatten Ben ein krankes, süßes Lächeln aufgesetzt, das in seinem ganzen Leben kein einziges Mal in seinem Gesicht zu sehen gewesen war. Was sie auch gemacht hatten: Es war etwas, das die Muskeln in Bens Gesicht selbst nie zustande gebracht hatten. Es war das Gesicht eines Kindes, das die meisten Mütter lieben würden. Mit Ausnahme von Mrs. Beamering. Wie waren sie damit bei ihr durchgekommen? Vielleicht war sie von ihrer Trauer so sehr überwältigt, dass es ihr gar nicht aufgefallen war. Vielleicht war es ihr auch jetzt nach seinem Tod gleichgültig. Aber mir war es aufgefallen, und auch Grizzly hatte es bemerkt.

In seinem Versuch, mir zu zeigen, was nicht stimmte, brachte Grizzly mich auf eine Idee. Eine hinterhältige, gemeine Idee, ganz in Bens Sinn. Erneut schob Grizzly seine Mundwinkel zu einem Lächeln nach oben, schüttelte den Kopf und legte dann seine große Hand über sein ganzes Gesicht, verzog es und verdrehte es. Dann entfernte er die Hand und zeigte sein Gesicht in einer entstellten, starren Miene und nickte langsam. Ich konnte nicht anders, ich musste lachen. Ich stand neben Bens Sarg und lachte. Dann überlegte ich, ob wir das Bens Gesicht tatsächlich antun könnten.

Zuerst konnte ich gar nicht glauben, dass ich so etwas überhaupt dachte. Es war falsch. Es war entweihend. Es war schlichtweg ein Verbrechen! Aber sobald sich dieser Gedanke einmal bei mir festgesetzt hatte, bekam ich ihn nicht mehr aus dem Kopf. Dieses Lächeln war auch falsch. Was man aus dem Gesicht meines besten Freundes gemacht hatte, war die eigentliche Entweihung. Es war ein Betrug an Bens Charakter, den Gott ihm geschenkt hatte. Wenn er mit diesem Gesicht einen Platz in Gottes Herz ausfüllen sollte, den nur Ben ausfüllen konnte, dann würde er ewig herumirren und den passenden Platz suchen.

Plötzlich wusste ich: Das war es. Das war mein Auftrag. Das war der letzte Streich, den ich in Bens Auftrag ausführen sollte. Er hatte gesagt, ich wüsste es, wenn ich es herausfände. Er hatte Recht gehabt.

Je länger ich ihn anschaute, umso deutlicher wurde mir bewusst, dass er sauer auf mich wäre, wenn ich nichts unternehmen würde. Dieses Gesicht war das Werk irgendeines Menschen, der Ben nicht gekannt hatte. Es war ein unechtes Gesicht. Selbst wenn sie eine Fotografie als Vorlage benutzt hatten, hatten sie die Wahrheit verdreht. Denn ich wusste, wie Ben auf jedem Foto aussah. Von seinem allererersten Bild, das ich im Gemeindebrief gesehen hatte, bis zu seinem letzten Foto auf der Titelseite der Zeitung.

Plötzlich war es, als hörte ich Ben sagen: »Komm, machen wir es.« Ohne noch länger darüber nachzudenken, sprach ich es laut aus: »Ich tu's für dich, Ben.« Dann legte ich die Hände in den Sarg, packte sein Gesicht und drückte mit aller Kraft zu.

Es war eklig. Die gummiähnliche Haut widersetzte sich meinem Griff, und die wachsartige Oberfläche war unter meinen Fingern ganz glitschig. Ich wollte davonlaufen, aber jetzt war es zu spät. Ich verstärkte meinen Griff und drückte fester. Dann zog ich die Hände zurück, drehte mich um, rutschte an der Seite des Sarges auf den Boden und starrte entsetzt meine Hände an.

Was habe ich nur getan?, dachte ich. Was ist nur in mich gefahren? Was würden sie mit mir machen, wenn sie das herausfanden? Vielleicht gäbe es eine Möglichkeit, diesen Sarg so zuzuschließen, dass man ihn nie wieder aufmachen konnte. Ich konnte nicht glauben, was ich getan hatte.

In diesem Augenblick schüttelte mich Grizzly und zog mich hoch. Ich sollte sehen, was ich mit meinen Händen angerichtet hatte. Ich starrte Bens Gesicht an. Wieder war ich schockiert. Aber dieses Mal war es ein anderer Schock. Grizzly und ich schauten einander erstaunt an.

»Es ist Ben!«, sagte ich laut. »Ich kann es nicht glauben. Er ist es!« Grizzly nickte zustimmend. Er hatte von meinen Lippen abgelesen.

Eigentlich war die Veränderung relativ gering. Ich hatte eine lebendige Haut erwartet, weich und formbar. Ich wusste nicht, dass die Flüssigkeit unter der Haut koaguliert und hart wird, wenn jemand einbalsamiert wird – fast wie Gummi. Bei meinem Versuch, das Gesicht zu verändern, hatte ich die Schminke abgewischt und mehr von Ben Beamerings echtem Gesicht zum Vorschein gebracht.

In diesem Augenblick hörten wir, wie die Tür zum Gemeindebüro zuging. Jemand kam in die Kirche! Schnell stellte ich den Edsel neben den Leichnam und schloss den Sargdeckel. Grizzly und ich entwischten gerade noch durch die Hintertür, bevor Pastor Beamering durch die Seitentür eintrat.

Wieder oben im Turm angelangt, betrachtete ich meine Hände, die mit Schminke beschmiert waren. Ich musste mich fast übergeben. Ich versuchte, sie an der Decke abzuwischen, aber es war, als würden meine Hände nie wieder sauber werden.

Ich schaute aus dem kleinen Fenster und sah Pastor Beamering vor dem Sarg stehen. Er hatte die Ärmel nach oben gerollt und die Hände auf den Sarg gestützt. Er beugte sich vor.

Entweder betete er oder er weinte. Als seine Schultern zuckten, wusste ich, dass er weinte.

Plötzlich hob er zu meinem großen Entsetzen den Sargdeckel hoch. Er sah hinein. Dann drehte er sich um und blickte sich im Raum um, als suche er jemanden. Sein Blick wanderte wieder zum Sarg zurück. Als er sich im Raum umschaute, konnte ich sein Gesicht sehen. Er wirkte zutiefst verletzt. Ich stellte mir vor, wie er den Schaden betrachtete und sich fragte, ob der Leichenbestatter ihn wieder beheben könnte. Ich fragte mich, wie lang ich hier oben im Turm überleben könnte. Grizzly konnte mich nicht für den Rest meines Lebens beschützen. Diese Tat würden sie mir nie vergeben.

Erneut begannen seine Schultern zu zittern. Sie zitterten immer noch, als er den Deckel wieder zumachte. Aber als er sich umdrehte und ging, sah es fast so aus, als lächelte er. Hatte er auch den echten Ben gesehen?

Gegen halb elf trafen die ersten Trauergäste ein. Ich hörte, wie Autotüren zufielen, und ich beobachtete durch den Lüftungsschlitz, wie eine Familie nach der anderen zu den Kirchenstufen ging. Ich sah, wie sie lächelten und versuchten, einander etwas Nettes zu sagen. Ich sah, wie das Lächeln verschwand, als sie die Stufen zur Kirche hochstiegen. Die nächste halbe Stunde war bestimmt von Motoren, die abgestellt, und Autotüren, die zugeschlagen wurden, und hohen Absätzen, die auf dem Gehweg klapperten.

Um fünf Minuten vor elf fuhr ein Leichenwagen vor und parkte unmittelbar vor der Kirche. Hinter ihm stand eine Limousine. Die zwei Fahrer in schwarzen Anzügen stiegen aus und standen neben ihren Autos. Ich hätte gerne gesehen, wie es im Inneren dieser Autos aussah. Besonders in der Limousine.

Dann bewegte ich mich zum anderen Fenster. Milton Owlsley hatte angefangen, Beethovens »Ode an die Freude« zu spielen. Mein Vater las einen Text aus der Bibel vor. Dann standen zwei Leute auf und sagten etwas. Sie sprachen jedoch

340

nicht so laut, dass ich sie durch das kleine Fenster im Turm hätte verstehen können. Es war mir auch gleichgültig. Das war der einzige Teil des Gottesdienstes, der überhaupt keinen Sinn ergab. Von keinem dieser Leute hätte Ben auch nur im Entferntesten etwas hören wollen. Der eine war der Akkordeon spielende Ersatzlehrer im Kindergottesdienst und der andere der Diakon, der Ben vom Orgelgerüst gezerrt hatte.

Dann erhob sich Pastor Beamering und bat um »eine Zeit des schweigenden Gebets«. Kaum hatte er das gesagt, stand eine Frau auf, die schwarz gekleidet war und ein schwarzes Tuch auf dem Kopf trug, trat ohne zu zögern auf den Mittelgang, kniete nieder und schlug ein Kreuzzeichen. Dann ging sie zu dem geschlossenen Sarg vor, kniete davor nieder, machte wieder das Kreuzzeichen und begann zu beten. Wenn sie ein paar Sekunden länger gewartet hätte, bevor sie nach vorne trat, wäre es vielen entgangen – weil die meisten dann schon den Kopf gebeugt und die Augen geschlossen hätten, wie es sich für eine evangelikale Gemeinde gehörte. Leider fingen diese evangelikalen Christen nicht schnell genug an zu beten. Molly Fitzpatrick war schneller.

Nun folgte ein langes, unbehagliches Schweigen, während Molly allein vor dem Sarg kniete und leidenschaftlich betete, ohne die Spannung, die sich hinter ihr im Raum aufbaute, zu bemerken.

Nach einer langen Zeit, die Pastor Beamering überhaupt nicht zu stören schien, standen eine Frau und ein Mädchen auf, gingen ebenfalls vor und knieten neben Molly nieder. Ich konnte meinen Augen kaum trauen. Es waren meine Mutter und Becky. Drei Viertel der Köpfe in der Gemeinde fuhren hoch, um zu sehen, wer es war. Diese Köpfe waren also nicht im Gebet gebeugt. Sie waren nur auf Halbmast gesenkt und ließen die Köpfe vor sich nicht aus den Augen, um nicht zu verpassen, was vielleicht als Nächstes passieren würde. Dann ging ein Mann vor. Dann eine Frau. Dann eine ganze Familie. Dann begann ein Strom von Leuten nach vorne zu kommen, bis fast die Hälfte der Gemeinde vorne auf den Knien war. Pastor Beamering war einer von ihnen. Er ging zu dem Platz, an dem Mrs. Beamering saß und reichte ihr die Hand. Dann traten sie gemeinsam vor und knieten inmitten der Gemeinde neben dem Sarg nieder.

Wenn Ben das sehen könnte!, dachte ich. Die Hälfte der Gemeinde und auch sein Vater und seine Mutter knieten um ihn herum, während er mit einem finsteren Grinsen im Gesicht in seiner kleinen grauen Kiste lag.

Während dieser Zeit hörten viele Kinder, wie sie später erzählten, von irgendwoher aus ihrer Mitte eine Stimme, die ganz anders klang als Bens, die sie aber trotzdem an ihn erinnerte, da sie das einzige Lied sang, das Ben je gesungen hatte.

Schließlich erhob Pastor Beamering sich neben dem Sarg, wie ein General inmitten einer gefallenen Armee. Die Leute begannen, zu ihren Plätzen zurückzukehren. Molly war die Letzte, die ging.

»Danke, Mrs. Fitzpatrick, dass Sie uns ins Gebet geführt haben«, sagte Pastor Beamering. »Die meisten von euch wissen es nicht, aber Mary K. Fitzpatrick ist pensionierte Krankenschwester, die uns seit Bens Unfall unschätzbar wertvoll geworden ist. Und zwar aus dem einen Grund, weil sie sich liebevoll um ihn sorgte und diejenige war, die an einem Sonntagmorgen vor drei Wochen die Tür öffnete, als um halb sechs Uhr in der Früh geklopft wurde. Sind es wirklich erst drei Wochen?«, fragte er mit einem traurigen Blick zu seiner Frau.

»Ich wollte heute Morgen überhaupt nicht sprechen. Aber ich habe es mir anders überlegt. Etwas ist heute passiert, das mich bewog, meine Meinung zu ändern.

Gestern Abend hatten wir, wie es hier in der Colorado Avenue Standard Christian Church Brauch ist, im kleinsten Kreis Gelegenheit, unseren toten Jungen zu sehen. Es war für mich ein sehr schwerer und trauriger Augenblick. Obwohl Ben so friedlich und mit einem so glücklichen Lächeln im Gesicht da lag, waren wir alle vor Trauer ganz aufgelöst.

Heute Morgen kam ich früher in die Kirche, und wie Gott es wollte, beschloss ich, noch einen letzten Blick auf meinen Sohn zu riskieren, da ich wusste, dass ich ihn als Teil unseres Gottesdienstes heute Morgen nicht sehen würde. Ich glaube, ich wollte ganz allein mit ihm sein, um mich ein letztes Mal von ihm verabschieden zu können.

Als ich heute Morgen jedoch Bens Gesicht anschaute, hatte ich den Eindruck, dass sich etwas verändert hatte. Durch den Tränenschleier hindurch war es nicht leicht zu sehen, aber der Ben, den ich gestern Abend sah, war ein viel süßerer, lieblicherer Ben als der Ben, der heute Morgen hier lag. Je mehr ich ihn mir anschaute, umso mehr wuchs meine Überzeugung, dass das nicht nur an meinen Tränen lag. Etwas oder jemand – das ist jetzt gleichgültig – hatte Bens Gesicht seit gestern Abend verändert. Das süße Lächeln war verschwunden. An seine Stelle war eine Grimasse getreten. Irgendwie sah er so aus, als hätte er die Miene verzogen.«

Pastor Beamering trat näher zu der grauen, länglichen Kiste und legte eine Hand darauf. Ich hielt den Atem an.

»Wie ihr euch vorstellen könnt, war meine erste Reaktion eine große Wut. Dass so etwas geschehen konnte, erschien mir wie die Entweihung von etwas Heiligem. Aber während ich dort stand und das Gesicht meines toten Sohnes betrachtete, kam mir vieles in den Sinn, das mein Denken veränderte. Erstens wurde mir bewusst, dass der Teil von Ben, der heilig ist, schon fort ist. An dieser Körperhülle ist nichts Heiliges. Es ist nur eine vorübergehende Behausung für die ewige Seele, die ihren Zweck nicht mehr erfüllt, da diese Seele aus ihr gewichen und jetzt bei ihrem Schöpfer ist.«

Er zog ein Taschentuch heraus und wischte sich die Augen. Er bewegte sich wie in Zeitlupe.

»Dann wurde mir plötzlich bewusst, dass ich etwas ansah,

was mir sehr bekannt ist. Ich schaute in Bens Gesicht, wie es wirklich war.« Er steckte sein Taschentuch wieder in seine Hosentasche, drehte sich um, streckte die Hände aus und gestikulierte dramatisch, während er weitersprach. »Das lächelnde Gesicht, das wir gestern Nacht sahen, war wahrscheinlich das, was wir uns immer gewünscht hatten. Wir hatten uns immer gewünscht, Ben wäre so gewesen. Aber so war er nicht. Würde ich ihn so in Erinnerung behalten, wie ich ihn immer haben wollte, oder so, wie er wirklich war? Genau genommen war das Lächeln die eigentliche Verunstaltung auf Bens Gesicht. Unsere Verunstaltung. Es war nicht Ben. So war er nie gewesen.«

Jetzt trat er vom Sarg weg, sprach aber weiter. Er lehnte sich auf die erste Bankreihe und kam sogar ein paar Schritte durch den Mittelgang. Es war, als hätte er gerade erst bemerkt, dass Leute anwesend waren, und als hätten sie plötzlich automatisch seine Berufung zu predigen ausgelöst. Plötzlich war seine Botschaft stärker als seine Trauer.

»Gott hat Ben so gemacht, und wir sollten besser nichts daran ändern, denn etwas sagt mir, dass Gott Ben so zurückhaben will, wie er ihn gemacht hat. Wahrscheinlich grinst Ben jetzt gerade von da oben auf uns alle herab. Am meisten wahrscheinlich auf mich. Wer oder was auch immer Bens Gesicht das angetan hat, er hat uns allen einen Gefallen getan. Denn wenn wir ihn mit diesem süßen kleinen Lächeln weggeschickt hätten, würden wir viel zu leicht übersehen, wer er war und wofür er stand. Wir hätten alle eine Träne vergießen und dann unverändert unser Leben weiterführen können. Kommt, denkt mit mir zurück. Erinnert euch.« Jetzt fuhr er herum und schreckte jeden mit der Kraft seiner Stimme auf.

»Das ist das Gesicht, das uns alle hier *aufweckte* und das Licht Jesu über uns scheinen ließ. Das ist das Gesicht, das Tauben und Pfeile durch die Luft fliegen ließ und uns an geistliche Kriegführung und unsere Freiheit in Christus erinnerte. Das ist das Gesicht, das in uns das Bedürfnis nach Vergebung zum Vorschein brachte und uns allen half, uns selbst ins Gesicht zu sehen, denn wir können nicht den Splitter aus dem Auge unseres Bruders herausholen, ohne auch den Balken in unserem eigenen Auge zu sehen. Und das ist das Gesicht, das unsere Herzen wie bunte Bänder vor der Orgel tanzen und Gott loben ließ.

So sollt ihr Ben in Erinnerung behalten. Nicht mit einem glücklichen Gesicht, das süß lächelt, sondern mit diesem kleinen, ernsten Gesicht, das immer über unser sauberes, ordentliches, bequemes geistliches Leben hämisch grinst. Dieses Gesicht, das uns daran erinnert, dass wir alle Fragen und Zweifel haben und sie auch aussprechen sollten. Dieses Gesicht, das sagt, was es meint, und meint, was es sagt. Dieses Gesicht, das uns ehrlich bleiben und gleichzeitig lachen lässt.

Denn am Ende ist dies das Größte, was Ben uns gab. Er brachte uns zum Lachen. Und auch wenn heute Morgen gewiss eine Zeit und ein Ort zum Weinen ist, weiß ich, dass Ben uns auch lachen sehen möchte. Ich glaube, am Ende lacht Ben sogar am meisten über uns alle.«

Mit diesem Schlusswort ging Pastor Beamering zu seiner Frau und setzte sich neben sie. Sie legte die Hand auf seine und hielt ihn fest. Mein Vater stand auf und führte die Gemeinde in ein Loblied. Anschließend lud er alle ein, die Bens Gesicht in Erinnerung behalten wollten, nach dem Segen nach vorne zum Sarg zu kommen.

»Und allen von euch, die vorhaben, uns zum Friedhof zu begleiten«, sprach er weiter, »möchte ich sagen: Ihr müsst entsprechend planen, denn Bürgermeister Seth Wilson hat eine Polizeieskorte und eine acht Kilometer lange Fahrt auf der gesamten Strecke der Rosenparade auf der Colorado Avenue organisiert. Im Gedächtnis an Ben.«

Ich brachte den Mund nicht mehr zu.

Als mein Vater weitersprach, erstarrte ich völlig: »Und, Jonathan, falls du mich hören kannst: Bürgermeister Wilson lädt dich persönlich ein, mit ihm im ersten Wagen zu fahren. Er würde sich freuen, wenn du ihn begleitest.«

Ich hörte den Segen nicht mehr. Ich trat auf die andere Seite des Turms. Tatsächlich. Dort vor dem Leichenwagen stand der Edsel des Bürgermeisters mit offenem Verdeck und mit Girlanden aus roten Rosen geschmückt und glänzte in der Sonne.

»Ja, ich komme mit«, sagte ich zu Bürgermeister Wilson, der am Fuß der Treppe auf mich wartete. »Aber nur, wenn Grizzly auch mitfahren darf.«

»Selbstverständlich«, lächelte der Bürgermeister.

Die uniformierten Beamten in der Polizeieskorte des Bürgermeisters ließen ihre Motorräder an. Grizzly und ich setzten uns auf den Rücksitz von Bens Lieblingsauto. Es passte vollkommen, dass Bens Beerdigung mit einer Parade endete.

Anmerkung des Autors

Das Zitat, das die Grundlage dieses Buches bildet – »In jedes menschliche Herz hat Gott ein Vakuum gelegt, das nur er füllen kann« –, wird zwar Blaise Pascal zugeschrieben, doch trotz stundenlanger Nachforschungen und Erkundigungen bei Pascal-Experten ist es nicht gelungen, die Originalquelle ausfindig zu machen. Folgende Worte aus Pascals *Pensées* kommen diesem Ausspruch am nächsten:

Was sonst verkünden diese Sehnsucht und diese Hilflosigkeit, als dass im Menschen früher einmal ein wahres Glück geherrscht hat, von dem jetzt nur noch ein leerer Abdruck und eine Spur übrig sind? Diese Leere versucht er vergeblich mit allem um sich herum zu füllen. Er sucht in Dingen, die nicht da sind, die Hilfe, die er in den Dingen, die da sind, nicht finden kann, auch wenn ihm nichts davon helfen kann. Denn dieser unendliche Abgrund kann nur mit einer unendlichen und unwandelbaren Sache gefüllt werden. Mit anderen Worten: durch Gott selbst.

Barbara Jean Hicks

Herz zu verschenken

Roman

288 Seiten, ABCteam-Geschenkband, Bestell-Nr. 111 805

Eigentlich hat Bonny von Männern endgültig genug – zu sehr
hat sie gelitten, als ihre Ehe scheiterte. Da taucht ihr Ex-Mann
Timothy wieder auf, gelobt Besserung und verkündet, dass er
das Herz der jungen Frau zurückerobern will. Wild entschlossen tut Bonny alles, um Timothy in die Flucht zu schlagen, und stürzt sich in eine Reihe von Verabredungen mit po-
tenziellen Heiratskandidaten. Aber der Mann, der sie damals
verlassen hat, entwickelt plötzlich ganz ungeahnte Eigenschaften. Und Bonny begreift, dass sie die Vergangenheit
loslassen muss, um ihr Herz wieder verschenken zu können.

ONCKEN VERLAG WUPPERTAL UND KASSEL